Foto © Jo Pesendorfer

BARBARA FRISCHMUTH wurde 1941 in Altaussee (Steiermark) geboren. Sie studierte Türkisch, Ungarisch und von 1964 bis 1967 Orientalistik und ist seitdem freie Schriftstellerin. Seit einigen Jahren lebt sie wieder in Altaussee.

Nach ihrem von der Kritik hochgelobten Debüt »Die Klosterschule« (1968) und dem Roman »Das Verschwinden des Schattens in der Sonne« (1973), wurde sie vor allem mit der zauberhaften und verspielten »Sternwieser-Trilogie« (1976–1979) bekannt, der die »Demeter-Trilogie« (1986–1990) folgte.

Neben Erzählungen, Essays, Hör- und Fernsehspielen und Kinderbüchern (u. a. »Alice im Wunderland« nach Lewis Carroll) erschienen zuletzt die Romane »Die Schrift des Freundes« (1998) und »Die Entschlüsselung« (2001) sowie die literarischen Gartentagebücher »Fingerkraut und Feenhandschuh« (1999) und »Löwenmaul und Irisschwert« (2003).

»In den Büchern Barbara Frischmuths haben Erkennbarkeit, Benennbarkeit und Geheimnis seit jeher eine Hauptrolle gespielt.« DIE ZEIT

Barbara Frischmuth

Der Sommer, in dem Anna verschwunden war

G

Barbara Frischmuth

Der Sommer, in dem Anna verschwunden war

Roman

Aufbau-Verlag

ISBN 3-351-03023-1

1. Auflage 2004

Einbandgestaltung Tanja Seltzer, Berlin
Druck und Binden GGP Media, Pößneck
Printed in Germany

www.aufbau-verlag.de

»Die Erde schmeckt nach Gier.
So zeigt sich Liebe
in ihren Bildern.«

Alfred Kolleritsch

»O kleine Stadt, ich bin dein und werde es sein, solange ich lebe, ich werde dich hassen wegen all der Verletzungen und mich nach dir sehnen, weil du mich auf der Schwelle des Lebens mit deiner naphthalinduftenden feuchten Wärme umgeben hast.«

Aleksander Tišma

Emmi

Die Sonntage waren immer am schlimmsten. Was Wunder, daß da plötzlich eine Frau im Baum hing, mit den Beinen zappelte und um Hilfe schrie.

Es war der Sonntag, an dem Inimini zum ersten Mal ihr Kopftuch trug. Ali und Omo hatten den Mund noch nicht zugekriegt, da kam diese Person und versaute Inimini den Auftritt. Dazu kreischten die Vögel, als hätte die Katze sie am Schwanz gepackt, und der Wind legte die Grashalme flach.

»Völlig daneben, die Frau«, maulte Inimini und schleppte geistesgegenwärtig eine Leiter an. Die Zapplerin fand Halt und stieg, mit dem Rücken zur Welt, Sprosse für Sprosse auf die Erde herab.

Ali und Omo stand der Mund noch immer offen. Als die Frau sich schließlich umdrehte und ihren Rock zurechtschob, merkten sie, daß es Irene war.

Inimini schien kurz daran zu denken, Irene die Hand zu küssen, wie es die Töchter von Haluk getan hätten. Um sich Mut zu machen, griff sie rasch nach dem verrutschten Kopftuch, aber das Kopftuch sprach nicht zu ihr, und so sagte sie einfach, was ihr auf der Zunge lag. »Spinnst du?« Man konnte sehen, wie sie sich dabei entspannte. »Was hast du bloß in aller Früh auf unserem Baum zu suchen?«

»Auf meinem Baum.« Durch den Nachdruck war der Sachverhalt ein für alle Male klargestellt. Irene kam langsam näher. »Ich wollte euch sehen, bevor ihr mich seht.« Sie trug das Haar in einem sanften Puderton gefärbt, der wohl die Kerben in ihrem Gesicht mildern sollte. Ansonsten wirkte sie noch recht passabel, wie Emmi von ihrem Fenster aus beobachten konnte, zumindest figurmäßig.

Ali besann sich auf seine Herkunft und ging auf Irene zu. »Willkommen, herzlich willkommen, Irene hanım!« Er legte ihr die Hände auf die Schultern und drückte seine Bartstoppeln an ihre Wangen.

Nur Omo tat, als gehe ihn das alles nichts an. Es sah ganz so aus, als wäre er dabei, sich im Schatten der Begrüßungsszene aus dem Staub zu machen, als Irenes Stimme ihn lauthals traf.

»Ist das Onur? Ich traue meinen Augen kaum.« Irene war die einzige, die Onur mit seinem richtigen Namen anredete. Für alle anderen war er Omo, schneeweiß und blitzblank, mit waschblauen Augen und bierhellem Haar, der kleine Wikinger eben.

»Komm schon!« flötete Irene, auf einmal ganz Großmutter.

Omo blieb stehen, wie in die Erde gerammt, und Irene ging um ihn herum. Zum Glück kam sie nicht auf die Idee, ihn zu küssen. Sie hätte sich dazu auf die Zehenspitzen stellen müssen, so stocksteif, wie Omo sich ihr gegenüber hielt.

»Und was jetzt?« Inimini hatte ihr Kopftuch wieder in die richtige Fasson gebracht, und Irene schien endlich zu begreifen, was sie sah. Inimini war kein Kind mehr. Sie trug einen langen Rock, dazu einen Pulli, und das Kopftuch bedeckte auch noch ihre Schultern. Sie wirkte winzig, geradezu ergreifend, und dennoch so gut wie erwachsen. Anstelle eines Busens zeichneten sich zwei Knöpfe von der Größe eines Aspirins auf ihrer Vorderseite ab, und ihre Augenbrauen verliefen in einem so makellosen Bogen, daß sie lange daran gezupft haben mußte.

Eine Nachricht nach der anderen bahnte sich den Weg durch Irenes Lidspalten in Irenes Gehirn. Sie schüttelte sich, als ließe sich so das Erkannte besser im Kopf verteilen, machte einen Schritt und antwortete, als niemand mehr mit einer Antwort gerechnet hatte: »Ich habe eigentlich an Frühstück gedacht.«

»Aber klar ...« Ali war wieder völlig bei sich. »Ich stelle schon Teewasser auf.« Mit weit ausladender Geste bat er Irene ins Haus.

Irene zögerte einen Augenblick und bemerkte dann trocken, aber unmißverständlich: »Ich werde wieder hier wohnen, ihr Lieben.« Sie lächelte und kostete die Überraschung aus, die sich auf den Gesichtern von Inimini, Omo und Ali ausbreitete.

Inimini und Omo waren die Kinder von Ali baba und Anna anne. In Ali babas Sprache heißt *baba* Vater und *anne* Mutter. Ali baba verging fast vor Mitleid mit ihnen, und natürlich tat er sich auch selber leid, seit Anna anne verschwunden war. Sie hatten von da an den Haushalt untereinander aufteilen müssen und achteten darauf, daß alle drankamen.

Omo, der – warum, weiß keiner – so viel größer war als Inimini und selbst Ali baba, hatte sich als Jüngster den geringsten Teil ausbedungen, Mülleimer-Leeren und Teller in den Geschirrspüler schlichten, während Inimini, die weitaus Kleinste, am meisten zu werken hatte, die Betten überzog und auch noch die Wäsche wusch. Sie hieß übrigens Nilüfer – was angeblich Seerose bedeutet –, aber als sie am Anfang ihrer Schulzeit eine Lehrerin zur anderen sagen hörte: »Stellen Sie sich vor, das arme Kind heißt auch noch Nil-Ufer«, verzichtete sie auf ihren Blumennamen und wurde zu Inimini, der Winzigen.

Ali baba verdiente das Geld, das sie zum Leben brauchten, und gelegentlich putzte er auch die Fenster.

Der Baum, auf den Irene hatte steigen müssen, war übrigens ein Nußbaum. Emmi erinnerte sich an Zeiten, in denen sie beide, Irene und sie, auf ihn geklettert waren und mit grünen Nüssen auf die Radfahrer zielten. Da er neben dem Haus stand, konnte man von seinen Ästen aus tatsächlich zum Fenster hineinschauen.

Während Irene und sie bloß älter geworden waren, hatte der

Nußbaum auch noch an Höhe zugelegt. Das hätte Irene bedenken sollen. Ein Wunder, daß sie überhaupt hinaufgekommen war. Womöglich hatte sie gedacht, Ali baba, Omo und Inimini würden über sie reden – ausgerechnet jetzt und ausgerechnet über sie –, und hätte wohl gerne erfahren, was. Aber bei allem, was sie, Emmi, wußte, und sie wußte mehr, als ihr lieb war, wäre ihnen alles andere eher in den Sinn gekommen, als über Irene zu reden. Warum auch? Nachdem sie sich so lange nicht hatte blicken lassen, nicht einmal, als Anna, ihre Tochter, verschwunden war – was nun auch schon wieder zwei Wochen her war –, hatte wohl niemand mehr so recht an Irene gedacht.

Am Nachmittag kam Omo mit zwei Koffern und mehreren Taschen vom Bahnhof. Höchstwahrscheinlich vom Bahnhof, wo hätte er sonst mit dem Zeug herkommen sollen. Den einen Koffer hatte er am Gepäckträger seines Fahrrads festgeschnallt, den anderen zog er auf Rollen hinterher. Die Reisetaschen hingen rechts und links von der Lenkstange, und er hatte alle Hände voll zu tun, um das Gleichgewicht zu halten.

Omo war in Wirklichkeit viel kleiner als sein Körper, und so kam es öfter zu Verwechslungen. Nicht einmal Ali baba wußte wirklich Bescheid. Darum sagte Omo fast nie etwas. Er wußte, daß er sich, wenn er sprach, leicht verraten konnte. Wenn es trotzdem sein mußte, gab er Sätze von sich, die er von älteren Freunden gehört hatte, damit konnte ihm nicht viel passieren. Nur zu Inimini sagte er offenbar, was er dachte. Zumindest hatte er es neulich getan, als sie das Wort von der Wand kratzten, das jemand an die Hausmauer gesprüht hatte, nachdem Anna anne verschwunden war.

»Kann ich reinkommen?« Irene hatte die Tür schon in der Hand. »Die da drüben brauchen etwas Zeit, um sich an mich als Tatsache zu gewöhnen.« Ihr Lächeln war das alte, infernalische Irene-Lächeln, auch trug sie noch immer den Rock, in dem sie vom Nußbaum geklettert war.

Irene sah sie, Emmi, nicht gleich, da sie beinah im Dunkeln saß. »Ich möchte wissen, wie alles gekommen ist. Von denen«, Irene deutete durchs Fenster auf das Haus drüben, »denkt jeder dreimal nach, bevor er einmal etwas sagt. Das ist mir zu mühsam.«

Irene tastete sich mit zusammengekniffenen Augen in ihre Richtung, wobei Emmi, die ans Dämmerlicht gewöhnt war, Irene natürlich besser sehen konnte als Irene sie.

»Irene, du überraschst mich.« Irene zuckte zusammen, kam aber geradewegs auf sie zu. »Oh!« machte Irene, als sie vor ihr stand. Irene sah mittlerweile wohl genauso gut wie sie, und sie wußte natürlich, was Irene dachte. Mit einer Armbewegung bot sie ihr Platz an.

»Emmi, Emmi, sogar deine Stimme hat Fett angesetzt!« Irene ließ sich, ohne den Blick von ihr zu nehmen, in den Armstuhl fallen, in dem sie auch früher immer gesessen war. »Menschenskind, was ist los mit dir?«

»Nichts. Ganz und gar nichts.« Sie hatte alles in Reichweite, mußte sich nur ein wenig zur Seite recken, um den stummen Diener näher heranzuziehen.

Sie, Emmi, nahm ein Glas und fragte höflich, was es denn sein dürfe. Sie wußte, daß Irene *Unicum* sagen würde, und hielt die Flasche bereits in der Hand. In solchen Situationen hatte Irene immer *Unicum* gesagt. Irene zeigte mit dem Finger auf die grüne, kugelförmige Flasche.

»Wie üblich.« Sie schenkte ihr ein und reichte ihr das Glas.

»Und du?« fragte Irene.

»Ich esse und trinke nicht mehr in Gegenwart anderer.«

Irene nickte, als hätte sich eine ihrer Vermutungen bestätigt. Doch bevor Irene sich weiter mit ihr beschäftigen konnte, sagte Emmi scheinheilig: »Bist du auf Urlaub?«

Irene schien sich ein wenig zu erbosen. »Denkst du jetzt auch nicht mehr in Gegenwart anderer?« Sie machte eine kleine Pause. »Ich bin im Ruhestand.« Es klang nach nichts Gutem. »Und bin endgültig zurückgekommen.«

»Allein?« Schwer zu glauben. Irene, die immer einen Mann zur Hand hatte.

»Allein. Ich habe keine Lust mehr auf das ganze Drumherum.« Irene nahm einen Schluck von dem *Unicum*, seufzte verhalten und meinte dann vage: »Irgendwie interessiert mich das alles nicht mehr.«

Darauf würde auch sie dringend einen Schluck gebraucht haben, saß jedoch in der eigenen Falle.

»Und jetzt möchte ich herausfinden, was hier wirklich los war. Ich weiß, ich weiß ...«, Irene hob die Hände wie in Abwehr, »ich hätte mich gleich darum kümmern müssen, aber das Verschwinden von Anna ...«, plötzlich hatte Irene Tränen in den Augen, Tränen, die sie wohl um nichts in der Welt hätte weinen wollen, doch die Natur rächte sich, indem sie sie heftig aufschluchzen ließ.

»Ich konnte nicht früher, glaub mir, Emmi, es ging wirklich nicht, und jetzt, wo ich mich entschlossen habe, den Dingen ins Auge zu sehen ...«, wieder mußte sie schluchzen, aber sie gab nicht auf, »stelle ich fest, daß ich nicht die geringste Ahnung habe.«

Sie schenkte Irenes Glas wieder voll, und die nahm es ihr aus der Hand, als wäre darin der reinste Lebenssaft, was es ja auch war. Es lief auf ein längeres Gespräch hinaus, bei dem sie, Emmi, mehrmals durch die Hölle gegangen war, so wie ihr Hals und ihre Seele austrockneten, aber sie hatte es sich nun einmal geschworen und war – o Jubel, o Preis! – standhaft geblieben.

Als Irene dann endlich ging, um vieles klüger angeblich, war sie, Emmi, dermaßen *high* vor lauter Selbstachtung, daß sie sich noch ganze zehn Minuten in diesem Gefühl suhlte, bevor sie den ersten einsamen Schluck nahm. Er verdunstete bereits im Nasen-Rachen-Raum, so nahe war sie am Verdursten gewesen.

Wenn Emmi noch auf die Toilette wollte, blieb ihr nichts anderes übrig, als aufzuwachen. Im Schlafwandeln war sie nie besonders gut gewesen, meist schlug sie sich dabei ein Knie blutig. Sie saß noch immer auf dem Sofa, das heißt, sie lag mehr, als sie saß, da sie die Beine angezogen hatte und ihr der Kopf auf die Armlehne gerutscht war. Das Licht brannte, sie nahm einen Schluck aus dem noch halbvollen Glas. *Und die Mutter blicket stumm auf dem ganzen Tisch herum* – da lag noch ein einzelner Schokokeks auf dem Teller. Sie steckte ihn rasch in den Mund, bevor sie es sich anders hätte überlegen können.

Aufs Klo zu müssen hieß, ins Badezimmer zu gehen, und ins Badezimmer zu gehen hieß, sich wohl oder übel zu waschen und auszuziehen. Da konnte sie sich gleich ins Bett legen, wenn sie sich schon die Mühe machte. Verdrossen dachte sie an alles, was noch zu geschehen hatte, aber die Natur ließ ihr keine Wahl. Und da sie schon einmal gezwungen war aufzustehen, nahm sie gleich den Teller und das Glas mit in die Küche.

Als die Prozedur vorüber war und sie endlich in ihrem Nachthemd steckte, löschte sie sogleich das Licht, um ihr ungemachtes Bett nicht zu sehen.

Bevor sie sich unter den Decken begrub, warf sie einen Blick durchs Fenster.

Das Haus drüben, das als einziges in der Straße allein und inmitten eines Gartens stand, war bereits dunkel, nur in Alis Zimmer brannte noch Licht. Er selbst saß mit untergeschlagenen Beinen auf dem Bett und zupfte an seinem *Saz*, einer Langhalslaute, wenn es stimmte, was sie im Wörterbuch nachgeschlagen hatte. Manchmal schrieb er auch etwas in ein Heft.

Inimini behauptete, es seien Gedichte. Na ja, wahrscheinlich etwas, was sich singen ließ. Wenn es draußen warm war und alle Fenster offenstanden, konnte sie ihn manchmal hören. Ali hatte keine üble Stimme, aber was er sang, klang eindeutig nach *Jammertal*. Jetzt, wo die Fenster geschlossen waren, konnte sie ihn zwar nicht hören, aber sie fühlte sich so, wie Ali für gewöhnlich klang, wenn er Musik machte.

Ihr Herz dröhnte, und sie ließ sich ins Bett fallen, so wach, wie man nur wach sein kann. Jedoch die Vorstellung, noch einmal aufzustehen und sich ein Buch oder den Walkman zu holen, war ihr so zuwider, daß sie reglos liegenblieb und versuchte, sich selber zu hypnotisieren. *Schlafen, die Augen zu und schlafen! Bis morgen früh durchschlafen!*

Irene schlief gewiß. Wahrscheinlich schlief sie sich Mut an, um ihr Haus wieder in Besitz zu nehmen. Oder sich wenigstens darin einzurichten zwischen denen, die schon so lange in ihm wohnten, daß sie vergessen hatten, daß es immer noch ihr Haus war. Irene hatte so viele Jahre anderswo gelebt, daß sogar Anna, ihre Tochter, der Meinung gewesen war, Irene würde zu ihren Gunsten auf das Haus verzichten. Daneben. Ganz und gar daneben.

Anna war immer mehr ihr Kind gewesen als das von Irene. Sie, Emmi, war diejenige, die sich Zeit nahm, sie spazierenzufahren. Weit, weit aus der Stadt heraus, wo sie nicht mehr alle kannten. Da glaubten die Leute dann, es wäre ihr Kind, und sie wackelte mit dem Hintern, so stolz war sie. *Seht alle her, was für ein Goldkind ich in diesem mickrigen, kleinen Wagen durch die Gegend schiebe!*

Die Bruckners, die Irene als Kriegswaise adoptiert hatten, hielten das Geld zusammen. Anna war das ledige Kind von Irene, und es gab nur einen Kinderwagen aus der Tauschzentrale. Emmi hätte gerne einen nigelnagelneuen gekauft, aber das wäre den Bruckners ziemlich aufgestoßen. Irene war froh, daß es überhaupt so etwas wie einen Kinderwagen gab. Im Grunde wollte sie nur weg, so weit weg wie möglich. Zuerst alleine und arbeiten, und wenn sie genug gearbeitet hätte, Anna nachholen.

Die Bruckners wollten sie nicht weglassen, arbeiten konnte

Irene zu Hause auch, da blieb es wenigstens in der Familie. Und wer, bitte, sollte sich um das Kind kümmern? Aber Irene setzte sich durch, wie immer und bei allem. Und die meiste Zeit war Anna ohnehin bei Emmi.

Eines Tages war Irene dann fort, und die Bruckners mußten Personal aufnehmen, gleich zwei Mädchen anstelle von Irene, die immer eine Flinke gewesen war. Die Bruckners waren vollkommen aus dem Häuschen. Zuerst das ledige Kind, und dann auch noch abhauen.

Irene rief Emmi immer wieder an, um nach Anna zu fragen. Sie erzählte ihr, wie Anna Dreirad fahren und wie sie schwimmen lernte. Als die Bruckners sich halbwegs beruhigt hatten, kam Irene öfter zu Besuch. Aber sie hatte keine Geduld mit dem Kind. Am Telefon sagte sie immer, wie große Sehnsucht sie nach Anna habe, aber wenn sie dann da war, begann sie an ihr herumzumäkeln. Da bockte Anna und wollte die neuen Sachen gar nicht anziehen, die Irene ihr mitgebracht hatte.

Je älter Anna wurde, desto größer wurden die Gegensätze. Nur in einem schienen sie sich gleich, nämlich daß auch Anna wegwollte. Irene triumphierte, zumindest eine Weile. Sie hatte Anna zu sich geholt, um ihr zu zeigen, wie die Welt funktionierte. Aber Anna muß das meiste falsch verstanden haben. War auch bei weitem nicht so ehrgeizig wie Irene. Sie schrieb jede Woche. *Emmi dies, Emmi das* … Sie, Emmi, hatte alles vorausgesehen, das verschlampte Studium und daß Anna sich in jemanden verlieben würde, der ihr, ohne es zu wollen, das Leben schwermachte.

Sie hatte sie nicht zurückhalten können, damals nicht und später auch nicht. »Emmi«, sagte Anna, »ob es gut ist für mich oder nicht, ich muß.« Sie lachte und war so glücklich. Anna konnte tatsächlich glücklich sein, so sehr, daß es einem weh tat. Eine, die ihr Glück so leben konnte, würde auch ihr

Unglück so leben müssen. Als Anna noch ein Kind war, veränderte sich die Farbe ihrer Augen, wenn die Stimmung umschlug. Von Blau nach Grün, erst recht wenn sie weinen mußte.

Emmi war immer hinter Anna her gewesen, sie sollte sich doch nicht verletzen. So wie damals, als sie radfahren gelernt hatte und davonfuhr, die Promenade am Fluß entlang, unsicher, wackelnd und ununterbrochen klingelnd. »Warte«, hatte sie geschrien, »wart auf mich, du weißt doch gar nicht, wo du hinfährst!« Und sie Anna dann an der Uferböschung gefunden hatte, mit aufgeschlagenen Knien, aber ansonsten heil. Nur das Fahrrad war in den Fluß gefallen.

Und wieder fuhr Anna mit dem Rad, diesmal nicht die Promenade entlang, sondern hinten am Park vorbei in Richtung Wald, zwischen den Bäumen hindurch und erst dann wieder an den Fluß. Ihre Augen waren blau, himmelblau, und ihre Haut glänzte wie immer nach dem Baden. Sie trug die Haare in einem dicken Zopf, der sie am Hals kitzelte. Sie lachte und war so glücklich, daß es weh tat. »Emmi«, rief sie, »du bist zu dick, du wirst mich nie erwischen!«

Sie keuchte hinter ihr her, aber es half nichts. Anna konnte die schwarze Wolke nicht sehen, die auf sie zukam. Oder doch? Irgend etwas muß sie gesehen haben, denn sie warf die Arme in die Luft – sie hat nie freihändig fahren können –, dennoch warf sie die Arme in die Luft: »Emmi, ich fliege, so glaub mir doch! Emmi, ich kann fliegen …« Aber im Grunde war sie es, die flog und Anna liegen sah, ganz unten, blutig und ohne Bewußtsein.

Wie schon so oft, konnte sie sich weinen hören, die glitschige Wange am durchweichten Kopfkissen, und als sie zu schlucken versuchte, erstickte sie beinah an der eigenen Spucke. »Nein«, schrie es in ihr, »niemand kann fliegen.«

Anna war weggegangen, um zu sich zu kommen. Weil ihr alles zuviel geworden war. Sie alle waren ihr zuviel geworden.

Aber sie würde wiederkommen. »Amen«, rülpste der Versucher in ihr. »Und wenn sie nicht gestorben sind, dann leben sie noch heute.«

Anderntags hatte Emmi nach Ali gerufen, als er unterm Fenster vorbeiging. Die Birne in der Deckenbeleuchtung war ausgebrannt, und sie konnte auf keine Leiter mehr steigen. Auch früher war sie nie schwindelfrei gewesen, doch jetzt drehte sich ihr der Kopf schon bei der ersten Sprosse.

»Sonst alles in Ordnung, Emmi hanım?« Ali ging manchmal für sie einkaufen, seit Anna nicht mehr da war. Sie hatte einen Zettel geschrieben und legte ihn zusammen mit dem Geld in einen Korb.

So konnte sie sitzen bleiben, während Ali sich die Leiter aus dem Abstellraum und die neue Birne aus dem Vorzimmerschrank holte.

»Irene ist also zurückgekommen, hätte ich nicht gedacht.« Emmi schaute ihm zu, wie er die Leiter unter der Lampe postierte.

»Ja!« Ali hatte für gewöhnlich einen sanften Blick und eine Haut wie Elfenbein. Sein Haar war tiefschwarz, voller kleiner Locken. Er schien sich immer über etwas zu wundern, auch wenn er es nicht zugeben wollte. Kaum zu glauben, daß er einmal so rebellisch gewesen sein sollte, um aus seinem Land fliehen zu müssen. Wäre da nicht – höchst selten, aber doch – dieses Fünkchen Zorn in seinen Augen gewesen, hätte sie Alis Geschichte für pure Legende gehalten.

»Sie ist Annas Mutter, wo soll sie sonst hingehen als in ihr Haus.«

»Es wird für euch alle eine Erleichterung sein, was den Haushalt betrifft, und überhaupt.«

Ali sah Emmi an, als würde sie ihn auf den Arm nehmen wollen. »Hat bisher ganz gut geklappt.« Vorsichtig schraubte er die kaputte Birne heraus und die neue hinein.

»Nichts gegen eure Planwirtschaft, aber ich denke an

Inimini. In ihrem Alter hat Anna noch nicht einmal gewußt, wie man Milch heiß macht.«

Ali legte die Ohren an. »Meine Tochter ist geschickt, ist doch gut, oder?« Licht flammte auf, und Ali stieg von der Leiter, wobei er am Schluß zwei Sprossen auf einmal nahm und beinah mitsamt der Leiter, die er umklammert hielt, umgekippt wäre. Emmi suchte unwillkürlich Deckung, indem sie den Kopf einzog. Aber Ali wahrte seine Würde, klappte ruhig die Leiter zusammen, als habe der Hopser dazugehört, und stellte sie an ihren Platz zurück.

»Versteh mich nicht falsch, mein Lieber, ich habe nur manchmal den Eindruck, daß das Kind zu viel arbeitet.« Emmi richtete sich wieder auf. »Aber jetzt, wo Irene da ist ...«

Alis Blick sagte, *vergiß es*, aber sein Mund öffnete sich zu einem mechanischen »... wird alles anders werden.«

Sie wagte kaum, sich das Leben im Haus drüben vorzustellen. So wie sie Irene kannte, würde kein Stein auf dem anderen bleiben. Irene würde ihnen zeigen, daß die Kartoffeln unten wachsen und die Kirschen oben, aber sie würde auch dafür sorgen, daß sie keinen Augenblick vergaßen, wie die Hausordnung lautete. Also versuchte sie, Ali ein wenig von Irenes Machtergreifung abzulenken.

»War das deine Idee mit dem Kopftuch?«

Gleich kam Leben in seine verhangenen Züge. »Meine Idee? Die Frau von Haluk muß ihr das eingeredet haben. Seit Anna ...« Es verschlug ihm die Sprache, und Emmi schämte sich, weil sie die falsche Frage gestellt hatte. Am liebsten hätte sie ihn in die Arme genommen wie den Sohn, den sie nie geboren hatte, und ihm ins Ohr geflüstert, daß Anna eines Tages wiederkommen würde, obwohl ihr alles, obwohl sie alle ihr zuviel geworden wären, sie müßten nur Geduld haben – *Geduld bringt Rosen* –, Geduld und ein wenig Großherzigkeit.

Aber Ali schaute haarscharf an ihr vorbei, nagte an seiner Unterlippe, die schon ganz wund sein mußte, und nahm schweigend den Einkaufskorb mit der Liste und dem Geld vom Tisch.

Ali hatte das Licht brennen lassen, also mußte sie doch noch aufstehen. Sie ging gleich ins Bad, holte sich auch Saft aus der Küche. Auf dem Rückweg konnte sie Inimini durch den Garten flitzen sehen. Irene stand in der Küchentür, auf der Nußbaumseite, und rief nach ihr. Inimini duckte sich hinter der Brombeerhecke und fingerte an ihrem Kopftuch, sie trug es immer noch.

Im Gegensatz zu Anna, die oft Mühe hatte, Worte zu finden, es daher manchmal sein ließ und einfach nur lächelte, sagte Inimini alles mögliche, so als sei sie tausend Jahre alt und habe hundert Leben gelebt. Wahrscheinlich dachte sie sich die Sätze vorher aus und wartete dann auf eine Gelegenheit, sie loszuwerden.

»Glaubst du nicht auch, Emmi, daß das Leben wie ein unreifer Apfel ist?« Sie hatte keine Ahnung, worauf Inimini hinauswollte, schaute sie nur groß an. »Erst schmeckt er einem, und dann kriegt man Durchfall.« Aber das war noch, bevor Inimini angefangen hatte, dieses Kopftuch zu tragen.

»Und Inimini? Sie muß doch irgend etwas dazu gesagt haben. Damals.«

Emmi hätte sich gleich denken können, daß Irene es keine zwei Tage aushalten würde allein da drüben. Irene war schlank geblieben, hatte schon immer einen Hang zum Magersein. Wenn sie sich Mühe gab, konnte sie Irene als Kind vor sich sehen, mit Beinen wie eine Waldschnepfe. Sie selbst war damals schon schwerer als Irene gewesen. Die einzige Stelle, an der bei Irene etwas hängenblieb, war der Busen. *Holz vor der Haustür,* wie die Burschen sagten, die ihr schon nachpfiffen, als sie beide noch gemeinsam im Nußbaum saßen.

Sie hatte sich mit der Antwort Zeit gelassen. »Inimini hat ein Riesenmundwerk, aber in Wirklichkeit kriegst du nicht viel aus ihr raus. Sie sagt höchstens so verrückte Dinge wie, daß sie Zoo-Direktorin werden will oder daß Ali baba auf die Kraniche wartet, die noch hier durchziehen werden. Und das einzige Mal, wo ich sie weinen gesehen habe, war, als sie und Omo das Wort abkratzten, das jemand an die Hauswand gesprüht hatte.«

Irene war mit ihrem Manikürzeug gekommen und feilte sich nun die Nägel. Ihre Hände sagten deutlich, wie alt sie war. Verstohlen schaute Emmi auf die ihren, die ordentlich gepolstert und so gut wie faltenlos erschienen. Das hieß wohl, daß sie sich immer noch Illusionen machte. Irene las wieder einmal in ihren Gedanken. »Ein leerer Sack steht nicht, Emmi, auch wenn du so tust, als hättest du dir das Essen abgewöhnt.«

»Geschenkt.« Sie hatte keine Lust, sich von Irene etwas zu ihrer Lebenspraxis sagen zu lassen. Ihr Bauch gehörte ihr und ihr Hintern, ihre Oberschenkel und ihr Busen ebenfalls. Irene hatte keine Ahnung, was es hieß, das eigene Anschwellen bis in den Schlaf hinein zu spüren, und nichts dagegen tun zu können. Genauso wie sie keine Ahnung davon hatte, was im Haus drüben los war. Anna, ihre wunderschöne Anna, hatte sich zu Tode geliebt, und nicht einmal ihre Mutter würde etwas davon begreifen.

»Diese Ungewißheit!« Das Feilenraspeln begleitete Irenes Stimme im falschen Rhythmus. »Emmi, du hast meine Tochter besser gekannt als ich, ich bitte dich, sag mir endlich, was los war. Oder glaubst du, daß ihr etwas passiert ist?«

Emmi versuchte zum hunderttausendsten Mal das grausige Bild zum Verschwinden zu bringen, das sie nachts des öfteren aus dem Schlaf scheuchte und das wohl von niemandem, außer von ihr, gesehen wurde. Sie zuckte so heftig mit den Achseln, daß ihre Ellbogen den Tisch zum Vibrieren brachten.

»Ich weiß es nicht, niemand weiß es, solange man sie nicht gefunden hat.« Schon das Wort *gefunden* jagte ihr großen

Schrecken ein, es roch irgendwie nach Verletzungen, nach Tod. »Auch der Gendarmerie-Major nicht, der manchmal vorbeischaut, nur um zu sagen, daß er noch immer keine Spur hat. Er sitzt bei Ali in der Küche, trinkt Tee und fragt ihn zum x-tenmal, wann er damals schlafen gegangen, wann er wieder aufgestanden und warum er nicht gleich zu ihm gekommen sei, als Anna die Nacht über fortblieb. Und das Ali, der sich mehr dafür geniert, als irgendein Gendarmerie-Major sich ausmalen kann. Stell dir vor, er hätte Anna gleich am nächsten Morgen als vermißt gemeldet. Wie sie gegrinst hätten, die *Freunde und Helfer*. ›Ist wohl fremdgegangen, die Braut!‹ Etwas in der Art hätten sie sicher zu ihm gesagt. Dieser Gendarmerie-Major vielleicht nicht, der hat nämlich seinerzeit ein Auge auf Anna gehabt. Darum kommt er auch noch immer zu Ali. Aber wer sagt denn, daß er tatsächlich Dienst gehabt hätte, wenn Ali gleich nach der ersten Nacht Anzeige erstattet hätte. Und die anderen hätten bloß blöd gelacht.«

»Ich mache mir Sorgen um die Kleine, um Inimini.« Irene zog eine Weile den Rotz auf, bis sie sich endlich schneuzte.

Typisch Irene. Kaum hatte sie den Mut, mit ihr über Anna zu reden, über ihre, Emmis, Anna, schlug sie schon wieder einen Haken. Unbegreiflich die Frau. Da kannten sie einander nun schon seit Kindertagen, und immer noch überraschte sie Irenes Wechselschritt.

»Du bist schwanger«, hatte sie zu Irene gesagt, als sie den Wintermantel nicht mehr überm Bauch zubrachte, »wie wäre es, wenn du mit diesem Kerl einmal Klartext sprichst?«

Irene hatte sie angeschaut, als rede sie von etwas, das nichts mit ihr zu tun hatte, und zwitscherte bloß: »Weißt du, Emmi, daß Mario versprochen hat, mir einen Job und ein Zimmer zu besorgen, wenn ich erst einmal in München bin?«

Erstaunlicherweise war Irene dann wirklich nach München gegangen, und dieser Mario hatte ihr tatsächlich einen Job und ein Zimmer besorgt, in dem sie zwar nur ein paar Wochen geblieben war, aber immerhin. Danach suchte sie sich etwas Geräumigeres.

Irene hatte Schiß. So wie sie da bei ihr saß und sich schneuzte, war klar, daß sie Schiß hatte. Die kecke alte Irene hatte Schiß, mit ihr über ihre Tochter zu reden und warum sie verschwunden war. Statt dessen entdeckte sie in sich die Großmutter, die Großmutter von Omo und Inimini – es war zum Kotzen. Emmi verlagerte ihr ganzes Gewicht nach vorne und sagte mit Nachdruck: »Ihre Mutter ist weg, und niemand weiß, was mit ihr geschehen ist, das schockt jedes Kind!«

Schon versuchte Irene, ihr neuerlich zu entwischen. »Ich meine das Kopftuch.« Sie zog ein weiteres Mal auf, streckte die Hände von sich und betrachtete mit zusammengekniffenen Augen ihre Nägel.

»Was denn, sie versucht bloß, auf andere Gedanken zu kommen.«

»Glaubst du, daß Ali dahintersteckt? Ich meine, die Frau von seinem Freund läuft doch auch so herum.«

»Freund? Freund ist gut!«

Sie konnte es nicht glauben, daß Irene diesen Teil der Geschichte einfach sausen ließ, ohne sich zumindest ihr gegenüber mit großem Getöse Luft zu machen. Immerhin war das Gasthaus einmal das ihrer Zieheltern gewesen. Irene hatte selbst eine Zeitlang dort gearbeitet. Jetzt aber gehörte diese *Goldene Gans* Haluk und hieß mittlerweile *Zypresse*. Ali konnte noch von Glück reden, daß Haluk ihn weiter beschäftigte. Aus Solidarität, wie Haluk behauptete. Nachdem Haluk ein paar Jahre bei Anna und Ali in Dienst gestanden war. Wo Haluk bloß das Geld herhatte, Annas und Alis Schulden zu bezahlen? Daß Ali Pleite machen würde, war vorauszusehen. Nur Anna hatte die Augen fest zugemacht. So fest, daß nicht einmal sie, Emmi, sie hatte wach kriegen können. »Ach Emmi, was verstehst du denn vom Geschäft. Laß uns nur machen.«

Sie ließ. Was hätte sie sonst tun können? Unterrichtete fremde Kinder und studierte beim Nachhausegehen die Speisekarten der anderen Gasthäuser. Damals hatte Anna bereits die Kinder gehabt, wie hätte sie sich da noch groß ums Geschäft kümmern können. Die Bruckners hatten ihr, bevor sie starben, das Geschäft überschrieben. Irene bekam nur das Haus, schließlich war sie abgehauen und nicht, wie Anna, zurückgekommen. Ali aber schrieb nachts Gedichte und verließ sich auf Haluk.

»Irene, du kannst doch nicht übersehen haben, daß Haluk jetzt Alis Chef ist und ihn entsprechend für sich schuften läßt.«

Irene reagierte so matt, daß Emmi die Welt nicht mehr verstand. »Ali und schuften?« Irene packte ihr Manikürzeug weg. »Du lebst schon zu lange in deiner Sofa-Welt, Emmi, und glaubst, was man dir erzählt.«

Irene bildete sich wohl ein, der Augenschein trüge ausgerechnet sie nicht. Es waren jedoch schon Klügere als Irene mit Blindheit geschlagen gewesen.

Aber warum regte sie das überhaupt auf? Solange Anna verschwunden blieb, war es vollkommen lila, ob Ali schuftete oder nicht.

»Ist doch nicht normal, wenn ein intelligentes, lebhaftes Kind sich plötzlich wie eine Nonne verkleidet und so auch noch in die Schule stelzt. Oder?«

Irene machte sie wütend. Anstatt über Anna zu reden, kam sie ihr mit diesem Kopftuch. »Inimini ist kein Kind mehr. Sie wird ihre Gründe haben.«

»Kein Kind mehr?« Irene zog die Brauen hoch, und Emmi starrte auf ihre Tränensäcke, die unter einem himmelblauen Blick hingen.

»Außerdem steht es ihr«, behauptete sie, und Irenes Tränensäcke schlenkerten geradezu vor Ablehnung, »wenn du mich fragst.«

Irene fragte sie aber nicht, und in ihrem Gesicht stand geschrieben, wie sie gegen den Verdacht ankämpfte, sie, Emmi, könne sie trotz der ganzen Misere verarschen. Sie mußte Irene wieder ein wenig entgegenkommen, bevor sich der Verdacht in ihr festsetzte.

»Hast du Lust auf ein Stück Kuchen?« Bevor Irene noch etwas sagen konnte, nahm sie, Emmi, einen Anlauf, stemmte sich hoch, so richtig mit Schwung, damit sie auch gleich in Gang käme. Dabei löste sich der Furz, der sie ohnehin schon die ganze Zeit gequält hatte.

Irene starrte ihr ungläubig ins Gesicht. Sie entschuldigte sich ziemlich lässig, da fing Irene hemmungslos zu lachen an. In diesem Augenblick stieg es auch ihr den Hals herauf, und sie lachten beide, ungeheuer laut und ungeheuer hysterisch. Ihr kamen beim Lachen immer gleich die Tränen, aber auch Irene mußte sich die Augen wischen. Sie hielt sich noch immer – halb im Stehen – am Tisch fest, ihr Busen galoppierte unter der Bluse wie seinerzeit die schweren Brauereipferde in den Hof der *Goldenen Gans*, während Irene sich an ihren Arm klammerte, damit das Lachen sie nicht vom Stuhl kippte.

Emmi hatte wieder die Szene vor Augen, wie Irene und sie im Nußbaum gesessen waren und die Bruckner, damals höchstens halb so alt wie jetzt sie beide, aus der Küche gekommen war und sich – nicht ahnend, daß sie beide ganz in der Nähe hockten – kollernd Erleichterung verschafft hatte, wobei sie nach jedem Knall auch noch zufrieden seufzte, während sie beide im Nußbaum an ihrer Heimlichkeit beinah erstickten.

»Weißt du noch?« Ihr war klar, daß Irene an dasselbe dachte, ja denken mußte, wenn ihr Kopf noch funktionierte. Irene nickte bloß, ein neuer Lachkrampf schüttelte sie, nickte und schlug mit der einen Hand auf den Tisch, während sie ihr mit der anderen blaue Flecken kniff.

Sie konnten und konnten sich nicht beruhigen. Wann immer eine von ihnen wieder zur Vernunft zu kommen schien, kreischte die andere: »Weißt du noch?« und gab ein Stichwort, das auf weitere Erinnerungen dieser Güte anspielte.

Emmi hatte sich längst wieder hingesetzt, das war nichts, was ausgestanden werden konnte, das mußte man aussitzen. Erst als Ali mit dem Einkauf zurückkam, faßten sie sich einigermaßen, aber noch war es bei weitem nicht vorbei. Selbst das geringste Anstreifen an einem »Weißt du noch?« versetzte sie beide wieder in heftiges Gekreisch und Gelächter, bei dem auch das Tränenkrüglein aus dem Märchen sich längst gefüllt hätte.

Ali stellte den Korb auf den Küchentisch und die Flaschen in den Kühlschrank, dessen Türe laut knarzte. Schon mußten sie wieder lachen. Ali schaute ihnen befremdet zu, wie sie sich, nach Atem ringend, nach vor beugten, und konnte sich bei Gott keinen Reim darauf machen, was denn an ihrer aller mißlichen Lage so lächerlich sein sollte, daß es sie dermaßen schüttelte. Aber wann immer Irene oder sie zu einer Erklärung ansetzte, zerriß ihnen dieses mörderische Gewieher von neuem den Mund.

Alis unsicherer Blick wurde zusehends gekränkter, als wäre er unwiderruflich zu dem Schluß gekommen, sie würden über ihn lachen. Also holte er den Kassabon aus der Hosentasche und legte ihn auf den Tisch neben den Korb mit den restlichen Sachen, von denen er nicht wußte, wo sie hingehörten.

»Wechselgeld gebe ich hierher.«

Es war Emmi noch immer nicht möglich, sich bei Ali zu bedanken. Sie deutete ihm nur mit der Hand, für ihn war ohnehin klar, daß Irene und sie endgültig übergeschnappt sein mußten, also ging er seines Weges.

Es tat Emmi leid, daß er sie beide so hatte sehen müssen, aber sogar seine Art, sich kopfschüttelnd und eingeschnappt zurückzuziehen, reizte sie erneut zum Lachen, und als er endlich zur Tür hinaus war, verschluckte Irene sich mehrmals an dem Satz: »Mein Schwiegersohn hat uns verlassen.«

Emmi mochte Ali, weil Anna ihn gemocht hatte, und sie mochte ihn nicht, weil er an allem schuld war. Hätte Anna sich nicht in ihn verliebt und ihn auch noch geheiratet, dann wäre ihr nicht alles zuviel geworden, dann wären sie alle ihr nicht zuviel geworden, und sie wäre nicht von einem Tag auf den anderen spurlos verschwunden. Dann würde auch das Gasthaus noch ihr und nicht diesem Haluk gehören, dessen Frau und Töchter nur mit Kopftüchern aus dem Haus gingen. Sie hätte weder Omo noch Inimini geboren, und möglicherweise wäre sie jetzt hier gesessen und hätte mit ihnen gelacht, daß sich die Balken bogen.

Nur langsam gelang es Emmi und Irene, wieder normal zu atmen, und während sie sich noch die Tränen abtupften und den Hals räusperten, fragte Irene sie, was sie von Ali halte und ob es nicht doch ein großer Fehler von Anna gewesen sei, ihn zu heiraten, auch wenn er ein netter Kerl sei, aber sie hätten eben doch zu wenig an Gemeinsamem.

»Zu wenig an Gemeinsamem?« Emmi fiel ein, daß sie für Irene ein Stück Kuchen hatte holen wollen, und unternahm von neuem den Versuch, hochzukommen und sich dabei gleichsam in Richtung Küche abzustoßen. »Sie haben fünfzehn Jahre und zwei Kinder miteinander gehabt. Das ist wohl Gemeinsames genug, denkst du nicht?«

Nicht daß sie sich das, was Irene meinte, nicht oft genug selber gesagt hätte, aber aus Irenes Mund reizte es sie zum Widerspruch. Man konnte Ali alles mögliche nachsagen, aber nicht, daß er sich keine Mühe gegeben hätte. Er hatte so gut Deutsch gelernt, daß er kaum mehr mit Akzent sprach, nur die Artikel verwechselte er gelegentlich oder ließ sie ganz weg, und hin und wieder verfiel er an unpassenden Stellen in den

Dialekt der Gegend, was aus seinem Mund ein wenig merkwürdig klang.

Irene aber konnte noch immer nicht begreifen, was mit Anna geschehen war, und erwartete nun von ihr, daß sie es ihr erklärte.

Irene

»Genesen? Ich weiß auch nicht, ob man davon genesen kann«, hätte Irene wohl zu Anna gesagt, wenn sie es ihr hätte erklären sollen. Nämlich von sich selbst, von der Durchlässigkeit der eigenen Haut, vom eigenen Körper, in dem sich das Bild eines anderen festgesetzt hatte. Der Abdruck dieses anderen drang in jede Zelle – Einnahme, Teilhabe, Unterwerfung. Oder wie es im Krieg hieß – Usurpation, Partizipation, Kapitulation. Und die körpereigene Abwehr? Außer Kraft gesetzt. Dennoch blieb man durch die Haut getrennt.

Was sich festsetzte, war das Bild, das Bild jenes anderen, das man an seiner statt in Besitz nahm. Schon hatte man ihn vereinnahmt, sich so seine Zuneigung gesichert, sich seine Berührungen vorgestellt. Man trotzte ihm Worte ab, Worte für sich selber, und zwang ihn, einen so zu sehen, wie man sich selbst gefiel.

In einem Restaurantspiegel hatte sie sich einmal so vor Augen gehabt, wie sie sich gerne gesehen hätte. Sie schaute mehrmals hin, bis sie es glauben konnte. Kein Zweifel – da saß sie und lächelte. Das Licht, der Abstand, die Stimmung, alles war auf ihrer Seite.

Irene erkrankte immer wieder an einem Gesicht, einem Körper, einer Stimme. Ohne Vorwarnung. Jemand stolperte auf sie zu, sagte etwas, noch wiegte sie sich in Sicherheit, antwortete, lachte, ohne zu ahnen, daß sie sich bereits angesteckt hatte.

Wenn das Gesicht des anderen zum ersten Mal den Weg in

ihre Träume fand, wurde sie stutzig. Manchmal starben die Keime wieder ab, aus Mangel an sinnlicher Nahrung. Dann war es bloß ein Gesicht, das ihr hätte gefährlich werden *können*.

Andernfalls begann das Gesicht des anderen sich an ihrer Aufmerksamkeit zu mästen, nahm zusehends Platz in ihren Gedanken, erzeugte Hitze. Sie ging, ohne ein Gewicht zu spüren. Ihr war zum Singen, sie lachte mit sich selber.

Irgendwann sah sie das Gesicht dann nicht mehr deutlich vor sich, und wenn sie ihm wiederbegegnete, stellte sich die entscheidende Frage, ob es tatsächlich das Gesicht war, das den Weg in ihre Träume gefunden hatte, oder hatte sich ihr Bewußtsein geirrt?

Wenn Irene das Gesicht des anderen in der Wirklichkeit wiedererkannte, war es schon zu spät. Da half kein Zungezeigen mehr. Also versuchte sie, es mit ihrem Leben zu verknüpfen, es dort festzuhalten, wo sie gerade stand. So freien Umgang sie mit ihm in der Vorstellung auch gepflegt hatte, so umsichtig stellte sie sich dem lebendigen Gesicht gegenüber an.

Eine fieberhafte Zuneigung ließ sie den Blick senken, eifrig erkundete sie jede Geste, die in ihre Richtung wies, wartete auf das geringste Zeichen von Gegenseitigkeit.

Ihr Blick verklärte nichts. Von Peinlichkeit geschüttelt, nahm sie jede Schwäche, selbst eine grammatikalische, zur Kenntnis, und doch gab es kein Zurück. Da existierte keine andere Richtung als die auf den anderen zu. Als Ziel galt einzig die Vereinigung, egal, wie unmöglich sie erscheinen mochte. Der Versuch, die Grenzen der Haut zu überwinden, einzufallen, wenn es sein mußte, mit Sengen und Brennen.

Alles tat weh an dieser Bewegung, die Erfüllung ebenso wie die Enttäuschung, und daß kein Weg in den anderen führte, auf dem man ankommen konnte. Wo das Ziel sich entzog, gewann der Weg an Bedeutung. Was folgte, war die euphorische

Einstimmung auf das Scheitern, all die hingebungsvollen Zuckungen, das Süchtigmachende des Einander-Ansehens, das die beginnende Ermüdung am Anblick des anderen längst vorausgeahnt hatte.

Dennoch mußte die Liebe geliebt werden. Liebe? Die Krankheit hieß Verliebtheit. Das *ver* bedeutete den Erreger und gleichzeitig die einzige Hoffnung – nämlich daß er wieder vergehen, verlöschen, verschwinden würde.

Jetzt hatte sie so viele verrenkte Wörter gebraucht, um es Anna in Gedanken zu erklären. Anna oder jemandem, der von einem anderen Stern kam. Wahrscheinlich würde Anna denken, daß ihr das auch nicht weiterhalf, weil es nichts mit ihr zu tun hatte, und daß sie ihr viel zu unähnlich wäre, um aus dem Vergleich zu lernen. Doch wenn sie schon all diese Wort-Kapriolen schlagen mußte, sollte Anna ihr doch wenigstens zuhören.

Früher hatte sie noch versucht, damit in den Himmel zu kommen, daß sie aus den Träumen vom Gesicht des anderen an dessen Schulter erwachte. Man konnte dem Paradies ziemlich nahe kommen, für einen Augenblick oder so. Aber es betreten? Nicht bei vollem Bewußtsein. Und sobald man denken konnte, hatte man den Fuß aus der Tür.

Dennoch hatte sie den Blick des anderen immer wieder angenommen und zurückgeblickt. Es lag in ihrer Natur. Vielleicht, dachte sie, gab es doch eine Schwelle, eine Schwelle nur für sie, die sie eines Tages überschreiten würde. Hinter der sich der Magnetberg befand, ihr persönlicher Magnetberg, auf den sie sich zeitlebens zubewegt hatte.

Aber die Wahrscheinlichkeit nahm ab. Mit einem Mal war sie an dem Punkt, an dem es nur mehr darum gehen konnte, ob ein letztes Mal möglich wäre. Und ein weiteres letztes Mal und so fort. Noch zitterten ihr die Knie vom vorletzten letzten Mal. Wie lächerlich – eine alte Frau, die begehrt. Die sich vor ihrem Begehren nicht zu schützen weiß? Sie pfiff auf jede Art der begleitenden Abschwächung, Tatsache war ...

Man mußte es sich auf der Zunge zergehen lassen, Sex als soziale Geste, altersbedingt. *Nur zu, guter Mann, scheuen Sie sich nicht! Wir sind alle bloß Hampler in der Statistik. Darum die Lichter aus und schnell noch einen Schluck, damit uns die Nacht nicht zu lang wird.*

Selbst die Phantasie war korrupt und ging die erbärmlichsten Kompromisse mit der Wirklichkeit ein. Doch es handelte sich um etwas anderes. Was wäre schon Sex? Sex ließ sich nie ausschließen. Selbst Achtzigjährige wurden noch vergewaltigt. Sie wollte die Zeichen sehen, die Blicke, das Flüstern, die heimlichen Berührungen.

Ein Spiel ließ sich nur spielen, wenn die Regeln eingehalten wurden. Mit der Zeit hatte sie immer schlechtere Karten, ihre Schwäche war offenkundig und demütigend. Sollte sie sich weiter vor sich selbst verächtlich machen? Sich immer wieder fragen, wie es denn den anderen Frauen erging? Welchen anderen? Emmi war zu fett und Anna noch zu jung. Außerdem hatte Anna sich wohl abgesetzt, wer weiß, aus welch triftigen Gründen. Zumindest wollte sie das glauben, solange sie nichts anderes glauben mußte.

Sie selbst hatte die Flucht ergriffen, weil sie ihrem eigenen Blick nicht mehr standhielt. Nicht einmal der Spiegel in jenem Restaurant hätte ihr mehr helfen können. Die paar Jahre, die sie dem unausweichlichen Verfall abgetrotzt hatte, führten nur dazu, daß das jeweils letzte Mal immer kürzer dauerte. Wozu dann noch diese enormen Anstrengungen?

War nicht Emmi immer die Klügere gewesen? Die sich rechtzeitig dem Spiel mit der Anziehung widersetzt hatte und nun einer Leidenschaft frönte, bei der sich der andere nicht verweigern konnte. Oder hat man je ein Stück Schokolade erlebt, das geschrien hätte, wenn man es in den Mund schob?

»Männer«, hatte Emmi schon vor Jahren, als Irene sie einmal danach fragte, mit einem perfiden Augenaufschlag gesagt, »Männer schmecken nur halb so gut und sind noch schwerer verdaulich.«

Dabei hatte Emmi seinerzeit auch nichts anbrennen lassen, gemessen am Umfeld. Sie hatte so einiges ausprobiert, bis sie sich nur mehr aufs Essen verlegte. Und auf Anna natürlich. Emmi war die klare Entscheidung für Männer gewesen, die einen dicken Hintern mögen. Insofern war sie sich treu geblieben, auch wenn sie mittlerweile gewaltig übertrieb. Und was sie dazu zu sagen hatte, zeugte von der erbarmungslosen Einsicht eines Menschen, der mit seinem Kühlschrank flirtet. Aber immerhin flirtet, darum aß sie wohl nur mehr heimlich.

»Von hinten kann man dich noch immer für ein junges Mädchen halten«, hatte Emmi neulich zu ihr gesagt, als Revanche für ihre Verblüffung über Emmis jetzige Ausmaße. Jeder weiß, daß man sich in ein Gesicht verliebt, in Augen, einen Mund, vielleicht noch in Ohren, einen Geruch, eine Geste – was half einem da die Hinteransicht?

Die Wahrheit war, daß die Männer jünger wurden, ihr Gesicht aber älter. Wäre sie ein Mann, wäre diese ihre Hölle erst das Fegefeuer, aus dem immer noch der eine oder andere Weg ins Paradies führte. Dabei wollte sie nie ein Mann sein. Männer waren, sofern sie den Blick des *anderen* hatten, begehrenswerte Wesen, die ihr den Puls in die Höhe trieben. Sie zeigten sich aber auch als die Spielmeister.

Sie war zurückgekommen in diese verschrobene kleine Stadt ihrer und Annas Kindheit. Wenn sie an die Anstrengung dachte, die der Abschied von Berlin sie gekostet hatte, brach ihr noch im nachhinein der Schweiß aus. Sie war einfach ausgestiegen, ausgestiegen aus etwas, von dem sie nicht einmal mehr sicher sein konnte, daß es etwas gewesen war, obgleich ein paar nachgeschickte Briefe es sie glauben machen wollten. Doch sie wußte es besser.

Ausgestiegen mit einem Gesicht im Herzen, dessen Konturen noch scharf waren, und mit schweren nächtlichen Phantomschmerzen. Hätte sie etwa sagen sollen: »Natürlich bin ich in dich verliebt, aber ich bin in einem Alter, wo nicht mehr allzuviel daraus werden muß.« Eine Haltung, die sie sich im Notfall wohl noch abverlangt hätte, aber wozu? Um gleich darauf an ihrer Altersweisheit zu ersticken?

Wenn sie endgültig über dieses letzte Gesicht hinweggekommen sein würde, mußte sie es Emmi erzählen, und wer der Mann war, damit sie sich totlachte darüber, die gute alte Emmi.

Manchmal fragte sie sich, ob es einen Unterschied machen würde, wenn sie wüßten, wo Anna war. Für sie wahrscheinlich nicht. Sie und Anna hatten sich in all den Jahren viel zu selten gesehen, insofern konnte sie nicht einmal sagen, daß sie Anna vermißte. Sie hätte nie gedacht, daß Anna den Mut aufbringen würde, von Mann und Kindern wegzugehen. Doch nicht Anna. Und doch Anna. Hut ab! Wenn es tatsächlich ihre Entscheidung gewesen war.

Sie würde den Mann gerne kennengelernt haben, der Anna dazu gebracht hatte. Sie nahm an, daß es sich um *Liebe* handelte. So wie Anna seinerzeit Ali *aus Liebe* geheiratet hatte. Aber selbst die Liebe schaffte es nicht länger als ein paar Jahre, dann war so gut wie immer die Luft raus. So gesehen, hatte sie eine gute Chance, daß sie vielleicht schon in ein paar Wochen davongekommen sein würde. Verliebtsein dauerte bei weitem nicht so lange wie Liebe.

Merkwürdig, was sie Anna nun auf einmal alles zu sagen gewußt hätte. Oder gar nicht merkwürdig, denn in ihrem Kopf hatte sie immer mit Anna geredet. Schließlich war Anna ihre Tochter und somit der einzige Mensch, den ihre Haut je zur Gänze umschlossen hatte. Solange sie mit ihr schwanger ging, waren sie tatsächlich ein Leib gewesen, wie alle Verliebten es sich wünschen. Sie war damals noch keine zwanzig und sehr beeindruckt von den *anderen* Umständen, von dem *Umstand*, zu zweit zu sein, nämlich zwei in einem. Durch Annas Geburt wurden sie getrennt, unwiderruflich. Sie hatte darüber eine Woche lang geweint. Doch schon als sie sie nach Hause brachte, war ihr klar geworden, daß sie vollkommen verschiedene Wesen waren.

Emmi war immer dagewesen. Sie war zu träge oder zu uninteressiert, oder vielleicht konnte sie gar keine Kinder kriegen. »Kinder machen dick und zicken beim Essen«, pflegte sie zu sagen. Doch als sie Anna sah, wurde sie vom Hinschauen Mutter. Nicht gleich beim ersten Mal, dafür umso nachhaltiger. Sie atmete ein und zog Anna allein schon dadurch an sich. Und natürlich wußte sie alles besser. »Irene, der Kopf der Kleinen verformt sich, wenn du sie nicht auf den Bauch legst.« Oder: »Sei nicht so ungeduldig und warte, bis sie gerülpst hat. Sonst kotzt sie und erstickt noch daran.«

Emmi war nicht mehr wiederzuerkennen. Sie hatte sich immer darüber gewundert, daß Emmi Lehrerin geworden war. Ausgerechnet Emmi, für die Kinder höchstens zum Erhalt der Art vonnöten waren. Aber vielleicht war sie deshalb so beliebt, weil ihr jede Form der Anbiederung fremd war und sich ihr Idealismus bereits in ihrer Junglehrerzeit in Grenzen gehalten hatte. Sie erwartete wenig und freute sich, wenn doch etwas zustande kam. Das machte sie fair in ihrem Verhalten den Schülern gegenüber.

Bei Anna war es anders, Anna liebte sie. Sie liebte sie an ihrer, Irenes, statt. In Gedanken entschuldigte sie sich bei Anna dafür, aber sie hatte lange darüber nachgedacht, bis sie es begriffen hatte. Emmi war immer ihre beste Freundin gewesen, zumindest bis sie nach München ging. Es muß sie sehr gekränkt haben, daß sie nicht gesagt hatte: »Was ist, Emmi, kommst du nicht mit? Laß uns gemeinsam etwas aus unserem Leben machen.« Das hätte sie natürlich sagen können, aber sie sagte es nicht. Auch hatte sie Angst davor, mit Emmi zusammen zu wohnen. Emmi hätte Anna um keinen Preis zurückgelassen, und wenn sie sie mitgenommen hätte, wären sie auf jeden Fall beisammengeblieben. Dann hätte sie gar nicht erst wegzugehen brauchen.

Sie war damals noch immer in Mario verliebt, auch wenn klar war, daß sie nicht heiraten würden. Er machte sich nichts aus Kindern. Und aus Dankbarkeit dafür, daß sie ihn Annas wegen nicht belangte, erleichterte er ihr den Start in München, und zwar entscheidend. Bis er dann nach Australien gegangen und dort geblieben war.

Irene hatte sich nie gefragt, ob Anna viel oder überhaupt etwas von Mario haben könnte. Nur jetzt dachte sie manchmal darüber nach, seit Anna verschwunden war. Vielleicht war es ein Fehler gewesen, daß sie sich an Mario nie als an Annas Vater erinnerte und ihr auch nichts von ihm erzählt hatte.

Auch ihr hatten die Eltern, die nicht ihre Eltern waren, nichts von ihrem Vater erzählt. Genausowenig von ihrer Mutter. Wahrscheinlich wußten sie gar nicht, wer sie waren, als sie sie adoptierten. Sie war Treibgut gewesen, angeschwemmt vom Krieg, ein herrenloses Stück Leben, das Fürsorge brauchte. Und die beiden, die sich zu dieser Fürsorge bereit fanden, erledigten die Formalitäten und nahmen sie zu sich.

Sie gewöhnten sich aneinander. Und obwohl sie schon drei Jahre alt gewesen war, erinnerte sie sich an nichts aus der Zeit davor, was wahrscheinlich gut war. Das Zimmer, das von nun an ihres sein sollte, kam ihr riesengroß vor, und im Dämmerlicht ängstigte sie sich vor den Astlöchern in der hölzernen Decke.

Sie hätte nicht sagen können, daß diese Eltern sie nicht geliebt hätten. Sie waren, wie sie waren, aber sie waren für sie da. Und obwohl sie Irene nie verzeihen konnten, daß sie weggegangen war, war klar, daß sie auch für Anna dasein würden. Natürlich hatte Emmi, vernarrt, wie sie in Anna war, ihnen vieles abgenommen, aber gewohnt hatte Anna bei diesen Eltern, die einst auch für sie gesorgt hatten. Sie hätten nie zugelassen, daß sie Anna damals zu sich geholt hätte. »Entweder du kommst zurück, dann kannst du mit deinem Kind bei uns bleiben, oder es ist unsere Tochter, so wie du unsere Tochter gewesen bist. Ein Kind braucht Familie«, hatte der Vater gesagt, und die Mutter stand neben ihm und hielt Anna fest im Arm.

Es stimmte schon, sie hatte nie um Anna gekämpft. Es waren zu viele Mütter um sie herum. Eine Mutter, die anstatt Großmutter noch einmal Mutter wurde, und Emmi, der man Anna ohnehin eher geglaubt hätte. Wenn sie zu Besuch kam und sie gemeinsam mit Anna spazierengingen, schob immer Emmi den Kinderwagen und brabbelte mit Anna, während sie sich neben den beiden wie verloren vorkam. Auch hatte Emmi damals schon die Figur einer Frau, die in der Schwangerschaft wesentlich mehr zugenommen hatte, als das Kind wog. Aber es stand ihr, und sie sah aus, als würde sie noch viele Kinder kriegen. Während sie, Irene, neben Emmi mager und unreif wirkte, wie die kleinere Schwester, die sie zum Spazierengehen überredet hatte, um mit ihr über Familienangelegenheiten zu sprechen.

Die Frage war, warum sie jetzt trotzdem zurückgekommen, besser gesagt, hierher geflüchtet war. Sie war immer dafür, die Dinge beim Namen zu nennen. Ja, sie war geflüchtet, und das nicht zum ersten Mal. Sie hatte in ihrem Leben schon viele Adressen gehabt. Doch irgendwann stellte sich heraus, daß die Erde tatsächlich rund war und man immer wieder auf die gleichen Längen- und Breitengrade stieß. Also kam man unweigerlich eines Tages an den Ausgangspunkt zurück.

Da war nichts mehr, was sie anderswo gehalten hätte, bis auf dieses Gesicht, das ihr noch immer zu schaffen machte. Sie wollte sich nicht mehr lächerlich machen, und der Trost einer vollkommen neuen Adresse mit all ihren Möglichkeiten griff nicht mehr.

Plötzlich hatte sie daran denken müssen, daß sie Großmutter war. Großmutter von Kindern, deren Mutter weggelaufen war und die sie viel zu selten in die Arme genommen hatte. Und obwohl ihr klar war, daß sie ihnen Anna nie würde ersetzen können, wollte sie sich zumindest nützlich machen.

Nicht um irgend etwas – *lassen wir das* – nachzuholen oder gutzumachen, einfach so. Weil ihr ihre Gesichter mit einem Mal unter die Haut gingen. Anders als die Gesichter, die all die Jahre hindurch so wichtig für sie gewesen waren. Ja, sie empfand etwas, wenn sie Annas Kinder ansah. Nur darum ging es. Sie mußte etwas dabei empfinden, wenn sie mit Menschen zusammen war. Und sie konnte für Annas Kinder etwas empfinden, ohne sich der Lächerlichkeit preiszugeben.

Inimini

»Finde ich geil«, sagte Hülya, »eine Großmutter, die vom Baum hängt.«

»Wie eine taube Nuß, genau so. Zuerst dachte ich, es ist ein Paragleiter, der sich in unserem Nußbaum verfangen hat«, fügte Inimini hinzu.

»Paragleiter? Die gibts hier gar nicht. Sind verboten.« Bei Nermin war immer alles verboten. Was sie nicht kannte, was sie nicht wußte, was sie nicht mochte, alles war verboten.

»Einer, der sich verflogen hat. Wenn der Wind danach ist, kommen sie ziemlich weit.«

»Aber nicht so weit.« Nermin packte die Schulsachen aus, Buch um Buch, Heft um Heft.

»Egal, geht doch nur drum, was ich gedacht habe, daß es ist. Und kreischte auch noch, da wußte ich, daß es eine Frau war.«

»Wie ist sie denn raufgekommen?« Hülya war noch immer begeistert. »Geflogen?«

»Geklettert, wie damals, als sie Mädchen waren, sie und die dicke Emmi.«

»Die Lehrerin, die nicht mehr aus dem Haus geht?«

Inimini nickte.

»Wir haben sie noch gehabt, in der ersten Klasse. War bei weitem nicht so schlimm, wie sie ausgesehen hat.« Hülya stellte ihre Schultasche auf den Kopf, und alles fiel heraus, auch ihr angebissenes Pausenbrot.

Nermin zeigte mit dem Finger drauf. »Bist du vom nackten Affen gebissen? Brot auf dem Boden! Wenn Allah das sieht.«

»Halt doch die Luft an, Nermin. Allah hat sicher anderes zu tun, als sich um mein Brot zu kümmern. Kannst es ja aufessen, wenn dir so leid ist drum.« Hülya hielt ihr den Rest von dem Käsebrot unter die Nase, aber Nermin wendete sich angewidert ab. »Vergiß nicht, daß Allah alles sieht, ganz automatisch.«

»Und du nervst ganz automatisch.«

Sie sollten zusammen lernen, weil Inimini bessere Noten hatte als Nermin und Hülya. »Du kannst immer bei uns essen«, hatte Tante Emine gesagt. Sie wollte, daß Inimini Türkisch mit ihr sprach. Wenn sich ihr Vater schon nicht darum kümmerte.

»Ali baba macht das schon, er hat nur wenig Zeit.«

»Und überhaupt«, sagte Tante Emine, aber Inimini hörte nicht zu.

Sie wußte auch nicht, warum sie Ali baba immer in Schutz nahm. Auch wenn sie oft böse war auf ihn. Nicht nur auf ihn, auf alle anderen auch. Bis auf Hülya. Auf Hülya war sie so gut wie nie böse. Hülya auf sie auch nicht, glaubte sie zumindest.

Wenn Inimini böse war, sah sie die Menschen als Tiere, Nermin als Waldkauz, Tante Emine als schwarze Büffelkuh, Onkel Haluk als Waran, die dicke Emmi als schokoladefarbene

Perserkatze, die neue Großmutter als Kakadu und Omo als Eisbären. Dann mußte sie lachen, weil die anderen nicht wußten, wie sie ihr vorkamen.

Ali baba stellte sie sich manchmal als Widder vor, das war auch sein Sternzeichen, oder als Kranich. In den Gedichten, die er nachts schrieb, kamen viele Kraniche vor. Omo las das alles heimlich, und dann schauten sie gemeinsam die Wörter nach, die er nicht verstanden hatte.

»Was kommt noch drin vor?« hatte Inimini ihn gefragt.

»Alles mögliche.« Omo war rot geworden.

»Sag schon, was?«

»Irgendwas mit Sehnsucht.«

»Und mit Liebe?« Er nickte.

»Also Liebesgedichte können mir gestohlen bleiben«, sagte sie mit Nachdruck.

Als Inimini und Omo noch klein waren, hatte ihnen Ali baba Geschichten erzählt, in seiner Sprache. Er hatte sie ihnen so lange erzählt, Wort für Wort, bis sie verstanden, was er sagte. So hatten Omo und sie die Sprache gelernt. Später dann auch von den Haluks. Aber wenn sie allein waren, Nermin, Hülya, Omo und sie, sprachen sie deutsch wie in der Schule.

Ali baba hatte immer so getan, als würde er ihnen die Geschichten vorlesen, aber als sie ihn später einmal nach dem Buch fragte, konnte er es nicht finden. Sie glaubte inzwischen, daß er sich die Geschichten, während er sie erzählte, ausgedacht hatte. Da er ihnen ja immer erst die Wörter erklären mußte, hatte er wohl auch genügend Zeit dazu.

Es war Nacht, und Inimini konnte Omo weinen hören. Da ging sie in sein Zimmer hinüber und legte sich zu ihm. Natürlich stritt er es ab, aber sein Taschentuch war naß. Und dann redeten sie wieder wie früher, als sie noch im selben Zimmer geschlafen hatten. Nämlich darüber, wie die Welt entstanden sein könnte. Ob Allah wirklich nur gesagt hatte, »komm zustande!« und dann alles da war. Wer aber hatte dann das Wasser gemacht? Die Haluks sagten, daß *sein* Thron auf dem Wasser stand. Und die dicke Emmi meinte, in der Bibel würde es so ähnlich stehen, nämlich daß Gottes Geist über den Wassern schwebte.

»Erinnerst du dich noch an die Geschichte, die Ali baba uns erzählt hat, von Gott, der mit einer Art Vogel, den er schon erschaffen hatte, über den Wassern dahinflog und dann dieses Wesen nach Lehm schickte, um die Welt und uns Menschen zu machen? Das Wesen kam aber nicht wieder, weil es seine eigene Welt erschaffen wollte. Zur Strafe mußte es dann in die Unterwelt.«

»Klar«, sagte sie, »aber das ist nur eine Geschichte im Gegensatz zu dem, was die Haluks sagen. Das steht nämlich im Koran, während Ali baba sich seine Geschichten alle ausgedacht hat.«

»Und was, wenn die Haluks und die dicke Emmi sich diese Geschichten auch nur ausdenken?«

Zum Glück war niemand von den Haluks da.

»Glaub ich nicht. Was die Haluks sagen, kann man nachlesen. Und das von der dicken Emmi auch. Trotzdem ist da noch immer die Geschichte mit dem Wasser.« Omo war der einzige Mensch, bei dem Inimini nicht aufpassen mußte, was sie sagte. Zumindest solange sie alleine waren.

»Eben. Bei all den Geschichten ist das Wasser immer schon da. Wer aber hat das Wasser gemacht?«

Ihr wurde schwindlig bei dem Gedanken, der ihr plötzlich kam. »Vielleicht«, sagte sie, »hat sich das Wasser selber gemacht. Und aus ihm ist dann Allah entstanden.«

Omo boxte sie in den Arm und lachte leise. »He, wußte gar nicht, daß du denken kannst.«

Sie kniff ihn in den Hintern, daß er japste, und zischte in sein Ohr: »Ich bin ja nicht gehirnamputiert!« Sie mußten leise sein, damit die Großmutter nicht merkte, daß sie nicht schliefen.

»Robi hat mir neulich eine ganz andere Geschichte erzählt,

eine, an die angeblich auch die Wissenschaftler glauben.« Robi war derjenige von Omos Freunden, der nur halb verrückt war. »Robi sagt, daß alles mit einem Knall begonnen hat.«

»Mit einem Knall? Und wer bitte hat geknallt?«

»Niemand. Stell dir den winzigsten Punkt vor, den du dir vorstellen kannst, und dann stell dir vor, daß es auch der schwerste Punkt ist, den du dir vorstellen kannst.«

»Okay«, sagte sie, »ich versuche es. Aber wer hat diesen Wahnsinnspunkt gemacht?«

»Du mußt ihn dir so vorstellen, daß er das einzige war, was es überhaupt gab, ansonsten nichts. Und er war so winzig, daß man ihn gar nicht erst hat machen müssen. Es gab einfach sonst nichts. Und damit etwas sein konnte, mußte es zumindest diesen Knall geben.«

»Heißt das, daß Allah auch mit rausgeflogen ist?«

»Logo«, sagte Omo.

»Das kann ich mir nicht vorstellen.«

»Dann hör einfach zu! Denn seit er eines Tages explodiert ist, dehnt dieser Punkt sich immer noch aus.«

»Eines Tages?« Alles was recht war, wenn Omo schon so tat, als wäre er Einstein persönlich, sollte er besser aufpassen, was er sagte.

»Nein. Eines Tages ist falsch, denn die Zeit ist erst nach dem Knall gekommen.«

»Und was soll das sein, was sich immer noch ausdehnt?«

»Der Raum. Unser Universum. Leuchtet doch ein?«

»Wenn man einen Knall hat, schon. Aber Spaß ohne, wer hat geknallt? Ich meine, wer konnte so einen winzigen Punkt zum Explodieren bringen? Auch wenn er schwerer war als alles, was man sich vorstellen kann.«

Omo gähnte wie ein Ghul, und Inimini hielt ihm den Mund zu. »Niemand«, sagte er zwischen ihren Fingern hindurch, »der Punkt war alles, was es gab. Da war sonst niemand.«

Sie war einfach zu müde, um weiter nachzudenken, und außerdem wollte sie zurück in ihr Bett. Während sie unter

Omos Decke hervorkroch, sagte sie: »Weißt du was, auch an diesem *Punkt* ist etwas faul. Es ist dasselbe wie mit dem Wasser, das es auch schon immer gegeben hat, auch wenn sonst nichts war.«

Die Großmutter meinte, Inimini könne sie ruhig Irene nennen, aber das fiel ihr noch schwerer, als Oma zu sagen. Sie kannte sie doch gar nicht, das heißt, so gut wie nicht.

»Ich kann mich noch deutlich an dich als kleines Mädchen erinnern«, hatte Irene gesagt, »du konntest mit fünf bereits lesen und hattest den Kopf voller kleiner schwarzer Löckchen.«

»Aber ich kann mich nicht an dich erinnern. Nicht an damals, nur an später und am besten an von vor zwei Jahren, und da war ich schon zwölf.«

»Du hast dich natürlich verändert von Mal zu Mal. Nur dein Haar ist gleich geblieben. Es sieht hübsch aus, so wie du es hast schneiden lassen. Warum versteckst du es, wenn du aus dem Haus gehst?« Dabei hatte Irene sie über ihren Brillenrand hinweg angeglurt.

»Mal was anderes«, erwiderte Inimini und machte sich auf den Weg in ihr Zimmer. Sie wußte, daß Irene das Kopftuch stank, aber sie hatte keine Lust, mit ihr darüber zu reden.

Auch Omo hatte erklärt, daß er auf der Straße nicht mal mehr in Iniminis Richtung schauen würde, wenn sie sich weiter so verkleidete. »Da hättest du gleich bei den Schulschwestern bleiben können, wenn du wie eine Nonne rumlaufen willst.« Sie waren beide bei den Schulschwestern im Kindergarten gewesen.

»Ja«, sagte sie, »es ist nur so, daß mir die Schulschwestern unendlich auf den Geist gehen.«

»Und die Haluks nicht?« Omo mochte die Haluks nicht besonders, weil sie angeblich Ali baba ausnützten.

»Bei Hülya stört es dich doch auch nicht, oder?«

»Allah, Allah«, seufzte Omo im selben Tonfall wie Onkel Haluk, »der Unterschied ist, daß Hülya muß.«

Er hatte es noch immer nicht geschnallt. Auch Hülya mußte nicht. Nur Nermin sagte, daß sie müßten, daß alle müßten. Aber sie hatten sich freiwillig dafür entschieden. Hülya hatte gesagt, daß ihre Eltern es nicht von ihnen verlangen würden. Soviel Inimini wußte, hatte Tante Emine früher gar kein Kopftuch getragen.

Als Inimini von den Haluks gekommen war, stand plötzlich Rosi Fischer vor der Tür. Sie fragte, ob sie mit ihr Mathe machen könne. Sie hätte von dem, was letzte Stunde an der Tafel stand, nur die Hälfte begriffen, ganz zu schweigen von der Hausaufgabe.

Inimini führte sie in ihr Zimmer, nahm ihr Kopftuch ab und kämmte sich das Haar.

»Ich dachte schon, du trägst es auch im Bett«, nuschelte Rosi Fischer, während sie sich Iniminis Poster anschaute. Sie wußte bereits, daß die Großmutter wieder da war. »Die ist seinerzeit mit meiner Großmutter in die Schule gegangen.«

Plötzlich kam ihr ein furchtbarer Verdacht, aber sie ließ sich nichts anmerken und erklärte Rosi Fischer noch einmal die blöden Gleichungen.

Die Großmutter fragte Rosi Fischer, ob sie mit ihnen essen wolle, aber zum Glück mußte die um sechs zu Hause sein. Schon in der Tür, fragte Rosi sie, ob sie am Freitag zu ihrem Geburtstag käme.

»Glaub ich nicht«, sagte sie, »am Freitag habe ich nämlich schon was.«

»Tschuldigung«, Rosi Fischer fuchtelte hektisch mit den Armen, »ich habe mich geirrt, es ist erst am Samstag. Deine Oma hat gesagt, sie macht gefüllte Sandwich-Wecken.«

Das durfte einfach nicht wahr sein.

Inimini hatte wieder damit aufgehört, zu Irene Oma zu sagen. Man mußte sich nur an den Namen Irene gewöhnen. Seit Irene da war, ließ Ali baba sich meistens für den Abenddienst einteilen. Wahrscheinlich wußte er nicht, was er mit ihr reden sollte. Er wollte auch nicht, daß sie für ihn kochte. Wenn er arbeitete, aß er ohnehin in der *Zypresse*. Inimini hatte schon gedacht, daß jetzt alles an ihr hängenbleiben würde, aber am Abend ging Irene selber öfter weg. Zur dicken Emmi, oder um ihre ehemaligen Schulfreundinnen zu treffen. Die alte Krobath zum Beispiel, Rosi Fischers Großmutter, so ein *ein Türke wäre mir nicht ins Haus gekommen*-Schwiegermuttertyp, doch schleimfreundlich zu ihr, vor allem, wenn Irene dabei war.

Oder Irene saß den ganzen Abend im Wohnzimmer und zappte sich durch die Programme. Zum Glück war das Haus groß genug, daß jeder sein Zimmer haben konnte. Inimini wollte nicht mehr fernsehen, seit man damals in dieser Dumpfbacken-Sendung über Mischehen Anna anne und Ali baba interviewt und das Ganze dann so hingestellt hatte, als hätte Anna anne Ali baba vor allem deswegen geheiratet, damit er hier bleiben konnte und nicht zurück in die Türkei und ins Gefängnis mußte. Wie kamen die überhaupt dazu, so etwas zu behaupten?! Am nächsten Tag hatten sogar Schüler aus den höheren Klassen Inimini darauf angesprochen. Nun, wo sie mitgekriegt hatte, wie die im Fernsehen alles verdrehten, hatte sie keinen Bock mehr darauf. Omo hatte es sich zum Glück nicht angeschaut. Er setzte sich manchmal zu Irene, wenn *Universum* lief.

Wenigstens konnte sie, solange Omo glotzte, den PC für sich haben. Wenn Ali baba oder Irene sie fragen sollten, was sie sich zum Geburtstag wünschte, würde sie sagen, einen PC, einen für sich allein. Omo spielte zu viele Spiele, und sie kam zu selten ins Netz.

Ali baba war in Iniminis Zimmer gekommen, er hatte sogar geklopft. War wohl doch nicht im Abenddienst heute. Ob sie kein Vertrauen mehr zu ihm habe.

»Wieso«, fragte sie. Er hockte sich auf ihr Bett, während sie auf dem Stuhl vor ihrem Schreibtisch sitzen blieb.

»Na, du weißt schon.«

Sie zuckte die Achseln. Es fiel Ali baba schwer, einen Anfang zu finden.

»Mit allem hab ich gerechnet«, sagte er, »daß ich dich demnächst nachts aus einer Disco fischen muß oder daß du dir Ringe durch die Nase und Drachen auf den Rücken machen läßt, daß du heimlich rauchst oder in der Schule aufsässig wirst. Auf all das war ich innerlich vorbereitet, weil hier fast allen Eltern so was passiert, aber daß du plötzlich rumläufst wie eine Fanatikerin, damit hab ich nicht gerechnet.«

»Nermin und Hülya sind auch keine Fanatikerinnen.«

»Bei uns haben die Frauen nie ihr Haar verstecken müssen. Nur die alten Frauen haben Kopftücher getragen, das tun sie auf der ganzen Welt.«

»Du sagst wir und meinst irgendwo im hintersten Anatolien. Aber wir leben hier, das ist etwas anderes. Ich muß mich entscheiden, wenn ich irgendwo dabeisein will.«

»Ich bin dein Vater, und du weißt, daß ich nicht zu *denen* gehöre. Wir sind anders.«

»Dann sag mir, wie wir sind, wer ich bin oder wer ich sein soll.«

Ali baba legte den Kopf in die Hände. »Ich habe dir so oft erzählt, wie unsere Leute sind, wie sie leben, woran sie glauben. Ich dachte, du weißt, wer wir sind.«

»Du hast es mir erzählt, *baba*, aber ich war nie dort.«

»Du weißt auch, warum wir nie hingefahren sind.«

»Trotzdem, du hast es mir erzählt, *baba*. Für mich sind das nur Geschichten. Ich bin halb und halb, also muß ich mich entscheiden.«

»Aber du scheinst keine Ahnung zu haben, wofür du dich da entscheidest.«

»Ich entscheide mich für das, was ich für richtig halte. Es gefällt mir, wie Nermin und Hülya sich anziehen, und ich möchte auch mit ihnen in den Koran-Unterricht gehen.«

Ali baba unterdrückte einen ungeduldigen Seufzer, so als sei ihm klar, daß es wenig Sinn hatte, weiter mit ihr über diese Sache zu reden. »Hör zu, Kleines«, so hatte er sie schon lang nicht mehr genannt, »wenn du schon den Koran lesen möchtest, dann lies ihn genau. Lies ihn selber, damit du dir nicht von anderen sagen lassen mußt, was drinsteht. Und denk daran, daß die, die ihn dir beibringen wollen, ihn vielleicht gegen dich benutzen.«

Sie merkte, wie er immer niedergeschlagener wurde, aber sie mußte es ihm sagen. Er würde ihr noch einmal dankbar sein dafür.

»Ich will wissen, was richtig ist und was nicht. Oder wäre es dir lieber, ich wäre wie *sie*?«

Sie konnte sehen, wie es plötzlich über ihn kam. Wie er die Augen aufriß, die mit einem Mal wie voller Blut waren. Und dann sprang er auf und hob die Hand.

Schlag mich, dachte sie, nur zu, schlag mich! Vielleicht können wir dann miteinander weinen.

Eine Augenblick stand er so vor ihr, nicht wie ein Widder und auch nicht wie ein Kranich, schon eher wie ein Löwe, der im nächsten Moment seine Pranke niedersausen läßt. Aber dann sank seine erhobene Hand wieder und hing an ihm runter, als wäre es gar nicht seine.

»Bevor du in den Koran-Unterricht gehst, möchte ich dir noch einmal erklären, was für uns und unseresgleichen die wichtigste Regel ist.«

Noch bevor er sie sagen konnte, flüsterte Inimini, die sie gerade gebrochen hatte, auf türkisch *»eline, beline, diline sahip ol!«*, was soviel hieß, wie daß man seine Hände, seine Lenden und seine Zunge im Zaum halten sollte.

Er kam langsam auf sie zu und starrte sie an. Sie schlug sich mit der Hand auf den Mund wie als kleines Kind, wenn sie

Scheiße gesagt hatte. Da begann er den Kopf zu schütteln, und während er ihn noch schüttelte, nahm er sie in die Arme und küßte sie auf die Stirn. »Schlaf gut, Kleines«, sagte er dann, als er ging, »der Schlaf ist wichtig für den Menschen.«

Emmi

Irene hatte sie nach ihren Werten gefragt. »Werte?« Emmi schlug sich unwillkürlich an die Brust. »Was erwartest du? Daß ich Geduld und Solidarität sage?«

Irene verzog spöttisch das Gesicht. »Reg dich ab, ich meine deine Blutwerte.«

Sie nahm sich schleunigst zurück. War ja geradezu fahrlässig von ihr, bei Irene an moralische oder menschliche Werte zu denken.

»Keine Ahnung!« Sie schüttelte den Kopf. »Hat mich nie interessiert, und solange ich keine Beschwerden habe …«

Irenes Blick schien von einer ihr, Emmi, entgangenen Katastrophe zu zeugen. »Das grenzt an Selbstmord.«

Sie lächelte ihr schonungslosestes Lächeln. *»O Herr, gib jedem seinen eignen Tod. Das Sterben, das aus jenem Leben geht, darin er Liebe hatte, Sinn und Not.«*

Irenes Fassungslosigkeit war von kurzer Dauer. »So wie du lebst, fließt in deinen Adern Margarine. Du erwartest doch nicht, daß ich zuschaue, wie sie stockt?«

Sie fühlte sich auf der Höhe ihrer Abschätzigkeit den Dingen des Lebens und Irenes Besorgtheit gegenüber. »Und was soll das heißen?«

»Daß ich dich demnächst ins Auto packe und, wenn es sein muß, an den Haaren – zu einem Arzt schleife.« Irene wischte sich den Mund vom Kaffee, den sie, Emmi, sich zu kochen aufgerafft hatte.

Der Widerstand, der ihr bei der Erwähnung des Wortes Arzt spontan eingeschossen war, fühlte sich überzeugend an. Aber noch etwas irritierte sie. »Ich höre immer Auto. Du bist doch mit der Bahn gekommen, und das kann, wie ich dich kenne, nur heißen, daß du gar kein Auto hast.«

Irene lächelte nachsichtig. »Ich habe beschlossen, auch als Rentnerin weiterzuleben, und zum Weiterleben brauche ich ein Auto. In dieser Gegend ist man ohne Wagen«, Irene streifte sie mit einem großstadtgewohnten Blick, »sozusagen erschossen.«

Kein Zweifel, daß Irene demnächst über ein Auto verfügen und daß es nicht die klapprige Kiste von Ali sein würde, die sie sich gelegentlich lieh, sondern Irenes höchstpersönliches Auto. Sie mußte also, wenn sie ungeschoren bleiben wollte – und das wollte sie mehr als alles andere –, sofort einen Riegel vorschieben.

»Hör zu«, sagte sie mit so viel Nachdruck, wie sie nur aufbringen konnte, »ich rühre mich nicht hier raus, bis es mich nicht mehr gibt.« Und als sie Irenes bagatellisierendes Lächeln bemerkte, griff sie zur schwersten Keule, die sie im Schrank stehen hatte: »Es sei denn, Anna kommt zurück.«

Sie hatte nicht gedacht, daß der Schlag Irene so ungeschützt treffen würde, sie, die allzeit Gewappnete. Irene schloß die Augen, und ihr Gesicht verzerrte sich, als hätte sie Zahnschmerzen. Kein schöner Anblick, das konnte man wohl sagen. Erschrocken suchte sie nach einer Abschwächung: »Verzeih, ich wußte nicht, daß du deinen knieweichen Tag hast.«

Das war genau der Satz, der Irene wieder auf die Beine brachte und ihrerseits ausholen ließ: »Ja, ja, Emmi, der Elefant, und auch noch in jede Kaffeetasse … !« Sie waren quitt.

»Ich gehe zu keinem Arzt«, ihr Ton hatte geradezu versöhnlich geklungen, »wie man weiß, werden die meisten Menschen erst krank, wenn sie einem Arzt in die Hände fallen.«

Das mußte Irene von neuem provozieren. Warum war sie

nur gezwungen, immer noch etwas nachzulegen? Hätte sie den Mund gehalten, wäre es an Irene gewesen, mit der Unterhaltung fortzufahren, und sie hätte gewiß nicht gleich wieder damit angefangen. Jetzt konnte sie dabei zuschauen, wie der Wille zur Tat in Irene wieder überhandnahm.

»Papperlapapp!« Irene hob das Kinn. »Laß mich erst das Auto haben, dann sehen wir weiter.«

»Sehen wir nicht«, begehrte sie ein letztes Mal auf, entschlossen, das Thema bei nächster Gelegenheit ein für allemal außer Streit zu stellen.

Natürlich war es lächerlich, zu behaupten, daß sie den ganzen Tag nur auf dem Sofa saß und zum Fenster hinausschaute. Abgesehen davon, daß sie sich nachts noch immer in ihr Bett legte, gab es anderes, das zu erledigen war, auch wenn sie den Aufwand auf ein Minimum zu beschränken suchte.

Es war einfach so, daß sie, wenn sie frische Unterwäsche anziehen wollte, sie zuvor gewaschen haben mußte. Früher hatte sie das Zeug einfach in die Waschmaschine gesteckt und danach in den Trockner. Dann war die Waschmaschine zu Bruch gegangen. Sie hatte immer zu lange gewartet und dann zu viel auf einmal hineingestopft, und da die Reparatur beinah so viel wie eine neue gekostet hätte, ließ sie die Waschmaschine abholen und entsorgen, für gutes Geld natürlich. Ohne eine neue zu kaufen.

So wie sie es auch mit dem Fernseher gemacht hatte. Beides eine große Erleichterung. Es war gut, etwas loszuwerden, das sie so lange für notwendig gehalten hatte.

Jetzt blieb ihr nichts anderes übrig, als die Wäsche in der Badewanne zu waschen. Der Trockner funktionierte noch, in Gedanken aber richtete sie sich bereits auf die Zeit ein, in der sie ohne ihn auskommen würde.

Sie wollte so wenige Spuren wie möglich von ihrer materiellen Existenz hinterlassen. Mit ihr selbst sollte dann letzten Endes der schwerste Brocken aus dem Haus verschwinden. Die Vorstellung all des von Menschen hinterlassenen elektrischen und elektronischen Mülls hatte sie immer schon mit Abscheu erfüllt, aber nun, da sie sich wie auf Abruf fühlte, war aus dem Abscheu Ekel geworden.

Noch gestattete sie sich nicht, mit einem großen Gerätemassaker all den künstlichen Ausstülpungen und Verlängerungen ihres an sich schon ausgreifenden Leibes den Garaus zu machen, obgleich es sie immer häufiger reizte, aber es wäre zu auffällig gewesen. Da *alle Welt* zu ihr heraufkam, seit sie beschlossen hatte, nicht mehr aus dem Haus zu gehen, mußte sie sich bedeckt halten, wenn sie nicht wollte, daß *alle Welt* ihr mit Ratschlägen kam.

Zum Glück hatte Ali, der sich noch immer für ihr Zurechtkommen verantwortlich fühlte, einen ähnlich schwach ausgeprägten Sinn für Haushaltsgeräte wie sie und stellte keine Fragen. Er verließ sich wohl darauf, daß sie es schon sagen würde, wenn sie Staubsaugerbeutel oder Reinigungssalz für den Geschirrspüler brauchte. Oder es fiel ihm gar nicht auf, daß sie schon lange nichts mehr dergleichen auf den Einkaufszettel geschrieben hatte.

Je fetter sie wurde, desto mehr Raum brauchte sie um sich herum. Freien Raum. Raum für den Ruhestand, den Stand ihrer Ruhe, die nicht einkehren wollte.

Konzentrier dich, Emmi, konzentrier dich auf die paar Dinge, die in deinem Leben noch eine Rolle spielen. Was für eine Rolle? Ihr Leben sumpfte dahin und war schon von der Zeit her mehr als vergangen. Warum also sollte sie sich noch konzentrieren? *Egal, der Kopf muß sich an etwas festhalten können. Der Kopf, nicht die Hände. Die Hände finden immer etwas.*

Apropos Hände, ein Besen tat es auch. Es war gar nicht so einfach, den Staubsauger loszuwerden, nachdem er angefangen hatte, den Dienst zu verweigern. Sie wartete bis zum Vorabend des Tages, an dem der Sperrmüll geholt werden sollte, und stieg dann nachts heimlich die Treppe bis zur Straße hinunter. Dort schob sie das Ding, ein beinah historisches Modell, unter den alten Betteinsatz, der da schon seit dem Wochenende vor sich hin moderte.

Großes Aufatmen, als sie wieder oben war. Niemand hatte sie gesehen. Auch bei Ali brannte kein Licht mehr. Sie legte sich sogleich ins Bett und atmete um einiges leichter beim Einschlafen.

»Reisende soll man nicht aufhalten«, hatte der alte Bruckner immer gesagt, wenn sich jemand in der Stadt umgebracht hatte. Was aber war mit dem Gepäck? *Kein Gepäck, nur das Allernötigste zur notwendigen Tarnung, zur Fassade,* die aufrechterhalten werden mußte.

Sie, die in Wirklichkeit nie satt war, hatte dieses Leben unendlich über. Da waren keine Kinder, um die sie sich sorgen, kein Mann, über den sie sich ärgern, kein Tier, das sie betreuen mußte, kein Beruf mehr, der sie auf den Beinen gehalten hätte. Und der einzige Mensch, der ihr wirklich etwas bedeutete, hatte sich in Luft aufgelöst.

Sie war ein Fleischklumpen, der sich, wie das Universum, immer noch ausdehnte und der eines Tages, ebenso wie dieses Universum, in sich zusammenfallen würde, um als der minimale, schwergewichtige Punkt zu enden, als der er begonnen hatte. Sie war alt, fett und übellaunig, mit einem Wort, ziemlich am Ende, und die Art, in der sie weiter aß, würde dieses Ende nicht gerade hinauszögern. Schluß, aus, amen.

Ihr hatte zeitlebens vor verwesendem Fleisch gegraust, und der Ekel holte sie immer wieder ein. *Nur nicht bei lebendigem Leib verfaulen,* also wusch sie sich zumindest täglich, schrubbte wütend ihre weichen Teile und übte sich in der Vorstellung von ihrem Verfall. Wenn auch nur ein Funke in ihr diesem Chaos von Blut, Fleisch und Knochen entkommen wollte, war es höchste Zeit, sich zum Absprung bereitzumachen.

Daß ihr bei dieser Lebensweise Geld übrigblieb, nährte die einzige kleine Hoffnung, die ihr geblieben war, nämlich daß Anna eines Tages mit ihr Kontakt aufnehmen würde, weil sie in der Scheiße saß und kein Geld mehr hatte. Sie aber würde zu ihrer Rettung bereitstehen. Daran klammerte sich ihre Hoffnung, obgleich sie es besser zu wissen glaubte.

So wie sie überhaupt immer alles besser wußte. Emmi hatte aufgepaßt, ja, ja, *die allzeit ausgeschlafene Emmi*, die sich kein Kind von einem durchreisenden Mario hatte machen lassen, der mit dem Gebrauch eines Kondoms nicht vertraut war und Millionen von Erbträgern einfach losschickte, ohne daß seine Phantasie auch nur im entferntesten bis zu Anna gereicht hätte, von ihr, Emmi, ganz zu schweigen, die sie letztlich die Adressatin war, auch wenn sie diesen Mario immer nur erzählt bekommen und schon beim Erzählen genug von ihm hatte und von seiner *Der Vergleich macht Sie sicher, mein Fräulein-* oder *Womit Sie Ihrem Glück nachlaufen, ist ein anderes Paar Schuhe*-Vorgehensweise.

Und doch hatte sie manchmal versucht, ihn sich aus Anna zusammenzureimen, ihm alles anzudichten, was einen Schatten auf Annas Herzoffenheit warf. Selbst wenn Anna am Daumen lutschte, mußte er es gewesen sein, der ihr die Lust am Nuckeln vermacht hatte, und wenn Anna ihr einmal einen Bären aufband, war es seine Verlogenheit, die ihr ins Blut getröpfelt war.

Gar nicht geehrter Herr Mario, Sie haben keine Ahnung, was für ein herzbetörendes Wesen Sie in Unachtsamkeit gezeugt haben. Aber hätten Sie sich nicht ein bißchen zusammennehmen und meiner kleinen Anna auch einen Sinn fürs Reale vererben können, Sie Filou von einem nichtsahnenden Vater, Sie?! Wenn Sie nämlich etwas mehr Umsicht bei der Zeugung hätten walten lassen, wenn Sie Ihren Abermillionen von Befruchtungsschwänzlern auch nur ein wenig Gefühl für Selbstschutz mitgegeben hätten, dann wäre das von Ihnen ins Leben gestreute Goldkind nicht gleich in die erste größere Liebesfalle getappt und hätte es sich vielleicht überlegt, einen Mann zu heiraten, der aus seinem Land hatte fliehen müssen, was ihn natürlich viel interessanter machte als all die anderen jungen Zeugungswilligen, die ebenfalls nichts hatten und nichts waren, außer schön anzuschauen.

Und wenn Sie zumindest ein paar Szenen Ihrer Vaterrolle auf sich genommen hätten – wer redet denn vom ganzen Part –, und sei es auch nur die eines von Zeit zu Zeit mit einem Riesenteddy auftauchenden Handelsreisenden, hätte Ihre Ihnen unbekannte Tochter nicht mit so viel Krampf auf einem Vater für ihre Kinder bestehen müssen, auf einem, der selbst für sie manchmal als solcher hat herhalten müssen, auch wenn er nur ein paar Jahre älter war.

Aber das hätte ohnehin nichts gefruchtet. Außer dem winzigen Spermapunkt, der sich gewichtsmäßig wohl kaum hätte ausdrücken lassen und der sich immer nur ausdehnte, ist nichts von Ihnen auf meine kleine Anna gekommen, kein Name, kein Lächeln, kein väterliches Regiment, gegen das sie sich hätte zur Wehr setzen können. Das großväterliche aber war nicht mehr stark genug, um entsprechend Eindruck zu machen.

Für sich selbst hatte Emmi erhofft, sich als erwachsener Mensch die Vater-Mutter-Kind-Rituale ersparen zu können, aus denen all das menschliche Elend gestrickt war, in das man sich allenthalben verhedderte. Sie war eine taube Nuß und hatte vor, sich zu genießen, bis das Fleisch von ihr abfiel, womit das Leben gemeinhin endete. Es gab ohnehin viel zu viele Menschen auf der Welt, zu viele Münder, die sich vollstopften, zu viele Leiber, die verdauten, zuviel Abfall, der verrottete.

Da spielst du nicht mit, Emmi. Du machst es dir gemütlich, wenn dir danach ist, riskierst hin und wieder etwas, wenn du einen Kick brauchst, und läßt ansonsten die Menschen in Ruhe, auf daß sie dich ebenfalls in Ruhe lassen. Hätte ja funktionieren können.

Wenn dir aber das Schicksal gar zu übel mitspielt, irgend etwas Unheilbares oder eine lebensunwerte Verstümmelung, drehst du einfach den Hahn ab, machst der Sache vorzeitig ein Ende, du hast es in der Hand. Bloß keine Hysterie, keine welterschütternde Tragödie und kein Endlosgeflenne. Zu leben kann angenehm sein, muß aber nicht. Die Konsequenz, die du daraus zu ziehen hast, lautet höchstens, mußt du?

Sie war nicht Irene, die einfach losmarschierte, um sich zu holen, was sie haben wollte. Sie hatte nie soviel gewollt. Und schon gar nicht Irenes Eier ausbrüten.

Emmi war gerade im Probejahr gewesen, als sie Irene nach Annas Geburt im Krankenhaus besuchte. Sie konnte erst am Nachmittag kommen, weil sie vormittags in der Schule sein mußte. Sie hatte Anna in die Arme genommen und sofort gesehen, daß Irene nicht die richtige Mutter für sie war. Und dann war ihr passiert, was frisch geschlüpften Gänsen passiert, nur umgekehrt. Sie sah dieses winzige Ding, und von da an mußte sie hinter ihm herlaufen.

O nein, sie hatte sich nicht aufgedrängt, im Gegenteil, sie wurde gedrängt und ließ sich anfangs kaum anmerken, wie sehr es ihr behagte. »Willst du die Kleine nicht baden?« hatte Irene gefragt, die Angst hatte, Anna würde ihren Babyseifenfingern entgleiten und ertrinken, bevor sie die Windeln noch richtig vollgekackt hatte.

Nur stillen konnte sie die Kleine nicht. Aber auch Irene hatte bald damit aufgehört. Die Größe ihres Busens hätte mehr erwarten lassen, aber sie hatte nur wenig Milch, und das ewige Abpumpen war ihr zu umständlich. Sie fing auch gleich wieder zu arbeiten an, wenn die Kleine schlief oder sie, Emmi, mit ihr unterwegs war.

Insgeheim stritten nur die Bruckner und sie sich um das Kind. Trickreich mit vielen Volten und Ausfällen, schließlich waren sie beide berufstätig und dadurch aufeinander angewiesen, vor allem nach Irenes gemütsstarkem Abgang. Zum Glück waren sie Nachbarn, hatten es also nicht weit mit dem Stubenkorb, der Gehschule und dem Kinderwagen.

Ursprünglich hatte die Bruckner darauf bestanden, daß das Kind bei ihr schlief, zumindest solange es noch klein war. So gedachte sie die paar Jahre nachzuholen, die sie bei Irene versäumt hatte. Auch hatte die Bruckner wohl Angst vor den Männern in ihrem, Emmis, Bett, die es gelegentlich gab, damals sogar einen ganz bestimmten Mann, der auch den Bruckners gut bekannt war. Die Bruckner dachte wohl, sie würde in gewissen Augenblicken nicht hören, wenn Anna schrie. *Geschenkt.*

Die Bruckner mußte ohnehin bald zurückstecken. Einmal war die Köchin krank, dann wieder der Abendkellner. Oder sie hatten eine Hochzeit angenommen, eine Taufe oder einen Betriebsausflug, die *Goldene Gans* aber hob ohne ihre Chefin keinen Flügel. Da verblaßte dann die Vorstellung von ihren Bettgenossen, und sie durfte immer wieder einspringen.

Aber sie hatte sich nicht aufgedrängt, niemals. Sie lernte ihre Rolle als Notnagel auswendig und wußte nur zu gut, welche sie in Wirklichkeit spielte. »Tante Emmi ist so lieb und nimmt dich mit, Anna«, hatte die Brucker jedes Mal gesagt, »aber nicht zu lange!« Dabei war klar, daß sie sich ja nicht vierteilen konnte und tatsächlich im Geschäft gebraucht wurde.

Die Bruckner war eine zähe Streiterin gewesen und nützte ihre Position, hatte das Kind im Büro dabei, in der Küche und in der Gaststube, und Anna lächelte die Gäste an, ließ sie in Entzücken ausbrechen, anstatt nach ihrem Schnitzel zu schreien, das noch immer nicht auf dem Tisch stand.

Anna war ein Wirtshauskind und hätte eigentlich etwas verstehen müssen vom Geschäft. Als ihr Kind aber las sie Bücher und war verrückt nach fremden Sprachen. Wenn Anna sie dann gar so anstrahlte, wußte sie, daß sie etwas nicht verstanden hatte und nicht wollte, daß sie ihr weiter damit in den Ohren lag. Es bedeutete, daß nun sie dran war: »Und was ist mit dir, Tante Emmi? Warst du böse zu den Kindern in der Schule?«

Die Bruckner wußte, daß das Kind lieber bei ihr, Emmi, war, und sie wußte, daß sie es nicht den ganzen Tag haben konnte. So mußte keine von ihnen beiden wirklich Haare lassen, obwohl die Bruckner ihr immer wieder auftrug, Anna nicht alles zu erlauben, und sie die Bruckner immer wieder bat, Anna bei offenem Fenster schlafen zu lassen, damit sie besser abgehärtet würde und nicht jeden Schnupfen einfing.

Irene

Das mußte man sich einmal vorstellen, Emmi besaß nicht einmal mehr einen Fernseher. »Brauche ich nicht, das Radio tut es auch!« Dabei könnte sie sich ein ganz anderes Leben leisten. Mit ihrer Lehrerinnenpension. Außerdem hatte sie die ebenerdigen Räume an ein Handarbeitsgeschäft vermietet. Aber nichts da. Im Dunkeln sitzen, mit den Augen am Fenster. Emmi glaubte wohl, daß ihr nichts entging, wenn sie nur lange genug schaute. Darum machte sie auch so ungern Licht, weil man sie dann von unten sehen konnte, es sei denn, sie zog die Vorhänge zu, aber dann konnte sie wiederum nichts sehen.

Sie, Irene, hatte sich zwar vor kurzem auch noch gewünscht, daß ihr Leben nach den erlittenen Demütigungen ein rasches Ende nehmen möge. Wenn sie jedoch weiterleben wollte, dann auf angemessene Weise. Keinesfalls so wie Emmi, die sich nicht entscheiden konnte und in ihrem Leben herumfläzte wie eine Kröte in einem austrocknenden Tümpel. Seit Emmi nicht mehr zur Schule mußte, ließ sie sich in einer Weise hängen, daß sie vom Zuschauen wütend wurde. Hockte den ganzen Tag auf ihrem Sofa und schmollte, weil Anna verschwunden war, was heißt verschwunden, abgehauen, was Emmi sich nur nicht vorstellen können wollte.

Es stellte sich heraus, daß Anna eben doch ihre Tochter war. Und sie machte ihr beileibe keinen Vorwurf, schon gar nicht dafür, daß sie abgehauen war, höchstens dafür, daß sie so lange damit gewartet hatte. Je länger, desto schmerzlicher für alle Beteiligten. Vielleicht war sie aber auch mit Absicht so lange geblieben, bis die Kinder aus dem Gröbsten heraus waren. Oder aber ihr war niemand begegnet, für den es sich gelohnt hätte. Und nun, mit Mitte Dreißig, war Anna plötzlich klargeworden, daß sie ganz wer anderer war als die, die vor fünfzehn Jahren hierher zurückgekommen war. Mit einem Mann, den sie in Berlin aufgelesen hatte, und einem Kind im Bauch, für das die Zieheltern noch ein bißchen Großeltern sein durften, obwohl sie schon seine Urgroßeltern waren.

Aus und vorbei mit dem Studium. Altorientalische Sprachen, weiß der Kuckuck, wer Anna darauf gebracht hatte. Wenn es wenigstens neuorientalische gewesen wären, vielleicht hätte sie dann Ali, ihren Mann, besser verstanden oder er sie. Vielleicht aber hatten die beiden einander nur zu gut verstanden und waren sich irgendwann darüber klargeworden, daß es auch ein Leben *danach* gab, so wie es eines *davor* gegeben hatte. Und sie wollten bloß, daß es niemand erfuhr, vor allem wegen der Kinder.

Dazwischen aber war immer nur Kellnern gewesen. Das, was sie beide, Anna und sie, von Haus aus gelernt hatten, nebenher, weil sie immer auch im Gasthaus waren und die Eltern es von ihnen erwarteten. Nicht daß sie Anna zu kurz gehalten hätte, ihr ging es damals schon recht gut, aber Anna wollte zusätzlich Geld sparen, um in den Irak und nach Syrien zu fahren.

Aus der Traum, das heißt, er hatte in ganz anderer Form Gestalt angenommen. Wenn sie Annas Tochter so mit ihrem Kopftuch vor sich stehen sah, kam ihr der Aberglaube in den Sinn, daß das, wofür man sich während der Schwangerschaft besonders interessiert, großen Einfluß auf das Ungeborene hat. Genaugenommen war Nilüfer oder Inimini, wie jetzt alle zu ihr sagten, die perfekte Karikatur von Annas einstigem Traum.

Onur hingegen entsprang einer anderen Vorstellung, einer, die sie nicht kannte und die tief in die Erbmasse ihrer unbekannten Vorfahren zurückreichte. Vielleicht hatte Anna sich so ihren Vater vorgestellt. Sie, Irene, glaubte sogar, sich auch an ein Foto von Marios Vater erinnern zu können, der aus Mailand stammte und ebenso groß und blond gewesen war, aber beschwören hätte sie es nicht können. Von Ali hatte Onur nur die Hände, und manchmal kam es ihr vor, als hätte er Annas Augen, nur strahlten sie nicht so wie die von Anna, als die noch ein Kind gewesen war.

Annas Kinder wirkten eher verschlossen. Vielleicht waren sie es nur ihr gegenüber. Sie paßte wohl nicht in das Konzept dieser kleinen Familie. Sie hatte noch nie in das Konzept irgendeiner Familie gepaßt. Ihr ganzes Leben hindurch nicht.

Diesmal gab sie sich Mühe, weil sie fest entschlossen war, von Nutzen zu sein. Es hatte sie Tage gekostet, um allein die Küche in einen handhabbaren Zustand zu versetzen. Mülltonnenweise hatte sie all das Zeug weggeworfen, das sich im Lauf der Zeit angesammelt hatte und nicht mehr zu gebrauchen war. Sie hatte zwar noch nie einen Vierpersonenhaushalt geführt, aber sie wußte, was Organisation hieß.

Manchmal knirschte Ali ob der Veränderungen im Haus mit den Zähnen, aber an die von ihr regelmäßig gewaschene und gebügelte Wäsche hatten sie sich alle in kürzester Zeit gewöhnt. Nicht daß ihr das irgendeine Art von Erfüllung gebracht hätte, aber sie wußte nun einmal, was die Voraussetzungen für ein halbwegs vernünftiges Zusammenleben waren. Sie nannte es mit Absicht vernünftig, weil es sich auf die Dinge bezog, die mit Vernunft zu bewältigen waren, im Gegensatz zu all den anderen, die Gefühlen unterlagen.

Sie wußte nicht, wer damit angefangen hatte, aus Ali Ali baba zu machen, Anna oder waren es doch die Kinder gewesen? Auch Emmi sagte manchmal baba zu ihm, und selbst ihr passierte es ab und an, wenn sie mit den Kindern über ihn sprach. Und das, obwohl Ali ihr Schwiegersohn war, aber Tausendundeine Nacht spukte noch immer in ihrer aller Köpfen herum.

Möglicherweise litt Ali darunter, daß sie wieder hier wohnte, wenn ja, zeigte er es nicht. Seine Höflichkeit war unumstößlich, und sie ließ ihn, so gut es ging, in Frieden. Dennoch stießen sie manchmal zusammen, vor allem in der Küche, wenn er automatisch die gewohnten Handgriffe durchzog, auch wenn jetzt sie kochte. Als sei das Muster seiner Schritte in den Fußboden eingestanzt, setzte er immer wieder zu denselben Gängen zwischen Tisch, Herd und Kühlschrank an, die nun nicht mehr vonnöten waren. Vorstöße und Rückzüge, die er mit hilflosen Gesten bekräftigte, so als bliebe ihm nichts anderes übrig, als sie gewähren zu lassen. Was der Wahrheit am nächsten kam.

Irene genoß zum ersten Mal in ihrem Leben die Routine eines Haushalts, machte ein Konzept, teilte die Arbeit ein und ließ sich Zeit zur Durchführung. Ob das der Anfang vom Ende war? Neulich hatte sie beinah geheult, als sie im Fernsehen eine Szene zwischen Andy McDowell und John Hurt sah, die es vor lauter Begehren kaum mehr die Treppen hinauf schafften, und ihr plötzlich zu Bewußtsein kam, daß es so etwas für sie nicht mehr geben würde. Nie mehr! Selbst wenn sich je noch ein Mann finden sollte, der aus irgendeinem schwer zu verstehenden Grund ihre körperliche Nähe suchte, so dringend würde es keinem mehr sein. Und das war fast genauso schlimm wie der Tod.

Ali baba und Inimini aßen oft bei den Haluks, nur Omo hatte sich, was die Küche anging, auf Irenes Seite geschlagen. Jedoch wenn sie heimkamen, rissen sie immer noch, einer nach dem anderen, die Kühlschranktür auf und nahmen sich irgend etwas, wie in allen Familien, in denen nicht regelmäßig gemeinsam gegessen wird. Irene hatte schon versucht, es abzustellen, aber seit Anna wieder gearbeitet hatte, war das wohl zur Gewohnheit geworden.

Sie hätte sich die Seele aus dem Leib reden müssen, um ihnen diese Unsitte auszutreiben, was sich kaum gelohnt hätte. Aber Spaß verstanden sie erst recht keinen. Als sie eine kleine Lautsperre anbrachte, die unüberhörbar zu bellen anfing, wenn jemand außer ihr die Kühlschranktür öffnete, schienen sie allesamt vor den Kopf gestoßen, um nicht zu sagen tödlich beleidigt. Nur Emmi hatte gelacht, bis ihr die Tränen kamen, als sie ihr davon erzählte.

Im Grunde hätte sie viel dafür gegeben, sich einmal so sehen zu können, wie Ali, Inimini und Omo sie sahen, aber wer weiß, in welche Untiefen sie dabei geraten wäre.

»Bist du wahnsinnig?« rief Emmi, als sie das Thema angeschnitten hatte. »Das ist das letzte Geheimnis, über das ein gütiger Gott seinen Schleier gelegt hat. Wag ja nicht, ihn zu lüften, wenn du dir deine stabile Gemütslage erhalten willst!«

Stimmte es tatsächlich, daß sie ein Monster war, oder glaubte nur Emmi das?

Übrigens war sie neuerdings ganz versessen darauf, Erdäpfel zu schälen, so dünn, daß man durch die Schalen hindurchsehen konnte. Je dünner, desto besser, ein Spiel, das sie sogar mit einer gewissen Befriedigung spielte. Und sie gewann immer öfter.

Inimini

»Diese Dummschleife, diese Darmsaite, diese Kopfpleite ...« Inimini wären noch eine Reihe anderer Namen eingefallen, bloß wozu? Nermin hatte es tatsächlich geschafft, im Turnen *nicht zu genügen*. Absolut lächerlich, von Hülya und ihr aus gesehen. Obwohl Nermin ein Jahr älter war, ging sie mit ihnen in dieselbe Klasse. Zu spät eingeschult. Wenn Inimini nicht wäre, hätte Hülya längst freiwillig wiederholt, nur um in eine andere Klasse zu kommen.

Alles Wasser auf der Schreiner ihren Mühlen, die sie ohnehin nicht ausstehen konnte, weil sie angeblich immer eine Extrawurst gebraten haben wollten.

Hülya und Inimini turnten ganz normal mit. War doch reines Mädchenturnen. »Wenn aber doch einer reinkommt, ein Lehrer oder einer von den Jungs, um ein Springseil zu holen, zum Beispiel?« Nermin dachte immer an Männer und Jungs.

»Warum denn das? Und selbst wenn! Glaubst du, daß er unter all den Mädchen ausgerechnet uns anschaut?« Hülya war genervt, und Inimini sagte: »Der sieht uns doch gar nicht bei so vielen Zausköpfen. Der sieht nur Haare, aber doch nicht die von einzelnen Mädchen.«

Nermin saß in einer Ecke des Turnsaals und behauptete, daß sie die Regel hätte. Wie jedes Mal, *diese Salatgurke*!

»So oft wie du die Regel hast, müßtest du längst ausgeblutet sein«, ätzte die Schreiner. »Ich schicke dich jetzt zur Schulärztin. Los, ab ins Krankenzimmer, und laß dich untersuchen!« Nermin tat, wie wenn sie das alles nichts anginge. Ihr Gesicht war ganz Duldermiene. Sie rappelte sich umständlich hoch und kam dann die ganze Stunde nicht wieder.

Hülya und Inimini ließ die Schreiner in Ruhe, bis auf ein paar Bemerkungen hin und wieder. Sie sollten sich beim Augenbrauenzupfen einmal überlegen, warum sie das täten. Das sei nämlich unlogisch. Sich einerseits zu vermummen, damit die Jungs sie in Ruhe ließen, und sich andererseits die Augenbrauen zu zupfen, damit sie ihnen gefielen. Hülya und Inimini sahen sich bloß an und verdrehten die Augen. Es hatte keinen Sinn, zu antworten.

Als sie wieder in die Klasse kamen, saß Nermin in ihrer Bank und hatte auch Hülyas Pausenbrot aufgegessen. »Du läßt es sowieso immer vergammeln.«

»Doch nicht nach dem Turnen. Ich bin hungrig wie ein Wolf«, schrie Hülya.

Nermin ließ die Mundwinkel runter. »Da soll sich einer auskennen bei euch Flederwischen.«

So machte sie es immer. Kein Wunder, daß alle durchdrehten, auch die Schreiner. Und demnächst würde Tante Emine angestapft kommen, damit Nermin die Rutsche gelegt bekam. Irgend etwas mit einem Herzfehler oder so, damit sie nicht immer bluten mußte, anstatt zu turnen.

Hülya hatte gesagt, das mit dem Kopftuch würde gar nicht so im Koran stehen, es hieße nämlich, *Frauen, laßt auf der Straße möglichst nichts von euch blicken, damit ihr nicht im Höllenfeuer bratet.* Es ging einzig und allein darum, sich vor Belästigungen zu schützen. Daß einen nicht jeder anquatschen konnte. Wenn man ein Kopftuch aufhatte, wußten die Jungs, daß sie einen nicht einfach anmachen konnten. Wenn sie es trotzdem taten, kam ein Vater oder ein Bruder angeschossen. Omo natürlich nicht und Ali baba wahrscheinlich auch nicht. Onkel Haluk vielleicht, Inimini war sich nicht ganz sicher. Aber die Jungs glaubten es.

Sie mußten zwanzig Minuten mit dem Bus fahren, wenn sie zu dem Hodscha wollten, der ihnen den Koran beibringen würde. »Zweiunddreißig Zähne«, sagte Nermin, »und zweiunddreißig Buchstaben.«

Sie trugen weiße Kopftücher und schmale schwarze Mäntel. Die Leute schauten ihnen nach, und sie taten, als würden sie es nicht bemerken.

Ali baba wollte Inimini erst keinen solchen Mantel kaufen. Da hatten die Haluks behauptet, daß sie Ali baba ohnehin noch etwas schuldig seien und er es schon einsehen würde, wenn sie den Mantel kauften.

»Dann lieber nicht.« Inimini war zu Irene gegangen. Es war das erste Mal, daß sie sie um etwas gebeten hatte. »Ich brauche einen bestimmten Mantel und würde ihn mir gern selber kaufen. Aber mein Vater will das nicht, kannst du mit ihm reden?« Irene redete mit ihm, und dann hatte er das Geld rausgerückt. Fies von ihr, das schon. Aber wenn er sie schon zu dem Hodscha gehen ließ, brauchte sie auch den richtigen Mantel.

Inimini hatte sich heimlich ein Buch bestellt, in dem alles über den Koran stand, damit sie nicht ganz so blöd dasaß. Nermin und Hülya hatten ja von den Haluks und von ihrer Großmutter, zu der sie jedes Jahr in die Türkei fuhren, eine Menge mitgekriegt.

»Sprich«, stand in dem Buch, »Gott ist Einer / Ein ewig reiner, / Hat nicht gezeugt und ihn gezeugt hat keiner, / Und nicht ihm gleich ist einer.«

Nicht wie bei den Christen, wo es wieder Vater, Mutter, Kind gab. Man mußte sich das vorstellen, Gott und irgend so ein Mädchen. Dafür durften die Priester nicht heiraten. Komisch, Gott durfte und die Priester nicht. Umgekehrt wie bei den Muslimen. Da war Allah ein Einziger, und alle sonst waren in Paaren.

Die anderen Mädchen, die den Koran lernten, waren meist kleiner als sie, Kinder im Vergleich zu ihnen.

Es war Nermin, der die Sache mit dem Hodscha eingefallen war. Sie war der Liebling von Onkel Haluk. »Eine Tochter, wie sie im Buch steht«, sagte er, wenn er von ihr sprach.

Trotzdem hoffte Tante Emine noch immer auf einen Sohn. »Für mein Herz«, sagte sie, »für unser Alter und fürs Geschäft.« Nermin und Hülya beteten sogar täglich um einen Bruder. »Du hast Omo«, sagten sie, »du bist wirklich zu beneiden.«

Sie war sich nicht sicher, ob sie wegen Omo zu beneiden wäre, aber wenigstens hatte sie etwas, was Hülya und Nermin nicht hatten.

»Wenn er nur ein bißchen anders wäre«, sagte sie.

»Wie anders?« Sie wußte, daß Hülya sie mehr um Omo beneidete als Nermin.

»Nicht so doof in mancher Beziehung.«

»In welcher Beziehung?« Hülya wollte immer alles über Omo wissen.

»Na, überhaupt.« Sie redete nicht so gern über Omo.

»Weil er ungläubig ist?« Nermin hatte wirklich nichts anderes im Kopf.

Der Hodscha trug einen runden schwarzen Bart und einen Turban. »Das Wichtigste für ein Mädchen«, erklärte er und schaute dabei vor allem sie drei an, die sie größer waren, »ist es, rein zu sein. Rein an Körper und Seele. Und es zu bleiben. Die Mädchen sind die Ehre der Väter.«

Er zeigte ihnen die Buchstaben und erklärte die Wörter. Inimini mußte sich an seine Sprache erst gewöhnen. Meist sprach er zu schnell, und sie verstand sein Türkisch nicht und erst recht nicht die vielen arabischen Ausdrücke.

Sie hatten die Schuhe ausgezogen und hockten im Kreis. Manchmal schlief ihr ein Fuß ein, aber ihr Kopf war hellwach. Sie wollte verstehen, was der Hodscha sagte. Zum Glück wiederholte er alles so oft, bis auch die Kleinen es verstanden hatten.

Ihr gefiel vor allem die Schrift. Die sah aus wie Käfer und Libellen, die ihre Spuren hinterlassen hatten. Oder wie Eintagsfliegen mit ihren geschwungenen langen Beinen. Sie wollte auch so schreiben können. Die einzelnen Zeilen sahen aus wie Musterbänder. »Das schaffe ich nie«, flüsterte Hülya, »bei mir verschmiert sich immer alles.«

Die Kleinen waren damit beschäftigt, eine Sure auswendig zu lernen. Dabei wippten sie mit dem Oberkörper und paßten auf, daß sie im Takt blieben. Vielleicht bildete Inimini sich das nur ein, aber der Hodscha schaute immer in ihre Richtung, wenn er erklärte, wie sie sich dem Islam nach zu benehmen hätten. Ob er wußte, daß Ali baba kein Sunnit war?

Sie mußten ziemlich viel auswendig lernen. Inimini versuchte so wenig wie möglich mit dem Hodscha zu sprechen, damit er nicht merkte, daß sie nicht so gut türkisch sprach. Nermin und Hülya nahmen sie immer in die Mitte, und meistens sprachen sie für sie.

Im Bus hörte Inimini eine ältere Frau zu einem Mann sagen: »Die armen Dinger! Wohl noch keine fünfzehn – schon müssen sie sich so vermummen, und das hierzulande. Ein Skandal ist das.«

Die glaubte gewiß, daß sie kein Deutsch konnten. Inimini lag ein Sager auf der Zunge, aber was der Hodscha übers Benehmen gesagt hatte, ließ sie den Mund halten. Außerdem kniff Nermin sie wie immer schon im voraus, noch bevor sie etwas gesagt hatte. Als sie dann kurz vor der *Zypresse* beim Hinterausgang ausstiegen, drehten sich alle im Bus nach ihnen um. Sie aber hielten sich ganz gerade und schauten erhobenen Kopfes vor sich hin.

Tante Emine fütterte sie, als hätten sie Scheiter gekloben. Sie wollte alles ganz genau wissen. Was der Hodscha gesagt hatte, und welche anderen Kinder dagewesen waren. »Zu Hause«, sagte sie, und meinte damit den Vorort von Istanbul, aus dem sie stammte, »hätte Omo euch begleiten müssen.« Sie war noch ein kleines Mädchen gewesen, als sie mit ihren Eltern nach Europa gekommen war, aber sie behauptete, sich an alles erinnern zu können, und zwar ganz genau. Vor allem daran, wieviel die jungen Mädchen zu arbeiten hatten. Und wie schlimm es war, wenn jemand etwas über einen gesagt hatte. Es mußte nicht einmal stimmen. Allein, daß jemand sich getraute, etwas über einen zu sagen ..., auch daran war man schon schuld. Und dann gab es Prügel, *tschat-pat*, bis man grün und blau war.

»Ihr lebt jetzt schon wie im Paradies, Mädchen«, sagte sie, »ihr braucht nur ein bißchen zu gehorchen und zu machen, was der Hodscha sagt, dann kommt ihr von einem Paradies ins andere.« Schon rannen ihr die Tränen herunter. Seit kurzem hatte sie nah am Wasser gebaut. Vor allem, wenn sie sich an ihre eigene Kindheit erinnerte.

»Wahrscheinlich ist sie schwanger«, hatte Nermin neulich gesagt. Und Hülya hielt sich den Bauch. »Jedenfalls kotzt sie in der Früh, und ich bringe dann mein Brot nicht mehr runter.«

»Na und?« Nermin war sofort in der Höhe. »Was ist das schon, verglichen damit, daß sie vielleicht einen Sohn kriegt.«

»Hättest du nicht auch gern weitere Brüder?« Hülya tat es sofort leid, daß sie Inimini das gefragt hatte, und sie schlug sich mit der Hand auf den Mund. Nermin zeigte ihr den Vogel und seufzte übertrieben.

Inimini erwiderte, daß es schon spät sei und Irene es nicht gerne sehe, wenn sie vor dem Dunkelwerden nicht bei ihr drüben sei. Dann ging sie zum Hinterausgang hinaus und konnte durchs Fenster Ali babas Gesicht sehen. Er sprach mit einem Gast und schaute dabei so traurig, daß ihr das Herz weh tat.

Irene

Der Schrecken, der ungeheure Schrecken, den Emmi ihr eingejagt hatte. Irene wollte auf einen Kaffee zu ihr hinüber und ihr von ihrer Entdeckung erzählen. Die Tür war zum Glück unverschlossen, wie üblich. Emmi pflegte sie tagsüber nie zu versperren, um nicht eigens aufstehen zu müssen, wenn es läutete. In diesem Fall rief sie so laut, daß es bis vor die Tür zu hören war: »Hereinspaziert, wer immer es ist, Räuber oder Gendarm!« Das gehörte zu den Sprüchen, die Emmi sich nie würde abgewöhnen können.

Sie hatte mehrmals geläutet, aber kein Ton war aus der Wohnung gekommen. Langsam wurde ihr ein wenig mulmig. Oder begann Emmi gar schon schwerhörig zu werden? Sie schlug mit der Faust gegen die Tür, als würde diese Art von Vibration eher bis an Emmis Ohr dringen als ihr Läuten. Nichts geschah. Sie drückte die Klinke nieder, die Tür ging auf, und sie stand im Vorzimmer. »Emmi? Emmi bist du da?«

Wieder fiel ihr auf, wie leer Emmis Wohnung eigentlich war. Die Tür zum Wohnzimmer stand offen, aber von Emmi war nichts zu sehen. Das Sofa auf dem sie für gewöhnlich mehr lag als saß, wirkte ohne Emmi viel zu klein. Sie konnte sich, so wie sie es jetzt in seiner ganzen Schäbigkeit vor sich sah, gar nicht mehr vorstellen, wie Emmi überhaupt darauf Platz fand.

»Emmi? Wo bist du?« Unwillkürlich fügte sie hinzu: »Geht's dir gut?«

Niemand antwortete. Emmi konnte, wenn sie nicht ganz und gar verschwunden war, nur noch im Schlafzimmer sein. Aber doch nicht um diese Zeit. Ihres Wissens legte Emmi sich tagsüber nie ins Bett. Wozu hatte sie denn das Sofa, auf dem sie ohnehin bloß vor sich hin döste, wenn sie nicht gerade aß oder von jemandem besucht wurde.

»Hast du was?« Sie zögerte auf dem Weg zu Emmis Schlafzimmer, so als bewege sie sich auf vermintem Gebiet. Doch dann wurde ihr klar, daß mit Emmi etwas geschehen war. Die enorme Wölbung ihres Bauches zeichnete sich unter der Decke ab, die abzustreifen sie versucht haben mußte. Sie lag auf dem Rücken, ihr linker Mundwinkel hing ein wenig herab, und sie versuchte mit der rechten Hand ihren linken Arm hin und her zu schieben.

»Was ist los mir dir?« Irene begann Emmis Gesicht zu tätscheln. Emmi schien sie zu erkennen, redete jedoch wirr durcheinander. Sie konnte überhaupt nicht verstehen, was

Emmi meinte, obgleich sie mehrmals Annas Namen nannte und dann ein Wort, von dem sie nicht unterscheiden konnte, ob es Schüssel oder Schlüssel bedeutete.

Sie versuchte Emmi zum Aufstehen zu bewegen, aber Emmi konnte weder ihren linken Arm noch ihr linkes Bein bewegen. Sie spürte Tränen in sich aufsteigen und rannte zum Telefon, um den Notarzt zu rufen.

Als sie wieder an Emmis Bett stand, nahm sie deren linke Hand und schrie sie geradezu an: »Untersteh dich, Emmi, und mach dich aus dem Staub! Ich schwöre dir, daß ich es nicht zulassen werde. Glaubst du, ich bin zurückgekommen, um nur noch Großmutter zu sein?«

Sie wußte nicht, ob sie sie verstehen konnte, denn das, was Emmi nun vor sich hin murmelte, war absoluter Unsinn, nicht ein einziger zusammenhängender Satz, nicht einer, dem sie etwas hätte entnehmen können. Nur in Emmis Blick war so etwas wie Erleichterung zu erkennen, daß sie jetzt bei ihr war. Sie versuchte Emmis unruhige, eiskalte linke Hand mit beiden Händen zu wärmen. »Du machst vielleicht Sachen«, sagte sie ein ums andere Mal, so als könne sie sie damit nicht nur am Leben, sondern auch bei Bewußtsein halten.

Es hatte keine zehn Minuten gedauert, bis der Notarzt läutete, aber ihr war es wie eine unendlich lange Zeit vorgekommen. Eine Zeit, in der sie die Verantwortung für Emmi trug. Du liebe Güte, was tat man in so einer Situation, was konnte man tun, ohne etwas falsch zu machen? Oder anders gefragt, konnte man überhaupt etwas richtig machen, etwas, das Emmi am Leben erhalten würde?

»Wo bleiben Sie denn so lange?« fuhr sie den Mann an. Es war ein noch junger Arzt, und der meinte, er sei ohnehin so schnell wie menschenmöglich gekommen.

»Ich tippe auf einen Schlaganfall«, sagte sie, als sie ihn hereinließ. Sie wußte selbst nicht, wer ihr das eingegeben hatte, denn die Idee mit dem Schlaganfall war ihr erst an der Tür gekommen, keineswegs während sie Emmis Hand warmgerieben hatte.

Während der Arzt Emmi zu untersuchen begann, läutete es wiederum, und zwei noch jüngere Männer kamen mit einer Bahre herauf. Sie hatten dann ihre liebe Mühe, die ganze Emmi in einem Stück zu verladen.

Der Notarzt schien, nachdem er Emmi untersucht hatte, derselben Meinung zu sein wie sie, und Irene packte rasch ein paar Sachen fürs Krankenhaus zusammen, Nachthemd, Zahnbürste, einen Kamm, um sie ihr gleich mitzugeben. Dabei fiel ihr auf, wie spartanisch selbst Emmis Badezimmer bestückt war. Sie konnte sich an keine Frau erinnern, die sich mit so wenig begnügt hätte. Seife, Zahnbürste, ein Tiegel mit Salz, offenbar putzte sie sich die Zähne mit Salz, und ein Topf Nivea. Auf der Etagere befanden sich dann noch eine Bürste, eine Nagelschere samt Feile und eine Pinzette. Nichts weiter. Zumindest war sonst nichts zu sehen, und sie hatte jetzt auch keine Zeit, in Emmis Badezimmerschrank zu kramen.

Ob sie mitkommen könne, fragte der Arzt, schon wegen der Formalitäten und weil Emmi nicht vernünftig sprechen könne. Sie glaubte sich zu erinnern, daß Emmi die Dinge, die sie und die Bürokratie betrafen, in der obersten Lade des Sekretärs im Wohnzimmer aufbewahrte, und fand – was Wunder – auf Anhieb Emmis Versicherungskarte. Im Krankenhaus lobte man sie dann dafür.

Irene durfte während der Fahrt im Rettungsauto wieder Emmis rechte Hand halten, und als sie schließlich angekommen waren, klammerte Emmi sich mit der Rechten an ihr fest, so als mache es ihr Angst, von ihr getrennt zu werden. Das mußte man sich vorstellen, die nervenstarke Emmi, die immer so tat, als brauche sie nichts und niemanden, Anna natürlich ausgenommen, klammerte sich an sie und bat sie mit einem herzzerreißenden Blick, bei ihr zu bleiben.

Dieses Mal wurden ihr tatsächlich die Augen feucht, und sie versuchte so beruhigend wie möglich zu klingen, als sie ihr sagte, daß sie nur den bürokratischen Kram für sie erledigen müsse und dann wieder zu ihr kommen werde.

Aus all dem war leicht zu erkennen, daß es Emmi tatsächlich miserabel ging und daß es sie furchtbar aufregte. Immer wieder versuchte sie zu sprechen, aber sie schien keine Kontrolle über die Wörter zu haben, und Irene fragte sich, ob Emmi sich dessen bewußt war oder ob sie dachte, sie wolle sie bloß nicht verstehen.

In der Aufnahme fragte man Irene nach allem möglichen, aber sie konnte nur einen Bruchteil der Fragen beantworten. Nein, soviel sie wisse, sei Emmi nie in ihrem Leben im Krankenhaus gewesen. Und wer ihr Arzt sei? *Keine Ahnung.*

Sie überlegte, wer es sein könnte, aber dann meinte die junge Frau, die sie ausfragte, das würde sie anhand der Daten schon herausfinden. Und außerdem wäre es gut möglich, daß Frau Rehulka schon in kurzer Zeit wieder völlig normal sprechen könnte und das Ganze nur eine Warnung ihres Körpers gewesen wäre, besser auf ihn zu achten.

Sie hatte sofort zugestimmt. Ihre Freundin Emmi Rehulka wäre in der Tat nicht besonders pfleglich mit ihrem Körper umgegangen, schon gar nicht in den letzten Jahren.

Sie durfte nicht gleich wieder zu Emmi, da die Untersuchungen noch im Gange waren, also setzte sie sich in die Cafeteria des Krankenhauses und trank dort den Kaffee, den sie ursprünglich bei Emmi hatte trinken wollen und den sie mittlerweile auch schon mehr als nötig hatte.

Wieder einmal zeigte sich, wie richtig sie damit lag, ihre Handtasche überallhin mitzunehmen, selbst wenn sie nur zu Emmi hinüberging, man konnte ja nie wissen, womit man es plötzlich zu tun bekam. Emmi hatte sie deshalb öfter aufgezogen und gesagt, sie sei wie jene unterstandslosen alten Weiber auf den Parkbänken, die immer alles mitschleppten. Aber wer bitte hätte jetzt ihren Kaffee bezahlt und das Mineralwasser und dann noch einen weiteren Kaffee? Sie wußte, daß die Untersuchungen eine Weile dauern würden und es keinen Sinn hatte, den Schwestern damit auf die Nerven zu gehen, daß sie zu Emmi wollte.

Als sie dann endlich wieder zu ihr durfte, lag Emmi im Bett und hing am Tropf. Sie war ziemlich blaß, aber sie schien sich zumindest so weit erholt zu haben, daß sie wieder zusammenhängend sprechen konnte, obwohl es sie noch sehr anstrengte.

Sie setzte sich zu ihr, und Emmi versuchte sogar so etwas wie ein Lächeln, das aber noch ziemlich schief in ihrem Gesicht hing.

»Danke«, sagte Emmi und drückte kurz ihre Hand, in der sie die ihre wieder hielt, auch wenn sie sie nicht mehr warm reiben mußte. Es war ihr beinahe peinlich, Emmi in einer Situation zu sehen, in der sie sich bei ihr bedankte. »War wohl knapp?!« fügte Emmi mit geradezu sarkastischer Befriedigung hinzu, als lege sie Wert darauf, ihre Hilfe nur im äußersten Notfall beansprucht zu haben.

Später kam eine Schwester mit einem Tablett und stellte es auf dem Nachttisch ab. Emmi hob interessiert den Kopf.

»Früchtetee und ein wenig Kompott …« Die Schwester machte eine einladende Geste. Aber das war wohl nicht nach Emmis Geschmack, denn sie streifte das Tablett mit einem enttäuschten Blick, der sich rasch in einen verächtlichen verwandelte, und ließ den Kopf in die Kissen sinken.

»Hör zu«, sagte Irene, »heute kannst du das Essen ohnehin vergessen, und morgen bringe ich dir, was du gern haben möchtest.«

Emmi schüttelte bloß den Kopf und wirkte auf einmal unendlich müde. »Nein, nein«, murmelte sie, »ich komme schon zurecht.«

Sie wartete, bis Emmi eingeschlafen war, und versuchte dann, den diensthabenden Arzt zu sprechen. Es war ein Ärztin. Sie erklärte ihr, daß Frau Rehulka wohl ein paar Tage bleiben müsse, daß sie aber höchstwahrscheinlich nichts zurückbehalten würde. Was nicht hieß, daß so ein Schlaganfall sich nicht wiederholen könne. Um das zu verhindern, müsse Frau Rehulka in jedem Fall ihre Eß- und Lebensgewohnheiten umstellen. »Bestärken Sie sie darin!«

Wenn es nicht so ernst gewesen wäre, hätte sie lauthals lachen mögen.

Allein die Vorstellung von einer ihre *Eß- und Lebensgewohnheiten umstellenden* Emmi grenzte an eine Farce, und sie sah sich bereits mit ihr in hitzige Debatten über das Cholesterin im Lachs oder über den lebenserhaltenden Vorteil ungesättigter Fettsäuren verwickelt.

Als sie schließlich gegen Abend nach Hause kam, saßen sie alle drei in der Küche, Inimini, Onur, Ali und – es war kaum zu glauben – warteten auf sie. Es hatte sich bereits herumgesprochen, daß mit Emmi etwas passiert war, und nun wollten sie alle alles auf einmal wissen.

Sie hatte sich von ihrem Schrecken wieder soweit erholt, daß sie das Geschehene mit ein paar Worten einleuchtend erklären konnte, wobei sie nicht darauf verzichtete hinzuzufügen: »Eigentlich kein Wunder bei dem Lebensstil, den sich die gute Emmi auf ihre alten Tage zugelegt hat.«

Inimini, der Emmis Schlaganfall ziemlich nahezugehen schien, schnappte sofort zurück: »Du bist doch genauso alt!«

»Ja, das bin ich, aber ich gehe sorgsamer mit mir um.«

Inimini gab nicht nach. »Aber deswegen kannst du doch auch etwas kriegen.«

Es tat ihr schon leid, daß sie es sich nicht hatte verkneifen können, so zu tun, als sei Emmi an ihrem Unglück selber schuld, und so trat sie mit einem versöhnlichen »Aber natürlich« kampflos den Rückzug an.

Sie waren also alle drei in der Küche gesessen, und zwar beim Essen. Inimini hatte den Kühlschrank ausgeräumt und eine Eierspeise mit grünen und roten Paprikaschoten gemacht, dazu einen türkischen Salat mit Gurken, Oliven, Tomaten und weißem Käse, ohne den Ali nicht sein konnte.

Inimini ließ sich herbei, auch für sie aufzutischen. Das heißt, sie bekam etwas von dem Salat und der Wurst, die sie selbst eingekauft hatte und die Inimini mied, seit sie außer Haus ein Kopftuch trug. Schließlich konnte ja Schweinefleisch drin sein, und das war für Inimini neuerdings Teufelsfleisch, auch wenn sie so tat, als schmecke es ihr einfach nicht mehr. »Liest du denn keine Zeitung, Irene? Da schreiben sie nämlich, womit diese Tiere vollgespritzt werden. Nein, danke!« Dazu ließ sich nicht viel sagen, blieben der Schinken und vor allem die Wurst für Onur und sie.

»Gibt es noch etwas, was du nicht mehr zu dir nehmen möchtest, ich meine nur, damit ich beim Einkaufen daran denke?«

Die Antwort kam prompt: »Alkohol!«

»Den würdest du von mir ohnehin nicht kriegen.« Und um Inimini in ihrer neuen Standhaftigkeit zu bestärken, klebte sie auf die Bonbonschachtel mit den Likör-Kirschen, aus der Inimini sich gelegentlich bedient hatte, eine Banderole, auf die sie ALKOHOL schrieb.

Onur und Inimini verschwanden rasch in ihren Zimmern, nur Ali hatte seinen Tee noch nicht ausgetrunken. Außerdem mußte er schon um halb acht in der *Zypresse* sein, also zahlte es sich nicht aus, daß er noch etwas anderes anfing.

Sie redeten wieder über Emmi, er schien sich tatsächlich Sorgen um sie zu machen. Irene aber versuchte, das Gespräch in Richtung Anna zu lenken. Sie war es leid, daß alle außer Emmi so taten, als hätte es Anna nie gegeben. Schmerz hin, Schmerz her, Menschen waren sprechende Wesen, also mußte man auch über Annas Verschwinden reden können.

Irene hatte es schon so oft auf die einfühlsame, auf die behutsame Art versucht, ohne den geringsten Erfolg. Weder bei Inimini noch bei Ali, und Onur bekam sofort den glasigen Blick, wenn die Rede auf Anna kam, so daß sie ihn nicht weiter quälen wollte, ihn schon gar nicht. Er konnte wohl nicht glauben, daß seine Mutter sich einfach davongemacht hatte. Und was sonst mit ihr passiert sein mochte, wollte er sich erst recht nicht vorstellen.

Dieses Mal versuchte Irene es auf die direkte Art. »Was denkst du, ist Anna mit einem anderen Mann zusammen und hat nur einfach nicht das Herz, es uns wissen zu lassen?«

»Das Herz?« Ali fuhr auf. »Das ist keine Sache vom Herz! Weißt du, was die Leute auf die Hauswand geschrieben haben? HURE! Groß und in roter Farbe. Ich habe es zu spät bemerkt, da waren die Kinder schon dabei, es abzukratzen.«

Es war das erste Mal, daß sie Ali, den ruhigen, in sich gekehrt vor sich hin leidenden Ali so in Rage gesehen hatte.

»Schon gut«, sie legte die Hand auf seinen Arm und sagte, im Grunde gegen ihre Überzeugung, »du und ich, wir wissen, daß das am unwahrscheinlichsten ist, aber, verzeih, es würde für mich als Mutter wenigstens bedeuten, daß Anna am Leben ist.«

»Auch ich wünsche nicht, daß sie tot ist. Ich gehöre nicht zu den Männern, für die an einer Frau nur zählt, daß sie nicht fremdgeht, dazu habe ich zu lange hier gelebt. Was glaubst du, wo überall ich schon nach ihr gesucht habe. Aber finde du einmal jemanden, der wie verschluckt ist. Was weiß ich, wo sie steckt oder in was sie da hineingeraten ist. Nicht einmal von ihren Sachen hat sie etwas mitgenommen.«

»Mein Lieber«, sie sprach nun ganz als weise alte Frau, die

schon alles im Leben gesehen hat, »das beweist gar nichts, vor allem wenn Sexualität im Spiel ist. Es gibt keine Variante, die nicht schon vorgekommen wäre. Diesbezüglich würde ich für niemanden die Hand ins Feuer legen, weder für Anna, noch für dich, nicht einmal für mich.«

Ali hob ein wenig belustigt den Blick, schüttelte dann aber den Kopf. »Selbst wenn ... Es geht darum, daß sie keine Nachricht schickt, daß sie uns nicht sagt, wo sie ist. Wir haben über so viel geredet in all den Jahren, gewiß, in letzter Zeit nicht mehr so viel, aber wir haben immer noch geredet. Nicht nur über die Kinder.«

»Und wenn sie nicht in der Lage ist, uns wissen zu lassen, wo sie ist?«

Ali zuckte mit den Schultern.

Da saß sie nun und hatte es selbst heraufbeschworen, das Bild von Anna als einer Gefangenen, womöglich einer Toten.

»Hast du je in Erwägung gezogen, daß sie entführt worden sein könnte? Daß man sie festhält oder ihr gar etwas angetan hat?«

Ali seufzte beinah ungehalten. »Glaub mir, Irene hanım, das habe ich alles schon selber gedacht. Und wenn der Gendarmerie-Major kommt, reden wir auch über so was. Er hat sofort eine Fahndung rausgegeben, als er gemerkt hat, daß es ernst ist, und alle Gendarmerie-Posten wissen Bescheid. Aber nichts, gar nichts haben sie gefunden. Auch keine Leiche.«

Nun mußte auch sie notgedrungen an das denken, woran Ali wohl schon längst hatte denken müssen, nämlich daß Anna tot war.

»Du hast mir nie erzählt, wie dieser letzte Tag, an dem Anna noch hier war, verlaufen ist. Ich meine, was hat sie gesagt, um wieviel Uhr ist sie weggegangen, bis wann wollte sie wieder zu Hause sein? Ihr habt doch auch über diese Dinge geredet, oder?«

»Natürlich, aber es war nicht so, daß sie für jede Stunde gesagt hat, ich bin dort oder fahre nach da. Wir sind erwachsene Menschen, man darf die Frau nicht nach allem fragen.«

»Aber an jenem Tag, was hat sie da getan oder gesagt?«

»Gar nichts. Ich hatte tagsüber Dienst, und sie fragte, ob die Kinder nach der Schule in die *Zypresse* essen kommen könnten, falls sie nicht da wäre.«

»Was soll das heißen, falls sie nicht da wäre?«

»Sie sagte, sie würde in die Stadt fahren, etwas besorgen.«

»In die Stadt? Da kann sie doch von hier aus zu Fuß gehen.«

»Sie meinte, nach Wien.«

»Nach Wien?«

»Wenn sie frei hatte, fuhr sie manchmal tagsüber nach Wien. Dort gibt es schönere Geschäfte, und sie geht hin und wieder gerne ins Kino. Sie sagt, wenn sie schon hierher zurückgekommen ist, damit wir als Familie in einem eigenen Haus wohnen, möchte sie auch ab und zu nach Wien fahren können. Sie braucht das.«

»Seid ihr nie zusammen hingefahren?«

»Doch, aber das war nicht dasselbe für sie. Sie wollte manchmal allein nach Wien. Ist doch nichts dabei?« Ali schaute sie beinah trotzig an, so als müsse er ihr ins Gedächtnis rufen, daß eine Frau das Recht auf Selbständigkeit hat, ausgerechnet ihr.

»Natürlich nicht. Aber als sie nicht nach Hause gekommen ist, was war dann? Ich meine, was hast du getan?«

»Nichts. Sie hat manchmal bei einer Freundin übernachtet und ist erst am nächsten Tag zurückgekommen.«

»Da hätte sie doch angerufen. Das würde jeder tun.«

»Schon. Aber einmal war es auch so. Da war das Telefon von der Freundin kaputt.«

Sie ertappte sich dabei, wie sie den Kopf schüttelte.

»Damals bin ich zur Gendarmerie gegangen. Es war sehr peinlich. Und am nächsten Tag in der Früh hat Anna von einem Automaten aus angerufen.«

Das stank geradezu nach den üblichen Ausreden. Andererseits war Anna genau der Typ Mensch, dem sie so etwas zutraute, nämlich es so laufen zu lassen, daß jeder Verdacht schöpfen würde, und in Wirklichkeit wäre gar nichts gewesen.

»Und die Freundin, was sagt die?«

»Nichts. Anna war gar nicht dort, hat auch nicht angerufen. Die Gendarmerie hat alles geprüft. Immer wieder.« Ein trockener Husten löste sich aus Alis Kehle, und sie schüttelte noch immer den Kopf.

»Möchtest du einen Schluck?« Wieder einmal fiel ihr am Abend nichts anderes ein als ein Glas Rotwein.

Ali schaute auf die Uhr, es war knapp vor halb acht, und er mußte schleunigst zur Arbeit.

»Geht nicht, vielleicht ein andermal.«

Je besser Irene Ali kennenlernte, desto mehr erstaunte es sie, daß er ihrer Vorstellung von ihm so wenig entsprach. Er hütete nicht nur seine Zunge, sondern offensichtlich auch seine Gedanken. Und wenn sie dennoch mit ihm ins Gespräch kam, was nicht oft geschah, stellte sich heraus, daß er mehr wußte, aber auch mehr dachte, als sie vermutet hatte.

Sie fragte sich, wie er sich wohl fühlen mochte hier unter ihnen. Letztlich war es immer auch die Herkunft, die einen Menschen bestimmte. Man vergaß nie, was man als Kind erlebt hatte, besonders, wenn man von zu Hause wegging. Hielt er sich deswegen an die Haluks, weil sie dieselbe Sprache sprachen, auch wenn er sonst wenig mit ihnen gemein hatte? Anna hatte es ihr einmal erklärt, nämlich daß Ali eigentlich kein Muslim oder zumindest kein Muslim im strengen Sinn war, aber was war er dann?

Sie versuchte vergeblich, sich im Detail zu erinnern, was Anna ihr damals erzählt hatte. Und aus Inimini war nicht viel herauszukriegen, außerdem trabte die zur Zeit ganz den Töchtern von Haluk nach, und die waren Muslime, auch im strengen Sinn.

Plötzlich fiel ihr wieder ein, was sie Emmi hatte zeigen wollen, als sie zu ihr hinübergegangen war. Nämlich einen Zettel mit einer Wiener Adresse, den sie in einer von Annas Taschen gefunden hatte. Nicht daß sie nun in Annas Sachen zu stieren begonnen hätte, das war keine Art. Andererseits war es auch keine Art, einfach abzuhauen und die Familie nichts von sich wissen zu lassen. Das mußte sie schon sagen, bei allem Verständnis für das, was Anna ihrer Meinung nach widerfahren war. Sie war noch immer davon überzeugt, daß es Anna einfach erwischt hatte, gerade sie, die so lange mit ein und demselben Mann zusammengewesen war und sich wohl schon damit abgefunden hatte, daß das ein Leben lang so bleiben würde. Aber zu welchem Ende?

Vielleicht war es in Wirklichkeit anders um Anna und Ali gestanden, als Ali sie glauben machen wollte. Und wenn die beiden eine Vereinbarung miteinander hatten, eine, die Ali hatte zögern lassen, sofort zur Gendarmerie zu gehen? Vielleicht hatte Anna ein Doppelleben geführt, von dem nur ihr eigener Mann etwas wußte oder nicht einmal der?

Unsinn! Anna war ihre Tochter, aber sie war nicht sie. Sie hatte schon seit langem keine Ahnung mehr, was in Anna vorging, wahrscheinlich hatte sie auch nie eine gehabt. Selbst damals, als Anna bei ihr in Berlin lebte, wurde sie immer von dem überrascht, was Anna sagte oder tat. Im Gegensatz zu Emmi natürlich, die Expertin für alles war, was Anna betraf. Die immer schon alles gewußt hatte, auch, daß es keine zwei Jahre dauern würde, bis Anna wieder zurückkam. Behauptete sie zumindest.

Was hätte aus Anna alles werden können, wenn sie damals in Berlin geblieben und ihr Studium abgeschlossen hätte. Es war nicht an ihrer Intelligenz gelegen, es lag an ihrem Herzen, daß es so gekommen war. Und da sollte dieses Herz sich dann ein für alle Male beruhigt haben?

Kinder, ein Gasthaus, das sie nicht halten konnte, und am Ende hieß es wieder kellnern. Nicht nur für sie, auch für Ali.

Wie sie wußte, hatte Anna wieder gearbeitet, wenn auch nicht in der *Zypresse*, statt dessen im *Zerbst* am Pfarrplatz, wo sie selbst und Emmi sich seinerzeit den ersten Kaffee bestellt hatten. Das ewige Kellnern hatte sicher nicht zu Annas Lebensglück beigetragen. Aber immerhin war sie mit den Füßen wieder so weit auf den Boden gekommen, um zu erfassen, daß auch sie etwas beitragen mußte, um die Familie instandzuhalten. *Bravo!*

Aber das machte alles nur noch undurchsichtiger. Was, wenn Anna im *Zerbst* jemand begegnet war, von dem sie nicht einmal mehr zu träumen gewagt hatte, und diese vage Fahrt nach Wien hätte einzig und allein dem Zweck gedient, ihr eine Entscheidung zu ermöglichen?

Nur Anna selbst hätte sagen können, wie alles gekommen war. Natürlich würde sie Emmi irgendwann mit ihren Vermutungen schockieren. Wenn Emmi wieder so weit wäre, mit ihr über Anna zu reden. Und wenn sie aufhörte, so zu tun, als habe niemand, außer ihr, das Recht, über Annas Verschwinden auch nur nachzudenken.

Sie hoffte, Emmi würde eine gute Nacht haben und schon morgen damit anfangen, sich an eine Diät zu gewöhnen. Der Schrecken mußte nur tief genug sitzen, dann würde sie sich wieder hochrappeln. Sie sah sie schon auf einem Home-Trainer sitzen und in die Pedale treten, zu ihrem, Irenes, größtem Vergnügen. Aber im Grunde haßte sie es, wenn Leute, die nie wirklich krank gewesen waren, völlig unvermutet damit anfingen.

Emmi

Was waren Jahre des erprobten Überdrusses und der gestockten Verzweiflung gegen ein paar Stunden absoluter Angst? Das Gefühl, es nicht mehr in der Hand zu haben, auch nicht das Verlöschen. Der lange Kampf mit ihrem Körper gegen ihren Körper, diese verlängerte, verinnerlichte Selbstmordstrategie, an die Emmi jederzeit und mit kühlem Kopf denken konnte, ohne davon Herzrasen zu bekommen, war nicht aufgegangen. Woran sie nicht gedacht hatte, war, daß es ohne Vorwarnung geschehen und ihr Bewußtsein sich immer wieder einschalten würde. Daß sie merken würde, wie ihr Verstand, ihre Zunge ihr nicht mehr gehorchten. Sie hatte fest daran geglaubt, daß es eines Tages plötzlich aus sein würde, Herzinfarkt, Gehirnschlag, was auch immer ... jedenfalls, daß sie einfach umfallen und tot sein würde. *Warum eigentlich?*

Jetzt wußte sie, daß das eine Gnade war. Aber woher sollte die kommen, wenn da niemand war, der sie gewähren konnte. Keiner, von dem sie sie erbitten konnte. Diese vollkommene Hilflosigkeit war wohl das letzte, womit sie gerechnet hatte. Und daß gerade Irene es sein würde, die sie rettete, machte es nicht besser.

Wie gleichgültig ihr dieses Leben gewesen war, wie widerwärtig. Wie sehr sie sich schon damit abgefunden hatte, aus ihm herauszufallen, ihre Eintrittskarte zurückzugeben, wie sie es bei sich nannte. *Dumme Kuh!* Um dem Leben ein Ende zu machen, brauchte es mehr als tonnenweise aufgeschichteten Mißmut, gepaart mit Enttäuschung und Freudlosigkeit. Diese Art Elend war chronisch, aber nicht tödlich. *Wenn du wirklich abkratzen willst, spring aus dem Fenster, oder spreng dich in die Luft!* Alles andere war Koketterie, so einfach ging nicht einmal das Sterben.

Da war die Angst, eine Angst, die nach Schweiß und ranzigem Fett roch und alle Poren verstopfte, daß man tausend Male erstickte daran. Die Angst, allein zu bleiben mit der Angst, die Angst, bei durchblutetem Leib zu verfaulen, die Angst, lebendig begraben zu werden. Die Angst, die Augen nicht mehr schließen zu können und das eigene Verkommen mitansehen zu müssen, die Angst, in der eigenen Scheiße zu liegen, die einen nicht einmal mehr wärmt, die Angst, das Herz brechen zu spüren, obwohl es weiter schlägt. Die Angst, sich sprechen zu hören, ohne zu begreifen, was man sagt.

Sie hatte Angst gehabt, unsagbare, hundsgemeine, hinterfotzige, eiterbeuleneklige Angst, eine Angst, die so viel wirklicher gewesen war als die gesammelten Vorstellungen ihres nach und nach bewußt herbeizuführenden Ablebens. Diese Angst würde nicht mehr außer acht zu lassen sein bei der Entscheidung, die sie demnächst treffen mußte. Spätestens am Tag ihrer Entlassung.

Entweder ich springe, oder ich lebe weiter. Sie brauchte bloß in den fünften Stock hinaufzugehen und ein Fenster zu öffnen. Oder sie blieb am Leben, das hieß, all die Mühsal auf sich zu nehmen, die es bedeuten würde, sich tatsächlich am Leben zu erhalten, mit all den Foltern, die die Medizin sich für übergewichtige alte Weiber ausgedacht hatte, bei denen alles zu hoch war, Fettgehalt und Zucker in den Adern, der Blutdruck, die Pulsfrequenz und, nicht zu vergessen, die Reizbarkeit. Ob sie sich darauf noch einlassen sollte? Einen Kampf aufnehmen, den sie ohnehin irgendwann verlieren würde?

Aber da war diese Angst, die Angst vor dem nächsten Schlag, der ihre Worte durcheinanderbringen und sie vollkommen hilflos machen würde.

Diese Angst würde sie zwingen spazierenzugehen, damit das Blut besser zirkulierte, sich zu überlegen, was sie aß, in bestimmten Abständen einen Arzt aufzusuchen. Sie hörte ihn schon sagen: »Und zum Frühstück ein halbes Aspirin. Ich hoffe Sie machen täglich Ihre gymnastischen Übungen!«

Ob man es so weit mit sich kommen lassen durfte? All diese Lächerlichkeiten auf sich zu nehmen, um noch ein paar Jahre lang den Kaspar zu machen? War es das wert? Was hatte das Leben noch zu bieten, das all diese leiblichen Demütigungen lohnen würde?

Allein, wenn sie das Wort *Diät* hörte oder *viel Bewegung in frischer Luft*, befiel sie eine derartige Lustlosigkeit, daß ihr der fünfte Stock als der einzig annehmbare Ausweg erschien.

Irene hatte gesagt, sie solle sich nichts vormachen, tat sie das denn? Sie hatte kein Problem mit den Tatsachen. Ja, sie war verfressen, maßlos verfressen, und obendrein zu faul, um auch nur die Treppe hochzusteigen.

Das hatte sie bisher am Leben gehalten, sie stand dazu.

Aber da war diese Angst, und die würde wiederkommen. Allein der Gedanke daran brachte sie zum Schwitzen. *Überleg es dir gut, Emmi, entweder oder. Spring oder mach deine Kniebeugen, einen Mittelweg gibt es nicht!*

Sie versuchte, sich Irenes fassungsloses Gesicht vorzustellen, wenn sie sie darum bitten würde, herauszufinden, wo man diese Art Gerät bekam und was dieses Marterinstrument, das sich als Fahrrad tarnte, denn kosten sollte.

Nein, sie glaubte nicht, daß sie dazu imstande sein würde, nicht einmal, um sich an Irenes fassungslosem Gesicht zu delektieren. Das war nicht die Fasson, in der sie alt zu werden gedachte. Wenn schon Sklavin ihres Körpers, dann die ihres Appetits. Und springen, wenn nichts mehr ging. Wie aber würde sie wissen, daß nichts mehr ging?

Das, weswegen sie jetzt hier lag, hatte sich nicht angekündigt. Oder sie hatte die Zeichen nicht deuten können. Nur, was waren die Zeichen gewesen, und wer sagte, daß sie sie beim nächsten Mal rechtzeitig erkennen würde?

Wenn es wenigstens gleich aus gewesen wäre, dann gäbe es sie jetzt nicht mehr, und sie müßte keine dieser hanebüchenen Entscheidungen treffen.

Es wäre das beste gewesen, in der Direttissima über den Jordan zu marschieren, aber nein, selbst das konnte in Emmis Leben nicht glattgehen. Nicht einmal diese letzte große Geste war ihr vergönnt, vom Schlag voll getroffen zu werden und damit ein

Ende nach ihrem Geschmack zu finden. Sozusagen aus dem vollen Appetit heraus, mit einem halben Grillhuhn im Bauch und einer ganzen Lage Milirahmstrudel. Ohne jemandem Scherereien zu verursachen. Es hätte nur mehr die Bestattung zu kommen brauchen. Die finanziellen Dinge waren durch Versicherungen geregelt, das Haus ging an Anna, und alles, was sonst noch da war, ebenfalls. Es hätte nur noch einiger Stempel bedurft, und die Sache wäre erledigt gewesen.

Was regte sie sich denn so auf? Noch konnte sie springen, das hieß, wenn sie je wieder imstande sein sollte, alleine aufzustehen. Es war ein so kleinlautes Gefühl, Fuß und Arm nicht bewegen zu können. Angeblich würde es bald wieder soweit sein, das hatte zumindest die Ärztin behauptet.

»Sie können es ja schon«, hatte die Schwester gezwitschert, als sie versuchte, ihr aus dem Bett zu helfen. Aber die Schwester hatte sich vollkommen überschätzt und mußte einen Pfleger zu Hilfe rufen. Zu zweit hatten sie sie dann auf die Beine gestellt, aber die waren ihr gleich wieder weggeknickt. Da brachten sie ihr dann doch noch einmal die Leibschüssel.

»Nächster Versuch nach der Mittagsruhe«, zwitscherte die Schwester schon viel weniger enthusiastisch, »dann helfen Sie ein bißchen mehr mit, nicht wahr, Frau Rehulka?!«

Wie die sich das vorstellte. Sie versuchte, heimlich ein wenig zu üben, die Zehen zu strecken, ihre Knie durchzudrücken. Vielleicht sollte sie sich an dem komischen Trapez über ihrem Bett ein paarmal hochziehen, aber schon beim ersten Versuch riß sie sich die Infusionsnadel aus dem Handrücken und mußte erst recht nach der Schwester klingeln, es brannte höllisch.

»Aber, aber Frau Rehulka«, schnarrte die, als sie das Malheur sah, »kein Mensch hat gesagt, daß Sie schon jetzt mit dem Krafttraining anfangen sollen.« Sie setzte ihr einen neuen Venenzugang, und sie hätte Gift darauf genommen, daß die Schwester absichtlich mehrmals danebenstach.

Das war nur der Anfang. Weiß der Himmel, welche Pannen, von den Anstrengungen gar nicht zu reden, in der Folge auf sie warteten. Und was sollte das Wort Krafttraining im Zusammenhang mit ihr bedeuten? Das konnte doch nur ein Scherz sein, allerdings kein besonders guter.

Was die hier unter Essen verstanden. Ein einziger Blick genügte, um sich ein Urteil zu bilden. Abgesehen davon, daß es ohnehin viel zu umständlich gewesen wäre, sich das Tablett per Schwenkarm über den Bauch zu ziehen, lag da nichts auf den Tellern, das auch nur eines zweiten Hinsehens wert gewesen wäre. Sie ließ alles unberührt zurückgehen, trank bloß ein Glas Mineralwasser.

»Auch mit dem Fasten sollten Sie nicht so abrupt beginnen, liebe Frau Rehulka!« Diese Schwester trieb sie, gelinde gesagt, in den Wahnsinn. Was sollte das heißen, fasten? Es war einzusehen, daß sie sich in Zukunft etwas würde zurückhalten müssen, wenn es überhaupt noch um so etwas wie Zukunft gehen sollte, aber fasten? Von Fasten war bisher noch nie die Rede gewesen. Sie war so schockiert, daß sie bloß noch hauchte: »Keinen Appetit, was kann man machen?«

Auch so ein Ansatz zu einer größeren Geste. Niemand sollte sich eine Bemerkung zu ihren Eßgewohnheiten erlauben. Erst recht nicht hier. Und daß schon das Aussehen dieser Mahlzeit sie so wenig angelacht hatte, schien ihr geradezu wie ein Schnäppchen, mit dem sie ohne größere Selbstüberwindung ihre neue Gelassenheit gegenüber dermaßen trivialen Dingen wie Essen unter Beweis stellen konnte. Doch diese Art von Selbstverleugnung bekam ihr nicht.

Sie hatte die Rechnung ohne ihre Eingeweide gemacht. Bereits eine halbe Stunde später, nämlich um die Zeit, zu der sie zu Hause Mittag zu essen pflegte, fingen sie zu rumoren an. Das war ein Kollern und Blubbern, ein Knurren und Glucksen, als wären sie bloß noch mit Wasser und Kohlensäure gefüllt. Sie hatte anfangs bloß verächtlich gelächelt. *Führt euch nur auf, ihr könnt euch gebärden, wie ihr wollt, heute gibt es nichts mehr.*

Kaum hatte sie es gedacht, fuhr ihr der Schrecken schon durch den Leib. Wieso hatte sie *heute* gesagt und *nichts mehr*? Das konnte doch nicht heißen, den ganzen Tag. War sie denn total übergeschnappt, sich auf solche Ansagen einzulassen, auch nur sich selbst gegenüber?

Was aber, wenn es in diesem Krankenhaus nur einmal am Tag eine richtige Mahlzeit gab und am Abend bloß noch eine Kleinigkeit? Je länger sie darüber nachdachte, desto klarer wurde ihr, daß es nur so sein konnte. Predigten diese Gesundmenschen denn nicht alle, daß man am Abend nur ganz wenig zu sich nehmen sollte, um seine Innereien zu schonen?

Da lag sie nun und hatte Hunger. Richtigen Hunger. Ihr Körper protestierte gegen den Vorenthalt von Nahrung, und was vor kurzem noch etwas mit dem zu erwartenden Geschmack zu tun gehabt hatte und ihr, von daher gesehen, nicht als attraktiv genug erschienen war, schwebte ihr nun wie ein Bild der Lebensrettung vor.

Sie versuchte, sich genau an alles zu erinnern, was auf dem Tablett gestanden war, und stellte sich vor, wie sie es Bissen für Bissen in den Mund nahm, kaute und hinunterschluckte. Plötzlich merkte sie, wie ihre Zähne mahlten und ihr der Speichel aus dem Mundwinkel troff. Es empörte sie ungemein. So weit war es mit ihr also schon gekommen. Sie war nicht nur gefräßig, sie war freßsüchtig geworden. Weiterleben wollte sie vielleicht, aber nicht so. Sie wischte sich den Mund mit einem Zellstofftuch, das zusammen mit den Medikamenten in einem Plastikbehälter lag, und dachte nur noch: *Aus, Schluß, es wird nicht gegessen*. Sogleich klebte ihr die Zunge am Gaumen fest, und aus dem Magen stieß es ihr sauer auf. *Macht, was ihr wollt, ich lasse mich nicht erpressen!*

Sie lag da und spürte, wie ihr Körper Zentimeter für Zentimeter in sich zusammensackte. Ein Gefühl, das ihr gefallen konnte, hätte sich nicht sogleich eine körpereigene Angst vor Auszehrung dazugesellt. So als könne es zum gegenwärtigen Zeitpunkt noch gar nicht gut sein, wenn sie an Gewicht verlor. Immerhin war sie krank. Was heißt krank, sie hatte mit Ach und Weh einen Schlaganfall überlebt, und die Schwester mochte schon recht haben, wenn sie sagte, sie solle nicht so abrupt mit dem Fasten beginnen. Was sich auf dem Tablett befunden hatte, war wohl so etwas wie Schonkost gewesen, gewöhnungsbedürftig, das schon, aber deshalb mußte man es ja nicht gleich zur Gänze ablehnen.

Mit einem Mal erschien ihr das gelbliche Püree mit der braunen Sauce, das ihr Blick gestreift hatte, als durchaus verkostenswert. Und das ein wenig zerfallene, graurosa Stück Fleisch, das in seiner Mitte wie in einem sorgfältig modellierten Nest lag, war wohl Kalbfleisch gewesen, immerhin. Und wenn schon das nicht, hätte sie zumindest die Suppe essen können. Soviel ihr rascher Blick in Erfahrung gebracht hatte, handelte es sich um gebundene Gemüsesuppe. Nicht gerade eine Speise, nach der sie sich verzehren würde, wenn es sie aus irgendeinem Grund nicht mehr gäbe. Aber Suppe machte warm, wohlig warm, und während sie das dachte, überfiel sie ein leises Frösteln, und sie zog sich die Decke bis über die Brust herauf.

Emmi war, als wäre da auch noch ein Schälchen mit Apfelkompott gestanden. Das hatte es gestern auch schon gegeben. Über Kompott ließ sich natürlich streiten. Die einen behaupteten, es diene vor allem der Aufnahme von Flüssigkeit und Ballaststoffen, wohingegen die anderen dabei blieben, daß Kompott völlig überflüssig wäre, da die Vitamine sich beim Kochen der Früchte längst davongemacht hätten und der Saft meistens viel zu stark gesüßt werde, was sich wiederum in unnötigen Kalorien niederschlage. Sie selbst neigte eher der zweiten Meinung zu, was aber nicht hieß, daß man nicht hin und wieder einen Kompromiß schließen konnte.

Was hätten ihr die paar Löffel Kompott schon groß geschadet? Jedenfalls hätte ihr Magen sich beruhigt, und sie läge nun nicht schlaflos da und spürte überdeutlich, wie ihre innere Substanz dahinschmolz. Wenn das so weiterging, würde sie vorzeitig auf die Toilette müssen, und die Schwester, die Order hatte, sie zu den ersten Schritten zu animieren, würde womöglich wieder Verstärkung brauchen. Sie war noch nicht so weit, das spürte sie ganz deutlich, nicht mit einem solchen Gefühl der Leere im Bauch, das nur noch mehr in Schwäche umschlagen würde, sobald sie auch nur einen Fuß aus dem Bett zu heben versuchte.

Emmi überlegte, nach der Schwester zu klingeln und wie beiläufig zu sagen, sie hätte es sich überlegt und würde nun doch ein paar Bissen essen, schließlich wäre es für ihre Genesung wichtig, daß sie wieder zu Kräften kam.

Diese Art von Peinlichkeit erschien ihr dann doch zu groß, obwohl sie sich die Option rein gedanklich natürlich offengelassen hatte, wußte sie doch aus Erfahrung, daß ihr Appetit noch ganz andere Ausmaße annehmen konnte, vor allem aber, daß er sie regelmäßig bezwang, ganz egal, was sie in den letzten Jahren auch unternommen hatte, um ihn abzulenken. Ihr Appetit war es nicht gewohnt, daß sie ihm ernsthaft widerstand.

Abgesehen davon, daß jetzt wohl nicht der richtige Zeitpunkt dafür war, schien klar ersichtlich, daß Emmis Appetit nicht so rasch aufgeben würde. Daß er sie nun mit der Vorstellung des leichtfertig verschmähten Mittagessens quälte, war nur eine der Kampfansagen. Gefährlich wurde es erst, wenn er ihr vorgaukelte, daß sie bloß aufzustehen, in den Gang hinauszugehen und sich das Tablett zu holen brauchte, das wohl noch immer auf dem Rechaud eines mehrfächrigen fahrbaren Speisenträgers stand. Was erst zu beweisen wäre.

Es stimmte schon, daß das Tablett zuvor noch dort gestanden war, sie hatte es durch die offene Zimmertür sehen können, aber wer garantierte ihr, daß es inzwischen nicht längst wieder in den Aufzug und zurück in die Küche gerollt worden war. Außerdem hing sie noch immer am Tropf. Es war zwar schon kaum mehr etwas in der Flasche, und natürlich konnte sie die Kanüle selbst herausziehen, sobald der letzte Tropfen in ihrer Vene verschwunden war. Der Stöpsel lag gut sichtbar, aber auch gut erreichbar auf dem Nachttisch.

Es kam nur auf einen Versuch an. Sich langsam aufsetzen, damit man nicht schwindlig wurde, dann probeweise den Kopf ein wenig hin und her drehen und mit den Füßen den Boden berühren, nach den Hausschuhen tasten, sich dabei noch am Bettrand festhalten, aufstehen, die Hand am Fußende des Bettes, dann wäre es ein Schritt bis zum Stuhl, auf dessen Lehne gestützt man ein wenig verweilen sollte.

Der nächste Schritt würde bereits die Tür erreichen, an deren Klinke sie sich wieder festhalten könnte. Inzwischen würde sich ihr Körper wohl wieder daran gewöhnt haben, die Beine zu gebrauchen.

Die Tür öffnen, sich an der Außenklinke festhalten und noch einmal kurz rasten. Jetzt mußte der Kreislauf einigermaßen stabil und die Beine mußten entsprechend gekräftigt sein, damit sie sich freihändig die paar Meter bis zu dem Wägelchen mit den Tabletts hin bewegen konnte, vorausgesetzt, daß es noch da war. Und dann …

Und dann würde der schwierigste Teil kommen, nämlich das Tablett mit beiden Händen an sich zu nehmen. Keine Möglichkeit mehr, sich irgendwo festzuhalten, wenn sie eine kleine Schwäche überkommen sollte oder ihr das Bein einknickte. Sie konnte natürlich versuchen, den Speisenträger näher an die Tür zu ihrem Zimmer heranzurollen, um das Tablett sogleich auf dem Tisch, der ganz in der Nähe der Tür stand, abstellen zu können. Nur sollte sie niemand dabei beobachten. Die Peinlichkeit, wenn das geschah, war vielleicht noch größer. Da konnte sie gleich nach der Schwester klingeln und ihr sagen, daß sie jetzt essen wollte, jawohl, essen, denn sie wäre hungrig. So hungrig, daß ihr Magen sich wie ein leerer Papiersack anfühlte, in dem bloß noch Luft zirkulierte.

Wahrscheinlich war irgend etwas in der Infusionsflüssigkeit gewesen, das beruhigend wirkte. Sie mußte während der strategischen Erwägungen zur Wiedergewinnung ihres Essenstabletts eingenickt sein, denn sie fuhr aus einem eben erst anfangenden Traum, als Irene auf Zehenspitzen durchs Zimmer stelzte, einen kleinen Blumenstrauß in ein Zahnputzglas steckte und den Stuhl an ihr Bett zog. Die Handtasche hatte sie auf dem Tisch abgestellt, und bevor Irene noch mitbekam, daß sie, Emmi, die Augen offen hatte, entdeckte sie neben der Handtasche eine Plastiktüte mit der Aufschrift jenes Supermarktes, in dem Irene für gewöhnlich einkaufte.

Sie war also gerettet und konnte es sich erlauben, ihren Appetit noch ein wenig im Zaum zu halten, schließlich kam es auf das halbe Stündchen auch nicht mehr an, das Irene bleiben würde. Jedenfalls hatte sie ihr etwas mitgebracht, soviel stand fest, und allein diese Gewißheit beruhigte ihren gesamten Verdauungsapparat.

Sie begrüßten einander herzlicher als sonst, und Irene behauptete, sie würde schon wieder viel besser aussehen. Dann erzählte sie ihr etwas von mehreren Überraschungen, die sie für sie parat hätte, sie wisse nur nicht, ob sie ihr das alles schon sagen oder doch noch einen Tag damit warten solle. Im Grunde war sie nur mäßig interessiert, aber da Irene geradezu um ihre Aufmerksamkeit bettelte, tat sie ihr den Gefallen zu fragen, was Irene aber nur zu noch größerer Geheimnistuerei veranlaßte.

Schließlich rückte Irene dann doch damit heraus, daß sie

sich darangemacht habe, ihre, Emmis, Wohnung, das heißt die paar Räume, die sie im ersten Stock bewohnte – das Parterre war ja an das Handarbeitsgeschäft vermietet –, auf gleich zu bringen. Wahrscheinlich habe sich der Schlaganfall schon längere Zeit angekündigt und sie immer unbeweglicher werden lassen. Ob sie denn nie ein taubes Gefühl in Armen oder Beinen gehabt habe?

Sie schüttelte den Kopf und konnte oder wollte sich an nichts dergleichen erinnern, aber es war wohl eher so, daß Irene sich einfach über den – da war schon was dran – urtümlichen Zustand ihrer Behausung entsetzte.

»Sag bloß, du besitzt tatsächlich keinen Staubsauger und keine Waschmaschine mehr?« Irenes Gesichtsausdruck schwankte zwischen Empörung und Ratlosigkeit.

Sie war nicht gewillt, es zu einer jener aussichtslosen Debatten kommen zu lassen, bei denen die ganze menschliche Zivilisation zum Zeugen aufgerufen würde, und nickte bloß trotzig. »Na und?!«

»Emmi, Emmi, manchmal glaube ich, du hast den Kontakt zur Wirklichkeit vollkommen verloren. In welchem Zeitalter lebst du eigentlich?« Irene wußte, daß sie nicht darauf antworten würde, also fuhr sie gleich fort: »Na ja, das wird sich ohnehin alles ändern. Dieser kleine Schlaganfall sollte dir eine Lehre gewesen sein!«

Was hieß *klein*? Versuchte Irene nun, ihr Malheur absichtlich herunterzuspielen, um es zu einem handlichen Fingerzeig im Dienste des Lebensprogramms, das sie sich gerade für sie ausgedacht hatte, umzufunktionieren? Da war das letzte Wort noch nicht gesprochen.

Aber so schnell war Irene nicht davon abzubringen. »Du hast also mit dem Besen gekehrt wie anno Schnee? Kein Wunder, daß sich der Lurch in den Ecken gesammelt hat. Das hat sich natürlich deinem Blick entzogen. Und die Wäsche in der Badewanne weichte wohl schon seit Tagen. Ich habe mir erlaubt, sie mit hinüberzunehmen und sie durch meine Maschine laufen zu lassen.«

Am liebsten hätte sie aufgeschrien. Was gingen Irene ihre Büstenhalter und Unterhosen an? Mußte sie die Nase in alle ihre Angelegenheiten stecken? Anstatt darüber nachzudenken, was wirklich mit ihrer Tochter passiert war, und alle Hebel in Bewegung zu setzen, frühere Beziehungen spielen zu lassen, wie sie Irene einschätzte, kannte die auch wichtige Leute, mit einem Wort, nach Spuren zu suchen.

Wer sagte denn, daß Anna nicht, irgendeiner Eingebung folgend, nach Berlin gefahren war? Immerhin die einzige große Stadt, in der sie eine Zeitlang gelebt hatte und nach der sie sich wohl immer ein wenig zurückgesehnt hatte, auch wenn sie es nicht zugeben wollte.

»Und warum hat sie sich dann nicht bei mir gemeldet?« würde Irene sofort gefragt haben, dabei wäre es bei dem losen Verhältnis zwischen Anna und Irene nur zu verständlich gewesen, daß Anna sich nicht sofort gemeldet hätte. Später vielleicht, wenn klar war, was diese ihre Flucht zu bedeuten hatte. O ja, dann hätte Anna sich wohl bei Irene gemeldet. Gewiß nicht sofort. Dennoch könnte Irene nachforschen lassen. Immerhin hatte Anna in Berlin Freundinnen gehabt und Freunde. Sie hatte dort studiert, auch wenn das an die fünfzehn Jahre her war, aber es gab immer Spuren, man mußte nur danach suchen.

»Das einzige in deinem Haushalt, was noch einigermaßen intakt ist, ist die Küche. Ich würde sogar sagen, überintakt. Allein dein Kühlschrank. Emmi, Emmi, seit ich deinen Kühlschrank gesehen habe, wundert mich gar nichts mehr. Vollgestopft bis oben hin …«

Das war der Punkt, an dem sie endlich einhaken konnte. Irene hatte nämlich noch immer keine Anstalten gemacht, ihr die Sachen, die sie in der Plastiktüte mitgebracht hatte, auch zu geben. Das fehlte gerade noch, daß sie womöglich darauf vergaß und die Tüte wieder mitnahm.

»Du hättest mir ja etwas davon mitbringen können, wenn du Angst hast, daß das Zeug inzwischen vergammelt.« Es war wohl nicht das, was Irene als Antwort erwartet hatte, denn jetzt legte sie sich erst recht ins Zeug.

»Emmi, ich bitte dich, es geht doch um ganz etwas anderes, und du weißt es. Oder muß ich es dir extra herbeten? Sieh dich an, wie du da liegst. Ich wette, du hast deinen Luxuskörper, seit du hier bist, noch nicht aus den Federn gekriegt.« *O Gott, jetzt verkrallt sie sich auch noch in ihrer Missionstätigkeit.*

»Ich liege im Krankenhaus, Irene, kein Mensch hat etwas von *gehen* gesagt. Man hat mich liegend hierhergebracht, und da liege ich nun. Aber wenn dir so darum zu tun ist, daß ich aufstehe …«

»Die Schwester, mit der ich zuvor gesprochen habe, meinte, es sei ungemein wichtig, daß du ein paar Schritte machst, zumindest bis zur Toilette.«

Die drückte sich natürlich, hatte keine Lust, sich zusammen mit dem Pfleger noch einmal mit ihr herumzuplagen.

»Wenn du es schaffst, mich aus dem Bett zu kriegen.«

»Was heißt, ich dich, Emmi? Du wirst es schaffen, und zwar auf der Stelle. Ich werde dir dabei ein wenig zur Hand gehen, aber schaffen wirst du es, du ganz allein.«

Da es ohnehin nichts zu essen gab, konnte sie genausogut versuchen, es hinter sich zu bringen. Was sein mußte, mußte offenbar sein. »Also los«, sagte sie zu Irene und streckte die Hand nach ihr aus, »ich muß ohnehin aufs Klo.«

Nachdem sie es auf der gedanklichen Jagd nach dem Tablett im Geiste schon mehrfach geübt hatte, ging es jetzt eher flott. Irenes eiserner Griff unter ihrer Achsel tat einigermaßen weh. Damit suchte Irene wohl zu verhindern, daß sie sich zu sehr auf sie stützte.

Sie fühlte sich noch immer unendlich leer und rechnete sich aus, daß sie nun schon den zweiten Tag so gut wie nichts gegessen hatte. Sie wußte selbst, wie lächerlich es klingen mußte, aber sie fühlte sich schon ein wenig leichter, und nach den ersten, noch mühsamen Schritten beschleunigte sie sogar, was aber auch damit zu tun hatte, daß sie spürte, wie voll ihre Blase mittlerweile war.

»Siehst du, Emmi, man muß nur wollen!« Sie haßte Sätze dieser Art, aber Irene hatte neuerdings immer etwas *Lebensbejahendes* auf der Zunge. Als sie dann endlich in der Toilette angekommen war, ließ sie sich mit ganzer Wucht auf die Muschel fallen, so daß Irene, die draußen wartete, mit gespielter Besorgnis nachfragte, wer denn den Aufprall überlebt hätte, die Klomuschel oder ihr Hintern.

Der Rückweg war dann wieder wie üblich, so wie im früheren Leben eben. Sie nahm zwar noch Irenes Arm, aber nur damit die nicht das Gefühl hatte, vergebens mitgekommen zu sein.

Als sie wieder im Zimmer waren, stellte sie fest, daß inzwischen das sogenannte Nachtmahl serviert worden war. Früchtetee und dazu ein Tellerchen mit zwei Stückchen Brot, einem kleinen abgepackten Butterwürfel und ein paar dünnen Scheiben Emmentaler. Zwischen den Scheiben lagen eine halbe Tomate auf einem bereits angewelkten Salatblatt sowie zwei Radieschen.

Sie seufzte unwillkürlich und hielt nun den Zeitpunkt für gekommen, an dem Irene ein Einsehen haben und ihr endlich das Mitgebrachte übergeben würde. Sie sah doch, was man ihr hier zumutete.

Irene schaute derweilen auf die Uhr und erhob sich. »Ich gehe jetzt.« Sie nahm ihre Handtasche und die Plastiktüte vom Tisch auf. »Ach ja, bevor ich vergesse, ich habe dir etwas mitgebracht. Einen Krimi von Celia Fremlin und ein paar Illustrierte, damit dir nicht langweilig wird. Morgen komme ich wieder. Soll ich dir dann vielleicht ein wenig Obst mitbringen?«

Emmi umfaßte ihr Nachtmahl mit einem Blick, der jeden einzelnen Krümel registrierte. Dieser Teller war die Realität, was interessierte sie da, was morgen sein würde. Ob mit oder ohne Obst.

»Vergiß es, Irene«, sagte sie mit trockenem Mund und nahm den Krimi und die Illustrierten in Empfang. Die Freude, sie anzuflehen, würde sie Irene auf keinen Fall machen, sollte sie sich ihr Obst doch sonstwohin stecken oder schieben, ganz nach Gutdünken.

»Hier lassen sie mich schon nicht verhungern, wie du siehst.«

Sie kannte Irene zu lange und zu gut, um nicht zu wissen, daß ihr bewußt war, was sie ihr angetan hatte, und sie war überzeugt, in Irenes Augenwinkeln auch die Bestätigung dafür aufblitzen zu sehen. Aber wenn sie glaubte, sie konnte nun die Rolle eines Umerziehungsgurus für sie spielen, hatte sie sich getäuscht, schwer getäuscht. Schließlich gab es noch immer den fünften Stock, und selbst wenn sie nicht sprang, würde sie deshalb noch lange nicht nach Irenes Pfeife tanzen, das ganz bestimmt nicht.

Plötzlich war Anna ihr im Traum erschienen. Sie hatte nicht einfach von ihr geträumt, Anna war ihr *erschienen*, und zwar im Garten. Sie war über den Himbeeren geschwebt, so, daß sie sie mit den Zehenspitzen gerade noch berührte, und hatte ihr mit der Hand ein Zeichen gegeben, aber sie hatte nicht verstanden, was es bedeutete. Sie konnte sehen, wie Annas Mundwinkel zuckten und ihre Augen, die großen strahlenden Augen, unter Wasser standen.

Anna trug ihr Leinenkleid und dazu den gemusterten Seidenschal in verschiedenen Blautönen, mit dem sie sie damals hatte weggehen sehen. Da hatte Anna übrigens noch einen

Trenchcoat über dem Kleid getragen, der vorne nicht zugeknöpft war.

Anna war ihr im Traum *erschienen*, in einem Leinenkleid und dem blauen Seidenschal, jedoch ohne Trenchcoat, so als berücksichtige sie den Umstand, daß inzwischen Sommer war. Ein Zeichen, daß sie noch lebte? Sie hatte Anna nie weinen sehen können, und so begann sie im Traum selbst heftig zu schluchzen, so heftig, daß sie Anna nicht einmal fragen konnte, wie es ihr denn inzwischen ergangen wäre.

Anna machte noch immer dieses merkwürdige Zeichen mit der Hand, das sie nicht deuten konnte, und ihr Gesichtsausdruck verzerrte sich immer mehr, so als hätte auch sie Schwierigkeiten zu sprechen.

Schon begann sich Annas Erscheinung von den Rändern her wieder aufzulösen, was Emmis Schluchzen nur noch verstärkte, als es Anna doch noch gelang, ihr etwas zuzurufen. Und obwohl ihr Schluchzen so laut geworden war, daß sie Anna kaum verstehen konnte, wußte sie, daß sie so etwas wie »Emmi, erwisch mich!« gesagt hatte, und das mehrmals hintereinander und immer leiser, bis das Bild sich zur Gänze verzog.

Als sie erwachte, war ihr Kopfkissen wieder einmal so naß, daß sie es umdrehen mußte. Anna war ihr also im Traum *erschienen*. Sie war hellwach und dachte, wenn dieses Traumgesicht etwas zu bedeuten hatte, dann wohl, daß sie wieder in Bewegung kommen mußte. Sie wälzte sich von der linken auf die rechte und von der rechten auf die linke Seite. Dann stand sie auf, alleine und in einem Zug, wenn auch in einem sehr umständlichen Zug.

Das Bett neben ihr war frei, und so mußte sie auf niemanden Rücksicht nehmen, denn natürlich hatte sie bei der ganzen Prozedur ein wenig stöhnen müssen. Sie ging ans Fenster und schaute auf die Gleise hinunter. Dieser Trakt des Krankenhauses lag ziemlich nah an der Bahnlinie, über die gerade ein endloser Güterzug gegen Norden rollte.

Sie ging auf die Toilette, danach fühlte sie sich in jeder Hinsicht leichter. Gewiß hatte sie schon etwas Gewicht verloren, und das gab ihr das Gefühl, auch noch weiteres verlieren zu können.

Einen kurzen Augenblick dachte sie daran, daß ihr jetzt wohl niemand begegnen würde, wenn sie in den fünften Stock hinaufschlich. Die Nachtschwestern waren in ihren Schwesternzimmern und kamen, wenn sie nicht gerade einen Rundgang machten, nur heraus, wenn jemand nach ihnen klingelte.

Hätte Annas *Erscheinung* nicht auch bedeuten können, daß sie tot war und sie, Emmi, ihr folgen sollte? Man hatte schon öfter davon gehört, daß Tote einem im Traum erschienen und einen aufforderten, ihnen zu folgen. In den Tod? Nicht daß sie an so etwas glaubte, aber selbst wenn, hätte Anna dann nicht eher »Emmi, komm mir nach«, gesagt anstatt »Emmi, erwisch mich!«? Wenn Anna tot war, wie sollte sie sie dann *erwischen*? In ihrem Kopf gingen die Gedanken hin und her wie die Lastzüge auf den Gleisen der Bahn da unten, nur daß sie weniger Lärm machten.

Sie hatte beschlossen, nicht in den fünften Stock hinaufzusteigen und dafür im Zimmer ein wenig auf und ab zu gehen. Annas Worte konnten nur bedeuten, daß sie sie suchen sollte. Und um sie suchen zu können, mußte sie wieder auf die Beine kommen, nicht nur vom Bett zur Toilette und von der Toilette zum Bett, sondern überhaupt. Sie mußte wieder *mobil* werden. Sie schob dieses Wort ein paar Mal im Mund hin und her und sagte es dann halblaut vor sich hin. Irgendwie gefiel es ihr. Es klang soviel besser als beweglich, vielleicht weil es um einiges unbestimmter war.

Kühner geworden, zog sie den Morgenmantel über und ging hinaus auf den Flur. Das Nachtlicht brannte, kein Mensch war zu sehen. Ihr Zimmer befand sich am Ende des Ganges, und sie beschloß, bis ganz nach vorn zu gehen, wo dieser Gang in einen anderen mündete, und dann wieder zurück.

Nach vorn und wieder zurück. Anfangs war sie dabei ein wenig ins Schnaufen geraten und zählte das Hin und Her noch, aber irgendwann hatte sie ganz normal zu atmen begonnen und zählte nicht mehr. Wenn sie bloß wüßte, wo mit dem Suchen anfangen.

Auf einmal hatte sie Schritte hinter sich gehört, die sie aus ihren Phantasien aufscheuchten. Es war die Nachtschwester, die überrascht war, sie hier draußen gehen zu sehen, und fragte, ob sie ihr ein Schlafmittel bringen solle.

»Genug gedöst!« hatte sie lauter als beabsichtigt geantwortet und war dabei selbst ein wenig erschrocken. »Vielen herzlichen Dank«, fügte sie beschwichtigend hinzu, »aber es geht mir schon wesentlich besser.«

Damit war sie in ihr Zimmer zurückgekehrt und wieder ins Bett gestiegen, hoffend, ein weiterer Traum würde ihr Auskunft darüber geben oder zumindest einen kleinen Hinweis darauf, wo sie mit dem Suchen anfangen sollte. Doch sie schlief diesmal traumlos und mußte in der Früh von der Nachtschwester geweckt werden, die ihr das obligate Fieberthermometer aufdrängte.

»Wozu?« hatte sie noch mehr drüben als hüben gefragt. »Ich bin doch gesund.«

Die Schwester lächelte, müde von der Nacht. »Weil das hier drinnen so üblich ist.«

Sie hatte sich gefügt. Warum Energie an Dinge verschwenden, die unwesentlich waren. Sie würde ihre Kräfte, bei Gott, noch für Wichtigeres brauchen, als sie im Aufstand gegen die medizinische Bürokratie zu verschleißen.

Daß sie nicht gleich am Morgen nach Hause gehen konnte, hatte ebenfalls mit dieser Art von Bürokratie zu tun. Bei der Visite war sie dann allerdings knapp daran gewesen, die Laune zu verlieren, nämlich als man ihr eröffnete, daß sie auch noch ein Langzeit-EKG über sich ergehen lassen müsse.

Im Gegenzug nervte sie die Schwestern mit ihrem neu erwachten Bewegungsdrang, schlurfte von Zimmer zu Zimmer, von Gang zu Gang, was nicht bedeutete, daß sie langsam dahingezogen wäre, es war bloß das Geräusch, das ihre Pantoffeln machten. Sie war überall im Weg, drang bis in die Teeküche der Schwestern vor, was nicht erlaubt war, äußerte sich abfällig über das Mittagessen und war insgeheim froh darüber, daß es ihr nicht schmeckte. So kam sie erst gar nicht in Versuchung zu schlingen, wie ihr das eine brutale Vorstellungskraft immer wieder vorzuschlagen versuchte.

Inimini

»Die Oma und ein Auto, ich brech nieder.« Omo, der zu Irene von Anfang an Oma gesagt hatte, konnte sich kaum lassen vor Begeisterung. Inimini war sich sicher, daß er die Karre schon von oben bis unten untersucht hatte und sich Chancen ausmalte, sie in ein paar Jahren zu erben, wenn er endlich den Führerschein machen durfte.

»Was ist so komisch daran, daß Irene sich einen Wagen gekauft hat? Wo ist der Witz?«

Omo schaute sie entgeistert an. »Das ist kein Witz, das ist affengeil. Hätte ich nie gedacht, daß die Alte noch aufs Gas steigt.«

»Bloß weil sie unsere Großmutter ist?«

»Überhaupt. Ich finde es steil, daß sie wieder fährt.«

»Du meinst, weil sie eine Frau und nicht mehr jung ist?«

Omo holte sich ein Glas Saft aus dem Kühlschrank. »Da, nimm dir ein Beispiel! Die rennt nicht mit langen Röcken und mit einem Kopftuch herum. Die steigt ins Auto, und schwupp ist sie, wo immer sie hin will.«

»Irene glaubt auch an nichts. Außerdem ist ihr Vater nicht aus der Türkei, sie hat keine Verpflichtung.«

»Hör bloß damit auf! Du weißt genau, daß unser Vater kein Sunnit ist und du gar keine solche Verpflichtung hast. Und überhaupt, hast du dich je dafür interessiert, was Ali baba glaubt? Du machst doch nur die Haluks nach.«

Inimini hatte keine Lust, mit Omo zu streiten. Nur einen Satz wollte sie noch dranhängen. »Und du, hast du dich je dafür interessiert, was Ali baba glaubt? Tu doch nicht so, als wäre dir das wichtig, du bist doch nur hinter deinen Computer-Geschichten her, und wenn ich einmal an den PC will, muß ich vorher ein Bittgesuch einreichen ...«

Omo schnitt eine Grimasse. Auch er hatte, so wie sie ihn kannte, keine Lust, weiter mit ihr zu streiten, mußte aber ebenfalls noch etwas dranhängen. »Hast du eine Ahnung, wofür ich mich interessiere, während du mit Nermin und Hülya zu diesem komischen Hodscha gehst. Jedenfalls weiß ich, was du Ali baba damit antust.«

»Jeder muß selbst entscheiden, was er für seine Seele tut.« Es klang patziger, als es gemeint war, aber Omo machte nur eine wegwerfende Geste. »Gut, daß du mich erinnerst, ich muß nämlich noch an der Sache für Geographie arbeiten. Aber wenn du willst, kannst du heute abend an den Computer«, sagte er ein wenig gönnerhaft im Aufstehen und verschwand im ehemaligen Bügelzimmer, in dem der PC installiert war. Omo wollte unbedingt, daß der Computer in sein Zimmer käme, aber Inimini hatte auf einen neutralen Ort bestanden. Wär ja noch schöner, wenn sie sich nicht nur zum Computer, sondern auch noch zu Omos Zimmer Zugang verschaffen müßte, um ein paar Aufgaben zu lösen oder eine Homepage zu besuchen.

Auch Inimini fand es nicht schlecht, daß Irene sich ein Auto gekauft hatte. Sie hatte sich gar nicht daran erinnert, daß Irene

Auto fuhr. Aber wahrscheinlich war ihr die Strecke von Berlin her zu weit gewesen, denn sie war immer schon mit dem Zug gefahren, auch als sie nur zu Besuch gekommen war.

Wie sie die dicke Emmi neulich ins Auto gepackt hatte, das war absolute Spitze. Das Auto war nicht besonders groß, und sie mußte den Sitz ganz zurückschieben. »Mach dich so klein und so schmal, wie du kannst, und dann nichts wie rein mit dir«, hatte sie zur dicken Emmi gesagt, und die hatte tatsächlich die Arme vor der Brust verschränkt und den Kopf eingezogen. Inimini hatte nicht gedacht, daß es funktionieren würde, aber siehe da, mit einem Mal saß die dicke Emmi drin. Sie schaute zwar noch immer drein, als ginge sie das Ganze gar nichts an, oder besser gesagt, als wäre das nicht wirklich sie, die sich da in ein Auto gequetscht hatte, aber wer sollte es sonst sein, auch wenn es selbst ihr noch immer zu glauben schwerfiel.

Seit sie aus dem Krankenhaus raus war, hatte sich die dicke Emmi komplett verändert. Sie ging wieder aus dem Haus und mit Irene spazieren. Noch wollte sie sich scheints hier in der Gegend nicht auf der Straße zeigen, wahrscheinlich damit sie nicht alle Leute, die sie von früher kannten, anquatschten. So fuhren sie zum Wäldchen hinaus und gingen dort eine Weile auf und ab.

»Jeden Tag ein bißchen länger«, wie Irene sagte, »wäre doch gelacht, wenn ich die Emmi nicht wieder auf Trab brächte.«

Neulich war Inimini bei Emmi oben gewesen, um sie zu fragen, wie es ihr gehe, wenn sie sie schon nicht im Spital besucht hatte. Doch da waren drei Schularbeiten in einer Woche gewesen, absurd, was konnte man machen. Die dicke Emmi war früher selbst Lehrerin gewesen, die konnte das schon verstehen. Sie hatte es auch verstanden. Auch mußte sie ein bißchen abgenommen haben, denn ihre Bluse spannte überhaupt nicht mehr, im Gegenteil, sie fiel ganz locker über ihren noch immer gewaltigen Busen.

»Hast du Gewicht verloren?« fragte Inimini, und für einen Augenblick strahlte die dicke Emmi geradezu vor Stolz, aber als es ihr zu Bewußtsein kam, machte sie gleich wieder dieses frustrierte Gesicht.

»Was bleibt mir denn anderes übrig, seit deine Großmutter das Regiment führt. Das darf natürlich nicht zur Dauereinrichtung werden, aber im Augenblick ist es wahrscheinlich ganz gut, daß sie so hinterher ist. Denn, und das sage ich jetzt nur zu dir, weil ich weiß, daß du den Mund halten kannst, so eine Diät ist eine mörderische Angelegenheit. Die geht an die Eingeweide, daß du sämtliche Teufel und Dämonen randalieren hörst. Und wenn ich mich frage, wozu …«

Inimini hatte sie unterbrochen: »Aber Emmi, es ist sicher gut für dich, wenn du nicht mehr so viel mit dir herumschleppen mußt.«

»Wie wahr, nur es geht vom eigenen Fleisch ab. Stell dir das einmal körperlich vor. Es ist, als würde ich mir die einzelnen Kilos eigenhändig aus dem Fleisch schneiden. Andererseits habe ich keine Wahl, sagt man, als Hand an meine Kilos zu legen oder freiwillig dahinzusiechen.«

»Man darf sich das Leben nicht selber nehmen, nicht einmal auf so eine Art, ich meine mit *freiwillig dahinsiechen*, wie du sagst.«

»Steht das auch im Koran?« fragte die dicke Emmi mit hochgezogenen Augenbrauen.

Sie war so verblüfft, daß sie gar nicht gleich antworten konnte.

»Stimmt schon, Inimini, die meisten Religionen sind fürs Weiterleben. Eigentlich erstaunlich bei dem Riesentheater, das sie alle ums Jenseits machen.«

Inimini suchte noch immer nach einer Antwort. »Das ist, weil man das Leben geschenkt bekommen hat. Man kann damit nicht machen, was man will. Man ist verpflichtet.«

»Sagst du.«

Die dicke Emmi ging in die Küche, um Tee zu kochen. »Aber was ist mit all den Ausnahmen? Mit all den jungen Leuten, die sich für eine Sache, an die sie glauben, in die Luft sprengen?«

Inimini fand es gut, daß die dicke Emmi sich auf eine Debatte mit ihr einlassen wollte. Sie wußte, daß sie sie damit von nichts abbringen wollte, es ging ihr wohl nur darum, zu erfahren, was sie so dachte.

»Eigentlich dürften sie es gar nicht, sagt der Hodscha. Man darf niemanden töten, und wenn, dann nur um seinen Glauben zu verteidigen. Man darf nur in diesem einen Fall kämpfen, wenn die anderen einen um seinen Glauben bringen wollen oder um das Land, das zu diesem Glauben gehört, in dem dieser Glaube schon seit langem ausgeübt wird. Wenn das nicht der Fall ist, darf man es nicht.«

Die dicke Emmi schien eine Weile zu brauchen, bis sie verstanden hatte, was sie da sagte. »Na ja«, meinte sie dann, »ich würde wegen dem Glauben niemanden umbringen. Für mich ist diese Art der Auseinandersetzung ein für alle Male Vergangenheit.«

Inimini war dabei, beten zu lernen. Es war klar, daß es nicht genügte, ein Kopftuch zu tragen und zum Hodscha zu gehen. Nermin und Hülya konnten es schon so halbwegs. Man sollte fünfmal am Tag beten, und wenn man einmal vergessen hatte, mußte man das Gebet beim nächsten Mal nachholen.

Anfangs war es sehr verwirrend, man mußte stehen, sich bücken, sich auf den Boden werfen, eine Weile sitzen und wieder aufstehen. Und sich davor auf die vorgeschriebene Weise waschen. Dazu mußte man die Hände auf bestimmte Weise halten, die Frauen anders als die Männer, was wahrscheinlich mit der verschiedenen Kleidung zu tun hatte.

Bei jeder Bewegung mußte man einige Sätze sagen oder ein Stück von einer Koransure vor sich her beten. Und das alles auf arabisch. Nur dann war es gültig. Allah verstand scheints nur Arabisch. Oder wollte er einfach nur, daß sie sich plagten. *A'udu billahi minas-Seytani r-ragim.*

Zum Glück gab es dieses Buch »Mein Leben für den Islam 1« für die fünfte und sechste Schulstufe auf deutsch. Da waren die Gebetshaltungen vorgezeichnet und die Gebetszeilen in Umschrift. Und überhaupt stand da alles, was man als Muslima wissen sollte.

Wenn Inimini zu Hause zu beten versuchte, mußte sie sich immer in ihr Zimmer einsperren, damit die anderen sie nicht sehen konnten. Omo hätte sie ausgelacht, und Irene würde zwar nichts sagen, aber peinlich wäre es ihr schon. Und Ali baba?

Früher hatte ihnen Ali baba auch von Allah erzählt und von Muhammed, vor allem aber von Ali, Muhammeds Schwiegersohn, dem Mann seiner Tochter Fatima, und von deren beiden Söhnen, Hassan und Hussein. Und die Gebete, die er ihnen beibrachte, waren keine richtigen Gebete, sondern Gedichte. Und er sagte, daß Gott sich im Menschen zeigen könne, im Antlitz des Menschen. Aber auch, daß er als Ali erscheinen konnte oder als irgendein anderes belebtes Wesen, daß er auch in einem Tier oder in einer Pflanze gegenwärtig sein könne.

Aber wie sollte das gehen, wenn Allah alles erschaffen hatte und Herr über alles war? Warum sollte er sich dann im Antlitz eines Menschen zeigen? Er war der Herr von allem und über alles. Man durfte ihn nicht fragen, warum Er dieses oder jenes gemacht hatte. Er war es, der für sie alle alles auf Erden erschaffen hatte, und darum war man ihm verpflichtet. Der Islam war eine göttliche Gesetzgebung, welche die vernünftigen Menschen ansprach und sie sowohl im Diesseits als auch im Jenseits zur Glückseligkeit führte. Jedes religiöse Problem mußte in der islamischen Religion gemäß dem Qur'an gelöst werden. Denn der Qur'an regelte und umfaßte alle Seiten des menschlichen Lebens, den Glauben, den Gottesdienst, die Morallehre und die Handlungen zwischen den Menschen. Das stand alles in dem Buch für die fünfte und sechste Schulstufe.

Da wußte man wenigstens, was Sache war. *Strenge Regeln vermehren das Glück*, erklärte Tante Emine immer. Und im Islam war alles ganz klar, man mußte bekennen, das Gebet verrichten, Almosen geben, fasten und schauen, daß man zumindest einmal im Leben in Mekka gewesen war. Das war alles. Und natürlich nur das tun, was im Qur'an als erlaubt stand, und das nicht tun, was im Qur'an als verboten stand.

Ali baba sagte, *nicht was in einem Buch, nur was im Herzen geschrieben steht, ist die Wahrheit.* Aber manchmal hatte Inimini das Gefühl, daß er allein es war, der das glaubte.

»Du weißt genau, daß es seine Leute gibt«, behauptete Omo, »und du weißt auch, warum er aus seinem Land fliehen mußte.«

»Ich weiß nur, was er uns früher erzählt hat. Aber wo sind seine Leute? Sind die alle in der Türkei, oder gibt es nicht auch hier welche, die so wie er aus ihrem Land fliehen mußten und alle diese Dinge glauben? Warum trifft er sich nicht mit ihnen oder hat uns zu ihnen gebracht?«

Darauf hatte auch Omo keine Antwort. Als sie angefangen hatten, Ali baba nach seinen Leuten zu fragen, hatte er sie immer vertröstet und ihnen die Geschichte vom Kranich erzählt, auf den er warten mußte. Erst wenn er diesen Kranich ziehen sah, konnte er ihm folgen und sie mit zu seinen Leuten nehmen.

Alles Kindergeschichten. Früher hatte Inimini daran geglaubt, aber der Kranich war nie gekommen, und jetzt glaubte sie, daß es Ali babas Leute gar nicht gab.

Beim wirklichen Islam war das anders. Der war eine richtige große Gemeinschaft, eine *umma*, zu der jeder gehören konnte, der sich bekannte und die Gebete wußte. Natürlich mußte man auch im Qur'an lesen. Und verantwortlich sein. Dann würde man sehen, daß der, der sich zu Allah bekannte, recht hatte.

Hülya war plötzlich mit der Frage gekommen: »Was ist mit Schwimmen-Gehen? Dürfen wir oder dürfen wir nicht?«

Nermin behauptete, sie dürften nicht, weil es im Hallenbad keine eigene Abteilung für Frauen gab.

»Und wenn wir Badehauben aufsetzen und einteilige Badeanzüge anziehen? Ich meine, dann ist unser Haar nicht zu sehen und auch sonst so gut wie nichts.«

Nermin bestand darauf, daß man ihre nackten Arme und Beine nicht sehen dürfe, aber da erklärte Hülya, daß über Arme und Beine nichts geschrieben stand, nämlich daß man sie bedecken mußte. Sogar in »Mein Leben für den Islam« waren sie ausgenommen. Und als Nermin es nicht glauben wollte, holte Hülya das Buch. Inzwischem war ihr aber etwas noch Besseres eingefallen.

»Da«, sagte sie und zeigte auf eine dick unterstrichene Stelle: »Er (das bedeutete der oder die Gläubige) soll alle Probleme sowie Angelegenheiten, denen er begegnet, dem Qur'an und der Sunna entsprechend bewerten und lösen, wobei er auch von seinem eigenen geistigen Einsatz Gebrauch machen soll, um diese beiden Hauptquellen des Islam richtig zu verstehen.«

»Gibt es eine Stelle im Qur'an oder in der Sunna, an der etwas davon steht, ob wir schwimmen gehen dürfen oder nicht?« fragte Inimini Nermin, weil die den Qur'an am besten von ihnen dreien kannte. Sie fing an herumzustottern.

»Wie denn auch«, ätzte Hülya, »wer wäre schon zu Zeiten Muhammeds und in der Wüstengegend, in der er gelebt hat, auf die Idee gekommen, schwimmen zu gehen? Daher ist es eine Frage, bei der wir von unserem eigenen geistigen Einsatz Gebrauch machen können. Ich finde, Inimini hat recht. Wir dürfen ins Hallenbad schwimmen gehen, wenn wir unseren Kopf bedeckt halten und uns auch sonst nicht groß zur Schau stellen. Solange wir im Becken sind, sieht man ohnehin nur unseren Kopf, und heraußen können wir uns sofort in Badetücher wickeln.«

Nermin war nicht wirklich überzeugt. Sie wollte zuerst den Hodscha fragen. Aber dann kam sie doch mit, weil sie furchtbare Angst vor einem extrem langweiligen Sonntag hatte. Der Regen draschelte, daß einem Gras auf dem Kopf wachsen konnte. Auch wollte sie unbedingt sehen, ob Inimini und Hülya sich tatsächlich sofort in ihre Badetücher wickelten, sobald sie aus dem Wasser kamen. Sie schlug sogar vor, daß sie es sich so einteilen sollten, daß immer eine von ihnen, die bereits angezogen war, auf die anderen am Beckenrand mit dem Badetuch warten sollte.

Sie gingen unter Mittag ins Hallenbad, als die meisten Leute beim Essen saßen und sie das Becken ohnehin nicht mit vielen Menschen würden teilen müssen. Auch so eine Idee von Nermin, aber Inimini sollte es recht sein. Sie schwamm für ihr Leben gern, und es hätte ihr ungemein leid getan, wenn es im Islam für Frauen verboten gewesen wäre.

Die Dusche war wunderbar warm, und die Luft roch wie früher nach Schampon, Waschmitteln und Chlor. An der großen Glasfensterwand schossen die Tropfen herunter, und das Becken war beinahe leer.

Inimini tauchte gleich einmal bis auf den Grund und zog dann Hülya an den Beinen. Die kreischte und lachte und versuchte ihrerseits, sie zu fassen zu kriegen. Gleich darauf versuchte – wer hätte das gedacht – auch Nermin, sich auf sie zu stürzen.

Es war ganz wie zu Volksschulzeiten, und sie schwammen um die Wette, bis sie nicht mehr konnten und sich an die Düsen schmiegten, die mit großem Druck einen Wasserstrahl ausspien.

Sie zeigten einander ihre Schenkel, in die der Wasserstrahl eine Furche grub, und das Loch in ihrem Bauch, das bei Nermin am größten war, weil sie den dicksten Bauch hatte.

Es waren keine Kinder da und auch so gut wie keine Männer, bis auf einen, einen Sportschwimmer, der sich eine Bahn reserviert hatte, auf der er andauernd von einem Ende des Beckens zum anderen schwamm, einmal Brust und einmal Rücken, dann kraulte er mehrmals hintereinander, bis er zum Schmetterlingsstil überging. Sie schauten ihm zu, während er sie nicht im geringsten beachtete. Er trug eine mit einem Gummiband hinter seinen Ohren befestigte Unterwasserbrille, die, wann immer er den Kopf aus dem Wasser hob, so voller Tropfen war, daß er gar nichts sehen konnte.

Ein paar jüngere Frauen saßen im Kreis um eine der Liegen herum und redeten über verschiedene Diäten. Sie wollten alle abnehmen und ließen daher das Mittagessen aus. Nermin, Hülya und Inimini hatten bei den Haluks gefrühstückt – spät und viel.

Schon fing die Balgerei wieder an. Sie versuchten sich gegenseitig unterzutauchen und dann blitzschnell davonzuschwimmen, aber es ging gar nicht ums Nichterwischtwerden, es ging einzig ums Balgen. Inimini hatte gar nicht gewußt, wie sehr es ihr gefehlt hatte. Daß sie so schnell schwimmen konnte, machte sie ungeheuer froh, nicht weil sie es jederzeit geschafft hätte, Nermin und Hülya davonzuschwimmen, sondern weil es gut tat, sich im Wasser rasch zu bewegen. Am liebsten würde sie für immer in diesem warmen Wasser geblieben sein.

Alle halben Stunden kam auch noch ein Sprudel direkt aus dem Beckenboden, auf dem man, wenn man es geschickt anstellte, reiten konnte.

Inimini machte es Nermin und Hülya vor. Inimini war so klein, daß sie mit den Füßen den Boden kaum erreichte, und wenn, dann ging ihr das Wasser bis zum Mund, und da sie nicht wirklich fest stand, riß ihr der Sprudel ohnehin die Beine weg. Es blieb ihr gar nichts anderes übrig, als auf ihm zu reiten. Man konnte dabei die Beine ein wenig anziehen oder sie ausstrecken und die Zehen zeigen. Man mußte nur mit den Armen ein wenig rudern und steuern, damit man auf dem Sprudel sitzen blieb.

Ein Wahnsinn, wie sich das anfühlte, so als würde man auf einem wilden, schäumenden Pony übers Wasser galoppieren, vor allem, wenn man die Augen zumachte und nicht sah, daß man dabei immer an derselben Stelle blieb.

Bald hatten auch Nermin und Hülya ihre jeweiligen Sprudel im Griff und konnten sich immer länger im Sattel halten. Sie hatten beide lackierte Zehennägel, die sie gelegentlich aus dem Wasser streckten, um nicht vollends abgeworfen zu werden.

Leider dauerte der Sprudel immer nur zehn Minuten, dann stürzten sie alle quasi vom Pferd und fielen einander prustend und erschöpft in die Arme. Nermin meinte, sie sollten eine Pause machen, bevor sie Schwimmhäute zwischen den Fingern bekämen. Ihre Hände wurden an den Fingerkuppen tatsächlich schon schrumplig, aber sie konnten sich noch immer nicht vom Wasser trennen.

»Zwei Längen noch«, rief Inimini, »dann können wir uns von mir aus auf die Liegen werfen.« Hülya nickte, und selbst Nermin fing gleich wieder zu kraulen an.

Mit einem Mal schluckte Inimini Wasser, und bevor ihr Verstand noch kapierte, was er sah, hielt sie sich an der Stange längs des Beckenrands fest, um nicht völlig abzusaufen.

Sie riß die Augen auf und spuckte mit dem Wasser den Namen aus, aber die Vision verschwand nicht. Da stand eine Frau mit dem Rücken zu ihr, legte das Badetuch auf die Liege vor sich und versuchte dann, sich den Badeschuh auszuziehen. Es war eine Bewegung, wie sie sie aus Tausenden ähnlichen herauskennen würde. So bewegte sich nur eine – Anna anne.

Immer, wenn sie mit ihnen ins Schwimmbad gegangen war, waren sie und Omo gleich ins Wasser gesprungen, während Anna anne nur langsam nachkam. Es dauerte eine Weile, bis sie sich geduscht und eine ihr genehme Liege gefunden hatte. Die Badeschuhe waren ziemlich eng, sie benützte sie nur, um auf den feuchten Fliesen keinen Fußpilz zu bekommen, und zog sie, bevor sie zu ihnen ins Wasser kam, aus.

Nun stand sie auf einmal wieder da, mit dem Rücken zum Becken, bückte sich mit verdrehtem Körper, um mit der linken Hand den Schuh von ihrem rechten Fuß zu streifen, während sie mit der rechten ihr Knie hielt. Sogar der Badeanzug war der von Anna anne.

Inimini glaubte noch immer, ihr Herz würde zu schlagen aufhören und ihre Augen ins Wasser fallen. Zum Glück machten Nermin und Hülya so viel Krach, daß sie sie nicht schreien gehört, ja noch nicht einmal mitbekommen hatten, was sie sah.

In diesem Augenblick drehte Anna anne sich um, und während Inimini noch einmal Wasser schluckte, war es plötzlich Irene. Es war, als hätte jemand Inimini auf den Kopf geschlagen. Sie ließ sich sinken und versuchte, so lange unter Wasser zu bleiben, bis sie ertrank, aber es klappte nicht, obwohl ihr Herz klopfte, daß es ihr noch beim Wiederauftauchen den Atem verschlug. Sie mußte so stark husten, daß es wie Erbrechen klang und Nermin und Hülya angeschwänzelt kamen, um zu fragen, was denn los sei. Sie deutete nur in Richtung Liegen.

Auch sie erkannten Irene nicht gleich, aber nicht weil ihr Körper wie der von Anna anne wirkte, sondern weil sie sich gar nicht vorstellen konnten, daß eine Großmutter ins Schwimmbad ging.

Doch kaum war bei ihnen der Groschen gefallen, gab es schon die nächste Überraschung. Inimini boxte Nermin und Hülya unter Wasser in die Seite. Denn was nun kam, ließ ihr die Anna anne-Tränen in den Augen stocken.

Hinter dem Vorhang zu den Damenduschen wuchtete sich gemächlich ein Körper hervor, dessen Hüften wie kleine Sitzplätze für Schoßhündchen abstanden und dessen Schenkel eine Art aus mehreren Wülsten schaukelnden Fleisches bestehenden Trichter bildeten, der jeweils in den gewölbten Knien steckte.

Inimini schaute und schaute, aber es gab keinen Zweifel.

»Mir bleibt der Verstand stehen«, flüsterte Inimini Hülya ins Ohr, und obwohl sie sich alle drei sofort die Hand vor den Mund hielten, quietschen sie geradezu vor Lachen. Gottlob hatten weder die dicke Emmi noch Irene sie bemerkt, doch je länger sie sich in Emmis Fettmassen verschauten, desto weniger war es zum Spotten. Die dicke Emmi segelte geradezu dahin, mit hoch erhobenem Kopf, warf ihren Bademantel, den sie überm Arm getragen hatte, lässig auf eine Liege. Sie war schon barfuß, was kümmerte sie irgendein Fußpilz, und rief Irene zu: »Wetten, daß das Becken übergeht, wenn ich hineinsteige?«

Irene lachte. »Abwarten. Bin neugierig, ob du überhaupt noch schwimmen kannst.« Dann stieg Irene die Leiter ins Becken herunter, und die dicke Emmi folgte ihr auf dem Fuß. »Wie das Auge in der Suppe, wenn du das meinst.«

Ihnen dreien blieb für einen Augenblick im wahrsten Sinne des Wortes die Spucke weg. Irene und Emmi kamen geradewegs auf sie zu geschwommen, offensichtlich wollten auch sie an die Düsen, aber sie hatten sie noch nicht erkannt unter ihren Badehauben, schauten wohl auch gar nicht auf die anderen Leute, so beschäftigt waren sie mit ihrem Schwimmausflug.

»Hallo, Oma!« Warum sagte sie plötzlich wieder Oma zu Irene? Es mußte mit der Anwesenheit von Nermin und Hülya zu tun haben. »Hallo, Emmi!«

Die dicke Emmi faßte sich als erste. »Habe ich dir nicht

gleich gesagt, Irene, daß ich im Hallenbad jemanden treffen werde, den ich kenne?!«

Irene dockte neben ihr an der Stange an. »Inimini, Kind, du hast gar nicht gesagt, daß du schwimmen gehst.«

»Du auch nicht«, erwiderte Inimini. »Ich bin mit Nermin und Hülya gekommen, du kennst sie ja.«

»Ach, die beiden Haluks.« Irene streckte die Hand aus, um sie zu begrüßen. Die dicke Emmi hatte inzwischen eine Düse gefunden, und der Strahl zerschnitt ihren Körper in große Kilopakete.

»Na, was sagst du, Inimini? Wenn der Prophet nicht zum Berg kommt, muß der Berg zum Propheten kommen, ist es nicht so?« An der Miene von Nermin konnte die dicke Emmi ablesen, daß das im Augenblick nicht der geeignete Spruch war, aber gesagt, war nun einmal gesagt. Nermin begann zum anderen Beckenrand zu schwimmen, und Hülya folgte ihr. »Wir sind schon ziemlich lange im Wasser«, erklärte Inimini, »wir gehen bald raus.«

Irene nickte. »Erkältet euch bloß nicht.«

Und während sie hinter den beiden Haluk-Mädchen her schwamm, wurde ihr das Herz wieder so schwer, daß es sie beinahe bis zum Grund des Beckens gezogen hätte. Anna anne, murmelte sie unter Wasser, daß die Blasen hochstiegen, obwohl sie wußte, daß es absolut sinnlos war. Gleich darauf sah sie wieder das Wort vor sich, das irgend jemand an die Hauswand gepinselt hatte, und wurde ungemein wütend, dermaßen wütend, daß sie sich dieses Wort und die Person, die es betraf, vollkommen aus dem Gedächtnis kratzen wollte. Und wenn Anna anne hier je wieder auftauchen sollte, würde sie zu den Haluks ziehen. Und kein Wort mit ihr reden, nicht ein einziges Sterbenswörtchen.

M.

Ein Gott, ein Engel, ein Dämon – weiß man denn, wer man für andere ist? Wer kennt sich schon so, wie andere einen kennen? Was ist überhaupt ein Dämon? Ein böser Geist? Einer, der keine Seele hat, wie Paracelsus meint? Der sich deshalb mit einem Menschen paaren möchte, um seiner Seele teilhaftig zu werden? Aus Feuer gezeugt, dem rauchlosen Feuer des Wüstensturms, wie die Muslime erzählen? Entstanden aus Samentropfen, die beim Onanieren abgehen, die dann das Fleisch der Dämoninnen bilden, die nach einem Körper gieren?

Was sich aus alten Lexika so alles herauslesen läßt, man muß sich nur die Zeit dazu nehmen. Wesen zwischen Göttern und Teufeln, die auf das Geschick eines Menschen im Guten oder Bösen einzuwirken vermögen? Objektiv gesehen, sind Engel und Dämonen wesensgleich. Kommt nur darauf an, für wen man gehalten wird. Wofür man von wem gehalten wird.

Wie viele Fotos habe ich schon von Menschen gemacht, denen man den Dämon ansah, egal für wen. Für Salomon wurden viele Dschinnen geschaffen, die für ihn arbeiten mußten, sagen die Araber. Bei den Türken ist der Teufel das eine und der Dschin das andere, wenn nichts zusammenpaßt. Aber wenn einer wie ein Dschin ist, bedeutet das angeblich, daß er intelligent, geschickt und klug ist. So ließe ich mir den Dämon schon gefallen.

Auch wenn ich noch so gerne im Hintergrund arbeite, wie soll ich im Hintergrund bleiben? Sobald mein Blick vorspringt, setzt sich mein Körper in Bewegung. Ob mit oder ohne Kamera. Auf der Suche nach dem entsprechenden Blickwinkel. Entsprechend oder entscheidend?

Ein Bild entsteht durch die Begrenzung des Ausschnitts, die sein Rahmen ist. Sobald ich mich dabei bewege, kann ich mich nicht mehr im Hintergrund halten. Der erste Schuß schreckt die Hasen hoch. Es braucht Zeit, bis sie sich wieder beruhigen. Natürlich liegt es am Interviewer, von meinem Blick abzulenken. Den meisten Menschen scheint es leichter zu fallen, vor laufender Kamera so zu tun, als wäre nichts, während das Foto ein Fixieren bedeutet, das sie zu einem bestimmten Gesichtsausdruck zwingt. *Was immer Sie in mir sehen wollen, ist nebensächlich. Ich bin genau so, wie ich hier vor Ihnen sitze.*

Schaue ich dann durch meinen Sucher, durchschaue ich, was mir alles vorgegeben wird. Wäre ich der Angeber, für den ich mich gelegentlich halte, würde ich sagen, mein Blick wird zum Seziermesser. Nur Angeber ziehen solche Vergleiche. In Wirklichkeit täusche ich mich genauso häufig, wie ich mich nicht täusche.

Meine Augen sind schneller als mein Verstand, oft erfahre ich erst beim Entwickeln, was ich hätte sehen sollen. Das hält das Interesse an der eigenen Arbeit wach. Digitalkameras sind mir verhaßt, sie sind nützlich und frustrierend. Je nützlicher, desto frustrierender. Bald wird es nur mehr Digitalkameras geben. Diejenigen, die sich für Künstler halten, werden mit den alten Kameras weiterfotografieren. Wie sie es mit den Schwarzweißfilmen gemacht haben, als die anderen nur mehr Farbe verwendeten. Vor diesem Augenblick fürchte ich mich, wenn auch ich mit einer Digitalkamera fotografieren werde.

Man sieht mehr, wenn man von seinen Gewohnheiten abweicht. Weil man genauer schaut? Schauen muß? Um sich nicht selbst zu beschädigen? Sehnenzerrung steht in meinem Gedächtnis. Ich fuhr auf einer Rolltreppe, drehte mich dabei nach einem Mädchen um. Ewig her, aber nicht vergessen. Weder die Sehnenzerrung noch das Gesicht des Mädchens. Blaue Augen, blauer Pullover. Ein Blauschimmer hatte sich über ihr Gesicht gebreitet – während ich ohne Fotoapparat unterwegs war. Den hatte ich Emil geliehen, das tut mir heute noch leid. Wir waren gemeinsam nach Wien gefahren, er wollte die Studentenbude fotografieren, die seine Eltern für ihn zahlen sollten. Was heißt Bude, eine richtige kleine Wohnung.

Mit geschwollenem Fuß, einen nicht fixierten Bildausschnitt im Kopf, wartete ich im Kaffeehaus, in dem wir zur gemeinsamen Heimfahrt verabredet waren. Kein Blick mehr auf die Stadt. Es wäre nicht zu ertragen gewesen, mir wieder und wieder sagen zu müssen, *auch diesen Ausschnitt hast du versäumt*. Es war mein erster Ausflug nach Wien, seit ich zu fotografieren begonnen hatte. Alles schrie nach meiner Kamera.

Bald darauf begannen wir zu trampen. Emil und ich. Da fotografierte ich nicht mehr nur für mich, sondern auch, woran er sich erinnern wollte. Es verblüffte mich, wie verschieden unsere Wahrnehmung funktionierte. Nicht daß ich mich bemüht hätte, mit seinen Augen zu schauen. Ich versuchte viel eher, ihm mit meinen Aufnahmen deutlich zu machen, was auf den Ausschnitten sonst noch zu sehen war, die er sich gewünscht hatte.

Sommer für Sommer fuhren wir los. Zuerst gen Westen, dann gen Osten. Anfangs waren England und Frankreich dran, dann der Orient.

Man kann nicht mit jedem reisen, mit Emil ging es. Er schrieb eine Art Reisetagebuch, so konnten wir uns an bestimmte Straßen, Plätze und Ortschaften besser erinnern. Er hatte alles notiert, notiert und kommentiert. Dazu klebte er meine Fotos ein. Die, die ihm wichtig schienen, die zu machen er mich gebeten hatte.

Später arbeiteten wir zusammen, als er sein Studium aufgegeben hatte. Jahrelang waren wir als Team überzeugend, dann funktionierte es nicht mehr. Mehr als zehn Jahre Pause – erst vor ein paar Jahren hat uns der Beruf wieder zusammengeführt. Es klappt wieder. Manchmal sogar besser, routinierter als damals. Jetzt, wo wir keine Freunde mehr sind. Hin und wieder ein Bier, einen Whisky, oder wir essen zusammen. Meist unterwegs.

Weißt du noch? Klar. Aber es ist zu lange her, um einen noch aufzuregen, zu wenig lange, um sentimental zu werden.

Mit einem Mal hatten wir begonnen, über Häuser zu reden. In unserem Alter überlegt man sich, ob man weiter, weiß der Teufel wohin, auf Urlaub fahren möchte. Bei Emil verständlicher als bei mir. Emil hat Frau und Kinder, während zu mir nicht einmal ein Hund gehört. Trotzdem interessierte auch ich mich für Häuser. Hatte mir bereits einige angeschaut. Ungefähr in der Gegend, wo ich aufgewachsen bin. Im Grunde einfallslos. Das hätte ich billiger haben können, wenn ich Mutters Haus beansprucht hätte. Habe ich aber nicht. So bekam es Mo. Mitsamt Mutter, die inzwischen im Heim lebt.

Nein, in diesem Mutterhaus würde ich nicht wieder wohnen wollen. Auch heute nicht. Warum sich wieder hineinbegeben in die alten Geschichten? In Mos Gesicht stand jahrelang zu lesen, was es sie gekostet hatte, das Haus und Mutter auf sich zu nehmen.

Sie war von Anfang an versessen auf das Haus. Für all die Katzen, Vögel und Hunde. Allein der Geruch! Mutter schien geradezu erleichtert, als Mo und sie sich endgültig getrennt hatten.

Mutter war tagsüber mit der Menagerie allein geblieben. Wenn Mo abends von der Arbeit nach Hause kam, wollten alle von ihr gefüttert und gestreichelt werden. Am meisten Mutter, die am wenigsten abbekam. Bis sie nach und nach gebrechlich wurde. Da mußten sie eine Lösung finden, sie und Mo. Das Haus hatte sie füreinander verantwortlich gemacht. Mich fragte ohnehin keiner. Habe mich wohl zu selten blicken lassen, immer viel zu großes Theater um meine Arbeit gemacht. *Dauernd unterwegs, zumeist auf Abruf.* Nicht mal zu einer eigenen Familie hätte es gereicht, bei dem Beruf. *Was willst du, Mutter? Was willst du, Mo?*

Sie haben es hingenommen, manchmal geradezu mit Stolz. Vor allem, wenn sie mit Bekannten über mich sprachen. Das erzählte mir die Frau aus dem Nebenhaus, die ich zufällig im Kaffeehaus traf. Emil und ich hatten beruflich dort zu tun. Interview mit einem aus Übersee heimgekehrten Neurobiologen. Warum der wohl zurückgekommen war, wenn er tatsächlich in den USA Karriere gemacht hatte? Doch nicht aus Heimweh?

Die Frau aus dem Nebenhaus erzählte mir von Mutter und Mo. Natürlich würde sie ihnen berichten, wenn sie wieder zu Hause war. Wie sie mir bei der Arbeit zugeschaut hätte. Habe ziemlich dick aufgetragen. Emil fragte mich später, ob die allgemeine Hektik mich doch noch eingeholt hätte. Er habe mich schon seit Jahren nicht mehr so geschäftig gesehen. Ich mußte laut lachen. *Familienpolitik!* Er schüttelte nur den Kopf. Es interessierte ihn schon nicht mehr.

Als mein Vater vor Jahren gestorben war, fürchtete ich, mir würden die Begräbniskosten auf den Kopf fallen. So wie der Alte gelebt hatte, sozusagen neben den Schuhen, war mit allem zu rechnen. Trugschluß. Er hatte mehr in seinem Kabäuschen versteckt, als ich mir je hätte träumen lassen. Lauter Bares. An der Steuer vorbei in die Taschen des Erben gelenkt. Die Hinweise, die mir über sein Ableben hinaus bei der Schatzsuche helfen sollten – genial. Schade, daß ich ihn erst so spät verstehen lernte. Wir hätten vielleicht eine bessere Zeit miteinander gehabt, wenn er schon zu Lebzeiten deutlicher geworden wäre.

Sein Schachzug würde jederzeit einen Hauskauf ermöglicht haben. Mittlerweile war das Geld etwas abgelegen, ein wenig im Kreis gegangen, somit herzeigbar. Auch eine Frage der Geduld. Wie alles, von dem man annimmt, daß es einem in den Schoß fällt.

Es war ein großer Fehler gewesen, Lisa von der Erbschaft zu erzählen. Beinah hätte ich ihr die Hälfte abgeben müssen, als sie begann, mich langweilig zu finden. Beruhte übrigens auf Gegenseitigkeit. Aber ein wenig von dem alten Schlaumeier war wohl auf mich gekommen. Sie glaubte mir, daß ich mich verspekuliert hatte. Heute ist sie unglückliche Mutter dreier Kinder, die mit einem alten Volvo zum Einkaufen fährt.

Die meisten Frauen fangen an, einen Körperteil zu recken, wenn sie eine Kamera spüren. So als wäre etwas in ihnen alle Zeit zu allem bereit. Nicht nur die Models, die ihre Gelenke verdrehen, bis die Haut daran scheuert. Es gibt Frauen, bei denen sammelt sich alles im Blick, den sie aussenden. Vielleicht noch ein bißchen an den Lippen. Andere lassen ihre Schultern, ihre Brüste, ihre Hüften oder gleich ihre Muschi sprechen. So als würden sie einem demnächst den Schwanz aus der Hose holen. Alles Mache. Wehe, du faßt sie nach dem Shooting auch nur beiläufig an. Schon fauchen sie gereizt wie Katzen.

Lisa war anders, wenigstens eine Zeitlang. Dann wollte sie plötzlich genauso aussehen wie die Frauen auf den Agenturfotos. Die alles herzeigen müssen. Da kannte ich sie schon zu gut. Auf den Bildern passierte nichts mehr. Nicht die kleinste Überraschung. Es war nur das drauf, was ich fotografiert hatte. Lisa gefiel es, sich so zu sehen. Sie spielte tatsächlich mit dem Gedanken, die Bilder an eine Agentur zu schicken. *Findest du nicht? Nicht unbedingt.* Aber da hörte sie schon nicht mehr auf mich.

Mit den Fotos in der Handtasche geriet sie an den späteren Vater ihrer Kinder. Emil las die Bilder richtig, nämlich daß etwas mit ihr geschehen sollte. Ihre Karriere kam ihm nicht in den Blick, ihm ging es eher um Kinder und Küche. Inzwischen hat sie mich wohl in besserer Erinnerung.

Lisa hat von allen Frauen, die ich kannte, ihr Geheimnis am längsten bewahrt. Erst gegen Schluß hat sie mich wirklich an sich rangelassen, aber da ging es nicht mehr um mich. Sie wollte, daß meine Kamera etwas über sie erzählte. Nicht mehr mir, den anderen Männern. Ausführlich genug erzählte, damit sie ihr verfallen müßten.

War sie bloß geil, weil sie Abwechslung brauchte, oder wollte sie tatsächlich mit ihrem Körper etwas erreichen? In der Welt draußen etwas erreichen? Aber was? Fürs Modeln war sie schon zu alt. Auch waren ihre Beine nicht lang genug. Als Schauspielerin hätte sie noch eine Menge lernen müssen. Sprechen, sprechen und noch einmal sprechen. Wie sie sich bewegte, das war schon in Ordnung. Aber sobald sie den Mund aufmachte, fielen die Kröten heraus. Wie im Märchen. Vielleicht wäre der Stummfilm etwas für sie gewesen.

Sie hat mit den Schlüsseln nach mir geworfen, als ich beim Abschied etwas in der Art sagte. Es waren die Schlüssel zu meiner Wohnung.

Doch, Lisa hat mir gefehlt, aber sie fehlte mir nicht sehr. Danach hörte ich auf, Frauen zu fotografieren. Ich war dieser sich reckenden Körperteile längst überdrüssig. Nicht als Mann. Schwänze sind dazu da, sich immer wieder aufzurichten. Als Beobachter. Als Spurensucher. Als Bilderleser.

Natürlich war ich weiter an der Arbeit. Reportagen, Portraits, Aktuelles. Womit unserseins eben sein Geld verdient.

Mit der Zeit begann ich, mich mehr für Alltägliches zu interessieren. Für die Lebensumstände von Menschen, die ihre Fotos nicht an Agenturen schicken. Bei einem meiner – zugegeben – seltenen Besuche, fotografierte ich Mo mit ihren Hunden, Katzen und Vögeln.

Mos Vater hatte seinerzeit nur ein kurzes Gastspiel gegeben. Es dauerte nicht viel länger, als er brauchte, um sie zu zeugen. Mutter stand angeblich noch unter Schock, weil mein Vater sich *zurückgezogen* hatte, wie er es nannte. Sie hatte nicht begriffen, daß nun einer bei ihr untergekrochen war, der deutliche Spuren hinterlassen würde.

Ich war noch zu klein, um sie schützen zu können. Meine Erinnerung an Mos Vater beschränkt sich auf den Welpen, den er mit ins Haus gebracht hatte. Wohl um mich abzulenken, während er Mutter bumste.

Den Welpen hatte er wieder mitgenommen, als er von einem Tag auf den anderen verschwand. Es existierte lange ein Foto von ihm und dem Welpen, lange genug, um sich Mo einzuprägen. Womöglich hat es mit diesem Foto zu tun, daß sie sich mit all dem Gekläff und Gemaunze umgibt.

Es war viel schwieriger, sie und Mutter mitsamt der Menagerie zu fotografieren, als ich dachte. Als die Fotos aus dem Labor kamen, war nichts darauf zu sehen als die verkniffenen Gesichter zweier Frauen, die einander einiges vorzuwerfen hatten. Die Tiere sagten mir nichts, dieses Durcheinander aus Ohren, Bäuchen und Schwänzen. Also hörte ich wieder auf damit.

Es folgten viele Spaziergänge. Mit einem Mal konnte ich die Landschaft meiner frühen Jugend erkennen. Der ganz frühen. Die Aulandschaften entlang des Flusses, die riesigen Ahornstämme am Rande von Mischwäldern, manchmal bereits in besiedeltem Gebiet. Felder, die die Erdkrümmung ahnen ließen. Halb verfallene Schuppen und ehemalige Stallungen. Pferdekoppeln, Schafweiden. Dahinter schüttere Kiefernansammlungen.

Die meiste Zeit verbrachte ich damit, diesen absterbenden Baumriesen, die immer noch Blätter trieben, bis in die letzten Verästelungen nachzuspüren. Es wunderte mich nicht mehr, daß man einst Nymphen in ihnen gesehen hat.

Nach und nach begriff ich, daß ich nach einem Haus Ausschau hielt. Je abgelegener, desto interessanter. Je abweisender, desto willkommener. Je verfallener, desto anregender. Eine Ruine hätte meiner Vorstellung am ehesten entsprochen. Mich einnisten, mir von innen her Platz schaffen. Während ich dann größer und größer würde, den Raum um mich her erweitern. Zuerst den Keller ausbauen. Dann einen Platz zum Kochen. Außen sollte alles so bleiben, wie es war. Ruinenhaft. Gerade daß es nicht einstürzte.

Schritt für Schritt hatte ich diese Landschaft wiederentdeckt. Warum darum herumreden? Es sollte natürlich nicht zu nahe an Mo und dem Mutterhaus, an dem Städtchen, in dem ich zur Schule gegangen war, sein. Es mußte genügend Abstand sein. Abstand, der mit dem Wagen zu bewältigen wäre. Autofahren macht mir nichts aus, im Gegenteil, ich bin gerne allein unterwegs in meiner fahrbaren Zelle.

Es ging leichter, als ich gedacht hatte. Während der vielen Wanderungen hatte ich alle verfallenden Häuser, die in Frage kamen, aufgestöbert. Mußte mich nur noch entscheiden. Die Nähe des Flusses gab den Ausschlag. Das Laubwäldchen, das die *Ruine* an zwei Seiten umgab. Es dauerte Wochen, bis ich den Besitzer ausfindig gemacht hatte. Nur kein Aufhebens von der Sache machen, das hätte bloß den Preis in die Höhe getrieben.

Es war eine alte Frau, die schon nicht mehr damit gerechnet hatte, das windschiefe Sommerhaus an den Mann zu bringen. Mein Angebot konnte gerade noch durchgehen. Sie erbat sich eine Woche Bedenkzeit, wohl aus taktischen Gründen. Dann verlangte sie eine kleine Draufgabe, die ich bereits einkalkuliert hatte. Ihr war geholfen, sie konnte ein paar Reparaturen in ihrer Wiener Wohnung durchführen lassen. Mir auch. Es blieb genügend Geld, um den Kokon entsprechend zu polstern.

Etwa einen Monat später stand ich das erste Mal im Keller meiner *Ruine*. Hatte sogar eine Flasche Rotwein dabei, Bordeaux. Ich goß den Hausgeistern etwas aus, nahm dann einen

Schluck, es war ein hervorragender Bordeaux. Ich trank die Flasche leer, ohne etwas zum Essen dabei zu haben. Endlich war mir wieder etwas geglückt.

Wie damals das mit Mo.

Wir waren beide noch Kinder gewesen, ich um drei Jahre weniger Kind als Mo. Immerhin beide noch Kinder, vielleicht sollte ich besser sagen, Halbwüchsige. Wir stritten viel, wie Geschwister eben streiten, hatten aber auch friedliche Perioden. Vor allem, wenn Mutter *flog*. So nannten wir es, wenn sie einen Freund hatte, des öfteren nachts nicht nach Hause kam. Sie erzählte dann etwas von einer extra Nachtschicht, Notoperationen oder daß sie hätte einspringen müssen wegen eines Krankheitsfalls unter den Kolleginnen. Das glaubten wir natürlich nicht. Wir wußten genau, wann sie Nachtdienst hatte und wann nicht.

Mo fürchtete sich. Ohne Hund, sagte sie, würde sie nachts nicht alleine schlafen können. Mutter blieb hart. Sie hatte die Erinnerung an den Mann mit dem Welpen nie wirklich weggesteckt. Es war öfter so, daß Mo zu mir ins Bett kroch. Vor allem bei Gewitter, was mir gar nicht recht war. Es hinderte mich am Onanieren. Damit war natürlich nichts, wenn Mo angetanzt kam.

Noch war gar kein Gewitter, aber so heiß, wie es tagsüber gewesen war, konnte man sicher sein, daß eines kommen würde. Ich las gerade, als Mo mitsamt ihrer Decke in mein Bett hüpfte. Sie streichelte sich noch immer mit dem Saum ihrer Decke am Lippenrand, obwohl sie dafür schon viel zu groß war.

Eigentlich wollte ich sie rausschmeißen, dabei fingen wir zu rangeln an. Sie hatte zuvor gebadet, roch nach Mutters Badelotion und nach frischer Wäsche. Sie wehrte sich kichernd. Es gelang ihr, mir die Pyjamahose runterzuziehen. Ein bißchen war sie dann doch erschrocken, als mein Pimmel sich aufzurichten begann. Typisch für sie, daß sie mich mit der Peinlichkeit nicht alleine lassen wollte. So zog sie ihr Nachthemd rauf, bot mir an, daß auch ich sie nackt sehen dürfe.

Dann ging alles ziemlich rasch. »Du weißt doch, was das ist«, ich rieb dabei an meinem Pimmel, damit er noch ein bißchen größer würde.

Sie nickte, drehte aber den Kopf weg. Dann legte sie sich auf die Seite, daß mir nur noch ihr kleiner weißer Hintern entgegenleuchtete. Auch ich legte mich auf die Seite, zog sie an mich. Wollte mich nur ein wenig an ihr reiben, wenn die Gelegenheit schon da war.

Plötzlich war ich drin. Keine Ahnung, wie es hatte geschehen können, aber ich war drin. Zum ersten Mal in meinem Leben war ich drin. Mein Herz galoppierte wie ein scheuendes Kutschpferd, ich hielt kurz den Atem an. Bewegte mich noch ein paar Mal zaghaft, da war es dann auch schon vorbei. Ich blieb noch ein Weilchen drin.

Mo rührte sich nicht. Sie hatte weder geweint noch geschrien. Im nachhinein erinnerte ich mich an ein kurzes, scharfes »Au!«, das sie zweimal hintereinander von sich gegeben hatte. Nicht besonders laut.

Ich zog meinen Pimmel wieder heraus, wischte ihn mit dem Papiertaschentuch, das ich mir zum Onanieren unters Kopfkissen gelegt hatte, ab. Es war Blut dran. Auch Mo gab ich ein Taschentuch.

Mo hatte nicht geweint, aber ihre Stimme klang danach, als sie fragte, ob es das wäre, was Mutter tat, wenn sie *flog*. Ich nickte. Dann drohte ich ihr, mit allem, was mir gerade einfiel, wenn sie auch nur einer Menschenseele davon erzählen würde, was wir *beide* getan hätten. Vor allem mit Betonung auf *beide*. Sie schwor ebenfalls alle Eide, die ihr gerade einfielen, nahm die Decke, ging in ihr Zimmer zurück. Von da an fürchtete sie sich nicht mehr vor Gewittern. Zumindest kam sie nicht mehr in mein Bett gehüpft, wenn eines im Anzug war.

Wir sprachen nie darüber. Manchmal glaubte ich schon, daß ich mir die ganze Sache nur eingebildet oder sie gar geträumt hatte. Mo war wie immer. Das heißt, wir stritten manchmal, manchmal wieder nicht.

Jahre später, Mo war sechzehn, hatte bereits ihren ersten Freund, zumindest war es der erste, den sie mit nach Haus brachte. Sie kam ohne anzuklopfen in mein Zimmer. Ziemlich schräg angezogen, wie immer, wenn sie in eine Disco wollte. Sie zischte mich an: »Und was sage ich, wenn Arno mich fragt, warum ich keine Jungfrau mehr bin?« Wieder hatte ich ein Buch in der Hand. Ihre Frage traf mich so unerwartet, daß ich beinahe aus dem Bett gefallen wäre. Instinktiv schlug ich die Hände vors Gesicht. Sie dachte tatsächlich, ich würde mir eine Erklärung für sie ausdenken.

»Mach schon, sonst komm ich noch zu meinem Rendezvous zu spät«, drängte sie.

»Warum mußt du es ausgerechnet heute wissen?« Ich hatte schon begriffen, wie ernst es ihr damit war, wollte bloß Zeit gewinnen.

So viel an Begriffsstutzigkeit konnte sie nicht ertragen. Sie versuchte halbherzig, es mir zu erklären. »Weil ich es ihm versprochen habe.«

»Was hast du ihm versprochen?« Mir war noch immer nichts eingefallen. Mo ging nicht weiter darauf ein, meinte nur: »Heute oder nie. Wenn ich heute nicht mit ihm schlafe, ist es vorbei.« Sie stand ziemlich aufrecht da. Eine Frau, die wußte, was sie der Zukunft schuldig war.

In meinem Kopf gingen die Lichter an und aus. Wann immer mir eine halbwegs glaubhafte Erklärung einfiel, entpuppte sie sich als untragbar.

Mo stellte sich vor den kleinen Spiegel, vor dem ich mir für gewöhnlich die Pickel ausdrückte. Zupfte an ihrer Zigeunerinnenbluse, dem kurzen Rock, der bloß aus einem Volant bestand.

»Ich warte ...« Im Gegensatz zu mir hatte sie die zarte, makellose Kinderhaut behalten. Sie roch noch immer nach Mutters Badelotion.

Plötzlich sah ich sie mit den Augen von diesem Arno, wünschte, sie würde näher kommen. Damit ich sie wie beiläufig berühren, zu mir herunterziehen konnte.

»Komm her!« Ich deutete mit der Hand einladend aufs Bett. Hatte es ganz ruhig sagen wollen, doch die Stimme ließ mich im Stich. Mo hatte sofort kapiert, was das bedeutete.

»Du Arsch«, rief sie, »du glaubst doch nicht im Ernst, daß ich dich noch einmal drüberlasse.« Auch *ihre* Stimme bröckelte. Wenn ich es nicht zur Katastrophe kommen lassen wollte, mußte ich ihre Frage beantworten.

»Sag einfach«, dabei stützte ich mich auf, sprach an ihr vorbei in Richtung Tür, so als stünde dieser Arno dahinter, »sag einfach, du hättest eine Eierstockentzündung gehabt. Bei der Untersuchung habe der Arzt nicht anders gekonnt, als dich anzubohren.« Damals dachte ich noch gelegentlich daran, Medizin zu studieren, hatte auch ein paar einschlägige Bücher gelesen.

»Würdest du es glauben, wenn ein Mädchen dir das erklärt?« Mo war sehr im Zweifel.

»Kommt darauf an, wie überzeugend sie dabei ist.« Es entstand eine Pause. »Wenn du willst, kannst du auch was von Antibiotika fallenlassen. Von richtigen Hämmern, die du nehmen mußtest. Die deine Verdauung ganz und gar durcheinandergebracht hätten. Weswegen du auf der Stelle auf den Topf müßtest.«

Die Empörung kochte in ihr hoch, doch während Mo mir noch den Vogel zeigte, lachte sie schon. »He Mann«, rief sie, »wenn du denkst, du kannst mich auch noch verarschen ...« Sie hob den Arm, war knapp daran, auf mich einzudreschen. In diesem Augenblick wünschte ich mir nichts sehnlicher, als daß sie mich schlagen würde. Plötzlich besann sie sich. Sie drehte sich knirschend auf ihren hohen Hacken um, als ginge es darum, Löcher in den Parkettboden zu stanzen. »Bleib mir vom Leib, hörst du«, flüsterte sie an der Tür, mit dem Rücken zu mir, »bleib mir ein für alle Male vom Leib!«

Keine Ahnung, was Mo damals wirklich zu diesem Arno gesagt hat. Ob sie mit ihm geschlafen hat oder nicht. Jedenfalls brachte sie ihn nicht wieder mit. Als ich einmal nach ihm fragte, wollte sie sich nicht einmal mehr an ihn erinnern. »Untersteh dich und erwähne diesen Namen noch einmal! Schon gar nicht vor Peter!«

Am nächsten Wochenende kam dann ein Peter zu Besuch, aß mit uns zu Mittag, blieb bis zum Abendessen. Er versuchte andauernd, mich in ein Gespräch zu verwickeln. »Ist er schwul?« fragte ich, als er auf der Toilette war. Mo funkelte derart mit den Augen, daß sie ihre Papierserviette hätte in Brand stecken können.

Damals war ich dauernd hinter Mädchen her, meistens glücklos. Aber selbst wenn ich eine dazu bringen konnte, mit mir zu schlafen – am liebsten im Freien –, wäre ich nie auf die Idee gekommen, sie nach Hause einzuladen. Schon wegen Mutter nicht. Deren Art, sich bei Mos Freunden anzubiedern, so zu tun, als wären wir nun allesamt erwachsen, würden die jeweiligen Liebesbeziehungen bedingungslos respektieren ... das Ganze diente wohl ihrer eigenen Entlastung, der nachträglichen Rehabilitierung ihres ehemaligen, noch immer zeitweise statthabenden *Fliegens*.

Wenn ich nur daran dachte, sie würde die Nummer *wir Frauen gegen dich Mann* abziehen, so tun, als würde sie in allem auf der Seite des Mädchens stehen, sträubten sich mir die Haare. Den Gefallen konnte ich ihr keineswegs tun.

Ich landete ohnehin nie bei Mädchen, von denen ich mir hätte vorstellen können, es mache ihnen Spaß, zu uns zu kommen, mit Mutter und Mo Kaffee zu trinken. Mit Mo vielleicht. Aber Mo war zu sehr mit sich und ihrem jeweiligen Arno oder

Peter beschäftigt. Sie hätte sich kaum mit einem Mädchen abgegeben, das ich mit nach Hause brachte.

Später einmal, als ich sie fragte, ob sie jetzt bloß noch Hunde zu Freunden und Liebhabern habe, behauptete sie, daß der wirklich Ungesellige in der Familie immer ich gewesen sei, denn ich hätte nie jemanden an irgend etwas teilhaben lassen. So selten, wie ich bei ihr und Mutter, jetzt bei ihr oder Mutter, auftauchte, wäre vollkommen klar, daß ich das auch in Zukunft so halten würde.

Gerade deshalb sei es mir unmöglich, zu verstehen, wie sie lebe und leben wolle. Warum sie so lebe und leben wolle.

Was ließ sich darauf sagen? Wollte ich denn überhaupt wissen, warum Mo sich um all diese Tiere kümmerte? Die Pflege von Mutter hatte sie sich jedenfalls auf die Dauer nicht zugemutet.

Mo hatte mich von Mutters Verbringung in ein Pflegeheim verständigt. Sie erklärte, daß sie zwar die Menagerie tagsüber alleine lassen könne, während sie arbeite. Die Katzen, Vögel und Hunde wüßten durchaus etwas miteinander anzufangen. Nicht aber Mutter, die bloß den ganzen Tag neben dem Radio oder vor dem Fernseher sitze, sich nichts zu essen oder zu trinken hole, zu allem Überfluß inzwischen auch noch inkontinent sei.

Auch dazu wußte ich nicht, was sagen. Außer daß wir darüber reden müßten, wie hoch mein Anteil an den zusätzlichen Pflegekosten sein sollte. Wo ich doch schon auf das Haus verzichtet hätte. Mir war klar, daß ich nicht ungeschoren davonkommen würde.

Ich hatte seinerzeit lange genug gebraucht, Mo aus meinem Leben zu streichen, will sagen, sie ihrer Wege gehen zu lassen. Ohne mir den Kopf darüber zu zerbrechen, wie ich ihr Interesse an meiner Person hätte wiedergewinnen können. *Laß sie ziehen*, sagte ich mir, *sie ist deine Schwester. Laß sie durch ihr eigenes Leben taumeln. Sie hat dich nicht nötig.*

Seit ich nicht mehr zu Hause wohne, sind beinah zwanzig Jahre vergangen. Jahre, in denen wir uns nie ganz aus den Augen verloren, aber zu selten sahen, als daß ich bemerkt hätte, wann genau Mos Abdriften begann.

Schon vor langer Zeit hatte es einen ersten Welpen gegeben. Gleich danach eine Katze. Der erste Vogel war sogar Mutters Idee gewesen. Aber die Vögel, die sich später genauso bereitwillig vermehrten wie die Katzen, hatten sich anfangs nicht so recht durchsetzen können.

Die erste Katze war zugelaufen, eine trächtige Katze. Weder Mo noch Mutter hatten das Herz, ihre Jungen wegzugeben. Die Vögel mußten in den Käfigen bleiben. Manche starben an Herzschlag, wenn eine der Katzen auf den Käfig sprang, mit gespreizten Krallen zwischen die Stäbe langte, dabei nach den Vögeln angelte. Angeblich waren nur Vögel der ersten Generation auf diese Weise umgekommen. Die folgenden, die schon in den Käfigen geboren waren, hatten sich an die Katzen gewöhnt. Sie versuchten nur noch, den Pfoten mit den ausgefahrenen Krallen auszuweichen.

Auch der Welpe war nicht lange allein geblieben. Mos Einstellung zu Tieren sprach sich herum. Wann immer jemand in der Umgebung seinen Hund loswerden wollte, brachte er ihn zu Mo. Er müsse ihn sonst aus irgendeinem triftigen Grund ins Tierschutzhaus bringen oder einschläfern lassen. Mo sagte niemals nein, wenn es um einen weiteren Köter ging. Mutter hingegen, die sich all dem Wedeln, Lecken und Kläffen nicht gewachsen fühlte, verfiel zusehends.

Wenn Mo am Wochenende irgendwo hinfuhr, hatte sie mindestens drei Hunde im Auto. Als sie das letzte Mal bei mir vorbeischaute, wedelte einer der Hunde die Stehlampe zu Bruch. Ein anderer kotzte Gras auf den Kelim, den ich von meiner letzten Iran-Reise mitgebracht hatte. Es fiel mir tatsächlich schwer, mich für die Köter zu erwärmen, während Mo ihnen ihre ganze Aufmerksamkeit schenkte. Selbst dann, wenn sie mit mir sprach.

Es war wohl ganz gut so, daß wir uns auch jetzt, wo ich wieder seßhafter wurde, nicht allzuoft trafen. Mo hatte noch immer diesen harschen Blick, der alles zu erfassen, das meiste auch zu begreifen schien. Aber so souverän, wie sie mir in früheren Jahren erschienen war, war sie nicht mehr. Das Begreifen hatte sie wohl eher zermürbt. Obwohl sie noch immer auf diese schräge Art hübsch war, wirkte sie manchmal geradezu ungepflegt und ziemlich abgeschlafft. Gleichzeitig unermüdlich mit dem Durchziehen ihrer Lebensaufgabe, dem Erhalt der Menagerie, beschäftigt.

Irene

Irene hatte sich Annas Badeanzug geliehen. Sie waren sich figurmäßig immer sehr ähnlich gewesen, und im Geschäft hatte sie in der Eile keinen finden können, der ihr auch nur halbwegs gefallen hätte. Daß Anna so gar nichts von ihren Sachen mitgenommen hatte, irritierte sie zusehends. Ihr war schon klar, daß sie so unauffällig wie möglich von hier hatte verschwinden wollen, aber so ganz ohne Gepäck?

Ali behauptete, es würde so gut wie nichts von Annas Sachen fehlen, aber wahrscheinlich hatte er einfach Scheu davor, Annas Schränke zu durchwühlen und jeden einzelnen Gegenstand von seinem Platz zu rücken. Sonst hätte er nämlich diese Adresse finden müssen, was heißt Adresse, einen Straßennamen und eine Hausnummer, ohne Angaben der Stadt oder dessen, der dort wohnte: Molkereigasse 3. So einfach, daß Anna sie sich auch ohne diesen Zettel gemerkt haben würde, wenn sie wirklich vorgehabt hätte hinzugehen.

Natürlich hätte sie nur zu gerne gewußt, für wen diese Adresse stand. Nicht, daß sie Anna nachspionieren wollte, aber falls Anna wider Erwarten doch in eine Situation geraten war, aus der sie nur schwer herausfand, wäre es gut, einen Anhaltspunkt zu haben.

Als Ali sie zum ersten Mal in Annas Zimmer überraschte, sah sie ihm an, daß er nahe daran war, die Beherrschung zu verlieren.

»Ich will nur ein wenig Ordnung machen.« Sein Blick besänftigte sich nur schwer, und so fügte sie unnötigerweise hinzu: »Vergiß nicht, ich bin trotz allem ihre Mutter.«

Ihr war nicht klar, ob es tatsächlich etwas bedeutete, daß Anna und Ali in getrennten Zimmern schliefen, es war ihr nur aufgefallen, denn das war nicht immer so gewesen. Obgleich es als die vernünftigste Lösung erschien. Ali war ein Nachtmensch, der auch noch lange nach Dienstschluß in der *Zypresse* in seinem Zimmer Licht brennen ließ, wie sie von Emmi wußte, die sein Fenster von ihrem Schlafzimmer aus im Blick hatte. Während Anna früh aufstand. Schließlich hatte sie schon seit Jahren die Kinder frühmorgens in die Schule schicken müssen.

Als sie ein wenig Ordnung in Annas Sachen gebracht hatte – Anna war nie besonders akkurat gewesen, wenn es ums Aufräumen ging –, befiel sie eine merkwürdige Traurigkeit. Auch wuchs ihre Angst, etwas zu finden, was sie in der Sorge um Anna bestärken würde.

Plötzlich gehörte alles, Annas Unterwäsche, ihre Ohrringe, ihre Schuhe, zur äußeren Form eines Geheimnisses, zu dessen innerem Kern sie nicht vordringen konnte. Da war Annas Obsession für Halstücher und Schals, so als wäre etwas an ihrem Hals, das sie zu verbergen trachtete.

Tücher in den exquisitesten Mustern. Aber Anna hatte sie alle zurückgelassen – außer dem einen, das sie trug, als sie damals das Haus verlassen hatte –, obwohl ihr Gewicht gleich null war. Das konnte sie nicht verstehen. Selbst auf den Fotos, die in den letzten Jahren von Anna gemacht worden waren – sie hatte sie in einer Schuhschachtel auf dem Bücherregal entdeckt –, trug sie immer eines dieser Tücher um den Hals, so als seien sie ein nicht mehr wegzudenkendes Merkmal ihrer Persönlichkeit.

Warum hatte Anna all diese, wie sonst kaum etwas, zu ihr gehörenden Schals und Tücher zurückgelassen? War daraus zu schließen, daß sie nicht nur weggegangen war, sondern dabei auch einen Teil von sich abstreifen wollte? Um mit dem Leben neu zu beginnen? Um jemand anders zu werden?

Das ging doch gar nicht. Selbst wenn Anna glaubte, jemand anders geworden zu sein, über kurz oder lang würde sie neue Tücher kaufen. Sie würde ihren Hals bedecken wollen, wie sie es all die Jahre getan hatte. Ein anderer Mann machte noch lange keinen anderen Menschen aus einem. Man mochte sich anders fühlen, wesentlich besser oder auch wesentlich schlechter, aber selbst wenn die Liebe, an die Anna offensichtlich glaubte, ihr bis unter die Haut gehen mochte, sie würde auch in der Liebe versuchen, ihren Hals zu bedecken.

Annas Augen würden Ausschau nach dieser Art von Tüchern halten, auch wenn sie nur den Geliebten zu sehen vermeinten. Und bei der ersten, nun gut, möglicherweise erst bei der zweiten oder dritten Gelegenheit würde sie sagen: »Sieh nur, was für ein wunderschönes Tuch. Es hat genau das Muster, nach dem ich schon seit Jahren Ausschau halte.«

Manchmal kam es ihr so vor, als hätte Annas Verschwinden einen Krater aufgerissen, um den sie alle, auch Emmi, herumstanden, sich über seinen Rand beugten und in der Tiefe etwas zu erkennen suchten. Aber da war nichts zu erkennen in dem schwarzen Loch. Dennoch standen sie weiter ratlos darum herum und stellten, ohne den geringsten brauchbaren Hinweis,

Vermutungen an. Versuchten es mit dieser oder jener Erklärung, aber keine ging auf, und das schwarze Loch wurde immer größer. Die einzige, die sich weigerte, in dieses Loch zu starren, war Inimini. Sie hatte ihren Blick auf andere Dinge gerichtet, und manchmal brach Irene beinahe das Herz, wenn sie sah, wie sehr Inimini sich anstrengte, um so tun zu können, als gäbe es das Loch gar nicht.

Vielleicht sollte sie sich über die Bücher machen, die Anna an die Wand ihres Schlafzimmers gestellt hatte. Aber wahrscheinlich würde es Jahre dauern, aus ihnen herauszulesen, was in Annas Kopf vorgegangen war. Und nicht einmal dann wäre es gewiß, wie groß die Rolle war, die Anna Büchern in ihrem Denken noch einräumte. Daß sie sie unmittelbar um sich haben wollte, hieß wohl, daß sie ihr wichtig waren, aber aus der Lektüre einen Schlüssel für ihr Geheimnis zu ziehen wäre als Methode ziemlich gewagt.

Sie hatte bei weitem nicht alles durch, all die Laden und Schatullen und was eben so aussah, als wäre es verschlossen, selbst wenn es nicht abgesperrt war. Noch war es ihr unangenehm, sie einfach aufzumachen und dabei einen Blick auf Anna zu tun, der Anna vielleicht nicht recht gewesen wäre. Letztlich bestanden die Menschen auch aus kleinen Geheimnissen, die nicht alle mit einem großen zu tun haben mußten.

Die Adresse war unter der Schale gelegen, in der Anna das Kleingeld aufzubewahren pflegte, also gar nicht in einem besonderen Versteck. Dennoch schien sich dieser Zettel bisher vor allen Augen verborgen zu haben. War tatsächlich sie es, die ihn finden sollte?

Onur hatte Schwierigkeiten in der Schule. Nicht, daß er aufsässig gewesen wäre, aber er konnte sich nicht konzentrieren. Sie hatte das Gefühl, daß es ihm ziemlich gleichgültig war, was seine Lehrer sagten. Manchmal schaute sie ihm und Ali zu, wie sie im Garten saßen und Tricktrack spielten. Sie sprachen dabei in Alis Sprache, nicht gerade ausführlich, aber hin und wieder fiel ein Satz. Onurs Miene war gelöst und gleichzeitig angespannt, denn das Spiel schien ihm wichtig zu sein. Und so wie die beiden da miteinander saßen und spielten, waren ihre Gesichter so liebenswert, daß sie sich wünschte, sie würden in dieser Gemütslage verbleiben, wenn sie später ins Haus kämen.

Danach aber mußte Ali in die *Zypresse,* und Onur hätte seine Aufgaben machen sollen, wollte sich aber lieber mit Freunden treffen. Wenn er dann am Abend nach Hause kam, war sein Gesichtsausdruck eine Mischung aus schlechtem Gewissen und Desinteresse an allem, was von ihm erwartet wurde.

Sie fragte sich, ob er und Ali während des Tricktrack-Spielens auch über die Schule redeten oder ob dieses leidige Thema nicht zum Bereich ihres männlichen Einvernehmens gehörte. Egal, irgendwann würde zumindest sie Ali sagen müssen, daß er nun doch einmal beim Elternsprechtag erscheinen sollte.

Es war nicht leicht, aus Ali etwas herauszubekommen. Sie war sich nicht sicher, ob er immer so verschlossen gewesen war oder ob all die Jahre in dieser Kleinstadt ihn dazu gebracht hatten. Wahrscheinlich hatte er Anna mehr erzählt, vor allem am Anfang und in der ersten Verliebtheit, solange man sich der oder dem Geliebten um jeden Preis kenntlich machen will.

Manchmal war sie noch auf, wenn er nachts nach Hause kam, denn die besten Filme fingen immer erst gegen Mitternacht an.

Es war ein türkischer Film, den sie sich neulich angeschaut hatte, nicht synchronisiert mit deutschen Untertiteln. Sie konnte hören, wie Ali eine Flasche Bier aus dem Kühlschrank nahm, was er sonst selten tat.

Die Tür zum Wohnzimmer war einen Spaltbreit offen, und er mußte etwas von dem türkischen Dialog mitbekommen haben, denn er kam mit dem Bier in der Hand herein und schaute mit aufgerissenen Augen auf den Bildschirm. Er war offensichtlich so verblüfft, daß er nicht einmal grüßte, was sie wunderte, denn Ali war ein sehr höflicher, ja geradezu förmlicher Mensch. Nachdem er eine Weile vor dem Fernseher gestanden war, forderte sie ihn auf, sich doch zu ihr zu setzen, was er, ohne den Blick vom Apparat zu wenden, auch tat, wobei etwas Bier aus seinem Glas schwappte, ohne daß er es zu bemerken schien.

Der Film ging bereits seinem Ende zu, doch sie hätte ihn trotz der deutschen Untertitel, die immer ein wenig zu rasch verschwanden, nur in Umrissen nacherzählen können. Es ging wohl um irgendeine ländliche Tragödie, die in einer kargen, geradezu bizarren Gebirgslandschaft im Osten Anatoliens spielte. Ein Bauer wurde für einen besonderen Menschen gehalten, der merkwürdige Dinge sah und heilen konnte. Aber je mehr Menschen er heilte, desto unheimlicher wurde er sich selbst und geriet so in eine immer ausweglosere Situation den immer zahlreicher werdenden Menschen gegenüber, die viel zuviel von ihm erwarteten. Zumindest hatte sie es so verstanden.

Ali lauschte dem O-Ton und stieß plötzlich einen merkwürdigen Laut des – wie ihr schien – absoluten Erstaunens aus, als die Kamera auf einem Bild, besser gesagt, einem ungerahmten Druck, der mit Reißnägeln an eine gekalkte Wand gepinnt war, mehrere Sekunden lang verweilte. Dieser Druck zeigte einen traditionell gekleideten Mann im Türkensitz mit einer weißen konischen Mütze, der mit der einen Hand einen Löwen und mit der anderen einen Hirsch umarmt hielt. Das Bild wurde, wie gesagt, nur ein paar Sekunden lang gezeigt, aber Alis Aufmerksamkeit schien aufs höchste angespannt.

Als der Film zu Ende war und Irene sich Ali zuwandte, fühlte er sich doch bemüßigt, etwas dazu zu sagen. »Dieser Film spielt in der Gegend, aus der ich komme. Hast du die Berge gesehen, Irene hanım? Sie sind genauso hoch wie die hiesigen. Aber die Menschen sind viel, viel ärmer, und es gibt ständig Probleme mit ihnen.«

»Was meinst du mit Problemen?« Ali war seinerzeit als Flüchtling nach Deutschland gekommen und hatte es lange nicht riskieren können, zurückzukehren, aber Anna hatte immer nur ganz vage darüber gesprochen, selbst damals in Berlin, nachdem sie Ali kennengelernt hatte. So als wäre es besser, nicht viel darüber zu reden, wer oder was Ali früher gewesen war und was er getan oder nicht getan hatte. So als könne ihn dieses frühere Leben immer noch einholen, einholen auf eine Weise, die ihm gefährlich werden könnte.

»Es leben unterschiedliche Menschen im Osten des Landes, nur im Elend sind sie gleich … Sie werden von ihren Politikern gegeneinander aufgehetzt, und schon ist es wie im Krieg.«

»Wie im Krieg?« Sie hatte von keinem Krieg in der Türkei gehört.

»Es ist eine Art Krieg. Oder wie soll man es sonst nennen, wenn Menschen verschiedener Herkunft, die nicht dieselbe Sprache sprechen oder dieselbe Religion haben, sich gegenseitig umbringen? Und das seit vielen, vielen Jahren und in großen Teilen des Landes.«

»Mag sein, daß das Krieg ist, aber was ist eigentlich *dein* Problem?« Sie hatte so unvermittelt gefragt, daß es ihr selbst einen Ruck gab. Ali stellte sein Bierglas auf den Tisch und betrachtete seine ausgestreckten Beine, ohne gleich zu antworten.

»Ich meine, zu welcher Seite des Problems gehörst du?« Sie war entschlossen, ihrer spontanen Eingebung zu folgen und weiterzufragen.

Ali räusperte sich und war dann, nachdem er die Beine wieder angezogen hatte, bereit zu antworten. »Ich stamme aus einer religiösen Minderheit, die sich in den achtziger Jahren endlich dazu entschlossen hat, ihren Anspruch auf Gleichbehandlung anzumelden.«

»Was bedeutet *du stammst*? Gehörst du nicht mehr dazu?«

Es fiel Ali sichtlich schwer, etwas Konkretes darüber zu sagen, aber immerhin versuchte er es. »Im Herzen bin ich noch immer, was ich von Anfang an gewesen bin, aber in meinem Leben hat sich alles verändert. Ich lebe hier in diesem Land, ohne meine Leute, und es gibt hier, in dieser kleinen Stadt, so gut wie niemanden, mit dem ich eine Gemeinschaft bilden könnte, eine Gemeinschaft im Sinne der Gemeinschaft, in der ich aufgewachsen bin. Es ist fast alles weggefallen, was diese Gemeinschaft ausmachte, alles, was man in so einer Gemeinschaft eben tut, Musik machen, Gedichte vortragen, tanzen, beten, sich bereden. Wir haben in unserem Land lange, vielleicht zu lange, im verborgenen gelebt. Und jetzt, wo man nichts mehr geheimhalten muß, wo wir die Freiheit haben, funktioniert die Gemeinschaft nicht mehr so recht. Langsam beginne ich schon zu vergessen, worum es dabei in Wirklichkeit gegangen ist.«

»Und das macht dir zu schaffen?«

»Ich weiß nicht ... Mein Leben ist jetzt hier, bei meinen Kindern. Meine Eltern sind schon lange tot, zwei meiner Brüder sind bei diesen Kämpfen ums Leben gekommen, meine Schwestern haben geheiratet, und ich wüßte nicht einmal, wo ich sie suchen sollte. Manche von meinen Leuten sterben am Krieg, andere an der Armut, und wer seine Stimme erhebt, begibt sich in Gefahr. Hier hingegen ist es ruhig, und man kann ohne Angst seine Kinder großziehen.«

»Aber?« Irene war klar, daß es ein Aber geben mußte.

»Man kann die Vergangenheit nicht loswerden, nicht wirklich. So wie auch die Sprache im Kopf bleibt. Die Sprache und mit ihr eine Art, die Dinge aufzufassen. Dazu die Bilder. Was du als Kind um dich herum gesehen hast, bleibt, auch wenn es sich lange Zeit gut versteckt hat. Selbst ein paar Minuten von so einem Film können alles wieder lebendig machen – den Geschmack einer Suppe aus roten Linsen, die Mütze, die man getragen hat, das Schnauben eines Maultiers.«

»Warum bist du in all den Jahren nie in die Türkei gefahren und hast Anna und den Kindern gezeigt, wo du herkommst?«

Ali stützte das Kinn auf seine beiden Fäuste. »Zuerst ging es nicht, weil sie mich gleich verhaftet hätten. Ich weiß nicht einmal genau, ob es jetzt ginge. Und selbst wenn es gegangen wäre, wohin hätte ich mit ihnen fahren sollen? Die Gegend, aus der ich komme, gehört noch immer zum Krisengebiet, für das kaum Reiseerlaubnis erteilt wird, und wenn, hätte ich sie bloß in Gefahr gebracht. Nur nach Istanbul zu fahren ist mir nie in den Sinn gekommen. Ich hätte mir gar nicht vorstellen können, nur nach Istanbul zu fahren und nicht in meine Heimat. Irgendwie hätte ich das nicht fertiggebracht.«

Irene versuchte so gut es ging, sich in Ali hineinzuversetzen, und mußte ihm gefühlsmäßig recht geben. Er war noch immer so mit seinen aufsteigenden Erinnerungen beschäftigt, daß er ständig auf den Teppich und nicht in den Aschenbecher, den sie ihm deutlich sichtbar hingeschoben hatte, aschte. Ihr blieb nichts anderes übrig, als ihn darauf aufmerksam zu machen, schließlich waren seine Erinnerungen aufregend genug, sie wollte nicht auch noch Brandlöcher im Teppich haben.

»Du rauchst«, sagte sie, »wenn man raucht, gibt es Asche, und die ist am besten in einem Aschenbecher aufgehoben.« Als er bemerkte, was er angerichtet hatte, war es ihm peinlich. Er spuckte auf seinen Zeigefinger, ließ die Asche daran festkleben und beförderte sie so vom Teppich herauf in den Aschenbecher.

»Bravo!« sagte sie und trank ihren letzten Schluck Rotwein.

Sie war sofort zu Bett gegangen – es war schon gegen eins –, konnte aber lange nicht einschlafen. Sie erinnerte sich an die Zeit, in der Anna bei ihr in Berlin gelebt und Ali kennengelernt hatte und er nur ein Ali und noch kein baba gewesen war.

Anna war viel unterwegs damals. Kein Wunder, denn der Unterschied zwischen dieser kleinen Stadt und Berlin, wenn auch noch dem vor der Wende, war augenfällig. Es war, als hätte sie ihre ganze Teenager-Zeit noch einmal leben müssen mit Partys und durchdiskutierten Nächten, und was Irene so mitbekam, hatte Anna auch heftig herumgeflirtet, an Verehrern schien es ihr nicht zu mangeln. Anna hatte etwas Frisches, Einnehmendes an sich und wirkte so – sie fand einfach kein besseres Wort dafür – unverdorben, nicht provinziell, eher gutgläubig von Natur aus und dazu noch liebenswürdig, so daß das Telefon an den Abenden, an denen Anna zu Hause geblieben war, nicht verstummen wollte.

Anna war neugierig, neugierig auf alles, was diese Stadt ihr bieten konnte, Museen, Theater, Discos, was immer ihr in den Blick geriet, sie wollte es genauer kennenlernen. Manchmal fragte sie sich, wie Anna es noch schaffte, für Prüfungen zu lernen. Aber irgendwie schien es zu gehen, zumindest am Anfang. Sie konnte sich gut daran erinnern, wie sie das erste Colloquium, das Anna mit Erfolg hinter sich gebracht hatte, feierten, indem sie gemeinsam in Charlottenburg essen gingen. Sie hatten viel miteinander gelacht, aber ab zehn war Anna unruhig geworden, und als es ans Zahlen ging, schließlich mußte Irene am nächsten Morgen pünktlich aus dem Haus, fragte Anna, ob es ihr etwas ausmachte, wenn sie noch ein bißchen mit Freunden feiern ginge.

Natürlich hatte es ihr nichts ausgemacht, sie war nur verwundert, in wie kurzer Zeit Anna so viele Freunde hatte finden können in einer Stadt, in die sie höchstens einmal im Jahr mit Emmi für ein paar Tage zu Besuch gekommen war. Gleich darauf hatte Irene mit Befriedigung festgestellt, daß Anna eben doch ihrer Mutter Kind war, trotz allem ihr Kind.

Als Anna dann spätnachts nach Hause gekommen war, wachte sie kurz auf und schaute auf die Uhr, es war vier. Und doch kam Anna am nächsten Morgen schon wieder in die Küche, als sie noch beim Frühstück saß. Recht so, hatte sie gedacht, sie genießt das Leben, vergißt aber nicht, was sie sich vorgenommen hat. Sie hatte Anna schon als junge Wissenschaftlerin gesehen, auch wenn sie nie verstanden hatte, warum es ausgerechnet altorientalische Sprachen hatten sein müssen.

Sie hatte gefunden, daß Anna die Brille wirklich gut stand, die sie sich, nicht so sehr, weil sie eine nötig gehabt hätte, eher um ihre Ernsthaftigkeit dem Studium gegenüber zu unterstreichen, hatte verschreiben lassen.

Als Anna das erste Mal damit gekommen war, hatte sie sie ihr vorgeführt wie ein Model. Anna konnte richtig komisch sein, dazu paßten auch die kurzen Haare, die zu einem Pagenkopf geschnitten waren, obwohl es Irene um Annas lange Haare leid tat. Sie hatte Annas Brille gleich aufsetzen müssen, aber so interessant sie an Anna wirkte, so spießig hatte sie selbst damit ausgesehen.

Sie, Irene, müsse eine ganz andere Brille tragen, meinte Anna, eine, die etwas hermache, mit Perlmuttrand oder etwas in der Art. Wenn sie wolle, käme sie mit, eine aussuchen.

Aber sie brauchte gar keine Brille, nicht einmal zum Lesen.

Sie hatte diese zwei Jahre in so guter Erinnerung, sie waren genau das, was sie sich vorgestellt hatte. Wenn sie sich schon um Anna als Kind nicht hatte kümmern können, war sie nun in der Lage, einiges, wenn auch nicht alles, nachzuholen. Sie wußte natürlich, daß sich bestimmte Dinge nicht nachholen ließen, wettmachen vielleicht. Manchmal kam es ihr vor, als hätte sich eine jüngere Freundin entschlossen, zu ihr zu ziehen, und sie wollte, daß sie es gut miteinander hatten.

Anna besaß ein glückliches Temperament und war dank Emmi und den alten Eltern das, was man früher *gut erzogen* genannt hätte. Viel besser erzogen, als wenn sie bei ihr aufgewachsen wäre. Es gab nicht einmal die kleinen Unannehmlichkeiten, mit denen Irene eigentlich gerechnet hatte. Anna half wie selbstverständlich in der Küche, und wenn sie aus dem Bad kam, konnte man sicher sein, daß Wanne und Waschmuschel sauber waren. Und was Anna in ihrem Zimmer herumliegen oder nicht herumliegen ließ, war für sie kein Thema, solange Anna einmal die Woche mit dem Staubsauger darin herumfuhrwerkte und alle zwei Wochen ihre Bettwäsche wechselte.

Ständig hatten sie über irgend etwas zu lachen gehabt, am meisten wohl dann, wenn Anna von ihren Professoren und deren Marotten erzählte und sie dabei nachahmte. Anna hatte rasch herausgefunden, daß ihr diese Erzählungen großen Spaß machten, vielleicht weil sie selber nie eine Universität von innen gesehen hatte. Obwohl sie es sich durchaus zugetraut hätte, einen Abschluß zu machen, wenn auch nicht gerade in altorientalischen Sprachen. Sie hätte eher an Wirtschaft gedacht, Betriebswirtschaft oder Volkswirtschaft. Es hatte nicht sein sollen. Umso mehr entzückte sie die Idee von einer Tochter, die das Studium regulär abschließen und dann vielleicht noch eine Doktorarbeit dranhängen würde. Und das nicht, weil sie zu häßlich war, um als Frau zu punkten, sondern weil sie Intelligenz besaß und beim Studium Erfolg hatte.

Genaugenommen hatten sie sich gar nicht so häufig gesehen. Beim Frühstück zumeist, tagsüber höchstens an den Wochenenden. Sie arbeitete noch, und Anna war in ihren Vorlesungen.

Nicht nur Anna war abends selten zu Hause, auch sie kam meist erst gegen elf oder morgens zum Frühstück. Sie hatte damals eine *Außer-Haus-Beziehung*, ein lockeres, wenn auch leidenschaftliches Verhältnis mit einem Mann, der verheiratet war und mit dem sie sich in einer von ihm speziell für diesen Zweck gemieteten Garçonnière dreimal die Woche traf und liebte.

Sie waren einander sehr verbunden gewesen, obwohl es für diesen Mann nie in Frage gekommen wäre, Frau und Kinder zu verlassen. Diese Art von Standhaftigkeit hatte ihr imponiert. Sie waren irgendwann und einigermaßen ahnungslos aufeinander zugegangen, und ehe sie es sich versahen, waren sie einander auf eine Weise verfallen, die man nur gemeinsam durchstehen kann. Sie hatte das gewußt, Alexander nicht, und darum hatte er mehr gelitten als sie. Es bedrückte ihn, ihr nur einen Teil von sich bieten zu können, wie er sagte, sie jedoch war es zufrieden.

Alexander hatte nie mehr versprochen, als er halten konnte. Noch heute dachte sie mit Wehmut an ihn, manchmal weinte sie sogar dabei. Er war, kurz nachdem sie ihr Verhältnis – ebenfalls unter Tränen – gelöst hatten, bei einem Verkehrsunfall ums Leben gekommen.

Sie war also an vielen Abenden außer Haus gewesen, und wenn sie und Anna sich dann beim Frühstück trafen, beide ein wenig unausgeschlafen, aber guter Laune, war ihr Lachen nicht das von Mutter und Tochter, sondern das von Komplizinnen.

Irgendwann begann dann alles anders zu werden. Sie hatte es nur nach und nach bemerkt, weil sie die Zeichen nicht gleich zu deuten wußte.

Anna hatte sich zu *engagieren* begonnen, wie sie es nannte, und fing bereits beim Frühstück damit an, ihr die erschreckende Situation der Menschen in vielen außereuropäischen Ländern zu erklären sowie das Erbe des Kolonialismus und die Auseinandersetzung mit der offensiven Kultur des Westens.

Sie hatte ihr geradezu andächtig dabei zugehört, war es doch für sie der Beweis von Annas zunehmender Intellektualisierung gewesen. Sie mußte zugeben, daß ihr der Ernst, mit dem Anna eines dieser Probleme für sie zu analysieren versuchte, ebenso gefallen hatte wie das tief aus ihrem Inneren kommende Lachen, wenn nicht sogar noch besser.

Sie hatte nicht wirklich mitreden können, weil das alles weit außerhalb des Kreises ihrer gewohnten Interessen lag, aber es tat gut, Anna zuzuhören. Dadurch kam so etwas wie Weltläufigkeit in ihre Gespräche, und sie war sogleich damit einverstanden, das eine oder andere kulturpolitische Magazin für Anna, ja warum sollte sie es nicht zugeben, für sie beide zu abonnieren.

Auch sie hatte versucht, sich kundig zu machen. Insgeheim hatte sie sogar erwartet, daß Anna sich irgendwelchen Demonstrationen anschließen, Flugzettel verteilen und zu sogenannten *konspirativen* Treffen gehen würde, so wie das in ihrer eigenen Jugend unter den *Engagierten* üblich gewesen war. Aber selbst wenn Anna das alles getan hätte, sie hatte ihr nichts davon erzählt. Vielleicht geschah auch nichts mehr auf die Weise, wie es damals in den großen Städten gang und gäbe gewesen war. Anna schien vor der Straße heillosen Respekt zu haben und hatte einmal sogar erklärt, daß es in der gegenwärtigen Situation viel wichtiger wäre, die Geschichte dieser Länder zu studieren und sie sich anhand von Fakten praktisch klarzumachen, anstatt die Welt ständig mit ideologischen Rastern zu überziehen.

Vielleicht hatte Anna aus diesem Grund unbedingt in den Irak gewollt, wo sie an einer Ausgrabung teilzunehmen hoffte. Natürlich nur als unbezahlte Hilfskraft, geduldet von denjenigen, die schon um einiges mehr wußten als sie.

Darum hatte Anna in den Semesterferien auch wieder zu kellnern begonnen, obwohl Irene sich ihr gegenüber keineswegs knausrig verhalten hatte und ihr auch bei ihren Reisen, wenn sie schon so wichtig für sie waren, unter die Arme gegriffen hätte.

Erstaunlich, was man als junger Mensch alles am Laufen haben konnte.

Für sie waren es jedenfalls zwei wunderbare Jahre gewesen und für Anna zwei ungemein intensive, vielleicht die intensivsten ihres Lebens, zumindest was ihren Kopf anging.

Was danach kam, hatte sie nie wirklich verstehen können.

Daß Anna, die sich auf eine wissenschaftliche Laufbahn vorbereitet hatte, nicht nur die aufgab, daß sie, die dermaßen weltoffen war und die Möglichkeiten, die Berlin ihr bot, so sehr nutzte, imstande war, sich innerhalb kürzester Zeit für ein völlig anderes Leben zu entscheiden, war und blieb ihr unbegreiflich.

Aber da war ihr schon bewußt gewesen, daß Anna sich aufs heftigste verliebt hatte und daß diese Liebe – Anna würde wohl noch heute darauf bestehen, daß es Liebe war – sie völlig unvorbereitet getroffen haben mußte. Die Veränderung erfolgte ab einem bestimmten Zeitpunkt schlagartig und war schon rein äußerlich abzulesen. Anna hatte sich die Haare wieder wachsen lassen, und die Brille war in einer Schublade verschwunden.

Als Anna dann das erste Mal mit Ali an der Hand zum Sonntagnachmittags-Kaffee kam – ja, sie erinnerte sich genau daran, wie Anna ihn an der Hand gehalten und gewissermaßen hinter sich her gezogen hatte –, war nicht mehr zu übersehen, wie weit das Malheur bereits gediehen war. Wenn sie sich bei etwas auskannte, dann bei Dingen in Sachen Liebe. Es war offensichtlich, worauf es hinauslaufen würde, auch wenn sie die Hoffnung noch nicht ganz aufgegeben hatte.

Die beiden waren ein Paar, wie sie selten eines erlebt hatte. Nicht nur, daß sie gut aussahen, es lag ein Strahlen auf ihren Gesichtern, das sie gegen alles zu feien schien, was das Schicksal im Schilde führen mochte. Zum ersten Mal hatte Irene begriffen, was die Bedeutung des biblischen *ein Leib sein* einmal gewesen sein mochte. Man konnte förmlich die Funken aufleuchten sehen, die ständig zwischen den beiden hin und her sprangen, und obwohl Ali noch kaum deutsch sprach, schien es auf dieser Welt kein größeres Einvernehmen zweier Menschen zu geben als das zwischen ihnen beiden.

Mittlerweile war sie der Meinung, daß dieses Einvernehmen wohl gerade damit zu tun gehabt hatte, daß sie wenig miteinander reden konnten und so gut wie nur auf die Stimmen ihrer Körper achteten. Die allerdings hatten einander bestens verständlich machen können.

Daß Ali ein Flüchtling mit politischer Vergangenheit war, keinen Studienabschluß hatte – auch nicht in seinem Heimatland, was ihm in Deutschland ohnehin nichts genützt hätte – und außer dem, was er auf dem Leib trug, wohl kaum etwas besaß, hatte sie nicht gestört. Das gehörte zu den Dingen des Lebens und konnte sich ändern. Daß er aus Ostanatolien stammte, sagte ihr nicht unbedingt etwas. Jedenfalls so, wie er aussah und sich gab, erschien er liebenswürdig und umgänglich.

Gerade dieses Strahlen aber galt ihr als verläßliches Zeichen dafür, daß mit einer baldigen gründlichen Veränderung zu rechnen war. Und zwar zu Lasten von Anna. Es drückte ihr beinahe das Herz ab, wenn sie an ihren Traum von der zukünftigen Wissenschaftlerin dachte.

Wäre Ali Annas Freund, vielleicht auch ihr Lebensgefährte geblieben, ihretwegen über Jahre hin oder tatsächlich fürs Leben, hätte Irene das nicht geniert. Sie kannte einige Frauen in Berlin, deren Schwiegersöhne aus der Türkei stammten – na und?! Wenn sie ihre Frauen korrekt behandelten, ließ sich nicht viel dagegen sagen. Aber Ali hätte Anna weiterstudieren lassen müssen. Was heißt lassen, er hätte sie dazu ermutigen und selbst dazusehen müssen, daß er etwas Vernünftiges lernte. Mit ihrer Hilfe wäre auf jeden Fall zu rechnen gewesen. Und wenn die beiden in den Ferien gejobt hätten, hätten sie es mit vereinten Kräften schon schaffen können.

Aber nein, Ali hatte Anna schwängern müssen, und das zu einem Zeitpunkt, an dem Anna von der Liebe dermaßen überwältigt war, daß sie keinen vernünftigen Gedanken denken konnte. Erst da hatte es sie zu stören begonnen, daß Ali Orientale war, der offensichtlich strengere Vorstellungen von

Familie hatte, und das, obgleich er nichts besaß und nichts darstellte. Die paar Jahre, die er älter war als Anna, hatten ihn auch nicht klüger gemacht.

Sie nahm an, daß ein junger Deutscher, der vielleicht ebenfalls noch studierte, wesentlich vernünftiger reagiert hätte. Zumindest hätte sie mit ihm reden können. Das ging damals bei Ali schon wegen der Sprache schlecht. Und mit Anna zu reden war vergebliche Liebesmüh, absolut vergebliche.

Als sich herausgestellt hatte, daß sie schwanger war, war Anna nicht etwa um ihre oder ihrer dreier Zukunft besorgt gewesen, sondern sie stellte eine geradezu überbordende Freude zur Schau, die für sie nur schwer zu ertragen war. Sie hatte versucht, Anna klarzumachen, daß sie sich – wie liebenswert dieser Ali auch sein mochte – gerade ihr Leben verpfuschte und daß sie dazu noch viel zu jung wäre.

Immerhin sei sie zwei Jahre älter als sie, Irene, seinerzeit gewesen war, hatte Anna ihr zur Antwort gegeben. Das saß. Natürlich versuchte sie, Anna zu erklären, daß ihre Situation damals eine ganz andere gewesen war, schließlich hatte sie die Eltern und Emmi gehabt. Sie aber stehe mitten im Berufsleben und könne sich daher nur am Wochenende um das Kind kümmern.

Anna hatte ihr daraufhin erklärt, daß etwas in dieser Art für sie ohnehin nicht in Frage käme. Sie wolle ihr Kind selbst großziehen, wozu würde sie denn sonst eines in die Welt setzen. Auch das saß, und sie dachte, daß Anna bewußt war, wie sehr es sitzen mußte.

Sie hatte es trotzdem noch ein paarmal versucht, war sogar so weit gegangen, Anna zu einer Abtreibung überreden zu wollen. Sie war hundert Prozent sachlich in ihren Argumenten gewesen, aber es hatte zu nichts geführt, außer zu einer neuerlichen Entfremdung zwischen ihnen beiden.

Als sie dann gefragt hatte, wie und wovon sie und Ali zu

leben gedächten, hatte Anna bereits alles geplant. Sie würden auf der Stelle heiraten, und zwar noch in Berlin. Das sei das einzige, worum sie sie bitten würde, nämlich daß sie ihr, das heißt ihnen beiden – Anna redete ohnehin nur mehr von *wir* – behilflich sein möge, die nötigen Papiere zusammenzubekommen, damit sie auf dem österreichischen Konsulat heiraten könnten. Auch darüber hatte Anna sich schon Gedanken gemacht. Sie wollte, daß sie als Ehepaar nach Österreich zurückgingen.

»Zurück?« hatte sie gefragt, denn erst in diesem Augenblick war ihr das volle Ausmaß der Katastrophe bewußt geworden. Bis dahin hatte sie noch immer gehofft, daß, wenn Anna schon ihren Willen durchsetzen mußte, sie drei, vor allem Ali, der offiziell noch nicht arbeiten durfte, sie und Anna, *das Kind schon irgendwie schaukeln* würden. Aber sobald Anna von *zurückgehen* gesprochen hatte, war ihr klar, daß sie sie ein zweites Mal verlieren würde.

Sie hatte nur noch staunen können, als sie sah, wie Anna bereits alles in die Wege geleitet hatte. Anna hatte sie irgendwann vor dieser Hochzeit, die sie ihr noch hatte ausrichten dürfen, darüber aufgeklärt, daß die Großeltern damit einverstanden wären, daß sie und Ali in der *Goldenen Gans* arbeiteten. Damit sei das Problem *Von was leben?* vorerst gelöst. Und wohnen könnten sie im Haus, das sei groß genug, sie alle zu beherbergen. Damit sei auch das Problem *Wo Leben?* abgehakt. Sie wären, hatte Anna sie wissen lassen, übereingekommen, dieses Kind gemeinsam großzuziehen. Später dann, in zehn Jahren oder so, könne man ja weitersehen.

Und plötzlich hatte Anna wieder dieses tief aus ihrem Inneren kommende Lachen gelacht, das sie am meisten vermißte und immer vermissen würde.

Inzwischen waren mehr als fünfzehn Jahren vergangen, und was war von alldem geblieben? Ein zutiefst verstörter Ali, der nicht wußte, was er tun sollte, zwei sich verlassen fühlende Kinder, eine nochmals davongekommene Emmi und – um auch sich selbst in das Puzzle einzufügen – sie, die wider alle Erwartungen, auch die eigenen, hierher zurückgekommen war, um ihre Enkelkinder zu hüten.

Aber dieses Puzzle ergab kein Bild, noch kein Bild, es fehlten zu viele Steine, vor allem in der Mitte, im Zentrum des Bildes, wo sich die wichtigen Dinge abspielten. Auch sie hatte keine Ahnung, wie dieses Bild am Ende aussehen mochte. Mittlerweile war es auch für sie immer fraglicher, ob Anna tatsächlich bloß abgehauen war, um ein bißchen Leben nachzuholen, so gerne sie dieser Vorstellung auch Glauben schenken wollte, oder ob sich etwas ereignet hatte, auf das niemand mehr Einfluß haben würde, nicht einmal Anna selbst.

Bisher hatte Irene es ganz gut verstanden, die beiden weiblichen Leichen, die seit Annas Verschwinden gefunden worden waren, in keinerlei Verbindung mit Anna zu bringen. Auch waren beide längst identifiziert. Die eine Frau war ins Wasser gegangen, weil ihr Mann sie verlassen hatte. Die andere war in alkoholisiertem Zustand in einem Park am Erbrochenen erstickt. Dennoch schlich sich immer öfter die Sorge bei ihr ein, Anna könnte tatsächlich etwas zugestoßen sein.

M.

Bei der Instandsetzung ging ich ziemlich unauffällig vor, bemühte mich um Handwerker aus verschiedenen Ortschaften der Umgebung, versuchte, alles selbst im Griff zu behalten. Schließlich wußte ich am besten, was ich wollte. Hatte ich nicht nächtelang Pläne gezeichnet, was brauchte ich da einen Baustellenleiter? Wo ich längst alles im Kopf hatte. Von Zeit zu Zeit wechselte ich die Handwerker, machte dazwischen selber, was ich selber zu machen imstande war. Als einzigem

Mann in der Familie war mir schon früh alles aufgehalst worden, was im Haus zu reparieren war. Wenn wir trotzdem jemanden kommen lassen mußten, schaute ich sehr genau zu, um beim nächsten Mal selber damit zu glänzen.

Ich ließ alle in dem Glauben, daß ich nicht das Geld hätte, innen und außen gleichzeitig zu sanieren. »Die Fassade kommt als letztes«, erklärte ich, wann immer und vor wem immer es mir nötig erschien. »Zuerst muß man drin wohnen können.« In Wirklichkeit kümmerte es die Leute nicht, wie das Haus aussah. Wo es ohnehin so weit außerhalb und versteckt hinter Bäumen am Fluß stand.

Unvergeßlich dieser erste Sommer, den ich zumindest an den Wochenenden in der *Ruine* verbrachte. Nie hätte ich gedacht, daß es mich derart beschäftigen würde, einen Garten anzulegen. Keinen Garten im üblichen Sinn. Die Küchenkräuter, die in einem schmalen Beet an der Südseite des Hauses vor sich hin wucherten, ließ ich in Ruhe, kochte nur hin und wieder damit. An der Grundstücksgrenze wuchsen ein paar Himbeersträucher und ein ausladendes Brombeergestrüpp, beides blieb dem Überlebenskampf mit seinesgleichen überlassen.

Es sollte ein Garten aus Steinen werden. Ich fügte sie zu Mustern, breitete Kiesel, so wie der Fluß sie abgeschliffen hatte, auf sandigem Grund aus, nachdem ich die Grassoden abgetragen hatte. Die blanken, beinah weißgespülten Äste und Wurzelstücke, vom Fluß angeschwemmt, bildeten, in den Boden gesteckt, das Aufragende, ohne das das Flachliegende um seine Wirkung käme.

Das Fotografieren interessierte mich wieder. Wenn ich die einzelnen Aufnahmen durchsah, begann ich von neuem Dinge zu entdecken. Dinge, deren Form sich erst zeigte, wenn ich die Fotos betrachtete.

Anfangs hatte ich noch manchmal daran gedacht, Mo einzuladen, sie mit der *Ruine* zu überraschen. Ich hätte gerne ihr Gesicht gesehen, wenn ich ihr das Haus zeigte, in dem *ich lebte und leben wollte*. Mit der Zeit erschien mir das immer weniger sinnvoll. Allein die Vorstellung, ihre Hunde würden durch den Garten sprinten, an den Totholzskulpturen das Bein heben, womöglich noch scharren, erfüllte mich mit Abscheu.

Ich hatte auch daran gedacht, Frauen, mit denen ich schlafen wollte, an den Fluß mitzunehmen. Nirgendwo sonst konnte man ein Wochenende so ungestört verbringen wie hier. Doch mußte ich einsehen, daß ich gar keine Frauen kannte, mit denen ich ein Wochenende in der *Ruine* riskieren konnte, ohne daß sie mich für verrückt gehalten hätten. Es machte mir nichts aus, schon gar nicht in diesem ersten Sommer.

Abends ging ich manchmal in eins der umliegenden Wirtshäuser. Gab mich als der zu erkennen, der das verfallene Haus am Fluß gekauft hatte, der es nach und nach instand setzen wollte, je nach den finanziellen Möglichkeiten. Dazu schnitt ich ein Gesicht: *habe mir da etwas aufgehalst, das noch Jahre in Anspruch nehmen wird.* Damit war der Neugier am ehesten Einhalt zu gebieten. Hätte ich mich nie gezeigt, womöglich ein großes Geheimnis um die *Ruine* gemacht, hätte ich damit rechnen müssen, daß ein paar von ihnen von selber vorbeigekommen wären, um nachzusehen, was da am Entstehen war. So konnte ich sie mit ein paar Bieren, die ich dem Stammtisch spendierte, davon überzeugen, daß ich einer der Ihren war. Bei dem nichts zu erkunden und nichts zu holen wäre. Vielleicht würde ich einmal mit zum Fischen kommen. Meiner *Lebensgefährtin* könne ich die *Ruine* ohnehin erst zumuten, wenn es ans Verschönern ginge. Davon aber wäre ich noch meilenweit entfernt. Ich verriet keinem, daß ich nicht einmal dreißig Kilometer von hier geboren und aufgewachsen war. Unterschwellig flößte ihnen wohl meine Art zu sprechen, die die ortsübliche war, Vertrauen ein. Es fragte auch keiner viel, was ich an den Wochenenden so machte. *Das übliche Werkeln halt.* Sie ließen mich wissen, daß mit ihnen zu rechnen wäre, wenn es bei irgendeiner gröberen Arbeit einmal Not am Mann gäbe.

Noch war die *Ruine* nicht winterfest. Von November bis März tüftelte ich daran herum, welche Art Heizung mir ermöglichen würde, das ganze Jahr an den Fluß zu fahren. Hatte an einen offenen Kamin gedacht, aber dafür waren die Baubestimmungen zu streng. Da hätte ich den neuen Kamin bis zum immer noch desolaten Dach hochziehen und kommissionieren lassen müssen. Davor scheute ich zurück. Es blieb einstweilen bei dem kleinen Elektroofen, der für den Winter nicht genügte. Obwohl die Winter in dieser Gegend ziemlich schneearm waren, konnte die Kälte, naß vom Fluß, unerträglich werden. Auch der Wind setzte der *Ruine* vom Westen her, wo es kaum Bäume gab, schneidend zu.

An milden Jänner- oder Februarwochenenden fuhr ich dennoch für ein paar Stunden hinaus, um zu sehen, ob es Schäden gegeben hätte.

Einmal hatte ein Fuchs versucht, sich in der *Ruine* einzunisten. Wir erschraken beide in gleichem Maß, als wir einander gegenüberstanden. Ich war allerdings im Vorteil. Hatte ich doch einen Holzprügel in der Hand, den ich im Gebüsch entdeckt und sogleich abgerindet hatte. Wollte ihn drinnen zum Trocknen aufstellen.

Der Fuchs war, in die Enge getrieben, schon bereit, mich zu stellen. Als ich mit dem Prügel ausholte, ihm aber gleichzeitig Platz machte, riskierte er den Sprung an mir vorbei ins Freie. Er verschwand wie ein Schatten, der sich durch eine Veränderung der Sonneneinstrahlung in nichts auflöste.

Der Schnee hatte die ausgelegten Kiesel in Richtung Fluß verschoben. Sobald er geschmolzen war, legte ich sie wieder an ihren Platz, richtete die Äste und Wurzeln auf, verlor mich in der Betrachtung des Flusses. Von Zeit zu Zeit führte er Hochwasser, bildete Strudel an den Stellen, an denen vom Sturm halb ausgerissene Weiden ihre Äste ins Wasser hängen ließen. Ich hatte mir Gummistiefel mit dicker Sohle gekauft, wanderte damit, wann immer es das Wetter erlaubte, flußabwärts. Da war das Ufer kiesiger, wenn auch manchmal so schmal, daß ich mich an den Weidenbüschen festhalten mußte. Meist ging ich bis zu der Stelle, wo der Fluß ein Knie machte. Die kleine Landzunge dort war besiedelt. Die Gärten reichten bis ans Ufer. Ich scheute mich, *den Leuten über den Grund zu gehen*, kehrte also wieder um. Danach kämpfte ich mich das *wilde* Ufer entlang bis zur *Ruine* zurück. Wenig befriedigte mich so wie diese winterlichen Flußgänge.

Gelegentlich arbeiteten Emil und ich in der Gegend. An Interview-Serien, die sich die Redakteure auf der ewigen Suche nach nicht abgelutschten Themen hatten einfallen lassen, machten dabei auch vor den Bewohnern der umliegenden Kleinstädte nicht halt. Mir waren diese Art Ausflüge verhaßt. Sie endeten stets in dem einzigen über die jeweiligen Stadtgrenzen hinaus bekannten Speiselokal.

Emil war nach all den Jahren, in denen er sich für Frauen und alte Möbel interessiert hatte, aufs Essen gekommen. Er war noch immer mit Lisa zusammen, hatte Kinder und eine Wohnung, in der es keinen Platz für weitere Antiquitäten gab. So hatte er sich aufs Essen verlegt. Da er nichts ohne Hintergedanken tat, unterstellte ich ihm, nebenher bereits Recherchen für einen Gourmet-Führer zu betreiben.

Emil behauptete, nicht alleine essen zu können. Also begleitete ich ihn, essen mußte ich schließlich auch. Selbst wenn ich seinen mit Pathos vorgetragenen Analysen des wie immer Zubereiteten nichts abgewinnen konnte. Ich fand es geradezu lächerlich, wie er sich von Mal zu Mal mehr den Anschein des Experten gab, der sich einzig und allein auf seine Geschmacksknospen verließ. Dabei war ich mir sicher, daß er

Butter nicht von Margarine unterscheiden konnte. Schon gar nicht bei all den Saucen, in deren Beschreibung er leidenschaftlich schwelgte. Wir aßen zusammen, aber sobald ich Kaffee getrunken hatte, ließ ich ihn sitzen. Er bestand jedes Mal auf einem Dessert, zu dem ich mich nicht überreden lassen wollte.

Mag sein, daß ich mich bei Gelegenheiten wie diesen immer mehr auf die Rolle des Ungeselligen festgelegt hatte. Mir lag nichts daran, meine Abende in Restaurants der gehobeneren Preisklasse zu versitzen.

Es war letzten Herbst. Ich hatte Emil bei weitem unterschätzt, gedacht, er würde zu sehr mit seiner Esserei beschäftigt sein, um sich viel dabei zu denken, wenn ich mich früher als sonst absetzte. Das Lokal, zu dem er mich diesmal geführt hatte, lag an die 15 km von der *Ruine* entfernt. Es fiel mir noch schwerer als sonst, ruhig sitzen zu bleiben während seines Kommentars zu einem türkischen Auberginengericht. Ich gab mir auch wenig Mühe mit einer Ausrede, sagte nur etwas von Filmen, die ich vor Ladenschluß noch ins Labor bringen wollte, und fuhr los.

In Gedanken war ich schon zu sehr am Fluß, um zu bemerken, daß er mir gefolgt war. Nach dem Aussteigen warf ich einen Blick ins Haus, um sicherzugehen, daß sich nicht wieder ein Fuchs oder ein anderes größeres Tier darin versteckt hatte. Dann lief ich an den ausgelegten Kieselsteinen vorbei zum Ufer hinunter.

Die Sonne stand schon ziemlich tief, ließ den Fluß an manchen Stellen in Regenbogenfarben aufleuchten, die sich immer aufs neue zusammenfanden, dann wieder verliefen. Ich fuhr suchend mit den Händen ins bereits ziemlich kalte Wasser, ergriff einen flachen Stein, ließ ihn über die Oberfläche schnellen. Holte noch einen Stein aus dem Wasser und noch einen.

Plötzlich kam ein Stein übers Wasser geschossen, den nicht ich geworfen hatte. Als ich mich zutiefst erschreckt umdrehte, stand Emil keine zwei Meter hinter mir. Das Rauschen des Flusses mußte den Widerhall seiner Schritte verschluckt haben.

»Ich wußte, daß du mir etwas verheimlichst.« Seine Stimme klang vorwurfsvoll. Er dachte noch immer, wir wären Freunde. Für seine oberflächliche Erinnerung waren wir immer Freunde geblieben. Selbst in der Zeit, in der wir uns beruflich getrennt hatten, ja uns privat aus dem Weg gegangen waren. Bis dann die Sache mit Lisa für uns beide keine Sache mehr war.

»Also«, sagte ich, als ich mich gefaßt hatte, »wenn du diese Bruchbude Verheimlichung nennen möchtest. Wollte erst einmal die Wände hochziehen, bevor ich das Hotel eröffne.«

Emil widmete sich mit übertriebener Aufmerksamkeit meinen Kieselsteinen, ging um sie herum, bückte sich sogar, als könne er sie im Stehen nicht gut genug erkennen. »Schau, schau, der Meister betätigt sich insgeheim als Künstler ...«

Für die jämmerliche Art, in der er zu überspielen trachtete, daß er beleidigt war, konnte ich ihn nur verachten.

»Oder sollte ich darin eine Art von Antidepressivum erblicken?« Emil richtete sich wieder auf.

Mir kam zu Bewußtsein, daß ich noch immer einen Stein in der Hand hielt. Ich begann wie im Spaß auf Emil zu zielen. Er lachte, machte tadelnd »ts, ts, ts«, als habe er allen Grund, mir die Leviten zu lesen.

Mit einem Mal – keine Ahnung, wie es geschehen konnte – warf ich den Stein. Er traf Emil an der Schläfe. Für einen Augenblick sah es so aus, als würde er einknicken. Doch er wankte nur, griff sich mit beiden Händen an die Stelle, an der der Stein ihn getroffen hatte. Sein Blick war zuerst ungläubig, dann unsäglich empört. Ich lief sofort zu ihm hin, um herauszufinden, wie schwer er verletzt war. Er aber streckte mir die Hände wie in Abwehr entgegen. »Jetzt bist du endgültig übergeschnappt«, schrie er. Da wiederholte ich schon andauernd dieselben Worte der Entschuldigung.

»Laß sehen!« Ich war immer schon stärker als Emil gewesen. So gelang es mir, seine Hände von der Wunde wegzuziehen, auf die er sie gepreßt hielt. Sie blutete nicht, begann aber zu schwellen, würde sich wohl demnächst verfärben.

Es blieb mir nichts anderes übrig, als Emil unter gutem Zureden in die *Ruine* zu zerren, damit ich ihm eine Metallklinge auflegen konnte, um die Bildung einer größeren Beule zu verhindern. Ich drückte Emil das Messer in die Hand, holte inzwischen eine Flasche Whisky aus dem Erdkeller. Whisky würde unser beider Verkrampfung lösen.

Emil ersparte mir nichts. Seine Blicke verrieten weniger ein Irritiertsein als die Häme des Enthüllers, der immer schon gewußt hatte, daß da etwas war, und der nun endlich dahintergekommen ist, was es war.

Er war, wie immer, leicht daran zu hindern, der Sache auf den Grund zu gehen. Ihm genügte der pure Augenschein, daß hier gewohnt wurde. So kam ich umhin, ihm mehr als die noch ein wenig behelfsmäßige Küche zu zeigen. »Ist alles noch im Embryonalstadium«, erklärte ich beiläufig, »gerade so weit, daß ich nicht im Freien kampieren muß.»

Er konnte sich kaum lassen. »Und wie viele Mädel legst du hier pro Woche flach?« Trotz seines neuen Engagements fürs Essen hatte er den früheren Jagdinstinkt nicht eingebüßt. Ich winkte gelassen ab. »Davon läßt sich nur träumen. Einstweilen ist es hier viel zu unbequem.«

»Du hast mich auf dumme Gedanken gebracht«, er grinste. »Ich hoffe, du weißt, was du einem alten Freund schuldig bist, und läßt mich ab und zu mitnaschen.«

Mir dämmerte, was das bedeutete. Emil wußte von nun an nicht nur von der *Ruine*, er wollte sie auch benützen.

»Komm schon«, sagte ich, »du glaubst doch nicht im Ernst,

daß eine Frau mit dir in dieses Gemäuer stolpert. Wir sind keine Teenager mehr. Oder fickst du neuerdings Minderjährige?« Wieder schien Emil beleidigt, sah mich zumindest so an.

Er trank seinen Whisky, plötzlich pressierte es ihm. »Wenn ich mich beeile, kriege ich noch meinen Nachtisch.«

Ich begleitete ihn zu seinem Wagen, wartete, bis er abgefahren war. Am liebsten hätte ich seinem Auto einen Brandsatz hinterhergeworfen.

Der Zorn loderte wieder in mir auf, als ich gegen vier Uhr morgens erwachte. Emil dachte wohl, daß er nun mein Geheimnis kannte. Genauso würde er es sehen, daß er nun mein *Geheimnis* kannte. *Mein* Geheimnis? *Daß ich nicht lache.* Ich hatte bloß versucht, Muster aus dem Kopf in einen Raum zu übertragen. Dreidimensional. Das fließende Wasser bedeutete die Zeit, in der die Übertragung stattfand. *Ruine* und Fluß gehörten zu den Koordinaten eines persönlichen Schaubildes. Je tiefer ich die *Ruine* aushöhlte, desto weiter konnte ich mit den Kieseln von ihr weggehen. So einfach war das Konzept, doch so unbegreiflich für jemanden wie Emil.

Warum hatte ich vor einem Jahr bloß wieder mit ihm zu arbeiten begonnen? Wo ich längst begriff, wie flach seine Geschichten geworden waren. Wie wenig er von seinen Interviewpartnern erfuhr. Er fragte sie bloß noch so, daß sie sagten, was er dachte, daß sie sagen würden. Viele erschienen geradezu froh darüber, daß ihnen einer die Antworten in den Mund legte. Sie nahmen es als Indiz für die eigene Bedeutung. Da hatte sich eben einer die Mühe gemacht, sich Antworten für sie auszudenken.

Hin und wieder gab es jemanden, der nicht mitspielte. Der auf den eigenen Antworten bestand. Doch wurden es immer weniger. In einer der letzten Serien war es nur ein Afrikaner, der schon lange in Europa lebte, der die Klischees seiner Feinde und sogenannten Freunde bereits zu gut, zu lange kannte, als daß er sie noch hätte bedienen wollen. So wie die Frau, die Emil danach interviewt hatte. Nicht die des Afrikaners. Aber sie war ebenfalls mit einem Ausländer verheiratet, mit einem türkischen Aleviten, der sich – wie er sagte – als Student Ende der achtziger Jahre zu weit aus dem Fenster gelehnt hatte, wie viele seiner Mitstudenten auch. Ein wenig weiter vielleicht. Jedenfalls hätte er das Land rechtzeitig verlassen können. Die Frau aber schüttelte immer wieder den Kopf, wenn Emil ihr die gewohnten Sätze unterschieben wollte.

Auch hatte sie manchmal Schwierigkeiten, genau das zu sagen, was sie sagen wollte. Aber je mehr Varianten Emil ihr in den Mund zu legen versuchte, desto hartnäckiger bestand sie darauf, selbst auszudrücken, was sie empfand.

Sie hatte Emil ins Schwitzen gebracht. Das Interview dauerte ihm schon zu lange. Er hatte längst im Kopf, was für eine Geschichte er schreiben wollte, war dann bloß noch verärgert, als das Ganze sich ein wenig spießte.

Mit Situationen wie dieser begründete ich unsere weitere Zusammenarbeit, denn ich versuchte immer wieder, Emils Laschheit mit meinen Fotos außer Kraft zu setzen. Seinen Interviewpartnern die Geschichten ins Gesicht zu schreiben, die er nicht erzählen wollte, weil sie ihn nicht mehr interessierten. Vorausgesetzt, sie interessierten mich. Was – zugegeben – nicht allzuoft der Fall war. Schließlich wurden die zu Befragenden entweder von Emil oder vom Chefredakteur ausgesucht.

Bei dem Afrikaner war es mir gelungen, ihn und seine aus der Schweiz stammende Frau so zu fotografieren, daß sie tatsächlich als Paar erschienen. Als ein Paar, das überall auf der Welt zueinandergefunden hätte. In jeder Form von Gesellschaft. Als ein Paar, nicht bloß zwei Einsame, die vom Kontrast lebten.

Als Emil später die Fotos auf den Tisch bekam, schien ihm etwas zu dämmern. »Bitte«, sagte er, »mach es so, wie wir es immer gemacht haben. Fotografier, was ich in Auftrag gebe. Danach kannst du deine private Galerie bedienen.« Lächerlich, es gab gar keinen Auftrag. Der Auftrag war sein läppischer Text, den ich ignorierte. Er mußte schon nehmen, was auf dem Tisch lag.

Bei der Frau des Türken war es noch verblüffender. Ihr Zögern, ihre Hartnäckigkeit waren auf den Fotos zu ahnen. Aber wie sie wirklich war, wie überaus lebendig in ihrem Gesichtsausdruck, mit einem Lächeln, das so beherzt wirkte, eine Mischung aus *komm mir entgegen* und *komm mir nicht zu nah* ..., das zeigte sich erst auf den Bildern.

Emil schnalzte mit der Zunge. »Was du aus dem Mädel rausgeholt hast ...« Plötzlich sah er mich an, dann wieder die Bilder. »Könnte deine Schwester sein.«

»Meine Schwester? Du kennst doch Mo.«

»Ich meine die Ähnlichkeit. Von der Ähnlichkeit her könnte diese Frau deine Schwester sein. Natürlich kenne ich Mo. Lange nicht gesehen. Wie geht es ihr eigentlich?«

Ohne viel zu überlegen, erwiderte ich: »Gut. Ich glaube, ganz gut.«

»Was heißt, du glaubst? Besuchst du sie nicht mehr?«

»Doch. Kannst du in andere hineinschauen?«

Ich stand lange über die Serie von Fotos gebeugt da. Versuchte herauszufinden, worin die Ähnlichkeit bestand. Eine Ähnlichkeit, die mir während des Interviews nicht aufgefallen war. Die auf ihre Entdeckung durch das Auge der Kamera gewartet zu haben schien.

Anderntags erfuhr ich, daß Emil auf dem Rückweg zu seinem Nachtisch in einen Unfall verwickelt worden war. Nicht aus eigenem Verschulden. Aber die Verletzung und der Whisky hatten seine Aufmerksamkeit beeinträchtigt. Er war dem volltrunkenen Fahrer nicht geschickt genug ausgewichen. Man hatte ihn mit mehreren Knochenbrüchen ins Spital eingeliefert.

Den Besuch bei ihm schob ich vor mir her, solange es gehen mochte. Gewiß würde er mich verantwortlich machen. Wenn schon nicht für den Unfall selbst, so doch für dessen Zustandekommen.

Umso überraschter war ich, als er mit keinem Wort den Stein oder auch nur den Whisky erwähnte, als ich schließlich an seinem Bett saß. Im Gegenteil. Er erklärte mir noch einmal die Vorzüge des türkischen Restaurants, in dem wir gegessen hatten. Er würde ihm gerne zu größerer Bekanntheit verhelfen, die es seiner Meinung nach verdiente.

Es war, als hätte der Unfall sein Kurzzeitgedächtnis gelöscht.

Ein wenig verwirrt, traute ich der Sache nicht. Vielleicht gehörte das Ganze zu einer Strategie. Emil würde vielleicht den Anspruch auf Mitbenützung der *Ruine* genau dann erheben, wenn ich nicht mehr damit rechnete.

Der Chefredakteur ließ Emil durch mich wissen, daß das Fernsehen seine Serie nachdrehen wollte. Der Verantwortliche einer Magazinsendung würde die Sache demnächst mit ihm besprechen. Für mich war das Ding gelaufen. Das Fernsehen wollte Emils Idee mitsamt den Fragestellungen übernehmen. Nicht meine Fotos, klar. Die hatten ja ihre Kameraleute.

Ich blieb bei Emil, solange ich bleiben mußte. Solange er sich mit mir unterhalten wollte. Als dann die Schwester mit dem Fieberthermometer kam, ergriff ich die Gelegenheit.

»Ich komme demnächst wieder. Wenn du irgend etwas brauchst ... Wenn ich dir etwas besorgen soll ...«

Emil nannte zwei amerikanische Magazine. »Bringe ich dir demnächst, versprochen ...«

Für die nächsten Tage war zwar kaltes, aber trockenes Wetter angesagt. Ich hatte es eilig, an den Fluß zu kommen. Allein das Gefühl, in den nächsten Wochen vor Emils Nachstellungen sicher zu sein, erfüllte mich mit klammheimlicher Freude.

Emmi

Als Emmi nach ein paar Tagen im Krankenhaus von Irene nach Hause geholt worden war, gab es eine Inflation von Überraschungen. Irene hatte sich tatsächlich ein Auto gekauft, nicht sehr geräumig, aber praktisch. Als sie es ihr gezeigt hatte, war Irenes Gesicht in so viele Lächelfalten zerlaufen, daß sie ihr beinahe den Rat gegeben hätte, ihre Freude und ihren Stolz nicht so offenkundig zur Schau zu tragen.

Einfach flott, wie Irene sich dann ans Steuer setzte, nachdem sie sie mitsamt ihren Sachen verstaut hatte. Das neue Auto schien Irene geradezu übermütig zu machen, und sie fuhr mit ihr aus der Stadt hinaus und um diese herum, was ja nicht gerade eine Weltreise bedeutete.

»Damit du wieder ein Gefühl für die Umgebung kriegst ...« Irene fuhr auch noch am Wäldchen vorbei, und plötzlich war Emmi ein merkwürdig nostalgisches Gefühl überkommen. Sie versuchte nachzurechnen, wann sie das letzte Mal hier spazierengegangen war, kam aber nicht darauf. Jedenfalls war Anna dabeigewesen, ob mit oder ohne Kinder, daran konnte sie sich nicht mehr erinnern.

Irene war mit dem Auto zuerst in ihre Garage gefahren, und als sie ausgestiegen waren, drückte sie Emmi die Tasche mit ihren Sachen in die Hand. »Wie ich höre, bist du jetzt wieder gesund und solltest dich täglich mindestens einmal anstrengen.« Dann ging Irene unbarmherzig vor ihr her, während sie sich ächzend mitsamt ihrer Tasche die Treppen zur Wohnung hochstemmte.

Die Überraschungen nahmen kein Ende an diesem Tag. Irene, die die Schlüssel verwahrt hatte, sperrte auf, sie traten ein, und sie erkannte ihre Wohnung nicht wieder.

Irene hatte zwar vor Tagen etwas von *nach dem Rechten sehen* gesagt, aber was sich ihr nun darbot, war ein Eingriff in ihre Privatsphäre. Sie hatte auch schon etwas in dieser Art auf der Zunge, schluckte es aber gerade noch rechtzeitig hinunter, denn Irene stand da und strahlte wie eine Schneekönigin, noch faltenreicher als zuvor, über ihr Auto. Sie konnte ihr daher nicht gleich in die Parade fahren, wenn Irene schon dachte, sie hätte ihr nicht nur das alte Leben gerettet, sondern auch noch den Grundstein für ein neues gelegt.

Sie kannten sich lange genug, als daß Irene nicht wußte, wo sie nach all den Dingen suchen mußte, die sie, Emmi, in mühsamster Kleinarbeit aus ihrer Umgebung hatte verschwinden lassen, nämlich auf dem Dachboden. War ja auch kein Kunststück, das zu erraten.

Irene hatte ganze Arbeit geleistet. Sogar die bemalte Truhe der Großmutter hatte sie wieder heruntergezerrt, und sie mußte zugeben, daß die sich, so im Gegenlicht betrachtet, gar nicht übel ausnahm.

»Du sollst wohnen und nicht vegetieren«, sagte Irene mit Nachdruck, und als sie noch immer nicht reagierte, klang Irene fast ein wenig beleidigt: »Wenn es dir nicht gefällt, kannst du dir ja alles wieder so richten, wie es war. Nur schleppst *du* dann die Sachen zurück auf den Dachboden. Ich habe mich genug geplagt.«

»Nein, nein, ist schon in Ordnung.«

»In Ordnung?« Irene kreischte beinahe. »Das will ich meinen, daß es in Ordnung ist. Übrigens, die Rechnungen für die neue Waschmaschine und den Staubsauger liegen auf dem Küchentisch.«

Also das ging zu weit. Sie schnappte nach Luft, aber bevor sie noch etwas Entsprechendes hätte ausspucken können, fügte Irene schnippisch hinzu: »Ich habe keine Lust, deine Wäsche ständig zu mir hinüberzuschleppen und sie dann wieder herüberzubringen oder mit dem Staubsauger hier aufzukreuzen. Von nun an wirst du selber nach dem Rechten sehen.«

»O ja«, fauchte sie, »das werde ich. Darauf kannst du Gift nehmen.«

»Warum sollte ich?« Das Grinsen, das Irenes Gesicht in die Breite zog, ließ jeglichen Widerstand in ihr zusammenbrechen. Sie würde ihr diese Art von Despotismus auf andere Weise heimzahlen müssen. Nicht gleich, und schon gar nicht, solange Irene noch damit rechnete. Diesbezüglich konnte sie sich auf ihr Gedächtnis verlassen.

Irene hatte ihr auch gezeigt, was sie alles für sie eingekauft hatte, lauter *Du darfst*-Produkte, wie sie auf den ersten Blick bemerkte. Grauenhaft, wie Irene da ihre pädagogische Ader zum Schwellen gebracht hatte, eigentlich hätte *sie* Lehrerin werden sollen. Das mußte sich aufhören, und zwar bald. Sollten ihre Vorsätze, *mobil* zu werden, nicht an reinem Widerspruchsgeist scheitern.

Irene hatte ihren Blick richtig gedeutet. »Wenn dir nicht schmeckt, was ich besorgt habe, mußt du eben selber einkaufen gehen. Ich habe heute keine Zeit mehr.« Und dann kam der Satz, auf den sie schon die ganze Zeit gewartet hatte: »Ich habe schließlich noch einen eigenen Haushalt zu versorgen.«

»Nein, nein, das paßt schon alles, ich bin sowieso auf Diät. Herzlichen Dank also.«

Irene grinste wieder, wie nur jemand grinsen konnte, der sich in allem durchgesetzt hat. Sie beeilte sich, sie zur Tür zu bringen, damit sie ihrem Herzen nicht doch noch Luft machte und ihr das ganze Überraschungsgetue gründlich verdarb.

Als Irene draußen war, versperrte sie zum ersten Mal seit Jahren ihre Türe auch bei Tag. Dann ließ sie sich seufzend auf ihr

Sofa fallen, aber irgend etwas paßte ihr nicht mehr daran. Sie stellte fest, daß es ziemlich durchgesessen war, man versank automatisch darin, was das Aufstehen bei Gott erschwerte.

Sie übersiedelte in den Lehnstuhl, den Irene ebenfalls vom Dachboden heruntergezerrt hatte, wahrscheinlich mit Alis Hilfe, und konnte sie gerade noch drüben in ihrem Haus verschwinden sehen. Täuschte sie sich oder wiegte Irene sich tatsächlich in den Hüften, als fände sie sich einfach umwerfend?

Emmi begann wieder auszugehen. Besorgte sich Lebensmittel, jeweils nur so viele, wie sie leicht nach Hause tragen konnte. Und versuchte, so wenig wie möglich ans Essen zu denken. Die Welt war voller Diätgeschichten, eine langweiliger als die andere, man durfte sie sich nicht einmal selber erzählen. Sie begann sich Zeitungen und Wochenmagazine zu besorgen, was sie von ihrem Wohnzimmerfenster aus sah, genügte ihr nicht mehr.

Gelegentlich begegneten ihr Leute, die sie von früher kannten. Die blieben nun mit offenem Munde stehen. Sie hatten wohl gedacht, sie sei inzwischen verstorben und wäre nun ein Gespenst. Sie verstärkte den Eindruck, indem sie ganz nahe an sie herantrat und dann mit einem machtvollen Flüstern »Schuhuuu …!« sagte.

Tagtäglich wagte sie sich ein Stückchen weiter in die Stadt, bis sie eines Tages in dem Wäschegeschäft einfiel, in dem sie jahrzehntelang schwarzes spitzenbesetztes Zeug und mit der Zeit auch jene Altweibergarnituren aus Chameuse gekauft hatte, weil es in ihrer Größe nichts anderes mehr gab.

Da war auch noch jene weißblonde blaubäckige Verkäuferin, die sich ebenfalls haarscharf an der Spitzengrenze bewegte und die sie in den letzten zwanzig Jahren bedient hatte, das heißt, solange sie noch aus dem Haus ging, was eine ganze Weile her war.

»Du liebe Liesi!« rief sie, als diese sich mit gesträubten Haaren nach ihr umgedreht hatte. »Schau mich nicht so an, was Lazarus konnte, kann ich noch lang!«, und um gar nicht erst Verlegenheit aufkommen zu lassen, fuhr sie im selben Ton fort: »Da bin ich wieder und brauche etwas Schickes für unten drunter, du weißt schon, meine Liebe, ein bißchen was Üppiges, ich glaube ich zwänge mich wieder in Größe 52.«

»Emmi Rehulka!« es klang wie ein Jubelschrei, war aber wohl eher ein Explosionslaut der Erleichterung darüber, daß eine ihrer alten Kundinnen wieder in Fleisch und Blut vor ihr stand und sie so recht nach Lust und Gusto die Mammutgrößen, in denen sie selber steckte, auspacken konnte.

Sie bezweifelte sehr, daß all die jungen Fischgräten à la Inimini diese Liesi auch nur mit einem Funken ihres Vertrauens bedacht hätten, was das Gustieren von Hemdchen, Höschen und BH anging. Da hieß es höchstens: »Eine Packung Strumpfhosen in schwarz, matt, Größe Null, langes Bein.« Aber die jungen Dinger kamen ohnehin nicht in ein Wäschegeschäft wie dieses, schon der sogenannten *gehobenen* Preisklasse wegen nicht, die die Beratung includierte. Die gingen mindestens zu zweit oder in größeren Rudeln ins nächste Kaufhaus, holten sich, was ihnen gefiel, von einem Ständer, probierten es ohne die Assistenz einer Frau Liesi an, kommentiert von ihresgleichen, und trabten dann mit dem für passend Befundenen zur Kassa.

Sie war voller Tatendrang, und Liesi schleppte ganze Arme voller Unterkleider, Miederhosen und Büstenhalter mit Drahteinsatz herbei. Dabei kam sie regelrecht ins Schwärmen, sprach in den höchsten Tönen von einer neuen Art von Baumwollspitze, von Viskosehemden und verstieg sich darein, ihr als neuen Strumpffarbenhit der Saison *Schlamm* wärmstens ans Herz zu legen.

Doch sie war standhaft geblieben. »Liesi, Liesi, ich bin zwar von den Toten wieder auferstanden, dennoch habe ich keine Lust, mit Mumienbandagen herumzulaufen. Ich möchte das, was du an deinem Bein hast, aus, Schluß, basta!«

Als sie dann das Notwendigste – sie hatte tatsächlich schon sehr lange keine Wäsche mehr gekauft – beisammen hatte, bat sie Liesi, ihr die Sachen so klein wie möglich zusammenzupacken, damit sie sich nicht wie ein wandelnder Verkaufsständer auf den Heimweg machen müsse.

Sie hatte den Kampf wieder aufgenommen, an allen Fronten, und Irene machte sich ein Vergnügen daraus, sie in das, was sie Zivilisation nannte, zurückzuquälen. Sie war ihr einerseits dankbar dafür, weil es ihren Plänen entgegenkam, andererseits ertrug sie es nur schwer, wie Irene sich zur Lebensgestalterin aufschwang, nämlich zur Gestalterin *ihres* Lebens, während sie, Emmi, nur darauf hin lebte, einen ersten Anhaltspunkt für ihre Suche nach Anna zu finden.

Jeden Abend stieg sie mit der Hoffnung ins Bett, daß Anna sich ihr wieder zeigen würde, und hatte sogar Papier und Bleistift auf ihrem Nachttisch liegen, um sich sogleich Notizen zu machen, falls sie mitten in der Nacht aus einem solchen Traum erwachen würde.

Aber Anna *erschien* ihr nicht mehr. Oder wenn, dann in einer Gestalt, in der sie sie nicht erkannte, und selbst wenn ihr etwas wie ein Hinweis vorgekommen war, konnte sie ihn nicht entschlüsseln.

Emmi, auch dein Kopf muß mobiler werden. Sie begann wieder mehr zu lesen als in den letzten Jahren, holte Bücher hervor, die sie seinerzeit gekauft hatte, als Anna mit Ali zurückgekommen war. Damals hatte sie verstehen wollen, woher Ali kam, wer er war und aus welchen Gründen er sein Land hatte verlassen müssen. Sie hatte wissen wollen, womit Anna zu rechnen haben würde, wenn sie schon nicht von ihm lassen konnte. Es war nie leicht gewesen, Ali selbst zu fragen, er war und blieb ein verschlossener Mensch, allen außer Anna gegenüber.

Sie hatte Ali immer als Annas Unglück betrachtet, und das

nicht nur wegen der kleinen Narbe an Annas Hals. Das mußte er wohl auch gespürt haben. Andererseits gefiel ihr, wie er sich um die Kinder kümmerte. Vor allem solange sie klein waren, hatte er sich kaum von ihnen trennen können. Sie gaben ihm Halt in dieser Umgebung, in der er trotz Anna ein Fremder geblieben war, obwohl die alten Bruckners ihn tatsächlich wie einen Sohn behandelt hatten. Immerhin hatte Ali ihnen Anna zurückgebracht. Sie durften auch noch die Geburt der beiden Urenkel erleben.

Seinerzeit hatte sie ernsthaft versucht, sich in Ali hineinzudenken, eben weil er für Anna so wichtig war. Aber gerade das war ihr dabei im Weg. Ihr Blickwinkel verrutschte immer zu Annas Gunsten, und so glücklich es sie auch machte, daß Anna zurückgekommen war, so unglücklich machte es sie, zu sehen, wie Anna sich an den alltäglichsten Dingen aufrieb, anstatt all ihre Kraft auf ein Studium zu verwenden, zu dem sie weiß Gott das Zeug gehabt hätte.

Sie wäre sogar bereit gewesen, auch dieses Kind großzuziehen.

»Ich mache das schon«, hatte sie zu Anna in einer ersten großen Aufwallung gesagt, »so wie ich es mit dir gemacht habe.« Sie unterrichtete damals zwar noch, aber sie konnte sich karenzieren oder vielleicht sogar in Frühpension schicken lassen. »Geh du nur zurück an deine Uni. In den Ferien kannst du dich dann immer noch um dein Kind kümmern. Aber laß doch nicht alles sausen deswegen.«

»Was alles?« hatte Anna auf eine Art gefragt, die sie wahnsinnig machte. Und als sie bloß seufzte und nichts erwiderte, meinte Anna: »Ich bin glücklich mit Ali und dem Leben, das wir führen.«

»Aber wirst du in ein paar Jahren, wenn sich herausstellt, daß dieses Leben anders verläuft, als du es dir vorgestellt hast, auch noch glücklich sein?«

Anna hatte nur gelächelt wie alle Menschen, die die Zukunft

nicht ernst nehmen: »Kannst du mir garantieren, Emmi, daß ich mit einem Hochschulabschluß und ohne meine Kinder glücklicher wäre?«

Das Wort Kinder hatte sie aufhorchen lassen. Anna sprach, obwohl Inimini noch gar nicht auf der Welt war, bereits von Kindern. Und so kam es auch. Inimini war erst vierzehn Monate alt, als Omo geboren wurde. Damit war klar, wie es laufen würde. Zwei Kinder hätte sie, Emmi, sich nicht mehr zumuten können und auch nicht wollen. Allein der Gedanke ängstigte sie.

Anna aber blühte auf. Sie war von einer Schönheit, wie sie nur jungen Müttern eignet. Wildfremde Menschen blieben auf der Straße stehen, um ihr nachzuschauen, wenn sie mit dem Doppelkinderwagen unterwegs war.

Der erste große Einschnitt war der Tod der alten Bruckners, die kurz hintereinander, innerhalb eines Vierteljahres, gestorben waren. Eine Zeitlang führte noch der Pächter die *Goldene Gans*, doch als sein Vertrag abgelaufen war, beschlossen Anna und Ali, das Lokal zu übernehmen. Was der Pächter monatlich bezahlt hatte, reichte nicht aus für eine mittlerweile vierköpfige Familie, auch wenn Ali gelegentlich mitarbeitete.

Ali hatte keine andere Arbeit finden können, als was auch? Auch er war Student gewesen, als er sein Land verlassen mußte, und hatte in Berlin im selben Lokal gekellnert wie Anna. Aber zwischen aushilfsweise kellnern und dem Betreiben eines Gasthauses lagen Welten. Das war Anna nicht begreiflich zu machen. Auch Ali schien wenig Bezug zu dieser Art von Realität zu haben. Es kam also, wie es kommen mußte.

»Ali ist ein Dichter und kein Geschäftsmann«, hatte Anna ihr erklärt, als sie sie mit ihrer Einschätzung der Lage aufzurütteln versuchte.

»Und seit wann weißt du das?«

»Oh, schon seit langem«, erwiderte Anna mit einem Ausdruck zwischen Verträumtheit und Sichfügen ins Unausweichliche.

»Dann war deine, pardon, eure Entscheidung falsch. Schau endlich den Tatsachen ins Auge, Anna!«

Ihr war jedesmal fast das Herz gebrochen, wann immer sie sich dazu hatte aufraffen können, mit Anna über das, was sich wirklich abspielte, zu reden.

»Emmi, was sollten wir denn tun?«

Anna hatte zum ersten Mal zugegeben, daß tatsächlich etwas falsch gelaufen war. Und als sie dann die *Goldenen Gans* an Haluk verkauft hatten, stellte sich heraus, daß ein Großteil des Geldes für die Schulden draufging, die Anna und Ali im Lauf der Jahre gemacht hatten.

Von da an hatte Anna alle Hände voll zu tun, ihren Haushalt auf Sparflamme weiterlaufen zu lassen. Dazwischen half sie gelegentlich in einem Papierwarengeschäft aus, das Freunden der alten Bruckners gehörte, und danach, als die Kinder schon größer waren, hatte sie im *Zerbst* zu arbeiten begonnen.

Sie hatte versucht, ihr wie in früheren Zeiten unter die Arme zu greifen, aber Anna war eigensinnig und verbat es sich. Nur den Kindern erlaubte sie, von ihr etwas anzunehmen. Anna durfte sie höchstens noch zum Geburtstag oder zu Weihnachten einen Seidenschal schenken. Sie wußte, wie sehr Anna diese Tücher mochte und warum sie sie trug, auch wenn Anna ihr nie die ganze Wahrheit über die kleine Narbe an ihrem Hals erzählt hatte.

Gottlob brauchte Anna keine Miete zu bezahlen, und da war auch noch der Garten, in dem Ali baba seine wahren Talente, zumindest die für sie erkennbaren, zeigen konnte. Er hatte den schönsten Salat, die rötesten Tomaten und wer weiß was noch alles. Ein einzelner Lichtblick in einer ansonsten düsteren Situation. Obwohl Anna nach wie vor behauptete, mit ihrem Leben zufrieden zu sein und ihre Entscheidung für Ali und die Kinder nie bereut zu haben.

Sie war schon froh, daß das Wort Kinder bei zweien eingerastet war. Es waren die Ärzte gewesen, die Anna von einem dritten Kind abgeraten hatten, sowohl Inimini als auch Omo hatten per Kaiserschnitt zur Welt gebracht werden müssen. Anna und Ali schienen sich daran zu halten, obwohl das Wort Kinder ursprünglich einen mehrstimmigeren Klang gehabt hatte.

Inimini

»Du mit deinem dreckigen Nabel«, hatte Inimini zu Sigrid Svoboda, die in der Bank vor ihr saß, gesagt. Sobald die sich zurücklehnte, standen ihre hüfthohen Jeans so weit ab, daß Inimini den Anschnitt ihrer Popofalte sehen konnte. Wenn die Hagebutten schon reif wären, hätte sie ihr gerne so ein Hetschepetsch hinten reingesteckt, aber dann riß die sich womöglich erst recht die Kleider vom Leib.

Inimini war sich nicht sicher, ob die Svoboda sie auch gehört hatte, jedenfalls passierte eine ganze Weile nichts, außer daß die sich räkelte und streckte, so daß ihr Top noch weiter hochrutschte. Als sie sich dann zu Inimini umdrehte, lächelte sie dieses unverschämte Lächeln und spielte dabei ein wenig an dem Piercing-Ring in ihrem rechten Nasenflügel.

»Der Unterschied ist«, sagte die Svoboda dann betont langsam, »daß ich meinen herzeigen kann und du nicht. Vielleicht hat ja auch die Hebamme bei deinem einen falschen Knopf gemacht.«

Alle, die es gehört hatten, lachten lauthals. Selbst Hülya konnte sich das Lachen kaum verbeißen. Das war eine Aufforderung für Sigrid Svoboda, noch eins draufzumachen. »Es ist schwer für unsereinen, irgend etwas über dich zu sagen, da du uns ja deinen Körper vorenthältst, also sind wir auf Vermutungen angewiesen. Am Ende hast du eine Schuppenflechte oder gar die Krätze ...«

Dabei hatte sie sich so weit umgedreht, daß Inimini ihren Nabel sehen konnte, was heißt konnte, mußte. Und dieser Nabel war echt dreckig. Das war mit freiem Auge zu erkennen. Inimini sagte nichts und deutete nur mit angeekeltem Gesicht auf ihn.

Einer der Burschen kam mit einem Vergrößerungsglas nach vorn und richtete es auf Sigrid Svobodas Nabel. »Igitt«, machte er, »unsere Schleierfrau hat recht, Sigrid hat heute früh die Dusche nicht gefunden.«

Auch jetzt lachten alle, außer Sigrid Svoboda, die rot geworden war und krampfhaft nach einem Sager suchte, mit dem sie wieder obenauf sein würde.

Die Svoboda war nicht das einzige Mädchen in der Klasse, das nabelfrei in die Schule kam, aber sie war das arroganteste. Meist war sie es, die sich über Iniminis Kopftuch und Kleidung lustig machte und gar nicht damit aufhören konnte, von ihr als *unserer modeblinden Schleiereule*, *unserer Kaftan-Lady* oder der *Dame mit dem Gesichtsvorhang* zu reden.

Nermin und Hülya ließ sie im großen und ganzen in Ruhe. »Die sind wenigstens von dort«, hatte sie zu Inimini gesagt, »die kennen es nicht anders, aber wenn du dich vermummst, kann das nur heißen, daß du mit einem Hintern auf mehreren Kirchtagen tanzt.«

Da konnte man nur zurückschlagen, rein verbal natürlich. Außerdem hatte die Svoboda schon lange einen Haß auf sie, nämlich seit Inimini zufällig dazugekommen war, wie die Svoboda mit einem Burschen aus der Fünf b hinter den Kleiderständern der Turnsaalgarderobe geschmust und ihm dabei den Schwanz aus der Hose geholt hatte.

Inimini würde viel darum geben, es nicht gesehen zu haben, aber sie hatte es nun einmal gesehen.

Auch fand sie es geradezu abstoßend, wie die Svoboda nicht nur den Burschen, sondern auch den Lehrern ihren Busen und jetzt auch noch ihren Nabel entgegenreckte. Sie weigerte sich natürlich, unter dem Top etwas zu tragen, *BH, was ist das?* hatte sie neulich laut in der Klasse gefragt. Dabei schien es sie überhaupt nicht zu kümmern, daß die Burschen sich über sie lustig machten und behaupteten, sie hätte jetzt schon einen Hängebusen.

Sogar an Omo hatte die Svoboda sich schon rangemacht, aber der hatte es nicht einmal kapiert. Jedenfalls hatte die Svoboda ihm erzählt, daß sie, Inimini, ein abgefeimtes Luder sei und sich nur deshalb so verkleiden würde, um die *Jungs* auf sich aufmerksam zu machen.

»Sagenhaft«, hatte Omo zu ihr gesagt, »supersagenhaft, was die alles über dich erzählt. Wenn du nicht meine Schwester wärst, hätte ich mich darüber zerkugeln können.«

Sie war ziemlich ruhig geblieben, um sich nur ja nichts zu vergeben, und hatte zum Schluß nur gesagt: »Manche Frauen gehen weiter, als sie denken können. Ich hoffe, das hat dir ein für alle Male die Augen geöffnet.«

Omo hatte sie nur groß angeschaut, wie immer, wenn sie versuchte, ihm die Bösartigkeit der Welt zu erklären. »Na hör mal, die ist doch nur doof.«

Inimini schien es, als würde Omo sich verändern. Er und Ali baba hockten immer öfter zusammen unter dem Nußbaum und spielten *Tavla*. Aber das war nur ein Vorwand. Manchmal hielten sie lange inne, bis sie die Würfel wieder warfen, und redeten in Ali babas Sprache.

Sie wollte sich nicht anmerken lassen, wie gerne sie gewußt hätte, worüber die beiden redeten. Anschleichen ging auch nicht. Der nächste Busch, hinter dem sie sich hätte verstecken können, war zu weit weg. Männersachen, versuchte sie sich einzureden, etwas, was nur Männer interessierte.

Seit Inimini das Kopftuch trug, war ein Zaun zwischen ihr und Ali baba gewachsen. Nicht, daß es Streit gab, im Gegenteil. Ali baba vermied jedes heftige Wort, und sie versuchte, in der Schule noch besser zu sein, damit er wenigstens stolz sein konnte auf sie. Wenn sie schon in der Religion ihren eigenen Weg eingeschlagen hatte.

Vielleicht würde es ihr noch gelingen, aus Ali baba einen richtigen Muslim zu machen. Später, wenn sie die Schule und auch noch ein Studium absolviert hatte. Wenn sie ihn aufgrund ihrer eigenen Leistungen eines Besseren belehren konnte. »Schau mich an«, würde sie zu ihm sagen, »das habe ich als Muslima geschafft, mit Allahs Hilfe. Das heißt doch etwas!« Während so eine blöde Sigrid Svoboda womöglich mit drei ledigen Kindern dasaß, noch dazu jedes von einem anderen Mann.

Bei Gedanken dieser Art streckte Inimini sich und stellte sich dabei sogar ein wenig auf die Zehenspitzen. Daß die letzten Entscheidungen bei Allah lagen, war ihr schon klar, aber sie glaubte fest daran, daß Allah auf ihrer Seite sein und sie in ihren Plänen unterstützen würde. Schon damit sie Ali baba überzeugen konnte. Wenn sie ihm dereinst ihr Doktordiplom unter die Nase hielt, würde er schon einsehen, daß ihr Weg der richtige war. Sogar Omo ... ach was, Omo würde schon viel früher schnallen, warum sie soviel besser lernte als er. Schließlich war er nur ein Jahr jünger und konnte eher einschätzen, warum sie in der Schule erfolgreicher war als er. Er war ja nicht blöd, zumindest nicht ganz.

Dennoch erfüllte es Inimini mit Unbehagen, daß die beiden sich immer enger zusammenschlossen. Ob Ali baba versuchte, wenigstens Omo auf seine Seite zu ziehen und ihm genauer zu erklären, wie seine Leute waren und was sie dachten? Jetzt auf einmal? Wo eins seiner Kinder, nämlich sie, auf den rechten Weg gekommen war? Sie glaubte es nicht ernstlich. Es war zu lange her, daß Ali baba ihnen noch Geschichten erzählt hatte. Und mehr als Geschichten war es nicht gewesen, was er ihnen auftischte. Es reichte nicht, um das Leben danach einzurichten.

Alles beruhte auf Regeln, die man einhalten mußte. Selbst dieses *Tavla*-Spiel. Warum hatte Ali baba es nie mit ihr gespielt? Weil sie ein Mädchen war? In der *Zypresse* wurde auch öfter *Tavla* gespielt. Onkel Haluk spielte manchmal mit Ali oder den anderen Kellnern, aber nie mit Tante Emine oder den Mädchen.

Ali baba hatte immer behauptet, daß die Frauen bei seinen Leuten viel freier wären als bei den Sunniten. Nur weil sie kein Kopftuch tragen mußten und hin und wieder einen Schluck Wein trinken und bei den Festen mit ihren Männern tanzen durften? Als ob es darauf ankäme. Wenn die Frauen schon so viel besser dran waren bei Ali babas Leuten, wo waren dann die großen Wissenschaftlerinnen, die Künstlerinnen, die er ihr hätte nennen können? Sie jedenfalls würde mit Allahs Hilfe und mitsamt ihrem Kopftuch eine werden, vor der alle den Hut ziehen mußten.

»Inschallah!« sagte sie laut und wie zur Bekräftigung, während sie den Weg zur Wohnung der Haluks nahm, um Nermin und Hülya abzuholen. Es war Donnerstag, der Tag, an dem sie zum Hodscha fuhren.

Inimini läutete dreimal kurz hintereinander, das Zeichen, daß sie es war. Sie hatte keine Lust, die Treppen hoch- und dann wieder runterzulaufen. Und inzwischen oben im Vorzimmer rumzustehen, bis Nermin und Hülya fertig angezogen waren und ihre Taschen gepackt hatten.

Sie blieb im Hinterhof der *Zypresse* stehen, drehte sich um sich selbst, damit die Zeit rascher verging, und ließ dabei ihre Tasche am Umhängriemen um sich kreisen wie einen Bumerang, nur daß sie sie nicht losließ, sondern sie, wenn sie auf dem Gipfel der Geschwindigkeit war und in Höhe ihres

Kopfes kreiste, vorsichtig wieder langsamer werden ließ, damit sie nicht von der Tasche, die zum Geschoß geworden war, getroffen wurde.

Plötzlich bemerkte sie den Hund, sah, wie er gierig die Abfalltonne, die er wohl zuvor umgestoßen hatte, plünderte, dabei mit der ganzen Schnauze in den Essensresten verschwand und nach allem schnappte, was ihm als freßbar erschien. Kurz darauf hörte sie das Knacken eines Knochens, er war wohl auf eine Lammrippe gestoßen und zermalmte sie nun mit geschlossenen Augen und ineinandergreifenden Fängen.

Während sie dem Hund aufmerksam zuschaute, vergaß sie ihre Tasche, die sie nun voll an der Schulter traf, so daß sie laut *aua!* schrie, ohne sich auch nur an die Stelle zu greifen, an der es sie erwischt hatte. Einerseits ekelte sie vor der Gier des Hundes, andererseits bewunderte sie seine kräftigen Kiefer und das Geschick, mit dem er sich über die Reste hermachte.

Es war ein mittelgroßer Hund mit dichtem, wenn auch nicht allzu langem weißgrauem Fell, das locker herabfiel, weißen Pfoten und haselnußbraunen Backenhaaren. Sie wollte sein Gesicht genauer sehen und rief nach ihm. Schon bevor er sich zu ihr umwandte, fing sein Schwanz zu wedeln an. Und als er ihr dann das Gesicht zuwandte, ragte ein Knochen, eher nur der Rest eines solchen, seitlich aus seinem Maul, was ihn geradezu verwegen aussehen ließ.

Sie schaute auf den wedelnden Schwanz und dann auf die nach vor geknickten dunklen Ohren über den ebenfalls haselnußbraunen Augenflecken und mußte hellauf lachen, so komisch wirkte der Gesichtsausdruck des Hundes.

Der Hund wiederum, der wohl schon mehr als seinen Hunger gestillt hatte, ließ plötzlich den Knochen fallen und kam zaghaft auf Inimini zu, die immer wieder: »Na so komm doch!« rief. Ein paar Schritte vor ihr setzte er sich plötzlich, so als wäre er sich nicht im klaren, was sie mit ihm anstellen würde, wenn er tatsächlich zu ihr käme. Er saß also einfach da, hielt den Kopf schief, während er sich ausführlich die Schnauze leckte, und plötzlich überfiel ihn ein so heftiges Gähnen, daß Inimini es ihm sogleich nachtun mußte.

»Komm her!« rief sie wieder, »komm doch her!« Und als der Hund noch immer überlegte, ging Inimini in die Knie und hockte sich hin, nun nicht größer als der Hund, der sich endlich entschloß, die letzten Schritte zu ihr hin zu tun. Nicht nur das, er begrüßte sie auf Hundeart, leckte ihr Gesicht und hüpfte um sie herum. Sie bekam ihn zu fassen, streichelte ihn, ja umarmte ihn sogar, während er noch immer gelegentlich mit der Zunge über ihr Gesicht fuhr.

In diesem Augenblick wußte sie auch einen Namen für ihn. Sie sagte »Kimsin?«, was in Ali babas Sprache soviel wie »Wer bist du?« bedeutete, und ihr war klar, daß der Hund Kimsin heißen mußte. Er schien mit dem Namen einverstanden zu sein, denn wann immer sie ihn Kimsin rief, wandte er ihr den Kopf zu.

Sie hielt Kimsin nicht nur umarmt, sie verbarg sogar ihr Gesicht in seinem Fell, streichelte sich mit seinem Pelz die Wangen und fühlte sich so, als sei ihr endlich das widerfahren, was sie seit ewigen Zeiten hatte entbehren müssen. Auch Kimsin schien glücklich, jaulte sogar ein bißchen vor Freude und drückte sich an sie.

Kurz darauf begann Kimsin mit einer Art Freudentanz, der sie umwarf, und als sie lachend auf dem Rücken zu liegen kam, sprang Kimsin mit den Pfoten auf ihre Schultern, leckte ihr Stirn und Kopftuch und kläffte ein wenig, wie um sie zu einem Spiel aufzufordern.

»Los, zieh mich hoch!« sagte sie und bot ihm den Ärmel ihres schwarzen Hodschamantels, den Kimsin auch sogleich zwischen die Zähne nahm, um sie, ihrer Aufforderung folgend, daran hochzuziehen.

Es dauerte ein Weilchen, bis er sie zumindest so weit hatte, daß sie wieder saß. Aber da sie soviel lachen mußte, fand sie nicht die Kraft, mit dem ganzen Körper nachzuhelfen, um tatsächlich auf die Beine zu kommen. Kimsin bemühte sich redlich, so redlich, daß der Stoff des Hodschamantels bereits nachzugeben begann, aber auch darüber mußte sie lachen, und so dauerte es noch ein wenig länger.

Weder Inimini noch Kimsin hatten bemerkt, was sich über ihnen und um sie herum zusammenbraute. Weibliche Stimmen überschlugen sich, vereinigten sich trotz unterschiedlicher Tonhöhen, während plötzlich ein Fuß vorschnellte, ein kräftiger Männerfuß, der mit voller Wucht in Kimsins Seite trat.

Kimsin jaulte auf, befreite sich aus ihren Armen, und einen Augenblick lang sah es so aus, als springe er den Fuß, der ihn so heftig angegriffen hatte, mit entblößten Zähnen an. Doch da holte der Fuß mit neuem Schwung aus, und dazu drohte eine tiefe Stimme, die dermaßen gefährlich klang, daß Kimsin das Weite suchte, ungeachtet dessen, daß Inimini nach ihm rief.

Tränen waren ihr so heftig in die Augen geschossen, daß sie gar nicht genau sah, wer sie an den Schultern gepackt hatte und vom Boden hochzog. Es war Tante Emine. Nermin und Hülya hatten bereits damit begonnen, Iniminis Mantel sauber zu klopfen und an ihrem verrutschten Kopftuch zu zupfen.

»Hat er dich gebissen, Nilüfer, dieser elende Teufelshund?« fragte Onkel Haluk, während er weiter in die Richtung, in die Kimsin verschwunden war, schimpfte und drohte.

Sie konnte vor Tränen und Empörung gar nichts sagen, sondern schüttelte bloß heftig den Kopf, so heftig, daß sie selbst die an ihrem Tuch nestelnden Finger abschüttelte.

»*Vay, vay, vay* ...«, klagte Tante Emine laut vor sich hin, als wäre Inimini tatsächlich zu Schaden gekommen, »dein schöner Mantel, schau nur, wie er aussieht. Beinah hätte dieser Teufelshund den Ärmel abgerissen. Gib mir den Mantel heute abend, damit ich ihn wieder auf gleich bringe ...«, und dazu zischte sie immer dieses Wort hervor, das so viel wie *schmutzig* bedeutet, »*pis, pis, pis* ...!«

»Aber er hat mir doch gar nichts getan!« Endlich ließ der Schmerz über die Trennung von Kimsin sie wieder zu Wort kommen. »Er ist der gutmütigste Hund, den ich je gesehen habe!« Sie hatte Mühe, die Wörter als Ganzes herauszubringen, ohne daß ein Aufschluchzen sie in Stücke riß.

»Spinnst du?« rief Nermin, die noch immer irgendwelchen Schmutz aus ihrem Mantel prügelte. »Weißt du denn nicht, daß Hunde unrein sind? Absolut unrein ...«

»Ach was, er hat sich doch die Schnauze ordentlich geleckt, und überhaupt ... er war gar nicht dreckig!«

Nermin verdrehte die Augen. »Du mußt dich waschen, bevor wir zum Hodscha gehen. Ein Hund macht das Gebet ungültig, kapier das doch endlich!«

Tante Emine nickte bestätigend und zischte wieder vor sich hin.

Hülya hatte ihren Arm genommen, um sie hinauf in die Wohnung zu bringen, damit sie sich waschen konnte. »Beeilung!« schrie Nermin ihnen nach. »Der Hodscha wartet nicht auf uns.«

Im Badezimmer zog Hülya Inimini den Mantel aus und reichte ihr die Seife, dann das Handtuch. »Es ist nämlich so«, sagte sie, »daß selbst die Engel keinen Ort betreten, an dem ein Hund ist.«

»Und warum nicht?« Inimini rieb sich die Seife aus den Augen. »Ich will es genau wissen.«

Hülya zuckte nur die Achseln. »Was weiß ich. Hunde haben etwas mit dem Teufel zu tun. Und sie stecken ihre Schnauzen in jeden Abfall ... puh!« Sie schüttelte sich vor Ekel. »Dieser Hund ist schon öfter hier gewesen. Mein baba hat ihn jedes Mal verjagt, aber er kommt immer wieder.«

»Weißt du, wem er gehört?«

Hülya zuckte erneut die Achseln. »Wahrscheinlich keinem.

Sonst würde er nicht so frei herumrennen und immer wieder unsere Mülleimer umwerfen.«

Von unten rief Nermin nach ihnen, und auch Tante Emine drängte. Onkel Haluk mußte sie zum Arzt fahren, der in der Bezirksstadt ordinierte, und davor konnte er sie drei beim Hodscha absetzen.

Inimini trocknete ihr Gesicht und schluckte die Tränen. Als sie wieder unten im Hof standen und darauf warteten, daß Onkel Haluk mit dem Auto aus der Garage kam, hielt sie Ausschau nach Kimsin, aber der ließ sich nicht blicken.

Sie würde der Sache nachgehen, bis auf den Grund. Was sollte das heißen, daß ein Hund unrein war und das Gebet zunichte machte? Sie konnte es nicht glauben. Was sollte ein Hund mit den Gebeten zu tun haben? Es konnte doch nicht sein, daß Allah, der allen Wesen eine Chance gab, den Hund ein für alle Male verflucht hatte. Selbst wenn sich irgendwann einmal, vor Tausenden von Jahren, ein Hund schlecht benommen hatte, konnte es doch nicht sein, daß deshalb alle Hunde in Verschiß geraten waren.

Inimini schluchzte noch einmal trocken nach. Tante Emine streichelte ihr die Wangen und murmelte etwas von einem Schock, den sie erlitten hätte.

Gleich darauf stiegen sie alle ins Auto. Tante Emine vorne und sie drei hinten. Inimini saß an der Seite und schaute zum Fenster hinaus. Plötzlich war ihr, als habe sie den Schwanz von Kimsin in einem lebenden Zaun verschwinden sehen. Zum Glück hatten weder Nermin noch Hülya bemerkt, daß sie Kimsin noch einmal gesehen hatte. Sie würde sich die Stelle genau merken. Von wegen Schock. Es war ein Schock, sich von diesem Hund trennen zu müssen, Engel hin – Engel her. Engel waren nicht zu sehen. Um ehrlich zu sein, Inimini spürte sie auch nicht, selbst wenn Tante Emine behauptete, jeder Mensch habe auf seinen Schultern je einen Engel sitzen, der eine würde seine guten und der andere seine bösen Taten aufschreiben.

Kimsin hatte sie gespürt, und das war besser gewesen als alles, was sie in den letzten Monaten so erlebt hatte.

Emmi

Wie konnte nur ein Mensch in einer Welt mit derartigem Informationsüberschuß, in der alles registriert und festgehalten wurde, in der alles mit allem vernetzt war, von einem Tag auf den anderen so spurlos verschwinden?

»Liebe Frau Rehulka, wenn Sie wüßten, wie viele Menschen allein in Europa täglich spurlos verschwinden ... Das Netz hat Lücken«, hatte der Gendarmerie-Major, der hin und wieder bei Ali vorbeischaute, ihr erklärt. Er war einer von Annas frühesten Verehrern, der sie seinerzeit ein paarmal ins Kino eingeladen hatte, dabei war es dann geblieben. Damals ging Anna noch zur Schule, und er war noch nicht bei der Gendarmerie gewesen.

Er war auch zu Emmi heraufgekommen, um ihr ein paar Fragen zu stellen. Das mit dem Leinenkleid und dem Schal in verschiedenen Blautönen, zum Beispiel, wußte nur sie, weil sie Anna von ihrem Küchenfenster aus hatte weggehen sehen.

»Glauben Sie, daß etwas passiert sein könnte?« Sie hatte die Frage absichtlich in ihrer harmlosesten Form gestellt. Es ging ihn ja nichts an, wie nahe ihr Anna auch noch als Erwachsene geblieben war.

Er zuckte die Achseln. »Je mehr Zeit vergeht, ohne daß man sie findet oder irgendein Zeichen von ihr kommt, desto schlechter schaut es aus. Es sei denn ...«, er hatte den Satz nicht zu Ende geführt. Sie wußte auch so, was er damit sagen wollte, nämlich wenn sie tatsächlich abgehauen, und zwar nach sehr weit weg abgehauen war, wenn sie absichtlich kein Zeichen gab und sich versteckt hielt, dann wäre das etwas anderes.

Sie sprach aus, was er dachte. »Könnten Sie sich das vorstellen, bei Anna? Ich meine, Sie haben sie ja gekannt.«

Er zuckte wieder mit den Achseln, dann schüttelte er den Kopf. »Nicht wirklich. Aber der Mensch ist ein Chamäleon, er kann viele Farben annehmen.«

Emmi konnte und wollte nicht glauben, daß die Lücken im Netz so groß waren. Schlamperei war die viel wahrscheinlichere Erklärung. Sie hatten schlampig gearbeitet, die Herren und Damen von der Gendarmerie, die mit dem Fall betraut waren. Was heißt Fall? Noch war es kein Fall, denn es gab kein Motiv, keinen Tatbestand und kein Opfer. Und ohne diese drei gab es auch keinen Fall.

Sie begann zu überlegen, was sie anstelle der Beamten, speziell des Gendarmerie-Majors, tun würde. *Komm schon, Emmi, du würdest nach logischen Gesichtspunkten vorgehen. Logisch* war immer schon ein Zauberwort für sie gewesen. Man mußte es *logisch* angehen, *logisch,* umsichtig und einfallsreich. Das war leichter gedacht als getan. Was war schon *logisch* an dem Umstand, daß jemand spurlos verschwunden war?

Um ihr Gehirn in Gang zu bringen, stellte sie sich die vergleichsweise einfache Frage, was sie zum Beispiel tun würde, wenn ihre Schlüssel verschwunden wären. Sie würde, sagte sie sich, an der Stelle zu suchen beginnen, an der sie sie zum letzten Mal gesehen hatte, an der ihr zum letzten Mal bewußt gewesen war, sie bei sich zu haben.

Sie spürte, wie sich in ihrem Kopf langsam etwas in Bewegung setzte, schwerfällig, knirschend und ohne Brillanz, aber immerhin, es bewegte sich. *Also dann, auf, auf, Emmi, worauf wartest du?*

Es war gegen Mittag, das traf sich gut. Sie nahm ihre Handtasche, sah nach, ob sie genügend Geld einstecken hatte, und schlüpfte in die Schuhe. Der Himmel war bedeckt, aber nicht gewittrig. Es war so warm, daß sie weder Schirm noch Mantel brauchte. Sie benützte sogar ein wenig Lippenstift, einen Lippenstift, der Irene beim *Nach-dem-Rechten-Sehen* untergekommen sein mußte und den sie ihr deutlich sichtbar auf die Etagere im Badezimmer gestellt hatte. Wenn sie sich schon auf dem Kriegspfad befand, sollte auch die Bemalung stimmen.

Als sie das Fenster schloß, konnte sie Ali die Paradeiserstauden kontrollieren sehen. Er würde ihr also nicht in die Quere kommen.

Emmi ging das kurze Stück auf der Straße, genau jenes Stück, auf dem sie Anna zuletzt gesehen hatte. An der Stelle, die man von ihrem Küchenfenster aus nicht mehr sehen konnte, blieb sie einen Augenblick stehen und wartete auf eine Eingebung. Da sich nichts dergleichen ereignete, hielt sie an ihrer ursprünglichen Idee fest und setzte ihren Weg in Richtung *Goldene Gans*, die nun *Zypresse* hieß, fort.

Es war nicht weit, sie kam nicht einmal ins Schwitzen, obwohl die Luft zunehmend schwüler und drückender wurde, ohne daß sich ernsthaft Regen angekündigt hätte.

Haluk staunte nicht schlecht, als Emmi hereingerauscht kam, die Handtasche leicht am Unterarm schwingend, nach einem geeigneten Platz Ausschau haltend.

»Emmi hanım«, sagte er, nachdem er sich gefaßt hatte, »was verschafft mir solche Ehre?«

»Der Hunger, Haluk, der Hunger!« Er ließ es sich nicht nehmen, sie höchstpersönlich an einen kleinen Tisch zu führen, der sich beim Fenster befand, so daß sie auch genügend Luft kriegte. Danach kam er sogleich mit einer Karte anscharwenzelt, in der die Speisen zweisprachig aufgelistet waren, offenbar immer dieselben, denn die Speisekarte war gedruckt und steckte in einer Plastikhaut.

Sie bestellte gespritzten Apfelsaft und vertiefte sich in die

Auswahl. Haluk kam immer wieder vorbei, um sie zu fragen, ob sie sich schon entschieden hätte, doch sie seufzte nur, bis Haluk sie fragte, ob er ihr die Gerichte erklären solle.

Es waren nicht allzu viele Gäste da, das Geschäft lief wohl erst am Abend richtig an. Irene hatte ihr erzählt, daß man bereits von auswärts in die *Zypresse* zum Essen kam. Sie nickte, und Haluk begann, ihr die verschiedenen Wörter zu übersetzen, was müßig war, denn die standen ohnehin auch deutsch auf der Karte.

»Ich kann mir einfach nichts darunter vorstellen«, gab sie seufzend zu. Haluks Gesicht hellte sich auf, und er meinte, das wäre kein Problem. Sie solle einfach in die Küche gehen und sich die Speisen zeigen lassen. In seiner Heimat würden das alle so machen. Das sei einerseits appetitanregend, und andererseits wisse man dann wenigstens, was man erwarten könne.

Na endlich, genau darauf hatte sie hinausgewollt. Sie lächelte ihr gewinnendstes Lächeln. »Gute Idee!« Und schon bewegte sie sich in Richtung Küche. Den Weg kannte sie ja, er hatte sich seit den Bruckner-Zeiten nicht geändert, auch wenn erst Anna und Ali und dann die Haluks alles renoviert hatten.

Emmis Rechnung war aufgegangen, sie traf Emine in der Küche an. Nicht daß Emine selbst gekocht hätte wie einst die alte Bruckner, sie kontrollierte nur. Außer ihr befanden sich lauter Männer, meist jüngere, im Raum, und sie hatte nicht den Eindruck, daß Emine ihnen besonders streng auf die Finger schaute. Es ging wohl eher darum, daß jemand aus der Familie anwesend war.

Auch Emine war sehr erstaunt, als sie sie erkannt hatte, und umarmte sie sogar. »Emmi hanım«, sagte sie ein ums andere Mal, »siehst richtig gut aus. Wie ich sage, hervorragend!«

Sie hielt ihre Nase in den Küchendunst und schnupperte angeregt. Emine ließ den Koch die Deckel von den Pfannen nehmen. »Hackfleisch mit Auberginen und Tomaten, Lamm in feiner Sauce ...«

Rasch deutete sie auf ein Gericht, das ihr besonders vertrauenerweckend erschien und viel Gemüse enthielt, Tribut an ihr *Mobil-Werden*.

»Und wie läuft es so?« fragte Emmi, wie man eben so fragt.

»Ganz gut«, erwiderte Emine, »kann nicht klagen.«

Emmi bemerkte, wie Emines Bauch sich unter dem locker fallenden Kleid ein wenig wölbte, und deutete darauf.

»Arbeitet ihr noch immer an einem kleinen Haluk?« Emine lachte mit einer gewissen Selbstgefälligkeit, beeilte sich dann aber, *Inschallah!* zu sagen, um es nicht zu verschreien.

Emine bot ihr an dem winzigen Tisch neben der Küchenkassa Platz an, da sie keine Anstalten gemacht hatte, sofort wieder aus der Küche zu verschwinden. Emmi mußte die Gelegenheit nutzen.

»Unsere Kleine ist ja immer öfter bei dir herüben«, begann sie ziemlich direkt, milderte es aber gleich wieder ab, »das Essen bei dir scheint ihr besonders zu schmecken.«

Emine warf ihr einen Blick zu, aus dem ersichtlich wurde, daß sie die Provokation durchaus als solche verstanden hatte, sich aber darüber erhaben fühlte. Dennoch war klar, daß Emine zu einer Art Gegenschlag ausholen würde. »Was soll man machen ...«, sie hob ihre beiden Arme ein wenig an. »Wenn Mutter wegläuft, ist das schlimm für Kinder. Außerdem, junge Mädchen sind immer zusammen. Meine Nermin und meine Hülya lieben Inimini sehr.« Auch sie milderte ab. »Zusammen sie sind viel besser in Schule.« Sie seufzten beide gleichzeitig und gleich scheinheilig.

Haluk war hereingekommen, um Emmis Teller mit der von ihr ausgesuchten Speise füllen zu lassen und ihn ihr dann höchstpersönlich an den Tisch zu bringen. Also blieb ihr nichts anderes übrig, als zurück in den Gastraum zu gehen. Sie nickte

Emine zum Abschied zu, und die rief ihr nach: »Kommst du doch demnächst zu türkische Kaffee und Süßigkeiten herüber, Emmi hanım!«

Sie erwog, von diesem Angebot vielleicht einmal Gebrauch zu machen, und konzentrierte sich auf ihren Teller. Sie war zwar auf Diät, aber das schloß Essen ja nicht zur Gänze aus. Sie schwor sich, es bei dieser Portion bewenden zu lassen, aber das, was sich auf dem Teller befand, konnte schließlich auch mit Lust gegessen werden.

Sie war nicht unzufrieden mit dem bisherigen Verlauf ihrer Aufraffung. Jetzt wußte sie wenigstens, wie die Haluks über Annas Verschwinden dachten. Emine hatte gesagt: »Wenn Mutter wegläuft ...«, das hieß, daß sie dachten, die Ehe von Anna und Ali wäre in der Krise, es schien aber auch mit einzuschließen, daß Anna gewußt haben müsse, wohin sie lief.

Die Frage, die sie sich nun ernsthaft stellte, lautete: Glaubten die Haluks auch zu wissen, wohin Anna gelaufen war, und wenn ja, hatten sie mit Ali darüber gesprochen?

Ihr Kopf war sosehr in Bewegung geraten, daß sie gar nicht merkte, wie rasch sie ihren Teller leergegessen hatte. Wehmütig schaute sie auf das letzte Stückchen von jenem köstlichen weißen Brot, das zum Essen serviert wurde. Schon begann sie innerlich zu schmelzen und dachte, wenn sie schon einmal ins Restaurant ging, wäre es doch geradezu peinlich, wenn sie nur so wenig aß, so als gönne sie dem Wirt nichts.

Aber als Haluk mit geradezu übertriebener Betulichkeit die Speisekarte wieder vor ihr ausbreitete und sie um jeden Preis zu einem zweiten Gang oder zumindest zu einem Nachtisch überreden wollte, erwachte Widerstand in ihr. Sie zeigte auf ihren Puls und setzte Haluk mit dem bedrohlichen Wort *Diät* schachmatt. Er zuckte bedauernd die Achseln, und sie bestellte Kaffee, um ihren Magen zu schließen.

Danach wollte Haluk sie nicht bezahlen lassen. Er redete etwas von Nachbarschaft – so weit war es ja wirklich nicht von den Haluks bis zu ihr hinüber – und von Familie, was nun doch eine Übertreibung war. Sie machte ihm klar, daß sie diesmal Kundin sei, aber gern ein andermal der Einladung von Emine folgen und dann sehr wohl als Gast kommen werde. Das mußte er akzeptieren.

»Armer Ali«, sagte Haluk, während er ihre Rechnung schrieb, und schüttelte dabei den Kopf unter lebhaftem Gemurmel in seiner Sprache, »ist er ein Dichter und hat keine Ahnung von die Welt. Jetzt muß er auf Kinder alleine schauen und noch Geld verdienen.«

Irgend etwas an der Art, wie er das sagte, hatte sie stutzig gemacht. Sie versuchte, sich zu erinnern, ob er das *und* oder das *noch* betont hatte. *Und* war klar, oder zumindest schien es ihr klar zu sein. *Noch* konnte ebenfalls klar sein. Was aber, wenn es bedeutete, daß Ali *noch* Geld verdienen mußte, zusätzlich zu dem, was er fürs Kellnern bei Haluk bekam?

Emmis Phantasie setzte dazu an, mit ihr durchzugehen. Das durfte sie nicht zulassen. »Zum Glück«, sagte sie, »ist ja jetzt Annas Mutter da, die macht schon alles, was zu machen ist.«

»Ja, sage ich auch«, meinte Haluk. »Sehr moderne Frau, Irene hanım, kann nicht verstehen, warum Mädchen Kopftuch tragen.«

»Das kann ich auch nicht, Haluk. Aber Hauptsache, die Mädchen verstehen es.«

Das Lächeln hing an seinem Mund, als könne es jeden Augenblick runterfallen. »Ich sie nicht zwinge. Aber mir gefällt, daß die Mädchen an Gott glauben. Wenn sie fromm, gibt's weniger Ärger.«

»Dein Wort in Gottes Ohr«, sagte sie. Er kannte die Redewendung nicht, und sie mußte sie zweimal wiederholen, bis ihm einleuchtete, was damit gemeint war. Es schien ihm zu gefallen.

»Ja, Emmi hanım«, meinte er zufrieden lachend, »mein Wort in Allahs Ohr!«

Auf dem Rückweg blieb Emmi wieder an der Stelle stehen, an der sie Anna zuletzt gesehen hatte. Sie drehte sich in aller Ruhe einmal um sich selbst, damit die Himmelsrichtungen auf sie einwirken konnten. Es war nur *logisch*, daß Anna auf der Hauptstraße weitergegangen war, und die führte geradewegs zum Bahnhof. So viel schien klar, und sie brauchte den Weg nicht zu suchen, sie kannte ihn auswendig. Da sie nie den Führerschein gemacht hatte, hatte sie die Stadt, wo immer sie hin wollte, von diesem Bahnhof aus verlassen müssen. Das war in ihrem Alter wohl an die Tausende von Malen geschehen, grob geschätzt. Vielleicht auch öfter.

Ein kleiner Verdauungsspaziergang würde ihr nicht schaden. Sie konnte sich am Kiosk gleich eines von den Montagsmagazinen holen und sich ein bißchen vom Duft des Reisens um die Nase wehen lassen. Immerhin war sie inzwischen zwei oder drei Jahre nicht mehr am Bahnhof gewesen.

Es war ein kühleres Lüftchen aufgekommen, das ein paar Wolken vor sich her scheuchte und die Luft frischer machte. Emmi ließ sich Zeit, schlapfte gemächlich in Richtung Bahnhof und dachte an Anna, die an jenem letzten Tag vor etwa eineinhalb Monaten denselben Weg gegangen war. Woran mochte sie wohl gedacht haben? Doch nicht an einen Stadtbummel. Den konnte sie sich genaugenommen gar nicht leisten.

Es war kurz vor ihrem sechsunddreißigsten Geburtstag gewesen, und vielleicht waren sie und Ali übereingekommen, daß sie sich ihr Geschenk selber kaufen sollte. Eine Bluse oder eine neue Handtasche.

Das wäre zum Beispiel eine Frage, die man Ali stellen konnte, ohne daß er Unrat witterte. Eine ziemlich unverfängliche Frage, nur ob sie weiterhalf, ließ sich nicht sagen.

Selbst wenn man so langsam ging wie sie, dauerte es keine zehn Minuten bis zum Bahnhof. Schon von weitem konnte sie sehen, daß das Hauptgebäude neu gestaltet worden war. Man hatte auf der einen Seite angebaut, das Ganze mit neuen, größeren Fenstern versehen und frisch verputzt.

Im Inneren hatten die Automaten zugenommen, und wo sich früher große Warteräume befanden, hatten sich nun kleine Läden eingenistet, ein Blumengeschäft, ein Drogeriemarkt, Reiseproviant und eine zu einer kleinen Buchhandlung erweiterte Tabaktrafik, in der man sogar ein bißchen stöbern durfte.

Sogleich machte sie von dieser Möglichkeit Gebrauch und blätterte eine Reihe von Zeitschriften durch, nahm dann sogar ein Literaturmagazin in die Hand, als ihr Blick plötzlich auf den gegenüberstehenden Zeitungsständer fiel, auf dem die deutsche BILD-Zeitung ihr mit einer Schlagzeile sozusagen in die Augen stach. TÜRKE ERDOLCHT EHEFRAU. EIFERSUCHTSDRAMA. Sie mußte wieder an die kleine Narbe an Annas Hals denken, von der Anna behauptete, sie hätte sie verdient, und Ali würde mehr darunter leiden, sie ihr *versehentlich* – ja, Anna hatte das Wort *versehentlich* benutzt – zugefügt, als sie, sie erlitten zu haben.

Daß sie nun wohl oder übel auch noch diesen Gedanken, den sie bisher mit so viel Geschick in Schach hatte halten können, zu Ende denken mußte ... Was also, wenn Ali, das heißt, wenn Anna tatsächlich gewußt haben sollte, wohin sie davonlaufen wollte, wie die Haluks es ihr unterstellten, und Ali ihr heimlich gefolgt war?

Sosehr Emmi sich auch sagte, sie müsse alle Möglichkeiten zumindest einmal in ihrem Kopf durchgespielt haben, ihr fiel kein Bild dazu ein. Außerdem hatte Ali an jenem Tag Dienst gehabt. Wohlgemerkt tagsüber. Was aber war mit dem Abend gewesen, mit der Nacht? Das konnten nur Inimini und Omo wissen.

Sie fröstelte plötzlich. Es würde ihr, bei Gott, nicht leichtfallen, die beiden gezielt danach zu fragen, ob Ali in der Nacht, in der ihre Mutter nicht mehr nach Hause gekommen war, bei ihnen geblieben oder ob er sie vielleicht suchen gefahren war. Ja, so mußte man, wenn überhaupt, danach fragen, nämlich ob ihr Vater so in Sorge um ihre Mutter gewesen wäre, daß er sie vielleicht suchen gefahren war.

Mit einem Mal kam sie sich ungemein lächerlich vor. Sie führte sich ja auf wie eine Miß Marple der österreichischen Provinz. Es war wirklich zum Kotzen. Ausgerechnet sie, die sie schon mit allem abgeschlossen hatte und starr vor Kummer über Annas Verschwinden die längste Zeit nicht den kleinsten Finger gerührt hatte, um mehr in Erfahrung zu bringen, als man sie wissen ließ, fing nun an, herumzuschnüffeln wie eine jener kleinstädtischen Witzfiguren, die ihre eigene Bedeutungslosigkeit nicht ertrugen. *Emmi, Emmi, hör bloß auf damit, das ist keine Rolle für dich.*

»Frau Rehulka? Sind Sie es?« Als Emmi sich umdrehte, bemerkte sie eine ehemalige Schülerin, auch nicht mehr ganz jung, aber sie erkannte sie sofort.

»Die Inge Haberla, stimmt's?« Sie gab ihr die Hand, und sie gingen beide zur Kassa, wo die Haberla erst vor ein paar Minuten ihre Kollegin abgelöst hatte. Darum habe sie sie auch nicht hereinkommen sehen, sagte Inge Haberla, die jetzt womöglich ganz anders hieß, nach all den Jahren.

»Ich habe gehört, daß Sie krank waren. Es geht Ihnen doch wieder gut, Frau Rehulka? Ausschauen tun Sie jedenfalls blendend.«

»Na ja«, von blendend konnte keine Rede sein, »hab mich halt ein bißchen zusammengenommen. Noch bin ich nicht so weit, daß ich zur Gänze abpacke …«

»Na hören Sie, wer denkt denn gleich an so was?!«

Sie nahmen einander noch immer in Augenschein und fanden fürs erste kaum etwas Beunruhigenderes, als daß eben viele Jahre vergangen waren, seit sie sich zuletzt gesehen hatten. Sie hatte keine Ahnung, wie viele.

»Ja, ich bin auch wieder zurückgekommen«, meinte die Haberla mit einem kleinen Seufzer. Emmi wußte nicht, was das *auch* zu bedeuten hatte, schließlich war sie, leider Gottes, ihr ganzes Leben lang hier in dieser kleinen Stadt geblieben. Warum, das hatte sie sich selbst nie so recht beantworten können. Möglicherweise hieß es, daß sie Annas wegen hier geblieben war.

Damals, als Anna zu Irene nach Berlin gegangen war, hatte sie eine Zeitlang ernsthaft darüber nachgedacht, es doch noch woanders zu versuchen, aber bevor sie dazu gekommen wäre, die Sache anzugehen, nämlich um eine Versetzung – nach wohin? – anzusuchen, war Anna wieder da, und die Frage hatte sich erübrigt.

»Zurückgekommen?« Sie hatte wieder in einer der Zeitschriften zu blättern begonnen.

»Ja, wie die Anna, nur viel später.« Sie erinnerte sich plötzlich, daß die Haberla nach der Volksschule mit Anna in dieselbe Klasse Gymnasium gegangen und ein paarmal nach der Schule mit Anna nach Hause gekommen war. Wie hatte sie das nur vergessen können? Das war wohl auch der Grund, warum sie sie sogleich erkannt hatte.

»Und von wo bist du zurückgekommen?« Sie duzte sie, wie sie alle ihre ehemaligen Schülerinnen duzte, schließlich waren sie kleine Kinder gewesen, als sie zu ihr in die Volksschule kamen. Bisher hatte es auch noch keine übelgenommen.

»Aus der Türkei. Ich war mit einem Kurden verheiratet. Hat Ihnen die Anna das nie erzählt?«

Obwohl Emmi noch immer so tat, als würde sie nach etwas Bestimmtem in dem Magazin suchen, war alles in ihr auf höchste Aufmerksamkeit geschaltet. Sie ging nicht unmittelbar auf die Frage der Haberla ein und fragte nun ihrerseits ziemlich beiläufig, so als interessiere es sie nicht wirklich: »Bist du geschieden?«

Die Haberla antwortete nicht sogleich, hob nur den Blick. Ihre Miene wirkte ein wenig trotzig, so als habe sie auf diese Frage schon öfter antworten müssen, weil nie jemandem etwas anderes eingefallen war, als anzunehmen, daß sie sich hätte scheiden lassen, um wieder in ihrer Heimat leben zu können.

»Nein«, die Haberla schob die Unterlippe erstaunlich weit nach vor, wohl um ein Zucken zu verhindern, »verwitwet!«

Sie, Emmi, war also blöd genug gewesen, demselben Klischee aufzusitzen, und schämte sich dafür. »Das tut mir ehrlich leid. Woran ist denn dein Mann gestorben?« Sie hatte das Magazin leicht zusammengerollt und legte ihre freie Hand auf den Arm der Haberla, um ihr mit dieser tröstenden Geste ihr Beileid auszudrücken.

Wieder zögerte die Haberla einen Augenblick, ja, sie hatte sogar den Eindruck, daß sie sich vergewisserte, ob ihnen auch niemand zuhörte. Dann sagte sie, noch immer mit etwas Trotz in der Stimme: »Am Gefängnis.«

Was ließ sich, was sollte man darauf sagen? Automatisch holte sie ihre Geldbörse heraus, um das Magazin zu bezahlen. Dann behalf sie sich mit einer Gegenfrage: »Daß Anna verschwunden ist, weißt du?«

Die Haberla nickte, während sie die Kassa öffnete und ihr herausgab. »Merkwürdige Sache«, meinte sie kopfschüttelnd, »dabei war sie an jenem Tag noch bei mir herinnen, wie immer, wenn sie zum Bahnhof kam. Ich machte sie manchmal auf Artikel aufmerksam, die gelegentlich in den großen deutschen Blättern oder in der NZZ über die Türkei und deren politische Situation erscheinen. Wenn es ruhig war und sie noch Zeit hatte, blieb sie ein bißchen, und wir redeten über unsere Männer und über Annas Kinder.«

»Was ist mit deinen Kindern?« Die Haberla senkte den Kopf und holte unter dem Kassenpult eine Plastiktüte für das Magazin hervor.

»Nichts«, sagte sie dann, wenn auch nicht mehr trotzig, nur traurig, »ich habe eines verloren, dann kam keines mehr.«

Diese Haberla hatte bei Gott nicht das große Los gezogen. Sie erinnerte sich jetzt, daß auch sie zum Studium weggegangen war, nicht nach Berlin, nach Wien. Offensichtlich mit ähnlichem Ergebnis wie Anna, sonst würde sie nicht hier am Bahnhof Zigaretten und Zeitschriften verkaufen.

Es mußte ein Zug angekommen sein, denn plötzlich war die Bahnhofshalle voller Menschen, von denen einige zielstrebig auf den Zeitungsladen zusteuerten. Bevor die Haberla vollauf mit Kassieren beschäftigt sein würde, beugte Emmi sich rasch zu ihr: »Hör zu, ich würde gerne ausführlicher mit dir reden, komm mich doch besuchen. Wie du weißt, wohne ich nicht weit von hier, erster Stock, über dem Handarbeitsgeschäft.«

Die Haberla nickte. »Gern, wenn Sie wollen, am Wochenende.«

»Du kannst auch am Abend kommen, wenn du am Wochenende lieber Freunde treffen willst.« Sie hatte das weniger aus echtem Mitdenken heraus gesagt denn aus Ungeduld. Die Woche hatte schließlich erst begonnen.

»Nein, nein, ich hab schon Zeit, da ist nicht viel mit Freunden.«

»Wie du willst.« Sie fürchtete, in ein weiteres Fettnäpfchen zu treten, und schrieb ihre Telefonnummer auf. »Laß es mich jedenfalls wissen, damit ich auch sicher zu Hause bin.«

Schon hielten einige der Neuankömmlinge der Haberla das Geld für ihre Zeitungen hin. »Also dann bis bald«, rief Emmi und versuchte, sich mit der Schneepflugmethode einen Weg durchs Gedränge zu bahnen.

Ihr Leben hatte sich tatsächlich verändert. Jetzt bat sie bereits um telefonische Anmeldung, wenn sie jemanden einlud, sie, die jahrelang nicht einmal ihre Wohnungstür versperrt hatte, damit jeder, der wollte, und wann immer er wollte, zu ihr heraufkommen konnte, ohne daß sie ihm oder ihr auch noch die Tür öffnen mußte.

Auf dem Heimweg fing es plötzlich und ohne Vorwarnung zu regnen an. Die Tropfen klatschten auf ihre nackten Unterarme, und sie hielt sich die Plastiktüte mit dem Magazin über den Kopf, wobei ihr die Handtasche vom Ellbogen baumelte. Laufen kam nicht in Frage. Ein Körper wie der ihre verlangte nach einer bestimmten Gemessenheit, und zu der hatte sie zu stehen.

Als es jedoch immer heftiger herunterprasselte, stellte sie sich in einen offenen Hauseingang, aus dem es ein wenig nach Müll und nach feuchtem Stuck roch.

Im Inneren des Hauses wurde eine Tür zugeschlagen, ein paar zornige Satzfetzen in einer Sprache, die sie nicht verstand, drangen an ihr Ohr, jemand polterte im Laufschritt die Treppe herunter. Sie starrte in die Wand aus Wasserschnüren, die immer dichter wurde und von einzelnen Windstößen wie Klarsichtfolie hin und her bewegt wurde.

Die Schritte in ihrem Rücken kamen rasch näher, verhielten dann plötzlich, so daß sie sich umdrehte. Es war Ali. »Emmi hanım«, rief er mit einer Stimme, die sich vor Überraschung beinahe überschlug.

Auch sie war erstaunt, ihm in diesem Haus zu begegnen, zeigte es aber so wenig wie möglich.

»Hast du vielleicht einen Schirm dabei, Ali?« *Blöde Frage. Wann haben Männer je einen Schirm dabei?* Erst recht, wenn sie bloß ein paar Gassen weiter gingen.

Er schüttelte den Kopf. »Ich gehe Schirm holen und bringe dich nach Hause.«

»Kommt nicht in Frage. Das hört in ein paar Minuten wieder auf. Außerdem habe ich Zeit.«

Aber da war Ali schon hinter der Wasserwand verschwunden, und sie konnte nur noch seine durch die Pfützen platschenden Schritte hören.

Was Ali in diesem Haus wohl zu suchen hatte? Wenn ihm die Worte, die Emmi nicht verstand, gegolten hatten, mußten hier Landsleute von ihm wohnen, die sie nicht kannte. Woher auch hätte sie sie kennen sollen? Lange genug war sie nicht aus ihrem Bau gekrochen, die Welt aber veränderte sich stündlich. Einige dieser Zuwanderer waren tüchtige Leute wie die Haluks und kauften sich überall an, wo sie es sich halbwegs leisten konnten.

Vielleicht war Ali gar nicht so alleine hier, wie ihr immer vorgekommen war. Sie hatte keine Möglichkeit, das festzustellen. Es war eher Zufall, wenn sie ihn, bevor sie zu Bett ging, in seinem Zimmer auf der Langhalslaute spielen sah. Aber wie oft war das schon gewesen?

Wie Emmi vorausgesehen hatte, hörte der Regen genau so unvermutet auf, wie er begonnen hatte. Sie wartete noch ein paar Minuten und setzte dann ihren Weg fort, tief in Gedanken versunken. Sollte sich womöglich herausstellen, daß Ali, der liebenswürdige und stets ein wenig niedergeschlagen wirkende Ali, auch noch ein Leben jenseits ihres gemeinsamen Gartenzauns hatte? In Wirklichkeit interessierte sie nur, was und ob dieses andere Leben etwas mit Annas Verschwinden zu tun hatte oder nicht.

Sie mußte sich über sich selber wundern. Seit sie sich dazu entschlossen hatte, Annas Verschwinden nicht mehr einfach hinzunehmen, filterte ihre Aufmerksamkeit alles aus ihrem Bewußtsein, was nicht damit in Zusammenhang zu bringen war. Und damit nicht genug, ertappte sie sich dabei, wie sie so ziemlich alles mit Annas Verschwinden in Zusammenhang brachte. Überhaupt schien ihre Wahrnehmung anders zu funktionieren als früher.

Sie fragte sich, ob Ali mittlerweile Dienst hatte, und wenn ja, ob er während dieser Zeit das Gasthaus auch verlassen konnte. Am Nachmittag war oft wenig zu tun, und wer konnte oder wollte dann verhindern, daß Ali sich für kurze Zeit verabschiedete? Unsinn! Ali hatte entweder Mittag- oder Abenddienst. Nachdem sie ihn zu Mittag in der *Zypresse* nicht gesehen hatte, kam er erst zum Abendgeschäft oder frühestens am späten Nachmittag. Wie zum Beweis dafür sah sie nun Ali mit einem Schirm unterm Arm aus dem Haus kommen. Er mußte bemerkt haben, daß es nicht mehr regnete, dennoch schaute er eine Weile versonnen zum Himmel auf. Erst als er den Blick wieder senkte und in ihre Richtung schaute, winkte sie ihm. Er drehte auf dem Absatz um und ging ins Haus zurück.

Als Emmi wieder in ihrer Wohnung war, riß sie sich sofort die Kleider vom Leib. Sie hatte geschwitzt, vor allem beim Treppensteigen, und war auch, noch bevor sie sich untergestellt hatte, naßgeregnet worden. Sie nahm die frischen Sachen gleich mit ins Bad, um nach dem Duschen nicht erst danach suchen zu müssen.

Es tat gut, das warme Wasser über den ganzen Körper fließen zu lassen. Sie hob ihre Brüste, zog die Hinterbacken auseinander, und ohne daß es ihr gleich zu Bewußtsein gekommen wäre, schaffte ein Leonard-Cohen-Song der achtziger Jahre es, aus längst abgehakten Schichten ihres Bewußtseins aufzutauchen und sich auf ihren Lippen niederzulassen. Erst beim Vor-sich-hin-Dudeln konnte sie ihn so halbwegs rekonstruieren, und das auch nur nach mehreren Ansätzen. Erst fehlten ihr eine Reihe von englischen Wörtern, und dann mußte sie sie wiederum mit der Melodie in Einklang bringen.

Während Emmi sich kämmte, schien das wiedergekehrte Sonnenlicht durchs Badezimmerfenster auf ihr Haar, und ihr fiel auf, wie grau es inzwischen geworden war. Grau mit einzelnen weißen Strähnen. Mit den Falten war es nicht so schlimm, ihr

Gesicht war gut unterfüttert, nur die Haut um die Augen und die Lippen herum rüschte sich ein wenig. Aber damit konnte sie sich nicht aufhalten, sie wollte erst in Ruhe das Magazin lesen, das sie gekauft hatte, und wenn ihr das nicht genügte, konnte sie sich bei der Haberla auch noch den SPIEGEL holen und sie erneut, diesmal vielleicht schon für einen bestimmten Tag, zu sich einladen.

Als sie nichtsahnend aus dem Badezimmer trat, stand Irene mitten im Wohnzimmer. Offenbar hatte sie aus alter Gewohnheit die Wohnungstür offengelassen.

»Du singst ja!« Irenes Gesicht war eine einzige spöttische Anmerkung.

»So what«, erwiderte Emmi forsch, noch immer mit viel Cohen im Ohr. »How about a cup of coffee?«

Wahrscheinlich war es ihr Akzent oder was auch immer, jedenfalls verlor Irene nun vollkommen die Beherrschung und kicherte darauf los, daß sie sie schon fragen wollte, ob sie wohl eine Slip-Einlage trage, damit kein Malheur passiere. Sie tat es dann doch nicht, segelte bloß kommentarlos an Irene vorbei in die Küche, stellte Kaffeewasser auf und griff sich zwei Tassen aus dem Schrank.

Als der Anfall vorüber war, kam Irene ihr nachgetänzelt, setzte sich an den kleinen Tisch und begann in ihrer Handtasche zu nesteln. Als sie ihr Kaffee eingoß, war Irenes Lachen wie weggewischt, so als hätte sie, Emmi, es sich nur eingebildet. Irene zeigte ihr einen Zettel, auf dem ein Straßenname mitsamt Hausnummer stand.

»Das habe ich in Annas Sachen gefunden. Glaubst du, daß es eine Bedeutung hat?« Das Wort *Molkereigasse 3* hatte sich sogleich in ihr Gedächtnis eingestanzt, es galt nur noch herauszufinden, in welcher Stadt sich diese Molkereigasse befand. Sie tippte natürlich auf Wien.

M.

Dagegen ist keiner gefeit, daß das Auto einmal für ein paar Tage in die Werkstatt muß. Ich nahm also den Zug. Seit Ewigkeiten war ich nicht mehr diese Strecke gefahren, die mir von Jugend her vertraut ist. Die Garnituren sind zwar etwas besser in Schuß als damals, aber schneller fahren sie nicht. Das heißt, bei jedem Dorf ein Halt. Die Waggons sind mittlerweile klimatisiert.

Es fing an, heiß zu werden. Wie so oft in den letzten Jahren gab es kaum einen Übergang, quasi kein Frühjahr.

Ich mußte noch ein Stück mit dem Bus, bis zu dessen Endstation, ab da ging ich zu Fuß zur *Ruine*. Mit Tasche und Fotoapparat. Hemden, Socken und Wäsche fuhr ich schon seit letztem Sommer nicht mehr hin und her. Der Kokon war einigermaßen komfortabel geworden. Am Bahnhof hatte ich noch eingekauft, Obst, Joghurt, Eier, Käse, Brot. Was sich eben leicht transportieren ließ.

Ich hielt sogleich auf den Fluß zu. Ging dann an ihm entlang bis zur *Ruine*. Es war eher ein Steig als ein Weg, den ich noch nie gegangen war. Wußte nur, daß es ihn gab. Das Ufer fiel steil ab, bauchte sich nach innen. Sandige, ausgewaschene Böschungen, die Grasnarbe hing ein wenig über. Die Bäume hatten bereits ausgetrieben, gaben aber noch den Blick auf den Fluß frei, der viel Wasser führte, wenn auch kein Hochwasser mehr. Bevor das Ufer zur *Ruine* hin abflachte, war da ein kleiner Katarakt. In den Seitenwinkeln hatten sich kleinere Äste und Schaum gefangen. Das Zwitschern der Vögel war so laut, daß es gelegentlich das Rauschen des Flusses übertönte. Dann kam eine Promenade mit Bänken, Lieblingsplatz vieler junger Paare.

Der Installateur, der auch Freitag nachmittag arbeiten wollte, werkte bereits. Die Dusche im Keller war schon letzten Sommer eingebaut worden. Jetzt handelte es sich um das Badezimmer im Erdgeschoß. Die Anschlüsse waren noch intakt, es ging um Wanne, Waschbecken, Klomuschel und Fliesen, die ich vor Wochen ausgesucht hatte.

Ich zog mich rasch um, reichte ihm dann zu. Er meinte, er wisse jemanden, der die Fassade ausbessern und frisch verputzen könne. Sein Schwager sei Polier bei einer großen Baufirma, die auf Kurzarbeit umgestellt habe. Hätte fünf Kinder, der Schwager. Darum würde er auch am Wochenende arbeiten, wenn ich das wollte.

»Ja«, sagte ich, »sobald ich mich wieder rühren kann. Finanziell.« Wir arbeiteten bis um fünf, ohne größere Unterbrechung. Bis dahin waren wir tatsächlich mit allem fertig geworden.

Ich lud dann den Installateur auf ein Bier im nächstgelegenen Wirtshaus ein. Es wurden mehrere daraus. Als er mich zurückfahren wollte, lehnte ich ab. Ich wolle noch etwas essen, später dann zu Fuß nach Hause gehen, an diesem ersten wirklich warmen Abend. Das könne er verstehen, sagte der Installateur. Seine Frau warte mit dem Essen auf ihn. Vielleicht würden sie dann auch noch ein wenig spazierengehen. Wenn nichts Gescheites im Fernsehen käme.

Anderntags regnete es wider Erwarten. Ich verbrachte viele Stunden mit Lesen. Säuberte auch das neue Bad von den Klebstoffresten. Dann ging ich wieder an den Fluß, an ihm entlang, bis zu den Gärten. Es nieselte bloß, die Gärten wurden umgegraben, gejätet und bepflanzt. Die Menschen hockten, knieten, reckten die Hinterteile vor ihren Beeten. Niemand kümmerte sich um mich. Dennoch kehrte ich wie immer an dieser Stelle um.

Auf dem Rückweg fand ich einen herzförmigen, rosafarbenen Stein von der Größe eines Suppentopfs. Schleppte ihn mit, stach dann abseits von den anderen Steinen ein eigenes Beet für ihn aus. Dahinter setzte ich den Prügel, mit dem ich im Winter dem Fuchs gedroht hatte. Es war ein mannshoher, abgerindeter, kräftiger kleiner Stamm, an dem die Wurzeln noch dran waren. Wurzeln wie Gliedmaßen, wenn auch keine menschlichen. Ich rammte ihn ziemlich tief in die Erde, damit der Sturm ihn nicht davontrug. Er wirkte wie ein Zeichen aus einer anderen Welt.

Später fotografierte ich mehrmals den Stein, dann den Stein mit dem Stamm, dann nur den Stamm. Es gelang mir, ihn so aufzunehmen, als stünde er allein auf einem weiten Feld. Hinter ihm jagten die Wolken über den Himmel. Gegen Abend flog ihn eine Krähe an, setzte sich für einen Augenblick auf ihn, doch als ich nach dem Fotoapparat griff, schöpfte der Vogel Verdacht. Er flog krächzend in den riesigen Ahorn auf, in dem eine zweite Krähe saß. Oder waren es Raben? *Auf gute Nachbarschaft!* Der Vogel würde sich wieder einmal auf dem Stamm niederlassen. Irgendwann würde ich dieses Foto schon schießen.

Sollte ich mir nicht doch Ausrüstung und Karte kaufen, um im Fluß zu fischen? Aber kam ich dabei nicht den anderen Fischern in die Quere? Es würden sich Freundschaften und Feindschaften ergeben. Beides war nicht nach meinem Geschmack. Als Buben hatten wir die Fische mit der Hand unter den Steinen hervorgeholt. Aus dem Bach, einem kleinen Zulauf des Flusses, der zu bestimmten Zeiten nur wenig Wasser führte. Im Fluß selbst ging das nicht, der Wasserstand war zu hoch. Vielleicht war auch hier irgendwo ein Nebenarm zu entdecken. Demnächst wollte ich einmal über das Knie des Flusses hinauskommen.

Solange Emil im Krankenhaus lag, konnte ich freier über meine Zeit verfügen. Sollte ein wichtiger Auftrag an mich ergehen, war ich über Handy erreichbar. »Ich höre einmal am Tag ab«, hatte ich zur Redaktionssekretärin gesagt. Diesmal blieb ich einen Tag länger am Fluß, als ich vorgehabt hatte. Dann würde ich den Wagen gleich holen können, wenn ich vom Bahnhof kam. Ohne Auto war dieser Beruf nicht auszuüben. Zumindest nicht auf Dauer. Aus dem Bahnfahren sollte keine Gewohnheit werden.

Montag früh kam der Installateur nochmals vorbei. Er hatte sein Werkzeug vergessen. Lachend reichte ich es ihm. »Schade. Ich hätte es zu verwenden gewußt.« Auch er lachte. Gab mir einen Zettel mit der Telefonnummer seines Schwagers, falls ich ihn doch demnächst brauchen würde.

Obwohl es Monate her war, erkannte ich sie sofort. Sah sie am Bahnsteig stehen, registrierte, in welchen Waggon sie gestiegen war. Als der Zug anfuhr, durchquerte ich zwei Garnituren, bis ich sie allein in einer Ecke sitzen sah. Nur die Pendlerzüge waren voll besetzt. Am Vormittag gab es immer Platz genug.

Sie lehnte mit dem Kopf am Fenster, ziemlich abwesend. Als ginge ihr viel zuviel durch den Kopf. Ich näherte mich vorsichtig, um sie ja nicht zu erschrecken. Als ich mich zu ihr setzte, spiegelten sich unser beider Gesichter in der Scheibe. In diesem Augenblick sah ich die Ähnlichkeit. Es dauerte nur diesen einen Augenblick. Sobald sie den Kopf nach mir umwandte, verlor sich die Kontur ihres Profils.

Ich konnte zusehen, wie sie versuchte, das Erkennen hinauszuzögern. Als gäbe sie etwas von sich preis, wenn sie mich zu rasch erkannte. Ihr eindeutiges Erkennen verschlug mir die Rede. Ich hatte mir ihren Nachnamen gemerkt. Es dauerte ein paar Sekunden, bis ich ihn herausbrachte. Auch sie wußte meinen Namen noch, erwiderte meinen Gruß.

Mit dieser Begegnung war nicht zu rechnen gewesen. Wir schüttelten beide andeutungsweise den Kopf, begriffen nur langsam, daß wir sie wohl gewünscht hatten. An der leichten Verlegenheit, die ihr als unsicheres Lächeln noch immer im Gesicht stand, konnte ich es ablesen.

Ich wechselte den Platz, setzte mich schräg gegenüber, machte dann ein paar Aufnahmen von ihr. »Nur für mich«, erwiderte ich, als sie wissen wollte, für wen ich diese brauchte, da ja schon welche erschienen wären. »Ihr Gesicht gibt viel her. Wenn es Sie interessiert, zeige ich Ihnen die, die nicht mit der Reportage erschienen sind. Bei Gelegenheit.«

Ja, das interessiere sie. *Bei Gelegenheit.* Sie fragte, warum ich mit dem Zug unterwegs sei. Ich erklärte ihr die Sache mit dem Auto. Daß ich eine Art Haus in der Gegend besäße, das noch nicht viel anders als eine Ruine aussähe.

Daß ich ohne Vorbehalt zu ihr von dem Haus sprach, wunderte mich selbst. Wir redeten in der üblichen Art miteinander. Üblich für Menschen, die sich kaum kennen. Aber unsere Augen hatten sich bereits umarmt. Oder wie man da sagen soll. Unsere Blicke wagten etwas. Etwas Unangemessenes. Dem die Wörter noch nicht einmal in die Nähe kamen. Sie schlug immer wieder die Augen nieder. Dennoch wußte ich, daß es da war. In ihren Augen. In ihrem Blick.

Wir hatten nicht lange zu fahren. Ich überlegte, wie ich sie festhalten, mich mit ihr verabreden konnte. Was ich tun mußte, um sie nicht wieder aus den Augen zu verlieren. Ob ich ihr meine Adresse geben sollte, wegen der Fotos? Sie würde nie anrufen.

Durch das Interview wußte ich mehr über sie als sie über mich. Ihr Mann, der Türke, einst kurzfristiger Held studentischen Widerstands, nun Familienvater in der österreichischen Provinz, ihre Kinder, das ungleiche Pärchen, vor allem, daß es ihnen insgesamt nicht besonders gut ging. Das hatte sie nicht gesagt, es war dennoch zu hören gewesen. Ja, zu sehen. Eine Frau wie sie müßte sich anders kleiden. Teurer, raffinierter. Müßte sich mehr betonen. Ein Wesen aus Eis und Glut. Wie ich es nur aus Träumen kannte. Daß sie mir diesen Blick gewährte … mich ansah, wie ich immer schon angesehen werden wollte. Auch wenn sie sogleich die Augen niederschlug. Als sei sie sich nicht im klaren, was dieser Blick bedeutete. Was er bedeuten konnte.

»Gott ist einem näher als die Halsschlagader«, hörte ich einmal einen Perser sagen. So erging es mir mit dieser Frau. Sie erschien mir näher als nah, seit ich sie wiedergesehen hatte. Diese Nähe war plötzlich über mich gekommen. Eine Art Erleuchtung. Oder wie man es nennen soll.

Ob ich wisse, wo die Molkereigasse sei. Leider wußte ich es nicht, obwohl mir der Name mehr als bekannt vorkam. Ich erbot mich, bei der Auskunft am Bahnhof für sie zu fragen. Nein, nein, das könne sie selber. Ich hätte gewiß zu tun. Sie habe nur gedacht, ich wüßte es vielleicht.

Ich hätte viel darum gegeben, es gewußt zu haben. Sosehr ich auch mein Gedächtnis zermarterte, es fiel mir nicht ein.

Kein Problem. Sie habe noch alles gefunden. Das hieß, natürlich nicht alles. Sie lachte ein wenig mutlos. Konkrete Dinge dieser Art, die schon.

Der Zug lief ein, sie erhob sich. Einen Blick noch, bettelte ich insgeheim. Noch einen einzigen solchen Blick. Damit ich sicher wäre. Sicher, daß er mir galt, ganz allein mir.

In der Halle verabschiedeten wir uns. Ich nahm ihre Hand, hielt sie ungebührlich lange. Sie schlug noch einmal kurz die Augen auf, begegnete der Gier meines Blicks, der Gier nach Einverständnis. Sie entzog mir ihre Hand. Was hätte sie sonst tun können. Ich war starr vor Erkennen, es spiegelte sich einen Herzschlag lang in ihrem Blick. Sprachlos blieb ich zurück, bis zum Bersten gefüllt mit unsagbaren Wörtern. Die nicht Fleisch wurden. Auf keiner Zunge tanzten, auch keine Lippen sprengten. Sie ging und ließ mich zurück. Ohne sich umzudrehen, ging sie durch eine Tür, über der *Information* stand.

Benommen setzte ich Fuß vor Fuß, ging zum Taxistand vor dem Bahnhofsgebäude. Warum hatte ich ihr nicht angeboten, sie mitzunehmen, sie in jener Molkereigasse abzusetzen? Wo immer das sein mochte. Ich fragte gleich den ersten Fahrer in der Reihe nach der Molkereigasse. »Zweiter Bezirk, Zufahrt von der Ausstellungsstraße.« Das war auf meinem Weg. Nicht nur das, sogar ziemlich in der Nähe meiner Wohnung.

Ich lief sofort zurück in die Halle, um ihr zu sagen, daß mir die Molkereigasse eingefallen wäre. Sie liege sogar auf dem Weg. In der *Information* war sie nicht mehr. Rannte auf der Rolltreppe in den U-Bahn Schacht hinunter. Nichts. Wie verschluckt.

»Molkereigasse.« Ich fuhr mit dem Taxi zur Molkereigasse, stieg aus und ging sie entlang. Einmal in dieser, dann in der anderen Richtung.

Schließlich war ich schweißnaß, mußte dringend unter die Dusche. Es war keine zehn Minuten bis zur Wohnung. Auf dem Anrufbeantworter gab es mehrere Nachrichten. Nichts von Bedeutung im Vergleich zu dem, was ich gerade verpaßt hatte. Später holte ich den Wagen aus der Werkstatt, parkte ihn in der Molkereigasse, wo ich überraschend einen Platz fand. Wieder ging ich in der Gasse auf und ab.

Ich befand mich in einer Erregung, die mich andauernd schlucken machte. Meine Kehle wurde immer trockener. Nie mehr würde ich normal sprechen können. *Komm schon*, sagte ich in Gedanken zu ich weiß nicht wem. *Gib mir eine zweite Chance. Laß zu, daß ich mich in ihr finde.*

In der Parallelgasse befand sich ein Kaffeehaus. Ich mußte unbedingt etwas trinken. Der Himmel war bedeckt. Gelegentlich stach die Sonne hervor, trieb die Temperatur in die Höhe. Es war schwül. Zum ersten Mal in diesem Jahr richtig schwül. Die Luft stand geradezu.

Noch bevor ich das Kaffeehaus betrat, konnte ich sie sehen. Durch ein Fenster, straßenseitig. Sie saß auf der gepolsterten Bank, abwesend, ein wenig bekümmert. Als die Kellnerin ihr einen Teller mit Toast brachte, lächelte sie wieder dieses mutlose kleine Lächeln mit ein wenig schief gehaltenem Kopf. Das dichte, blonde Haar fiel ihr auf den nackten Oberarm. Der Trenchcoat lag auf dem Stuhl. Darunter schaute ihre Handtasche hervor.

Meine Halsschlagader tobte. Ich versuchte, mich neben dem Eingang zu verbergen. Wollte nicht früher hineingehen, als bis mir klar war, was ich sagen würde. Jetzt, wo ich sie ganz in der Nähe wußte.

Verrückt? Nicht verrückt, nur verschoben. Mein Blickwinkel hatte sich verschoben. Ich konnte nur mehr von ihr zu mir, von mir zu ihr denken. Diese Frau war der Teil meiner selbst, der mir fehlte.

Seit heute morgen wußte ich es. Manchmal beschleunigt sich der Lebensrhythmus unerwartet. Die Geschwindigkeit nimmt in einem Maße zu, daß das Herz zu rasen beginnt.

Mit einem Mal war ich ohne Gelassenheit. Nach der lähmenden Gemächlichkeit der letzten Jahre begann ich durch die Zeit zu fliegen. Flog und flog. Fort von meinem alten Leben, in ein Leben, das es noch nicht gab. Das es auch nicht geben würde, ohne das Wort, das ich sagen mußte. Den Satz, der mir Einlaß verschaffen würde. Was sagen?

Ich hatte mich neben dem Eingang zum Café an die Hauswand gelehnt. An einer Stelle, an der ich von drinnen nicht zu sehen war. Ich lehnte da, dachte krampfhaft nach. Zermarterte mir das Hirn nach einem Code-Wort für das neue Leben. Dieses Mal würde ich kämpfen. Erstmals unnachgiebig meinen Anspruch geltend machen. Den Anspruch auf die Vollkommenheit des Menschen. Dessen eine Hälfte ich war. Dessen andere Hälfte Mo keinesfalls hätte sein können. Damals nicht, heute schon gar nicht.

In einem Nu, in dem die Zeit raste, zugleich aber stillstand, hatte ich erkannt, wer diese Frau war. Daraus folgte, daß ich handeln mußte. Daß ich sie erkannt hatte, war nicht genug. Es galt, sie ein für alle Male auf meine Seite zu ziehen.

Ich beugte mich ein wenig vor, um einen Blick auf sie zu werfen. Das sollte mir das Denken erleichtern. Geriet sogleich in Panik, als ich sie nicht mehr sah. Sie mußte durch diese Tür kommen. Aber sie kam nicht. Mir brach der Schweiß aus.

Dann sah ich sie wieder an den Tisch treten. Erfrischt, gekämmt. Die Erleichterung war so groß, daß ich mich um mich selber drehte. Ich sah, wie sie zerstreut den Mantel aufhob, die Handtasche über die Schulter hängte, zum Ausgang ging.

Ich war natürlich im Vorteil, denn ich wußte, was geschehen würde, sie nicht. Ich nahm sogleich die Türklinke in Empfang, als sie die Tür öffnete. Ich schaute ihr ins Gesicht, in die Augen.

Als wäre ich eine Erscheinung, ein Wiedergänger oder ein Verkündigungsengel. Ein Laut fassungslosen Erstaunens kam über ihre Lippen. In ihren Augen erschien für Sekunden das Zeichen dafür, daß sie es sich gewünscht hatte. Wir sollten uns wiederbegegnen. Auch wenn sie so erschrocken war, als ihr Wunsch sich erfüllte. Dieses Zeichen gab mir Macht, die Macht zu handeln.

Ob ich ihr gefolgt sei? Sie versuchte ein Lächeln, das die Anschuldigung entkräften sollte.

»Ich wohne in der Gegend.« Damit reichte ich ihr die Hand. »Achtung Stufe!« Sie berührte sie kurz mit den Fingern, nahm sie aber nicht.

Warum ich dann die Molkereigasse nicht kennen würde. Wir gingen nebeneinander ein paar Schritte auf dem Gehsteig.

»Als ich das Auto aus der Werkstatt holte, ist sie mir plötzlich aufgefallen. Wohl, weil ich den Namen noch im Ohr hatte.« Klar, daß das unwahrscheinlich klang. »Weiß der Teufel, wie oft ich schon durch diese Gasse gefahren bin, ohne nachzusehen, wie sie heißt.«

So würde es einem manchmal ergehen, sie war stehengeblieben und schlenkerte unschlüssig mit ihrer von der Schulter gerutschten Handtasche, daß man nicht wahrnahm, wo man überall durchmußte.

Wir machten wieder ein paar Schritte. Ziellos, vorderhand.

»Und wohin müssen Sie jetzt?«

Sie zuckte andeutungsweise mit den Achseln. Sie würde den nächsten Zug zurück nehmen.

»Wie wär's mit Essen? Ich würde Sie gerne irgendwohin zum Essen führen.«

Sie protestierte schwach. Sie habe schon etwas gegessen.

»Wollen Sie mir erzählen, daß Sie von dem kümmerlichen Toast satt geworden sind?«

Sie stutzte. Ich bemerkte sogleich ein leises Erschrecken in ihrem Blick. Woher ich denn wisse ...

»Ich bin das personifizierte Auge, mir entgeht nichts.«

Sie schüttelte zweifelnd den Kopf, wirkte müde, entschlußlos. Es lag an mir, sie zu überreden. Ihre Haut roch nach einem vanillehaltigen Parfum. Eher kein Parfum, nur eine Lotion. Sie brauchte etwas Herberes, mit einem Hauch Schärfe.

Ich nahm ihren Ellbogen, dirigierte sie damit sanft in die andere Richtung. »Mein Wagen steht keine zehn Schritte von hier. Wir steigen ein, danach können Sie es sich immer noch überlegen, ob ich Sie irgendwohin zum Essen oder zum Bahnhof fahren darf.« Sie kämpfte mit sich. Als sei ihr bewußt, was die Entscheidung bedeutete. Allein die Entscheidung, in mein Auto zu steigen.

»Sie würden mich unendlich froh machen.« Diesmal gelang es mir, ihren Blick festzuhalten. Keine Ahnung, was sie in meinen Augen las. Sie schauderte ein wenig. Plötzlich kehrte Leben in sie zurück. Sie wirkte wieder beinahe so wie beim ersten Mal, als Emil sie interviewt, ich sie fotografiert hatte.

Das leise Schaudern war eher ein Schütteln gewesen. Das

Abschütteln einer Last, die sie nicht mehr mit sich herumschleppen wollte. Nicht in diesem Augenblick.

Sie schaute auf die Uhr. Sie habe sich für heute frei genommen. Das war alles, was sie auf dem Weg bis zum Wagen sagte. Ich öffnete ihr sogleich die Tür. Sie stieg ein, schien entschlossen, sich zu freuen. Sie fand den Wagen sehr bequem. Ich stellte sofort die Lehne zurück, damit sie es noch bequemer haben sollte.

Nur einmal regte sich kurz Widerstand, als deutlich wurde, daß ich in die dem Bahnhof entgegengesetzte Richtung fuhr. Ich drosselte sofort die Geschwindigkeit. »Soll ich umkehren?« Sie kämpfte einen letzten Kampf mit sich. Dann wurde sie mutiger. Der Tag sei zu schön. Wo sie sich schon frei genommen hätte.

Ich stieg wieder aufs Gas, drückte den Knopf fürs Dach. Sie schien Freude an der Geschwindigkeit zu haben, an ihrem flatternden Haar.

Sie fragte, wohin wir fahren würden. In ihrem Blick blitzte eine Spur Übermut auf. Der Reiz des Verbotenen, des ihr Verbotenen, tat seine Wirkung. So mußte sie es sehen, nach all den Vorbehalten und Rücksichtnahmen, die sie niedergekämpft hatte.

»Was glauben Sie, wo wir hinfahren?« Sie schaute sich aufmerksam um.

Fragte dann, noch ein wenig ungläubig, ob wir an die Donau fahren würden.

»Warum nicht an die Donau? Weiter stromabwärts kenne ich ein Fisch-Restaurant, das ich Ihnen gerne zeigen möchte.«

Ob das nicht zu weit wäre? Sie klang leicht besogt.

»Meinen Sie?« Ich stieg aufs Gas, und wir ließen eine Reihe von Autos hinter uns. Zum ersten Mal lachte sie. Ein Lachen, in dem alle Bedrücktheit sich auflöste. Das ganz tief aus ihrem Inneren kam. So lachen zu können, hatte ich mir immer gewünscht.

Als wir zum Restaurant kamen, war es nach zwei. Wir setzten uns auf die Terrasse. Der Oberkellner schaute auf die Uhr, zeigte sich jedoch großmütig, wir bekamen noch etwas zu essen. Wir waren beinah die einzigen Gäste. Ein Wochentag, die Saison erst langsam im Anlaufen, wie der Ober meinte.

Der Himmel war noch immer bedeckt, aber man konnte ohne Mantel im Freien sitzen. Ein Bussard kreiste über uns, als warte er auf die Reste unseres Zanders.

Ich erzählte ihr von der *Ruine*, sie mir von der Familie. Von ihren Kindern, die in ein schwieriges Alter kämen, aber vif genug wären, vor allem die Tochter, die Unterschiede auf dieser Welt wahrzunehmen.

Ich wollte wissen, was sie in der Molkereigasse gemacht hatte. Sie zögerte einen Augenblick. Wie ich vom Interview her wisse, stamme ihr Mann aus einer heterodoxen muslimischen Glaubensgemeinschaft, die lange im verborgenen agiert habe. Der Geheimhaltungszwang sei zwar inzwischen aufgehoben, aber ihr Mann habe sich, was seine Zugehörigkeit zu dieser Gemeinschaft angehe, bedeckt gehalten. Schließlich sei er ja als politischer Flüchtling ins Land gekommen. Sie räusperte sich, suchte eine Weile nach den richtigen Worten. Ihr Mann und sie seien in den letzten Jahren ein wenig auseinandergerückt. An Scheidung wäre natürlich nicht zu denken. Schon der Kinder wegen nicht. Es gäbe auch keinen Grund für eine Scheidung. Sie würden schon wieder zueinanderfinden. Das habe sie in dem Interview natürlich unerwähnt gelassen. Wobei ihr Mann, der noch immer als Ausländer gelte, obwohl er längst eingebürgert sei, den wesentlich schlechteren Stand habe. Sie trank einen Schluck, aß dann ein paar Bissen.

Sie habe herausfinden wollen, fuhr sie fort, ob es nicht jemanden aus seiner Glaubensgemeinschaft gebe, an den er sich wenden könne. Man brauche Menschen, die so seien wie man selber, man brauche sie, um leben zu können. Ihr war offensichtlich nicht bewußt, was sie da sagte.

Sie habe sich erkundigt, bei allen möglichen Organsationen angerufen, schließlich auch beim Integrationsfonds. Nach langem Hin und Her habe man ihr dann diese Adresse gegeben. Es sei das Lokal eines erst vor kurzem gegründeten Vereins dieser Glaubens- und Kulturgemeinschaft. Dort würde man ihr mehr sagen können.

»Und? Hat es geklappt?«

Sie schüttelte den Kopf. Es sei nur ein älterer Mann dagewesen, der kaum deutsch gesprochen habe. Soweit sie ihn verstanden hätte, habe er ihr sagen wollen, daß die anderen später, die meisten aber erst am Freitag abend kämen, nach der Arbeit.

Sie habe auch einen Blick auf die Schriften und Bücher geworfen, die auf einem Tisch auslagen, aber die seien alle in türkischer Sprache gewesen. Jedenfalls würde sie ihrem Mann davon erzählen. Vielleicht würde er dann selber einmal vorbeischauen. Es gehe schließlich um ihn.

Sie war ein Geschöpf von großer Arglosigkeit. Ohne jeden Sinn für Koketterie. Sie mußte entschieden haben, daß ich ihres Vertrauens würdig war. Oder gehörte das alles zu einer Strategie der Beschwichtigung? Um etwas, das von dem, was sie in meinem, ich in ihrem Blick hatte aufschimmern sehen, ablenken, ja es harmlos machen sollte? Hatte sie Angst vor diesem Anflug von Kühnheit?

Schon kamen sich unsere Gedanken so nahe, daß sie mit einem verunglückten Lächeln meinte, sie könne sich nicht erinnern, wann sie in den letzten fünfzehn Jahren je mit einem anderen Mann als dem ihren essen gegangen wäre.

Ich hatte das Bedürfnis, ihre Hand zu nehmen, sie an die Lippen zu führen. Sie entzog sie mir nicht sofort.

Wir hatten beide nicht aufgegessen. Ich schlug vor, den

Strom entlang ein wenig spazierenzugehen. Die Landschaft hier habe schon den Reiz einer östlichen Stromlandschaft.

Sie stand auf, ging ins Restaurant hinein zur Toilette. Nachdem ich bezahlt hatte, folgte ich ihr. Wir trafen uns im Vorraum. Ich legte den Arm um ihre Schultern, zwang sie geradezu, sich gemeinsam mit mir vor den großen Spiegel zu stellen. Kopf an Kopf.

»Siehst du es?« Wir schauten einander durch den Spiegel in die Augen. Gebannt von der Ähnlichkeit, blieben wir eine Weile reglos stehen, danach traten wir wieder zurück. »Wart nur, bis du die Bilder siehst, die ich von dir gemacht habe. Da wußte ich es noch nicht.»

Wir gingen in das stumpfe Licht des Nachmittags hinaus, das immer mehr zu flirren begann, je näher wir dem Strom kamen. Ein warmer Wind wehte von den Hügeln her, trocknete den Schweiß auf meiner Oberlippe. Er war mir ausgebrochen, als ich sie das erste Mal duzte.

Sie hätte es gleich bemerkt, sagte sie, schon als ich damals mit meinem Kollegen zur Tür hereingekommen wäre.

Ob es damit zu tun hatte, daß Frauen sich mehr um ihr Aussehen kümmern? Daß sie einen genaueren Eindruck von ihrer äußeren Erscheinung haben? Jedenfalls hatte sie mir dieses Wissen voraus. Das beschämte mich, der ich mich als *personifiziertes Auge* bezeichnete. Hatte ich tatsächlich die Kamera gebraucht, um herauszufinden, daß ich eine Frau getroffen hatte, die mir ähnlicher sah als meine Schwester?

Wir gingen den Treidelpfad entlang, an den kojenartigen Fischerhütten, den aufgespannten Netzen und Reusen vorbei. Das Grün schob sich mit aller Kraft durch die strohfarbenen Halme des Vorjahrs. Blätter entrollten sich. Dichte Streifen von Gelb zerfielen beim Näherkommen in unzählige überblühte Schlüsselblumen. Ich hatte den Fotoapparat im Auto vergessen und rannte nochmals zurück.

Als ich wieder bei ihr war, stand sie am Ufer. Ganz nah am Ufer. Sie war ans Wasser hinuntergeklettert, bis ans Treibholz mitsamt der dicken Schicht von Blütenstaub und angeschwemmten Fasern aus den Auwäldern. Ihre nackten Arme schimmerten hell vor dem Graubraun des Stromes. Sie drehte sich nach mir um, ein Windstoß hob das Haar von ihrem linken Ohr. Der blaue Seidenschal, den sie um den Hals geschlungen hatte, stieg mit beiden Enden in die Luft. Sie lachte gegen den Wind, der ihr den Mund füllte. Ein Patrouillenboot fuhr stromaufwärts. Ich holte es sogleich in einen Bildausschnitt, in dem es über ihrem Kopf das Wasser pflügte.

Sie nahm mir den Apparat aus der Hand und richtete ihn auf mich. Ich wollte ihr nicht erlauben, mich zu fotografieren. Sie bettelte, wollte zusammen mit mir auf das Bild. Nachdem der Selbstauslöser montiert war, steckten wir lachend die Köpfe zusammen. Mehrmals, vor jeweils anderem Hintergrund. Die Böschung hinauf reichte ich ihr die Hand. Sie nahm sie, ließ sie aber gleich wieder los.

Nebeneinander gingen wir weiter den Strom entlang. Etwas wie gespannte Luft baute sich auf zwischen uns. Wenn ich die Augen schloß, konnte ich ein abstraktes Muster erkennen. Zwei tropfenförmige Körper, ohne feste Gestalt, die sich beulten, dabei aufeinander zuhielten. Sobald sie sich berührten, würden sie zu einer einzigen Form verfließen.

Spaziergänger überholten uns oder kamen uns entgegen. Wir sprachen nicht miteinander, hielten uns auch nicht an den Händen wie das Paar, das in einem der kleinen Strandhäuser verschwand. Ich hatte nicht die Absicht, sie ins Gestrüpp am Rande einer dieser Kiesgruben zu führen, die ich landeinwärts vermutete.

Als der Weg sich immer deutlicher in einer Art Feriensiedlung verlor, kehrten wir um.

Höchstwahrscheinlich würde ich versuchen, sie an mich zu ziehen, wenn wir uns zu nahe kamen. Was würde sie tun? Ich spürte, wie sich alles in ihr mir zuwandte. Würde sie auch dazu stehen? Dazu stehen können? Oder würde die Angst sie einholen? Der Gedanke, etwas zu tun, das sie nicht beabsichtigt hatte, von dem sie morgens im Zug nicht einmal etwas hatte ahnen können.

Die Farbe unserer Augen war die gleiche. Der Schnitt unserer Gesichter beinahe deckungsgleich. Mein Haar war dunkler und schütterer. Sie war kleiner, hatte Hüften und Brüste. Unsere Empfindungen? Unser Tonfall? Wir sprachen dieselbe Umgangssprache, mit denselben in der Gegend üblichen Wendungen. Nur ein Dritter hätte beurteilen können, wie sehr sich unsere Stimmen ähnelten.

Als wir zum Auto kamen, löste sich die Spannung ein wenig. Sie wurde wieder ernst. Es sei Zeit, sie müsse zurück.

Es wäre kaum weiter, sie direkt zu fahren als nach Wien, zu ihrem Zug. Mir wäre ohnehin danach, zur *Ruine* zurückzukehren. Ich mußte ihr noch einmal erklären, warum ich immer *Ruine* sagte. Es würde mir nichts ausmachen, sie bis vor die Tür zu bringen.

Wir stiegen ein. Ich griff nach ihrer Hand, führte sie wieder andeutungsweise an die Lippen. Ihre Finger zitterten genauso wie meine Lippen. Ich brachte es kaum über mich, sie anzusehen. Sie hatte wieder begonnen, mit sich zu kämpfen, begriff, daß eine einzige Geste alles verändern konnte.

Ich stellte mir vor, wie ihre Hand mir über den Hals strich, von der Kinnspitze bis zur Halsgrube. All die winzigen Härchen richteten sich sogleich unter der vorgestellten Berührung ihrer Hand auf. Es verschlug mir den Atem.

Sie starrte geradeaus, bat, daß wir endlich fahren sollten. Sie schob die Handflächen unter ihre Schenkel, es gab keinen Spielraum mehr.

Das mit der Zeitersparnis war nicht einmal gelogen. Es wäre unklug gewesen, jetzt in die Stadt zurückzufahren. Stau an allen Einfahrten. Und durch die Stadt bis zum Bahnhof. Vom Strom war es etwa eine Stunde bis an den Fluß. Das bedeutete noch eine gewisse Frist für sie und mich. Möglicherweise gab es eine Obergrenze für ihr Nachhausekommen.

In der Zeit, die uns blieb, konnte ich ihr die *Ruine* zeigen. Es war mir wichtig, daß sie sie sah. Würde es ihr die Entscheidung erleichtern? Welche Entscheidung? Ich hatte noch nie mit dieser Ausschließlichkeit an eine Frau gedacht.

Loszufahren bedeutete, auf Zeit zu fahren. Wieder schien sie das, was zwischen uns aufgebrochen war, beschwichtigen zu wollen. Tapfer setzte sie ein paar Mal zu einem Gespräch an, ohne sagen zu können, was sie sagen wollte. Plötzlich fragte sie mich, ob ich verheiratet sei, wenn nicht, ob ich es je gewesen wäre.

Die Frage kam unvermutet. Wieso eigentlich? Es schien nur verständlich, daß sie sich dafür interessierte. Ich blickte zu ihr hinüber, sah, wie sie an ihren Lippen kaute.

Dann verneinte ich das eine wie das andere. Warum nicht, wollte sie wissen.

Ich war schon versucht, es ihr so zu erklären, wie ich es Mutter oder Mo erklärt hatte. Mit der Betonung auf Beruf. Zu viel Arbeit. An entlegenen Orten, zu unmöglichen Zeiten. Nein, dachte ich, nicht diese Tour.

»Weil ... was weiß ich, vielleicht weil ich diese andere Hälfte von mir nie gefunden habe.«

Sie verstand nicht gleich, was ich meinte, beugte sich ein wenig vor, schaute mir ins Gesicht. Ob ich damit sagen wolle, daß ich noch nie jemanden geliebt hätte? Ein leises Zögern vor dem Wort *du*. Sie hatte sich wieder zurückgenommen.

»Nicht wirklich.« Fragen dieser Art war ich immer ausgewichen. Worte wie *Liebe*, ja sogar das Wort *wirklich* waren mir immer peinlich gewesen.

Ob ich es nicht wirklich *wisse* oder ob ich nie wirklich jemanden *geliebt* hätte? Sie wandte sich mir voll zu. Was wollte sie bloß mit dieser Wortklauberei?

Wir fuhren auf einer Landstraße, die durch Mischwald führte. Nicht mehr ganz Auwald, das heißt, nicht mehr so feucht. Aber noch nicht ganz Binnenwald. Buchen, Eschen, ein paar Eiben, an den feuchteren Stellen auch Erlen.

Ein Netz von Kreuzungen durchschnitt dieses Waldgebiet. Mir war bekannt, in welche Richtung es gehen sollte, mußte mich aber von Zeit zu Zeit vergewissern, damit ich nicht durch falsches Fahren kostbare Zeit verlor.

»Es hat sich nicht ergeben.« Was wohl eine der schlechteren Antworten war. Ich beugte mich zu ihr, wollte sehen, wie es bei ihr angekommen war.

Ein Augenblick der Unachtsamkeit. Ich war in eine Kreuzung eingefahren, ohne das Nachrangschild zu beachten. Plötzlich sah ich den Wagen kommen, wie ein Geschoß, seitlich auf uns zu. Mir blieb nichts mehr, als zu bremsen. Der Fahrer verriß mit quietschenden Reifen, während ich mit quietschenden Reifen zum Stehen kam. Ich war bei weitem nicht so schnell unterwegs gewesen wie der andere. Der hupte wie in Panik, schoß dann haarscharf an uns vorüber. Der Rückstoß erfolgte wie bei einem Gewehr. Es hob uns beide im Sitz hoch. Wahrscheinlich hätte er angehalten, um mich zu beschimpfen, wären nicht zwei weitere Wagen ganz knapp hinter ihm gewesen. Deren Fahrer ebenfalls hupten, mir den Vogel zeigten, unabhängig voneinander, mir hupend den Vogel zeigten, bis sie außer Sichtweite waren.

Noch unter Schock bog ich in einen Seitenweg, eine Forststraße, die in den Wald führte. »Verzeih«, flüsterte ich. »Verzeih mir!«

Sie saß noch immer kerzengerade da, mit starrem Blick, einem Gesicht, das wie aus Papier geschnitten schien. Meine

Halsschlagader pochte. Ich stieg aus, weich in den Knien, ging um den Wagen herum, öffnete die Tür. Sie befreite sich gerade vom Gurt. Ich reichte ihr die Hand, zog sie heraus ins Freie. Sie machte einen unsicheren Schritt auf mich zu. Wir fielen uns in die Arme.

Emmi

»Die Haberla hat mich auf die Idee gebracht«, sagte Emmi zu Irene, die merkwürdig teilnahmslos in dem Lehnsessel hing, den sie vor Tagen – oder waren es nicht schon Wochen? – höchst eigenhändig vom Dachboden heruntergezerrt hatte.

»Haberla? Welche Haberla?« Auch der Kaffee, den sie diesmal beinahe zu stark gebraut hatte, schien die Blockade von Irenes Gedächtnis nicht lockern zu können.

»Hörst du mir überhaupt zu? Ich erzähle dir seit Tagen von dieser Inge Haberla, einer Mitschülerin von Anna, die ich seinerzeit in einer meiner Volksschulklassen hatte. Sie war mit einem Kurden verheiratet und hat länger in der Türkei gelebt. Ihr Mann ist übrigens in einem türkischen Gefängnis gestorben. Und das Kind hat sie auch verloren.«

Ein Zucken lief durch Irenes Körper, als hätte sie an der Hüfte ein Insekt gestochen und sie fände keine Möglichkeit, sich zu kratzen, so daß der Juckreiz sich bis zum Hals hinauf fortsetzte.

»Stimmt ... war nur in Gedanken ganz woanders.« Irene nahm die übereinandergeschlagenen Beine auseinander und streckte sie, bis sie zu vibrieren begannen. »Sie hat dich also gestern besucht. Und? Hat sie dir irgend etwas gesagt, was uns weiterhelfen könnte?«

Am liebsten hätte sie sich diese Pfanne zum fettarmen Braten, in der sie sich zu Mittag mehrere Handvoll Tiefkühlgemüse geschmort hatte und die nun gespült und umgedreht auf dem

Aluminiumregal zum Abtropfen lag, gegriffen und Irene damit eins über den Schädel gezogen. Wenn sie etwas bis zum Kotzen nicht ausstehen konnte, dann jenes blasierte Nichtzurkenntnisnehmen von dem, was um sie herum vorging, das so typisch für Irene war, wenn ihr etwas im Hals saß, das sie nicht ausspucken konnte oder wollte. Was aber war ihr Problem? Irene hatte, wie sie alle, Grund genug zu Kummer und Sorge, schließlich war Anna trotz allem ihre Tochter, und Inimini, die sich immer verquerer anstellte, ihre Enkelin.

Aber der Kummer hieß weder Anna noch Inimini. Hätte er Anna geheißen, wäre Irene nichts von dem, was sie ihr über die Haberla erzählt hatte, entgangen. Im Gegenteil, sie hätte die Ohren spielen lassen wie ein Wüstenfuchs und von selbst einen Vorschlag gemacht. Aber nein, es lag an ihr, Emmi, die Sache in die Hand zu nehmen. Die Haberla hatte ihr erklärt, daß, zumindest ihrer persönlichen Erfahrung nach, sich nur wenige von diesen Männern, die einmal aktiv gewesen waren, von ihrer Vergangenheit wirklich hätten trennen können. Selbst wenn es nach außen hin den Anschein hätte. Oder wenn eine Zeitlang die Familie in den Vordergrund träte. Ihrer Erfahrung nach würden sie ihrer politischen oder religiösen Zugehörigkeit treuer bleiben, als man ihnen ansehen könnte. Es wäre also davon auszugehen, daß Ali doch irgendwann wieder Verbindung zu seinen Leuten suchen würde.

Aber so wie Irene da lümmelte, war es wohl vergebliche Liebesmüh, sie zu irgend etwas zu bewegen.

Früher, wenn Irene sich so entrückt gab, konnte man mit ziemlicher Sicherheit davon ausgehen, daß ein Mann in ihren Vorstellungen und Träumen deutlicher Gestalt anzunehmen begann. Aber das war ja wohl vorbei, das hatte Irene, wie sie immer wieder betonte, ein für alle Male hinter sich gelassen. Sie beschloß, Irene nichts davon zu sagen, daß sie morgen nach Wien fahren und sich diese Molkereigasse genauer ansehen wollte. Irgendeinen Grund mußte es ja haben, daß Anna diesen Zettel aufbewahrt hatte.

»Du wirst doch nicht krank?« sie betastete Irenes Stirn, aber die fühlte sich weder heiß noch sonst irgendwie verändert an.

»Was weiß ich«, Irene seufzte theatralisch und stand auf. »Ich bin einfach durcheinander. Das kommt vor. Immerhin hat sich mein Leben stark verändert im Vergleich zu früher, vor allem zu Berlin. Langsam kommt mir das voll zu Bewußtsein.« Sie hatte ihre Handtasche unter den Arm geklemmt und ging, als würde sie nachtwandeln.

Sie bekam beinah die Fraisen, wenn sie Irene so nachschaute. Aber sie beherrschte sich, sagte nur: »Also dann, schau den Dingen ins Auge, Mädl!« und verschloß ihre Tür.

Seit sie wieder außer Haus ging, tat sie das oft genug ohne Irene. Und sie war froh über diese neue Art von Selbständigkeit. Sie empfand sich geradezu als umtriebig, hoffte, daß sie dadurch wie von selbst auch ein paar Kilo verlieren würde, obwohl sich diesbezüglich noch nicht allzuviel getan hatte. Doch schleppte sie ihr Fett schon um einiges beschwingter.

Auf dem Bahnhof versuchte Emmi, unbemerkt von der Haberla zum Perron zu gelangen. Als diese dennoch aufschaute und sie erkannte, winkte sie ihr bloß kommentarlos zu. Sie würde es ihr schon erzählen, wenn sie Entscheidendes herausfand. Aber erst danach. In Wirklichkeit hatte sie Angst, daß die Haberla es ihr ausreden oder irgend etwas Achselzuckendes sagen könnte, das sie wieder kleinmütig machen würde.

Während der Fahrt schaute sie zum Fenster hinaus. Sie war die Strecke seit Jahren nicht mehr gefahren, und obwohl sich kaum etwas grundsätzlich verändert hatte, gab es neue Häuser, die sie noch nicht kannte, und einen blauen Swimming-pool in einem alten Garten, besser gesagt, anstelle eines alten Gartens, von dem kaum mehr etwas übriggeblieben war. Einen Swimming-pool so nahe an der Bahn … sie schüttelte den Kopf.

Emmi hatte auf einem alten Stadtplan nachgeschaut, wo diese Molkereigasse zu finden sein würde, und stieg, in Wien angekommen, in die U-Bahn bis Praterstern. Sie benützte die Stufen und nicht die Rolltreppe, die ihr als zu schmal erschien. Allein die Vorstellung, es könne sich jemand, der es eilig hatte, an ihr vorbeizwängen wollen, verursachte ihr Platzangst.

Als sie beim Praterstern wieder ans Tageslicht kam, hatte es heftig zu regnen begonnen, und sie weigerte sich, mit dem Schirm in eine Straßenbahn zu steigen, in die auch alle anderen Menschen mit Schirm steigen würden. Für ein Taxi war die Strecke zu kurz, so beschloß sie, sich zu Fuß auf den Weg zu machen, wenn der Regen ein wenig nachgelassen hätte. Inzwischen betrachtete sie die Schaubilder der Filme, die hier gespielt wurden, und versuchte, sich zu erinnern, wann sie das letzte Mal im Kino gewesen war, aber es wollte und wollte ihr nicht einfallen.

Es regnete noch immer, als sie losging. Ihr war klar, daß sie naß werden würde, der Schirm deckte sie nicht völlig ab, und die Straßen waren voller Pfützen. Aber da es nicht kalt war, störte die Nässe sie nicht besonders.

Emmi brauchte bei ihrem Tempo beinah eine halbe Stunde, bis sie endlich ans Ziel gelangt war. Da sie den Stadtplan nicht bei sich hatte, mußte sie doch noch fragen, aber schließlich stand sie vor dem Haus, dessen Nummer auf Annas Zettel notiert war.

Neben der Tür befand sich eine Art Schaufenster, in dem ein paar Bücher in türkischer Sprache, wie sie vermutete, lagen, dazwischen Drucke, die einen Mann mit Bart und Turban zeigten, der ein zweizüngiges Schwert hielt, und einen anderen mit hoher Mütze, der mit untergeschlagenen Beinen dasaß und einen Hirsch und einen Löwen umarmte. An der Tür stand etwas, von dem sie nur das Wort *kültür* entziffern konnte. Wahrscheinlich ging es um einen Kulturverein, und sie vermutete, daß es sich dabei um Alis Leute handelte. Daß

Anna ihnen einen Besuch abgestattet oder es zumindest vorgehabt hatte, wunderte sie.

Während sie so unter dem Türvorsprung stand, begann sie in ihrer Handtasche nach den Bildern von Anna und Ali zu suchen, die in jener Reportage über Mischehen in einem der Montagsmagazine erschienen waren. Sie fand diese Aufnahmen hervorragend. Besonders Anna schien ihr so gut getroffen wie noch nie.

Gerade als sie den Zeitungsausschnitt gefunden hatte, kam jemand, der sie bat, ihn vorbeizulassen. Er deutete lächelnd auf die Eingangstür, die sie mit ihrer ganzen Fülle verstellte. Sie lächelte zurück, entschuldigte sich, rückte ein wenig zur Seite und versuchte, gleichzeitig mit dem Mann durch die Tür zu kommen, was ihr nicht ganz gelang, aber immerhin blieb sie ihm hart auf den Fersen. Er hatte wohl angenommen, daß sie sich nur wegen des Regens unter den Türvorsprung gestellt hatte, und entschuldigte sich seinerseits, als er merkte, daß sie ebenfalls eintreten wollte.

Sie befand sich nun in einem mittelgroßen Raum mit mehreren Tischen und Stühlen, einer Glasvitrine, in der weitere Bücher lagen, und einem Fernseher oben an der Wand, wie in einem Herrgottswinkel, in dem wohl ein türkischer Sender lief. Ein paar ältere Frauen und Männer in einfacher Kleidung saßen da und starrten auf einen Moderator, dessen Stimme sich des öfteren zu überschlagen schien.

Der Mann, mit dem sie eingetreten war, ging auf eine Tür zu, die in einen dahinterliegenden Raum führte, und rief etwas hinein, worauf eine hübsche junge Frau in Cordhosen und einem karierten Blazer heraus- und auf sie zukam. Was sie hier wolle, fragte sie und ob sie ihr in irgendeiner Weise behilflich sein könne.

Sie hielt der jungen Frau den Zeitungsausschnitt unter die Nase und fragte, ob diese beiden oder einer von ihnen je hier aufgetaucht wären. Und als die junge Frau sie mit befremdetem

Blick zu mustern begann, sprudelte es nur so aus ihr hervor, daß dies ihre Tochter wäre, die spurlos verschwunden sei. Was hätte sie ihr auch sonst erzählen sollen, alles andere wäre viel zu kompliziert gewesen. Und daß sie den Zettel mit der hiesigen Adresse in ihren Sachen gefunden hätte usw.

»Ihre Tochter?« fragte die junge Frau, so als könne sie es nicht glauben. Es stimmte schon, daß sie und Anna sich überhaupt nicht ähnlich sahen, und so sagte Emmi einfach: »Natürlich, ich habe sie großgezogen«, und fügte hinzu, »aber auf Fotos sieht man immer ein bißchen anders aus.«

Die junge Frau nahm Emmi den Zeitungsausschnitt aus der Hand und ging damit zu den anderen. Plötzlich kam Interesse auf, wohl schon deshalb, weil es sich um einen Zeitungsartikel handelte. Damit ging es nicht mehr nur um eine rein private Angelegenheit, sondern um etwas Offizielleres. Die gezeigten Personen waren quasi von öffentlicher Bedeutung.

Sie konnte sehen, wie ein älterer Mann mit dem Zeigefinger auf eins der Bilder tippte, den Finger dann an die Nase legte, als denke er angestrengt nach, und dann wieder auf das Bild tippte. Da sie untereinander in ihrer Sprache sprachen, konnte Emmi nicht verstehen, was sie sagten, doch hatte sie den Eindruck, daß sie heftig über etwas debattierten und sie längst vergessen hatten.

Inzwischen war auch ein jüngerer Mann in Jeans und einem schwarzen Leinensakko aus der Tür zu den hinteren Räumen gekommen und ging, ohne sie zu beachten, zu den anderen, die sich mit immer lauterem Palaver um ihren Zeitungsausschnitt drängten. Er hatte die Türe offengelassen und da war plötzlich eine Musik zu hören, die Emmi an das erinnerte, was Ali auf seinem Bett sang.

Auch der jüngere Mann begann, den Zeitungsausschnitt mit seinem Zeigefinger zu betupfen, und drehte sich dann zu ihr um. Gleich darauf steckten sie wieder die Köpfe zusammen, und sie war überzeugt, daß sie berieten, ob sie ihr überhaupt etwas und wenn, was sie ihr sagen sollten.

Nach dem Marsch durch den Regen fühlte sie sich naß und schwer, und da sich niemand um sie kümmerte, wagte sie von selbst einen Vorstoß, indem sie sich auf einen der freien Stühle setzte, das heißt, eher fallen ließ, und dabei auch noch ein wenig stöhnte. Sogleich blickte die junge Frau zu ihr herüber, drehte sich dann noch einmal zu den anderen um und sagte etwas in einem Tonfall, der nach Entscheidung klang. Dann brachte sie ihr den Zeitungsausschnitt zurück.

»Entschuldigen Sie vielmals, daß ich Ihnen nicht gleich Platz angeboten habe, aber ich war so überrascht ... das ist sonst nicht unsere Art, Gäste einfach stehen zu lassen. Darf ich Ihnen eine Tasse Tee anbieten?«

Sie schüttelte den Kopf. Das würde ihre Blase noch mehr belasten. Sie hatte ohnehin schon mit dem Gedanken gespielt, die junge Frau zu fragen, ob sie die Toilette benutzen durfte, aber irgendwie war es ihr peinlich gewesen. Schon kam eine der älteren Frauen mit einem kleinen tulpenförmigen Glas auf sie zu, in dem der rötliche Tee ein wenig hin und her schwappte. Auf dem goldgerandeten Untersatz lagen ein paar Würfel Zucker, und die Frau sagte: »Mußt du gleich trinken, sonst wird kalt!«

Sie konnte nicht anders, als den Tee trinken, gottlob war das Glas sehr klein.

»Und, waren meine Tochter oder mein Schwiegersohn hier bei Ihnen?« fragte sie die junge Frau nach dem ersten Schluck.

»Es ist merkwürdig, daß Sie das fragen, denn die meisten von uns kennen Ali. Er war ein paar Mal hier und möchte, daß wir seine Gedichte drucken.«

Beinahe wäre Emmi das zierliche Gläschen aus der Hand gefallen. »Och«, machte sie, als sei sie einfach zu massig und zu ungeschickt für so ein zartes Glas.

»Neulich hat er auch seinen Sohn mitgebracht. Ein hübscher Junge, so groß und so blond.«

»Und«, fragte Emmi, »was ist mit Anna, meiner Tochter? War sie auch hier?«

»Da sind wir uns nicht sicher. Der alte Haydar, der meistens als erster kommt, weil er einen Schlüssel hat, ist heute nicht da. Er mußte ins Krankenhaus. Aber jemand von denen, sie zeigte zu den älteren Leuten hinüber, weiß, daß er vor einiger Zeit von einer blonden Frau erzählt hat, die so wie Sie einfach hierhergekommen war und etwas wissen wollte. Er hat ihr gesagt, sie solle später kommen, wenn die anderen auch da wären, aber sie ist offensichtlich nicht wiedergekommen.«

Sie trank das Gläschen mit dem nächsten Schluck leer. »Ich danke Ihnen, Sie haben mir sehr geholfen.« Sie rappelte sich ächzend aus dem Stuhl hoch.

»Wollen Sie nicht noch ein wenig bleiben und sich ausruhen? Trinken Sie doch noch eine Tasse Tee mit uns!«

»Danke!« Emmi stand nun, raffte Tasche und Schirm an sich und streckte der jungen Frau die Hand hin. »Wiedersehen und vielen, vielen Dank!«

Die junge Frau hielt ihre Hand ein wenig länger als üblich. »Ist Ihre Tochter tatsächlich verschwunden?«

Emmi nickte, wandte aber das Gesicht ab, um deutlich zu machen, daß sie nicht weiter darüber reden wolle.

»Und Ali?« fragte die junge Frau leise. »Ist etwas mit ihm? Hat er etwas angestellt?«

Emmi schüttelte heftig den Kopf. »Nein, nein. Ali ist schon in Ordnung. Wir alle wissen manchmal nicht, was wir tun sollen.« Sie quälte sich ein einigermaßen verbindliches Lächeln ab und startete zur Tür, die der jüngere Mann ihr bereits aufhielt. Gerade als sie die Schwelle überschritten hatte, rief er ihr noch nach: »Grüßen Sie Ali von uns. Er ist jederzeit willkommen!« Es klang ein wenig nach Provokation, aber sie erwiderte nichts, sondern konzentrierte sich voll auf das Aufspannen ihres Regenschirms.

Das Gläschen Tee hatte den Druck auf ihre Blase noch erhöht, sie mußte also dringend ein Café finden, in dem sie in aller Ruhe Wasser lassen und sich dann ein wenig stärken konnte. Immerhin hatte sie das Mittagessen übergangen, eine Tat, die zumindest mit einem Stück Torte – *nein, keine Torte, Emmi, höchstens Kuchen!* – belohnt werden mußte.

Sie bewegte sich wieder in Richtung Ausstellungsstraße, schon war das Riesenrad zu sehen, überhaupt der Wurstlprater ... Ihr fiel ein, daß sie das letzte Mal mit Anna hier gewesen war, an Annas zehntem Geburtstag. Vor mehr als fünfundzwanzig Jahren. Anna war damals ganz versessen aufs Ponyreiten. Auch im Spiegelkabinett waren sie gewesen und anschließend im *Schweizerhaus*, wo sie eine Schweinsstelze gegessen hatten. Das heißt, sie hatte eine Stelze gegessen, während Anna nur davon gekostet hatte, so aufgeregt war sie und so sehr wollte sie noch eine Runde auf dem Pony reiten. Hatte es nicht *Eskimo* geheißen? Sie mußte lachen und trat in Gedanken versunken vom Gehsteig auf die Straße in Richtung auf das Café, das ihr vorhin schon in die Augen gesprungen war.

Ein heftiges Bremsgeräusch scheuchte sie aus ihren Gedanken auf, und hinter einer Windschutzscheibe starrte ein Gesicht sie an, halb erschrocken, halb ärgerlich. Ein Gesicht ... sie hätte beinahe aufgeschrien, so sehr erinnerte es sie an Anna. Sie stand da, als hätte sie ein Gespenst gesehen. Da kurbelte der Mann die Fensterscheibe herunter und sagte ein wenig ungehalten: »Was ist, wollen Sie die Straße nicht endlich freigeben?«

Sie zuckte zusammen und fand nun, daß sie sich wohl getäuscht hatte. Bei näherem Hinsehen verlor sich die Ähnlichkeit zunehmend.

»Entschuldigung«, murmelte sie, mehr zu sich als zu dem Mann, »aber Sie erinnern mich kolossal an jemanden!« Wie war ihr bloß das Wort kolossal in den Sinn gekommen? Damit setzte sie sich wieder in Bewegung und watete – das Wasser war schon aus den Abflüssen geschwappt und lief in kleinen Wellen den Asphalt entlang – sozusagen ans andere Ufer.

Im Eingang zum Café schüttelte sie zuerst den Schirm und dann sich selber. *Wie ein Hund, ich benehme mich wie ein Hund, bin ständig auf der Suche nach Nahrhaftem, schnüffle anderen Leuten hinterher und schüttle mir das Wasser vom Leib.*

Der Regen hatte viele Leute in dieses Café getrieben. Es stank nach feuchtem Loden, nassen Schuhen, nach Rauch und nach allem, wonach stark frequentierte Kaffeehäuser eben stinken. Mit Müh und Not konnte sie Platz an einem der winzigen Tische in der Mitte des Cafés finden. Das Geschirr des vorigen Gastes stand noch da, und der hölzerne Stuhl war noch warm vom Hintern ihrer Vorgängerin. Am lilafarbenen Lippenstiftabdruck auf dem Tassenrand hatte sie sogleich erkannt, daß es eine Frau gewesen war.

Sie konnte es kaum erwarten, daß die Kellnerin kam und sich nach ihren Wünschen erkundigte. »Haben Sie auch Kuchen?« fragte sie, als die ein wenig verlebt wirkende Mittvierzigerin mit viel zu stark gefärbten Augenbrauen ihre Bestellung aufnahm. Die Kellnerin zählte das Übliche her: »Topfenstrudel, Apfelstrudel, Milirahmstrudel ...« Und als sie sich nicht gleich entscheiden konnte und nur etwas von Melange murmelte, meinte die Kellnerin, vorne an der Theke stehe eine Vitrine, da könne sie persönlich auswählen. Wunderbar, da konnte sie das Angenehme gleich mit dem Nützlichen verbinden und endlich auf die Toilette gehen.

Als sie aufstand, war der nachgemachte Thonetsessel wohl an ihrem Kleid klebengeblieben, denn er fiel, kaum daß sie stand, polternd zu Boden. Einige Leute drehten sich zu ihr hin, und ein stattlicher älterer Herr war ihr behilflich, den Stuhl wieder aufzuheben. Sie keuchten beide ein wenig, als sie sich aufrichteten, er aber flüsterte wie ein Verschwörer: »Ich habe immer schon gesagt, daß diese Kaffeehaussesserln viel zu filigran sind.«

Sie bedankte sich verschämt und segelte davon, wieder aufgerichtet von der Aussicht auf die Versuchung, der sie demnächst hemmungslos zu erliegen gedachte.

Beim Hinausgehen wandte sie absichtlich den Blick ab, um sich selbst in Spannung zu halten, und als sie wiederkam, pflanzte sie sich so vor der Vitrine auf, als gönne sie all den anderen Besuchern des Cafés nicht einmal mehr einen Blick darauf.

Zu früh gefreut. Die Auswahl war um einiges dürftiger, als sie in ihrer Vorfreude, in der sie gewiß übertrieb, angenommen hatte. Trotz überkam sie und ließ sie die einzelne Kastanientorte fixieren, das wohl kalorienreichste Stück in der ganzen Vitrine. Zur Sicherheit fragte sie noch, ob es von heute sei. Da sie sich eisern vorgenommen hatte, es bei einem einzigen Verstoß gegen die *selbstauferlegte Ernährungsumstellung* zu belassen, sollte dieser wenigstens dafürstehen.

Sie bestellte und bahnte sich dann wieder den Weg durchs übervoll besetzte Lokal zurück zu ihrem winzigen Tisch, maß den filigranen Stuhl mit einem verächtlichen Blick und schwebte dann, soweit ihr das möglich war, auf ihn nieder, um es zu keinem neuerlichen Zusammenstoß zwischen ihr und der Thonet-Nachahmung kommen zu lassen. Nachdem sie das anstandslos geschafft hatte, traf ihr Blick auf den des stattlichen Herrn, der ihr zuvor behilflich gewesen war. Er zwinkerte ihr komplizenhaft zu.

Als die Melange, natürlich mit Schlagobershaube, zusammen mit der Kastanientorte an ihren Tisch kam, lehnte sie sich erst einmal genußvoll zurück. Sie fühlte sich wie eine Menschenfresserin, dermaßen persönlich nahm sie die Herausforderung von all dem Schlagobers, das sich in sanft gewundenen kleinen

Pyramiden auf der Torte und in einer großen auf dem Kaffee vor ihr breitmachte. Sie nahm einen Zuckerstreuer, wie sie, gottlob, noch in einigen Cafés auf jedem Tisch standen, und ließ daraus gerade so viel auf die Obershaube der Melange rieseln, daß sie mit einer dünnen Schicht glitzernder Kristalle überzogen wurde – *das Brautkleid des Opfers, mit Straß bestickt* –, und trug dann die Pyramide, die ohnehin die Tendenz hatte, zusehends zu verflachen, das heißt, in sich zusammenzusinken, löffelweise ab, wobei sie immer wieder nachzuckerte, damit jeder kleine Gupf, den sie sich in den Mund schob, auch von der gleichen Glitzerschicht überzogen wäre. Glück! Wenn man ehrlich war, konnte man diese Augenblicke so nennen. Aber war Glück von Dauer? Konnte es sich auch nur über fünf Minuten hinweg halten?

Schon der erste Bissen von der Kastanientorte ließ sie die Nasenflügel spreizen. Hatte deren Schlagobers am Ende einen Stich? Sie nahm einen weiteren Bissen, breitete ihn auf ihrer Zunge aus, drückte dann die Zunge mitsamt dem Bissen mehrmals gegen den Gaumen und schüttelte zweifelnd den Kopf. Da lauerte eine Art Säure im Hintergrund des Geschmacks, die nur bedeuten konnte, daß das Schlagobers dabei war, sauer zu werden.

Noch war sie sich nicht ganz sicher, also nahm sie einen weiteren Bissen, den schon die machtvoll aufkeimende Enttäuschung säuerlich schmecken ließ. Sie wollte nicht ungerecht sein, aber der nächste, und das war auch bereits der letzte Bissen – sie war ja kein Vögelchen, das bloß sein Schnäbelchen an so einem insgesamt eher kleinen Stück Kastanientorte wetzte – überzeugte sie vollends, daß das Schlagobers einen Stich hatte, einen richtigen, unguten, deutlich merkbaren Stich.

Wie zur Bestätigung stieß es ihr auf, und sie spülte die ganze Bescherung mit einem letzten Schluck Kaffee, der auch nur mehr lauwarm war, hinunter. *Nimm nie das letzte Stück, Emmi!*

Wie oft hatte sie sich das schon geschworen, vergebens. Immer wieder hatte die Gier ihr ein Schnippchen geschlagen.

Bei nächster Gelegenheit winkte sie die Kellnerin an ihren Tisch, was bei dem Betrieb gar nicht so einfach war, und als die auch noch die Unverschämtheit besaß zu fragen, ob *eh* alles in Ordnung gewesen wäre, und das in einem Tonfall, der nicht den geringsten Zweifel daran zuließ, daß alles in Ordnung gewesen war, begehrte sie auf und sagte, daß die Torte einen Stich gehabt habe.

Das täte ihr leid, sagte die Kellnerin, aber das könne nur vom Gewitter gekommen sein, da bekäme exponiertes Schlagobers – sie sagte tatsächlich *exponiertes* – leicht einen Stich.

Ihr Einwand, daß das Gewitter, soviel sie wisse, bereits gestern abend niedergegangen wäre und sie vorne an der Vitrine extra gefragt habe, ob die Kastanientorte auch von heute sei, konterte die Kellnerin mit einem Appell an die *Logik*. Da sie nicht selber backen würden, wären die frischen Sachen heute morgen aus der Bäckerei, in der sie, da nachts höchstens Brot gebacken werde, spätestens gestern abend erzeugt worden wären, gekommen. »Ist doch *logisch*, oder?« Und außerdem könne das Schlagobers keinen so intensiven Stich gehabt haben, denn schließlich habe sie es ja mitsamt der Torte aufgegessen.

Auch das entbehrte nicht einer gewissen *Logik*, dennoch war sie nahe daran, es zum Skandal kommen zu lassen, nahm sich aber im letzten Moment zurück, als sie bemerkte, wie der stattliche Herr mit besorgtem Blick zu ihr herüberblinzelte. Sie versuchte, sich einen möglichst souveränen Abgang zu verschaffen, und erließ der Kellnerin die paar Cent, die sie ihr hätte herausgeben müssen, mit der grandiosen Ansage: »Paßt schon! Für Ihre Bemühungen!«

Als die Kellnerin ihr dennoch herausgab, ließ sie den *Schotter* einfach liegen, achtete auch darauf, daß ihr das Malheur mit dem nachgemachten Thonetsessel nicht noch einmal passierte, und erhob sich.

Was dann geschah, brachte allerdings alles an Haltung, was sie sich angesichts des komplizenhaften stattlichen Herrn auferlegt hatte, ins Wanken, was heißt ins Wanken, vollkommen zum Einsturz. Als sie nämlich ihren Schirm suchte, stellte sich heraus, daß er gestohlen worden war, wahrscheinlich während sie auf der Toilette saß.

Die Kellnerin und ebenso die Pächterin weigerten sich, das Wort *gestohlen* gelten zu lassen. Wahrscheinlich sei es bloß zu einer jener gängigen Verwechslungen gekommen, was bei der Anzahl von Schirmen und bei dem Wetter eben öfter geschehe.

Man könne ihr auch mit keinem Schirm aushelfen, da mit allen firmeneigenen Schirmen bereits ausgeholfen worden wäre, und ihr Ansinnen, ihr dann wenigstens einen dem ihren ähnlichen Schirm zu überlassen, mit dem er verwechselt worden wäre, wurde wieder mit einem Appell an die *Logik* abschlägig beschieden. Denn daraus, erwiderten Kellnerin und Pächterin unisono würde ein solcher *Pallawatsch* entstehen – allein dieses Wort nahm sie wieder einmal und pauschal gegen alle Wiener ein –, daß man sich das weder ausmalen könne noch wolle. Schließlich wüßten sie ja nicht, welcher Schirm mit dem ihren verwechselt worden wäre. »Ist doch *logisch*, oder?«

Da brach es dann doch noch aus ihr hervor, und sie hieß sowohl Kellnerin als auch Pächterin alles mögliche, dabei auf ein Repertoire zurückgreifend, das ihr nur in Phasen absoluter Rage zuflog, sie wußte selbst nicht woher, jedenfalls verfehlte es seine Wirkung nicht. Plötzlich hatte sie die Aufmerksamkeit des ganzen Cafés für sich, und als sie sich dessen bewußt wurde, besann sie sich ihrer menschlichen Würde und beendete ihre Tirade mit einem allgemein gültigen »Weil es wahr ist!«

Sie ging. Und wie ihr bald unmißverständlich klar wurde, ging sie hinaus in den Regen, der zwar nicht mehr ganz so heftig wie zuvor auf die Autodächer klatschte, aber dennoch stark genug war, daß sie sich innerhalb kürzester Zeit wie ein Badeschwamm fühlte. Sie kam an einer jener Kaffeeverkaufsstellen vorbei, die mittlerweile auch vieles andere feilboten. Die Schirme waren aber leider alle ausverkauft. Das einzige, was man ihr anbieten könne – die Verkäuferin schien sich ernstlich Sorgen um sie zu machen –, sei eine Art Regenhaut, durchsichtig zwar, aber bei diesem Wetter garantiert der bessere Schutz als so ein Schirm, der nur gegen das von oben, nicht aber gegen das durch den Wind von der Seite hergetriebene Wasser schütze.

Sie bezahlte das Ding, ließ zu, daß die Verkäuferin es ihr überzog, und stellte fest, daß es sie sogar wärmte. Sie war zu naß, um guten Gewissens in ein Taxi zu steigen, und hoffte, daß ihr Kleid unter der Plastikhaut von ihrer Körperwärme zumindest so weit getrocknet würde, daß sie keine Flecken oder gar Lachen unter sich ließ, wenn sie später in welches Verkehrsmittel auch immer stieg.

Plötzlich war ihr, als müsse sie unbedingt in den Wurstlprater. Das viele Obers in ihrem Magen fühlte sich, da sie der *selbstauferlegten Ernährungsänderung* wegen an nichts dergleichen mehr gewöhnt war, wie Beton an, der zwar nicht hart, dafür umso schwerer geworden war. Auch verursachte ihr der Zucker ein wenig Sodbrennen. Was dagegen am besten half, war eine Lángos, jenes ungarische Schmalzgebäck in Form eines Lappens, das mit heißer Knoblauchsauce übergossen wurde.

In der Glasscheibe eines Spielautomatensalons konnte sie sich gehen sehen, eine Außerirdische in Klarsichtfolie mit der Spitze ihrer Kapuze als Sendestation ins Universum. Sie sah nicht nur grotesk aus, sie fühlte sich auch so, mit einer geradezu selbstquälerischen Freude an ihrem bizarren Erscheinungsbild.

Ihr Geruchssinn täuschte sie nicht und die Erinnerung auch nicht. Sie war in die richtige der vielen kleinen Längs- und Quergassen eingebogen, und schon näherte sie sich dem Lángos-Stand, dessen Geruchsspur sie in diese Richtung gezogen hatte. Auch glaubte sie sich zu erinnern, daß man vor fünfundzwanzig Jahren schon an dieser Stelle Lángos hatte kaufen können.

Das Wasser schoß von den durch Ösen zusammengehaltenen Enden der Dachplane, als würde es von Gargoyles, jenen steinernen Ungetümen an mittelalterlichen Dachtraufen, ausgespien, und der Verkäufer hockte inmitten des Standes – ein weißes Schiffchen mit Aufdruck auf dem Kopf – und fischte melancholisch nach zu braun gewordenen Exemplaren.

Sie näherte sich mit Bedacht, nicht daß der Mann vor ihrem extraterrestrischen Aussehen erschrak, hatte aber vor, ihn vielleicht doch ein wenig zu verblüffen, so daß er gar nicht erst daran denken sollte, ein überlegenes Männergrinsen aufzusetzen.

Sie lehnte sich mit ihrem ganzen Gewicht an die schmale Theke des Lángos-Standes, klopfte auch ein wenig mit dem Fuß daran, um den Mann aus seiner Versunkenheit aufzuscheuchen, und sagte dann in einem Anfall von Großartigkeit: »Na, junger Mann, wie wär's mit einer Gratislángos für eine außerirdische Riesenzwergin?«

Der Mann blickte auf, sah sie erstaunt an und sagte dann mit so schwerem Akzent »Bittarschän!«, daß alle Großartigkeit in ihr zusammenschrumpfte und sie die Finger zu Hilfe nahm. »Vergiß es!« murmelte sie und streckte unübersehbar den Daumen zuerst in die Höhe, dann in Richtung Fettpfanne, worauf er sogleich beflissen nickte. Er fischte nach einem farblich korrekten Stück, wickelte es in Fettpapier, von dessen Innenseite das heiße Schmalz troff, da das Papier es nicht aufsaugte. So machte man sich zwar nicht unbedingt die Finger fettig, dafür gab es Flecken auf der Kleidung. Nicht jedoch in ihrem Fall, davor schützte sie dieses Outfit tatsächlich.

»Zwaeurofufzisch!« sagte der Mann, und sie gab ihm drei, mit der entsprechenden Geste, daß er den Rest behalten möge. Er verneigte sich ein paarmal erfreut. Wenn schon kein außergewöhnlicher Auftritt, dann zumindest ein mildtätiger Abgang.

Viel hatte sich nicht verändert in diesen mehr als fünfundzwanzig Jahren. Es war nur alles lauter und bunter geworden. Des noch immer heftigen Regens wegen hielt sich die Zahl der Besucher in Grenzen. Einige Unentwegte, vor allem Kinder, fuhren sogar mit der Hochschaubahn. Auch die Geisterbahn war in Betrieb. Damit hatte Anna damals nicht fahren mögen, nicht um die Burg. Erst jetzt fiel ihr auf, daß die Geisterbahn tatsächlich in Form einer Burg gebaut war. Und das verhungerte Skelett, das sich über eine der Zinnen beugte, schaute wohl eher, ob der Regen nicht doch endlich aufgehört hätte, als in der Absicht, jemanden zu erschrecken.

Sie biß in ihre Lángos. Auf Knoblauch konnte man sich immer verlassen. Auch gesalzen war das Ganze richtig und kroß genug, um die Erwartungen zu erfüllen, dennoch nicht überbacken.

Ihre Stimmung besserte sich bissenweise. Dazu würde am ehesten ein kleines Bier passen, aber mittlerweile war sie regelrecht abergläubisch geworden und beließ es beim kurzen Anfangsglück der wunderbaren Lángos, damit kein verdorbenes Glück folgen sollte. Wer weiß, welche Unbilden sie beim Besorgen eines Biers auf sich nehmen mußte, des Regens wegen ein überfülltes Zelt, blöde Bemerkungen oder sich mokierende Blicke der Bedienung coram publico. Außerdem, Bier und Schlagobers … die Frage war, was einen der eigene Körper nach einer solchen Mischung alles anschauen ließ. *Also – kein Bier!*

Sie fand auch zum Ponyreiten, vom Geruch nach Pferdeäpfeln geleitet, die im Regen zu gewöhnlicher Scheiße auseinanderliefen. Auch das Pony-Rondeau war von einer Plane überdacht, von deren Zipfeln gelegentlich Wassergüsse platschten. Hier war außer ihr nur eine Mutter mit Zwillingen, die ihr offenbar während der Schwangerschaft alles entzogen hatten, was vielleicht früher einmal an ihr dran gewesen sein mochte. *Geradezu rachitisch, die arme Person*. Während die zwei kleinen Buben eher mollig wirkten. Sie bettelten immer noch um einen Ritt, wollten gar nicht aus ihren kleinen Sätteln steigen.

Nachdem sie das Fettpapier in einem Mülleimer versenkt hatte, wischte sie sich mit dem Handrückten die Tropfen aus dem Gesicht, die die Kapuze nicht abgefangen hatte. Eine Weile schaute sie zu und versuchte, zwischen den beiden pummeligen Zwillingen die zehnjährige Anna wiedererstehen zu lassen, aber es wollte und wollte ihr nicht gelingen.

Der Ponyführer, mit langen, bereits etwas schütteren Haaren, der zugleich kassierte und aufpaßte, daß keiner runterfiel, kam immer wieder an ihr vorbei, und als er gerade wieder, das eine Pony am Zügel führend und trübsinnig vor sich hin starrend, um die Kurve bog, sprach sie ihn an.

»Gibt es hier ein Pferd, das *Eskimo* heißt?« Er blickte auf, fixierte sie kurz – als Kundin kam sie wohl nicht in Frage – und deutete ausdruckslos in Richtung der kleinen Kutschen, vor denen etwas größere Pferde, mit hellen Mähnen und umgebundenen Futtersäcken, vor sich hin mahlten.

Als er wieder vorbeikam, rief sie ihm schon von weitem zu: »Ich möchte eine Runde mit diesem *Eskimo* drehen!« Er schaute verblüfft auf, faßte sich aber rasch und stieß einen hellen Pfiff aus. Gleich darauf hüpfte ein Bursche in abgerissener Livree hinter einem Verschlag hervor und blickte fragend zu dem Mann, der das Pony am Zügel führte. Dieser übergab ihm den Zügel und sagte dann zu ihr, indem er ihr hilfreich den Arm hinhielt: »Bitte, Gnädigste, Ihr Wunsch ist mir Befehl!« Sie war ihm dankbar dafür, daß er sich jede Art von Grinsen versagte.

»Wollen selber die Zügel halten oder wollen kutschiert werden?« Er stemmte sie in das zierliche Wägelchen hoch, und sie erwiderte hoheitsvoll: »Walten Sie Ihres Amtes!«

Und während sie so hinter ihm saß und ihn eine Runde um die andere drehen ließ, tauchte plötzlich die kleine Anna aus der Tiefe der Jahre empor. Gerade daß sie sie nicht leibhaftig auf einem der Ponys sitzen sehen konnte, von denen keines mehr *Eskimo* hieß. Ein Haflinger hatte den Namen geerbt, aber er brachte ihr zumindest die Erinnerung zurück. Sie heulte ein wenig, Anna-mitleidig und selbst-mitleidig, und als der Kutscher sich nach fünf Runden zu ihr umdrehte und meinte: »Wollen noch fünf Runden oder wollen es gut sein lassen?«, bedeutete sie ihm, daß es genug sei.

Er war ihr auch beim Aussteigen in einer Weise behilflich, die sie als tröstlich empfand. Die meisten Menschen, Irene eingeschlossen, stellten sich dabei eher ungeschickt an und ließen einen spüren, daß es ihnen eine Last war.

Sie bezahlte, gab ein entsprechendes Trinkgeld und schneuzte sich geräuschvoll, während sie auf das Wechselgeld wartete.

Blieb nur noch das Spiegelkabinett. Das mußte sein, wie es auch damals hatte sein müssen. Die Frau an der Kassa war so winzig, daß sie kaum über das Pult schaute, an dem sie saß.

»Eine Seniorenkarte«, dröhnte sie mit wieder tränenloser Stimme, und die winzige Frau stand tatsächlich hinter ihrem Pult auf, um zu sehen, ob sich nicht insgeheim ein Kind unter ihrem Rock versteckte. Dann lächelte sie zartfühlend und meinte: »Wir haben noch eine halbe Stunde offen. Sie können sich ruhig Zeit lassen!«

An die meisten Formen der Verzerrung hatte sie sich gar nicht mehr erinnern können. Dennoch nahm sie es einigermaßen gelassen, als ihr Leib in einer Weise aufgetrieben wurde, die die Vorstellung nahelegte, sie würde demnächst mit einer ihrer ins Unendliche auslaufenden Hüften an dem fernsten

Punkt einer unbekannten Galaxie andocken, während ihr im nächsten Spiegel die in einer spitzen Plastikpyramide steckende Hirnschale zur Wolkendecke emporzuschnellen drohte.

Interessanterweise gingen manche Verwandlungen derart rasch vor sich, daß sie eher spontanen Verrutschungen glichen, so als flutschte eine Erscheinungsform blitzschnell in eine andere hinüber. So wurde plötzlich ihr Leib, kaum hatte sie sich einen kleinen Schritt weiterbewegt, in zwei Hälften zerschnitten, die den Oberkörper nicht mehr wissen ließen, wohin sein Unterleib sich verflüchtigt hatte.

Die härtesten Attacken hatten Emmis Gesichtszüge zu bestehen. Einmal trat ihre Nase so gewaltig hervor, daß Stirn und Kinn an den Horizont zurückzufallen drohten, während die nächste Ansicht ihrer selbst den Mund zu einem riesigen Fischmaul aufblähte, was ihr schmerzhaft zu Bewußtsein brachte, daß sie unter unsäglichem Durst litt. Der Knoblauch würde sie demnächst an einen Ort treiben, an dem es Bier gab, ganz egal, ob die Luft im Lokal stickig und verraucht war, ob die Kellnerin sie blöd anredete oder die Gäste sich über ihre Erscheinung mokierten.

Der Brand, den die Knoblauchsauce in ihren Eingeweiden erzeugt hatte, mußte in jedem Fall gelöscht werden, auch wenn sich das Obers noch so sehr dagegen wehren mochte. Daß sie auch diese Schlacht, diesmal gegen das Bier, verlieren würde, stand bereits fest, und auf diese Weise – Schlacht für Schlacht – wurde dann wohl auch der ganze Krieg verloren, und die Sache mit der *selbstauferlegten Ernährungsveränderung* würde ein für alle Male ins Wasser fallen.

Da konnte sie dann gleich von der obersten Gondel des Riesenrads springen und brauchte weder Anna weiter nachzutrauern noch sich den Kopf darüber zu zerbrechen, warum Ali Omo nun doch zu seinen Leuten mitgenommen hatte, was seine Gedichte mit dem Verschwinden von Anna zu tun hatten und warum Irene sich für all diesen Kummer nicht mehr wirklich zu interessieren schien.

In diesem Augenblick trat sie vor einen Spiegel, der all ihren Trübsinn zum Stillstand brachte. Sie starrte auf eine mit jeder leichten Drehung schlanker werdende Person namens Emmi Rehulka, die eine stille Souveränität ausstrahlte, eine Souveränität, die jede ihrer bedächtigen kleinen Bewegungen mit immer größerer Verschlankung belohnte und sie dabei in einer Weise zierlich erscheinen ließ, die sogar der dicken Emmi Rehulka zu Herzen ging.

Sie konnte sich gar nicht satt sehen an jener anderen, immer ätherischer werdenden Emmi, die ihre Bewegungen mit einer Anmut vollführte, die der dicken Emmi immer fremd gewesen war.

Plötzlich traf sie die Erkenntnis wie ein zweiter Schlaganfall: so also hätte sie aussehen können, wenn sie es auf sich genommen hätte. Was auf sich genommen hätte? Eine andere Art von Leben zu führen? Aber wäre sie dann noch jene Emmi vor dem Spiegel gewesen? Wäre sie dann nicht zu jener anderen, unwirklichen Emmi hinter dem Spiegel geworden?

»Es ist nie zu spät«, säuselte eine Stimme hinter dem Spiegel oder in ihrem Kopf. *Nie zu spät?* Was sollte das wiederum heißen? Noch eine kleine Drehung zu vollführen, um zu jener Emmi im Spiegel zu werden, die immer schlanker, immer weniger wurde? Wie konnte man dieser Versuchung widerstehen? *Trau dich, Emmi!*

Sie legte die Hand aufs Herz und bewegte sich in Zeitlupe. Aber sie bewegte sich, bewegte sich in Richtung Verschwinden. Gleich, sogleich würde sie es geschafft haben. Sie würde es schaffen, sich vollkommen zum Verschwinden zu bringen, sich auf höchst anmutige Weise im Eigenen aufzulösen. Doch noch gab es etwas von ihr, etwas Körperliches, das nun zu taumeln begann, einknickte und geradezu übergangslos das Bewußtsein verlor.

Irene

Irene hatte die Umstellung unterschätzt, den scharfen Schnitt, den sie geführt hatte zwischen ihrem früheren Leben und dem jetzigen, zwischen Groß- und Kleinstadt, zwischen unabhängiger Berufstätiger und spätheimkehrender Großmutter, zwischen Betriebsrätin und ruheständischer Haushälterin.

Sie hatte gedacht, sie brauche nur eine Entscheidung zu treffen, wie sie auch früher öfter Entscheidungen getroffen hatte, und schon sei die Sache gelaufen. Vielleicht war es der Anschein der Endgültigkeit, der diesen Schnitt, im Gegensatz zu den früheren, zum Schwären brachte. Das Bewußtsein, daß sie in ihrem Leben nicht mehr so viele Entscheidungen ähnlichen Gewichts würde treffen können.

Wenn sie je in Ruhe darüber nachgedacht hätte, was sie nach der Rückkehr in diese gestockte kleine Stadt ihrer Kindheit erwartete, hätte sie es sich schon besser überlegt. Aber hatte sie denn in Ruhe nachdenken können? Plötzlich war Anna verschwunden, und sie hatte die paar Wochen vor ihrer Pensionierung alle Hände voll zu tun gehabt, dieses Verschwinden herunterzuspielen, damit sie ihre Angelegenheiten in Berlin halbwegs zu Ende bringen konnte.

Nicht einmal die Wohnung hatte sie verkauft, bloß die provisorische Verfügung getroffen, daß eine jüngere Kollegin, die des öfteren von ihrem Mann verprügelt worden war und nun Abstand zu ihrer Ehe finden mußte, darin wohnen sollte, bis sie entschieden hatte, was mit der Wohnung letztlich zu geschehen hätte. Jetzt kam ihr das wie ein Hintertürchen vor, das sie sich gelassen hatte, falls sie als Großmutter doch nicht die beeindruckende Figur sein sollte, als die sie sich hatte sehen wollen. Dennoch, da waren die Kinder, Nilüfer und Onur, das heißt Inimini und Omo, ihre leiblichen Enkel, und gegen die half kein Hintertürchen.

Aber brauchten die beiden sie wirklich? War sie ihnen in der

Zeit, in der sie ihre Wäsche wusch und Essen für sie kochte, tatsächlich nähergekommen? Omo ein wenig. Aber seit Ali sich ihm verstärkt zuwandte, war sie sich nicht einmal dessen mehr sicher. Von Inimini ganz zu schweigen. Die hatte sich als Königin in ihrem eigenen kleinen Bienenkorb verschanzt, und wehe, sie versuchte in ihn einzudringen, da setzte Iniminis hellwache Intelligenz sie sogleich mit als harmlos getarnten, geschliffenen kleinen Sätzen auf Distanz.

Blieb in Wirklichkeit nur Emmi. Ob Emmi sie brauchte oder nicht, spielte keine Rolle. Es war einfach so, daß ihrer beider Leben nach all den Jahren der Trennung sogleich wieder ineinandergriffen, so wie sie schon in frühester Jugend ineinandergegriffen hatten, völlig selbstverständlich. Merkwürdig daran war höchstens, daß ihr das jetzt erst zu Bewußtsein kam. Der Gedanke, daß Emmi die konstanteste Beziehung in ihrem Leben war, erschien ihr geradezu kurios, dennoch ließ er sich durch nichts entkräften.

Sie hatte geglaubt, ihre frühere Lebensweise mit einem gewissen Aufwand an Entschlußkraft derart umgestalten zu können, daß sie zu ihrem neuen Leben paßte. Weit gefehlt. Sie hätte schon stutzig werden müssen, als sie bemerkte, daß sie es abends zu Hause kaum noch aushielt. Tagsüber, wenn sie beschäftigt war mit all dem, was sie als Organisation des Zusammenlebens bezeichnete, konnte sie die eigenen vier Wände ganz gut ertragen. Da legte sie Hand an, ging sogar so weit, mit Alis Hilfe die Küche auszuweißen. Aber die Abende wurden immer problematischer. Ali verschanzte sich gewohnheitsmäßig hinter seinen Abenddiensten, Inimini sperrte sich in ihr Zimmer ein, erging sich in Leibesübungen und dem Koran oder studierte Zoologiebücher. Nur Omo leistete ihr gelegentlich Gesellschaft, wenn er sich etwas im Fernsehen anschauen wollte.

Sie hatte der Reihe nach einige ihrer ehemaligen Schulkolleginnen, so sie noch in der Stadt lebten, besucht, aber das war keine Alternative. Wenn schon ehemalige Schulkollegin, dann Emmi. Emmi war die ultimative ehemalige Schulkollegin.

Sie versuchte Emmi zu überreden, mit ihr abends einmal ins *Zerbst* zu gehen, in das Lokal, in dem sie beide sich seinerzeit den ersten Kaffee bestellt hatten und in dem Anna in den letzten Jahren arbeitete. Es gehörte einem Mann, den sie und Emmi von Jugend auf kannten, sie womöglich noch besser als Emmi. Einmal war Emmi mitgekommen, wahrscheinlich weil sie die Hoffnung immer noch nicht aufgegeben hatte, irgendeine Spur von Anna zu finden, selbst wenn es eine war, die zwar vom *Zerbst* ausging, jedoch im Nirgendwo endete.

Für sie selbst hatte sich im Hinblick auf Anna nicht allzuviel verändert. Abgesehen davon, daß Anna von der Bildfläche verschwunden und vielleicht gar nicht mehr am Leben war – sie versuchte immer öfter, auch das zu denken –, verlief ihr eigenes Leben ebenso Anna-los, wie es die letzten fünfzehn Jahre verlaufen war. Natürlich hatte sie Anna von Zeit zu Zeit besucht, war einmal im Jahr oder zumindest alle zwei Jahre angereist gekommen – so wie Anna seinerzeit mit Emmi nach Berlin gereist kam –, schon um sich immer wieder von der Existenz ihrer Enkel zu überzeugen. Aber in Wirklichkeit hatte sie ohne Anna gelebt, so wie jetzt auch, selbst wenn sie in Gedanken oft bei ihr war.

Die Leere, die Irene vor allem an den Abenden verspürte, war also keine Leere, die unmittelbar mit Annas Verschwinden zu tun gehabt hätte, es war eine Leere, die von einem bestimmten Gesicht verursacht wurde, einem Gesicht, gegen das sie sich zur Wehr gesetzt hatte und dessen Verlust ihr dennoch Phantomschmerzen bereitete. So wie jedes der Gesichter, zu denen sie ein Verhältnis gehabt hatte, ihr nach seinem Verlust Phantomschmerzen bereitet hatte. Aber warum so lange? Sie errötete beinah, als sie sich den wahren Grund eingestand: Es gab keinen Ersatz. Und – auch das gehörte zu ihren *lebensverändernden Beschlüssen* – es sollte auch keinen Ersatz geben.

Sie wollte sich nicht mehr der Herrschaft, die ein solches Gesicht über ihre Gefühle ausübte, unterwerfen. *Lieber ein bißchen Leere und Langeweile, und dafür Schluß mit all den Lächerlichkeiten.* Dabei war es nicht einmal Sex, was ihr wirklich fehlte, so gut ihr Sex immer bekommen war, aber sie konnte sich Sex ohne jene Gefühlskrisen, wie sie ihre Verliebtheiten jetzt nannte, einfach nicht vorstellen. Ohne jenes Stimulans von Verwicklungen und Kompliziertheiten, die mit der ersten Begegnung begannen und sich ein Verhältnis lang hinzogen, nicht als Würze oder Zutat, sondern als die Dinge der Liebe an sich.

Was ihr fehlte, waren die Schmetterlinge im Bauch, wenn sie auf einen Anruf wartete, das leise Zittern ihrer Hand, wenn sie zum ersten Mal das andere Gesicht berührte, die Kohlensäure, die ihren Nacken hochprickelte, wenn die andere Hand sich über der Kugel ihrer Schulter schloß.

Am Abend ein Glas Rotwein zu trinken war nie verkehrt, in ihrem Alter schon gar nicht – ihr fiel auf, wie oft sie sich neuerdings mit ihrem Alter kam –, aber ein Glas Rotwein zu trinken und darüber einem interessierten Blick zu begegnen war etwas anderes. Etwas unvergleichlich anderes.

Emmi hatte sich also überreden lassen und war mit Irene ins *Zerbst* gegangen. »Wenn du schon ohne Kaffeehaus nicht sein kannst«, hatte sie gemängelt und dann auch noch dranhängen müssen, »du bist in deinem Leben viel zuviel ausgegangen, darum hast du jetzt Entzugserscheinungen.«

Natürlich war das *Zerbst* nicht mit jenen Lokalen zu vergleichen, die sie in Berlin besucht hatte, wenn sie ausgegangen war, aber es war immerhin ein Lokal. Eine Mischung aus Kaffeehaus, Restaurant und Bar. Das heißt, es war keins von alledem wirklich, dafür alles zusammen.

Man traf sich im *Zerbst*. Ins *Zerbst* zu gehen war beinahe wie ein Familienbesuch, nur daß man sich die Familienmitglieder aussuchen konnte. Wiederum ein Vergleich, der hinkte. Vielleicht war es einfach so, daß die Familie groß genug war, so daß man am ehesten jemanden fand, der einem gerade nicht auf die Nerven ging. Der Kaffee war gut, der Rotwein trinkbar, und die wenigen Speisen, die auf der Karte standen, schienen in Ordnung. Auch waren die Stammgäste davon überzeugt, daß das *Zerbst* Atmosphäre hatte.

Sie und Emmi hatten sich an einen Tisch nahe der Theke gesetzt und waren nicht lange allein geblieben. Aber nicht sie, die *verlorene Tochter*, die endlich zurückgekehrt war, hatte Anlaß zum großen Erstaunen, ja, sogar zur Rührung gegeben, sondern *Lazarus* Emmi, die alle von früher her kannten, sei es, weil sie selber, sei es, weil irgend jemand aus der Familie sie als Volksschullehrerin gehabt hatte. Sie sahen Emmi tatsächlich so, als wäre sie nach längerem Modern in der Gruft leibhaftig auferstanden, und Thomas, der Besitzer des *Zerbst*, der sich eine Weile zu ihnen gesetzt hatte, lange genug, um wieder den vertraulichen Ton von früher zu finden, spendierte eine Runde auf Kosten des Hauses, nur weil er sich so über den Besuch von ihnen beiden gefreut hatte und daran die Hoffnung knüpfte, sie von nun an öfter in seinem Lokal zu sehen.

Das Erstaunen und die Rührung schlugen auf sie zurück. War es nicht tröstlich, daß so ein Aufhebens um zwei *alte Frauen* – sie versuchte, sich an den Gedanken zu gewöhnen, daß andere sie so sahen – wie sie und Emmi gemacht wurde, allein aus dem Grund, weil man sie von früher kannte, und nicht, weil sie so eine gute Kundschaft sein würden. Dazu nippten sie viel zu langsam an ihren Weingläsern – Emmi weiß, sie rot –, als daß die Zeche großartig ausfallen würde.

Sie stellte fest, daß das *Zerbst* noch immer ein Lokal war, in das man gehen konnte, egal welchen Alters, welchen Geschlechts und welchen Standes man war. Erst recht, wenn man aus der Nachbarschaft kam und ortsbekannt war. Die Tische in der Nähe der Theke waren alle so etwas wie Stammtische, Tische, an denen Leute saßen, die öfter kamen und einander kannten. Und das konnte ihr nur recht sein, denn wahrscheinlich würde sie von nun an auch alleine hierherkommen. Sie war sich nicht sicher, inwieweit mit Emmi zu rechnen wäre. Ob sie dieses Mal nicht nur ihr zuliebe mitgekommen war und sich schon beim nächsten Mal wieder verweigern würde.

Etwas später kam sogar jene Haberla, die Emmi neulich besucht hatte, auf einen Sprung vorbei. Sie kam geradewegs vom Bahnhof, wo sie bis jetzt im Zeitungsladen gearbeitet hatte. Sie gehe gerne vor dem Heimfahren noch auf einen Schluck ins *Zerbst*, sagte sie, danach schlafe sie einfach besser.

»Willkommen im Club«, die Haberla hob ihr Glas, um mit Emmi und ihr anzustoßen. Aber Emmi beeilte sich, die Dinge klarzustellen. »Ich denke nicht daran, das zur Gewohnheit werden zu lassen. So umwerfend finde ich es hier auch wieder nicht.«

»Mag sein«, sagte die Haberla in ihr Glas, »aber es ist bei weitem besser, als was ich sonst für mein Geld geboten kriege.« Innerlich gab Irene der Haberla recht, auch wenn sie seit langem wieder zum ersten Mal im *Zerbst* war und die anderen in Frage kommenden Lokale gar nicht mehr kannte.

Es war noch nicht zehn, als Emmi zu drängeln begann. »Wenn ich jetzt nicht ins Bett komme, bestelle ich mir noch ein Gulasch. Und das kannst du nicht wollen, Irene!«

Sie erpreßte sie mit ihren eigenen Mitteln. Natürlich konnte sie nicht verantworten, daß Emmi um diese Zeit noch ein Gulasch aß und womöglich Bier dazu trank, wo sie sich doch in letzter Zeit so wacker gehalten und zumindest ein paar Kilo abgespeckt hatte. Man merkte nur noch nicht viel davon.

Sie zahlten also, lachten und witzelten auf dem Heimweg über das alte *Zerbst* und wie unverändert es in seiner Funktion als Sammelstelle für Vis-à-vis-Bedürftige geblieben war, auch wenn man die Inneneinrichtung modernisiert hatte. »Grauenhaft«, meinte Emmi, »wenn du mich fragst. Allein die Polsterungen in diesem Pseudo-Biedermeier, zum Abgewöhnen …« Irene fand es gar nicht so schlimm, immer noch angenehmer als Pseudo-Rustikales.

Sie hatte recht behalten. Als sie ein paar Tage später wieder bei Emmi vorfühlte, ob sie nicht Lust auf einen Sprung ins *Zerbst* habe, winkte sie ab. Sie lese lieber an den Abenden und habe keine Lust, anderen Leuten dabei zuzusehen, wie sie zu schwere Mahlzeiten in sich hineinstopften und auch noch Bier nachleerten.

Zwei weitere Abende kämpfte Irene mit sich, dann war sie so weit, allein ins *Zerbst* zu gehen. Es kostete sie trotz allem ein wenig Überwindung, in Berlin war sie abends nie alleine ausgegangen. Da gab es immer jemanden, mit dem sie verabredet gewesen war. Sei es fürs Kino oder für ein Konzert, und danach in ein Restaurant, manchmal auch in eine Bar oder einen Nachtclub.

Um sich aufzumachen, wartete sie ab, bis es dunkel wurde, trat rasch ein und steuerte wie selbstverständlich auf die vorderen Tische in Thekennähe zu, so als gehöre sie längst zu den Stammgästen.

Womit sie nicht gerechnet hatte, war, daß an allen diesen Tischen bereits Leute saßen, noch dazu welche, die sie nicht kannte oder wiedererkannte. Sie stutzte einen Augenblick, war schon bereit, wieder umzukehren, doch da bemerkte Thomas sie und rief sie zu sich an die Theke.

»Nicht daß du mir wieder entwischst …«, sagte er vertraulich und musterte unauffällig die Leute an den Stammtischen. »Zu wem setz ich dich denn am besten …«, murmelte er, nur für sie hörbar, während er ihr ungefragt ein Achtel Rotwein einschenkte.

Sie hatte sich auf den Hocker vor der Theke gesetzt und nahm einen kleinen Schluck. »Laß nur«, meinte sie, »ich bin nur auf ein Einschlafachtel vorbeigekommen, das kann ich auch hier an der *Bar* trinken.« Sie hatte das Wort *Bar* ein wenig ironisch ausgesprochen, so als wäre es ein Zitat. Und Thomas, der nur wenig älter war als sie – eigentlich müßte er nicht mehr an der Theke stehen, aber er konnte es wohl nicht lassen –, flüsterte auf eine nicht unsympathische, wenn auch ein wenig anzügliche Weise: »Ja, ja, die flotte Irene. Ich hätte nie gedacht, daß ich dich noch einmal als Gast hier an meiner *Bar* haben würde.« Auch er sprach das Wort *Bar* ein wenig abgehoben aus.

Sie lächelte und war knapp daran, ihn über Anna auszufragen, aber sie fühlte sich an diesem Abend dem Thema Anna nicht gewachsen, obwohl sie versuchte, sich Anna vorzustellen, wie sie hier an der Theke die Getränke übernahm, sie verteilte und sich dann auch gelegentlich zu den Stammgästen setzte, wenn nicht viel zu tun war. Worüber sie mit denen wohl geredet haben mochte?

»Geduld bringt Rosen«, sagte Irene, »wie du siehst, bin ich wiedergekommen, und du stehst immer noch hinter der Theke.«

»Als hätte ich zeitlebens auf dich gewartet.« Sie winkte ab, und er machte sich an den Flaschen zu schaffen. Die Kellnerin war gekommen und hatte für die paar anderen, die Nichtstammtische, Bestellungen abgegeben, die Thomas ihr nach und nach aufs Tablett stellte.

»Ich habe da unter dem Tisch etwas ganz Besonderes stehen. Darf ich dir einen Schluck anbieten? Jetzt, wo du dich ohne die alte Emmi hierhergetraut hast?«

Sie beugte sich ein wenig vor, wie um einen Blick auf sein flüssiges Geheimnis zu erhaschen: »Alt sind wir alle, nicht nur die Emmi!«

Schon hatte er eine Flasche echten Cognacs in der einen

und zwei Schwenker in der anderen Hand. »Du wirst sehen, der reine Seelentröster! Riech einmal!« Er hielt ihr einen der gefüllten Schwenker hin und steckte die Nase in den anderen.

Auch sie schnupperte, wenn auch eher aus Höflichkeit, an ihrem Glas. Man konnte das Faß noch riechen, in dem der Cognac gereift war.

»Wir sind alle ungefähr im selben Alter, da hast du schon recht ...«, Thomas nahm einen Schluck und behielt ihn eine Weile auf der Zunge, »aber du hast dich bei weitem am besten gehalten.« Als sie zweifelnd den Kopf schüttelte, fügte er hinzu: »Auch vom Wesen her.«

Merkwürdig, wie sie sich nun miteinander unterhielten, in einem Ton, wie er vor vierzig Jahren nicht lockerer gewesen sein konnte. Irene dachte daran, wie sie gemeinsam in den Tanzkurs gegangen waren, in den Tanzkurs der Handelsschule, die sie nach der Unterstufe besuchte, während Emmi sich für die Lehrerbildungsanstalt enschieden hatte.

Thomas war ebenfalls in die Handelsschule gegangen, eine Klasse über ihr. Beim Abschlußball war er dann ihr Polonaise-Partner gewesen. Sie hatten sich davor und danach ein paar Mal getroffen, waren miteinander radfahren und Eis essen, mehr wurde nicht daraus. Warum eigentlich nicht? Er hatte ihr gefallen, daran erinnerte sie sich noch. Er hatte damals sehr dünn gewirkt, was man jetzt nicht mehr von ihm sagen konnte, aber sein Haar war noch immer dicht und mehr weiß als grau, während seine Brauen schwarz geblieben waren.

»Denkst du auch an das, woran ich gerade denke?« Thomas stieß mit seinem Glas leicht gegen das ihre und schaute ihr lächelnd in die Augen.

»An was sollte ich denn denken, wenn ich an das dächte, woran du gerade denkst?«

Er nahm wieder einen kleinen Schluck und ließ ihn genußvoll im Mund kreisen. »Daran, daß wahrscheinlich deshalb nichts aus uns beiden geworden ist, weil meine Leute und deine Leute zu sehr wollten, daß aus uns beiden etwas wird.«

Sie mißverstand ihn absichtlich, sei es, um dem Geplänkel Nahrung zu geben, sei es, weil sie bestimmte Dinge von ihm hören wollte.

»Was heißt, aus uns beiden ist nichts geworden? Du bist ein prominenter Wirt, und ich habe es immerhin zur Betriebsrätin gebracht.«

Er lächelte belustigt, »schau, schau, Betriebsrätin, alle Achtung! Aber meine Leute und deine Leute wollten, daß aus uns beiden gemeinsam etwas wird. Die *Goldene Gans* und das *Zerbst,* die zwei beliebtesten Lokale der Stadt in einer Hand – so hatten sie es sich vorgestellt, und das noch ganz ohne Globalisierung. Du ein Einzelkind, ich ein Einzelkind, beide mit einer Ahnung vom Geschäft, das wäre ihnen hinuntergeronnen wie Öl.«

Das war es also gewesen. Sie erinnerte sich dunkel an gegenseitige Besuche seiner und ihrer Eltern. Aber irgendwann war Mario aufgetaucht, und da hatte sie das alles nicht mehr interessiert.

»Du meine Güte«, sagte sie, »ich habe das gar nicht durchschaut.«

»Aber gespürt mußt du es haben. Und darum hast du dich auch gleich aus dem Staub gemacht. Eigentlich schade.«

War das ein Flirt oder pure Nostalgie? Irene riskierte einen Blick und traf auf pures Wohlwollen. Dahinter blitzte es ein wenig.

Wahrscheinlich war auch Thomas, so wie sie, im Augenblick damit beschäftigt, sich vorzustellen, wie ihr Leben verlaufen wäre, wenn sie es gemeinsam angegangen wären.

»So ist das mit den Kindern«, sagte er plötzlich, und es war nicht ganz klar, ob er sie beide oder ihrer beider Kinder meinte. Sie wußte von Emmi, daß er zwei Söhne hatte, von denen einer als Geologe in Asien arbeitete, der andere studierte noch, und daß seine Frau vor Jahren an Brustkrebs gestorben war. »Sie kommen ganz anders, als man denkt.«

Sie nickte, ohne etwas zu sagen.

»Keiner von den Buben geht mir ins Geschäft, und deine Anna hat mich ebenfalls im Stich gelassen.«

Offenbar bereute er sofort, was er da gesagt hatte, denn er stieß geradezu heftig mit seinem Glas gegen das ihre und leerte es dann in einem Zug. Sie tat es ihm nach, als ginge es darum, Einverständnis zu signalisieren oder, besser gesagt, eine Art Verbundenheit herzustellen, die die stillschweigende Übereinkunft enthielt, zumindest heute abend nicht mehr über diese Dinge zu reden. Vielleicht ein andermal, aber nicht heute abend.

Sie hatte vorgehabt, nach diesem ersten Achtel wieder zu verschwinden – *geh es langsam an, Irene* –, aber da war dieser Cognac dazwischengekommen, und nun, da sie ihn getrunken hatte, mußte sie zumindest eine Salzstange essen, damit sie keinen Schwips bekam. Sie angelte nach einer in dem Körbchen an der Theke.

An den Stammtischen war nun wieder Platz, die Leute kamen und gingen, und Thomas deutete auf den der Theke am nächsten gelegenen Tisch. »Der Hocker ist auf die Dauer viel zu unbequem, setz dich da hin. Ich bin gleich bei dir, muß nur der Fritzi Bescheid sagen.«

Die Fritzi war offensichtlich die Kellnerin, die Abenddienst hatte und die nun auch die Getränkeausgabe übernehmen sollte.

Trotz ihrer guten Vorsätze protestierte Irene nur schwach. »Eigentlich wollte ich nach Hause gehen ...« Es klang nicht überzeugend, denn ihr fiel keinerlei ernstzunehmende Begründung ein. Weder mußte sie am nächsten Morgen früh aus dem Bett und zur Arbeit, noch gab es einen Mann, der auf sie wartete, und die Enkel waren längst in einem Alter, in dem man nachts nicht mehr nach ihnen sehen mußte. Selbst wenn ihr rechtzeitig so etwas wie eine Ausrede eingefallen wäre, hätte Thomas ihr geglaubt? Es lag einzig und allein in ihrem Ermessen, wann sie nach Hause ging. Auch war es noch gar nicht spät, vielleicht zehn, und ein normaler Wochentag, da konnte der Wirt es sich leisten, bei einem Gast zu sitzen.

»Nach Hause kannst du immer noch gehen, wenn Schlafenszeit ist.« Thomas hantierte an der Kassa, druckte etwas aus und übergab dann den Beleg mitsamt dem Schlüsselbund an Fritzi. Zuvor aber hatte er noch zwei Gläser mit Rotwein vollgeschenkt und auf ein kleines Tablett gestellt. »Oder willst du mir weismachen, daß du noch an den Schlaf vor Mitternacht glaubst?«

Sie rutschte von dem Hocker, klemmte ihre Handtasche unter den Arm und nahm auch die angebissene Salzstange mit. »Im Gegenteil«, erwiderte sie, »ich kriege vor Mitternacht kein Auge zu.«

Sie schämte sich ihrer Nachgiebigkeit und wußte gleichzeitig, daß das alles sein mußte, dieser Abend, die wiedergewonnene Vertrautheit und ihre Nachgiebigkeit.

Langsam begann ihr früheres Leben, das nicht nur aus Emmi bestanden hatte, zu ihr zurückzukehren. Ihr fielen Dinge ein, denen sie jahrzehntelang keine Beachtung mehr geschenkt hatte. Sie entdeckte Menschen wieder, die sie immer nur vom Sehen gekannt hatte und von denen sie noch immer wußte, wer sie waren.

Ihr fiel auf, daß es im *Zerbst* so roch, wie es seinerzeit in der *Goldenen Gans* gerochen hatte. Mit einem Mal war ihr das alles wieder so vertraut, als wenn ihr Vater hinter der Theke stünde und sie mit dem Tablett käme. Der Kassasturz vor der Übergabe, der kontrollierende Blick auf die Getränkevorräte, ob noch etwas aus dem Keller geholt werden mußte, bevor das Lokal zusperrte, Thomas' kurzes Verschwinden in der Küche, um die Köchin heimzuschicken. Ab nun würde es nur mehr

Würstl und belegte Brote geben, Dinge, die die Kellnerin zubereiten konnte. All jene Handgriffe, die sie selbst in ihrer Jugend, als sie in den Ferien und während der Schwangerschaft in der *Goldenen Gans* arbeitete, täglich verrichtet hatte und die sie danach aus ihrem Leben vollkommen ausgeblendet hatte, waren ihr mit einemmal wieder so geläufig, daß es sie beinahe ängstigte.

Als Thomas mit dem kleinen versilberten Tablett, auf dem die Weingläser standen, an den Tisch kam, stieg Irene der Geruch sofort in die Nase, und sie beugte sich vor, um das Tablett aus der Nähe zu betrachten.

»Sag bloß, du erkennst es wieder?!« Thomas' Stimme klang einerseits ungläubig und doch so, als triumphiere er.

Sie war ein wenig verwirrt, wußte sie doch gar nicht, was sie hätte wiedererkennen sollen.

»Ist noch gar nicht so lange her, daß ich sie aufgekauft habe, die Tabletts aus der *Goldenen Gans*. Als der Türke das Haus übernommen hat, gab es eine kleine Versteigerung. Er wollte alles neu haben, auf seine Weise. Kann man ihm nicht verdenken, wennschon – dennschon. Als ich davon erfuhr, bin ich gleich los und habe sie alle genommen. Übrigens um einen Spottpreis. Außer mir wollte sie keiner.«

Der Geruch saß ihr in der Nase, es war der nach schlampig geputztem Silber, man roch das Putzmittel noch, und sie hätte das Tablett am liebsten weit von sich geschoben.

»Aber ihr im *Zerbst* hattet genau dieselben Tabletts, wenn ich mich recht erinnere«, sagte sie, »ich glaube, die waren einfach üblich in den alteingesessenen Häusern.«

Thomas reichte ihr ein Glas und nahm sich das andere. »Irene, Irene, noch immer römisch Eins in Wirtshausgeschichte! Darauf nehmen wir noch einen Schluck«, und so als könne er nicht nur ihre Gedanken, sondern auch ihre Geruchsempfindungen lesen, schob er das Tablett ans andere Ende des Tisches.

Sie saß eine Weile schweigend da, in der sie sich gegen den Ansturm weiterer Erinnerungen aus der Zeit, in der es bereits einen Thomas gegeben hatte, zu wappnen versuchte. Warum hatte sie das alles so vollkommen vergessen? Was heißt vergessen? In irgendeiner Nische ihres Gedächtnisses abgelegt, aus der es nicht einmal mehr bis in ihre Träume aufgestiegen war. Dennoch hatte es weiter existiert und auf einen Abend wie diesen gelauert, um wie ein lange unterirdisch dahinfließender Bach mit aller Gewalt an die Oberfläche zu drängen und alles, was jetzt war, unter Wasser zu setzen.

Sie mußte irgend etwas sagen, bevor dieses Vergangene wieder Macht über sie erlangte und sich auf gefährliche Weise in ihrem Bewußtsein breitmachte. Das war nicht ihr Leben gewesen, nur ihre Jugend. Sie hatte sich ihre Unabhängigkeit erkämpft, daran war nicht zu rütteln.

»Du warst lange weg«, sagte Thomas nach einer Weile, »mein Gott, wie habe ich dich damals beneidet, weil du den Mut aufbrachtest, einfach wegzugehen, trotz der *Goldenen Gans* und trotz …« Er hatte wohl *trotz Anna* sagen wollen, hielt aber sogleich inne und sagte etwas von den Bruckners, die natürlich mit ihr als Nachfolgerin gerechnet hatten.

Irene versuchte nach vorne auszubrechen. »Wie lange willst du eigentlich noch arbeiten, Tommy?« So hatten ihn in der Handelsschule alle genannt. Ihre Stimme klang rauh, und sie mußte sich räuspern, um weitersprechen zu können. »Du mußt doch nicht mehr, oder?«

»Ich arbeite, solange ich nichts Besseres zu tun habe!« Es sollte wohl heiter klingen. Auch diese Frage fiel genaugenommen unter das Verdikt, denn weitergedacht, führte sie wiederum zu den Kindern, die sich nicht fürs Geschäft interessierten, und zu Anna, die ihn *im Stich gelassen* hatte.

»Was soll ich denn machen? Wenn ich aufhöre, muß ich verkaufen oder verpachten, und wo gehe ich dann am Abend hin?« Er wirkte ein wenig verstört, so als sei er mit seinen

Bekenntnissen schon zu weit gegangen und müsse sich schleunigst zurückholen. »Außerdem, wo würde ich sonst jemanden wie dich nach all den Jahren wieder getroffen haben als im *Zerbst*?«

Er lächelte, hatte den Übergang geschafft, und sie war ihm dankbar dafür. Sie hätte auch gerne etwas Entspannendes gesagt oder etwas Witziges, das ihrer beider Lebensgeschichte, das Weggehen und das Hierbleiben, das Ausharren und das Wiederkommen, zusammenbrachte und ihm eine Form gab, über die man vielleicht sogar lachen konnte, aber ihr fiel nichts ein.

»Gibt es eigentlich den Nußbaum hinter eurem Haus noch?« fragte Thomas, einer momentanen Eingebung folgend. »Ich bin schon länger nicht mehr daran vorbeigekommen.«

Irene sah ihn an, und da lachten sie schon beide. Thomas hatte kurz nach dem Schulabschlußball versucht, über den Nußbaum bei ihr einzusteigen, hatte sich aber damit übernommen und war in den Garten gefallen, mitten auf die frischen Salatpflanzen, was ihren Vater in ein furchtbares Dilemma gestürzt hatte. Einerseits wollte er natürlich nicht, daß sich in seinem Garten jemand zu Tode fiel, andererseits konnte er die zerquetschten Salatpflanzen nur schwer verschmerzen. Und so beschwor er ihn einerseits: »Ist dir was passiert, Tommy, tut dir was weh? Kannst du alleine aufstehen, oder soll ich dir helfen?« und andererseits brüllte er ihn an: »Wie kann man nur so blöd sein und auf diesen Nußbaum steigen? Ganz und gar vertrottelt ist das. Und dann auch noch in den Salat fallen …«

»Und ob es ihn noch gibt«, sie lächelte ein wenig spöttisch, »kannst ja einmal vorbeikommen und ihn dir ansehen.«

»Ich nehme dich beim Wort, Irene!«

Irgendwann waren sie alleine übriggeblieben, und Fritzi fragte, ob sie heimgehen könne. Irene ergriff die Gelegenheit, sich ebenfalls zu verabschieden.

»Soll ich dich nicht nach Hause bringen?« Sie wußte, daß Thomas noch einiges zu tun hatte, bis alles ordnungsgemäß verräumt und versperrt war, und plötzlich war ihr darum zu tun, jede Art von Entscheidung hinauszuzögern.

»Nein!« Sie schüttelte den Kopf. »Bis du hier fertig bist, liege ich schon in den Federn.«

»Aber du kommst wieder?« Sie spürte seine Enttäuschung darüber, daß sie es mit einem Mal so eilig hatte. Aber sie war froh, einen einigermaßen überzeugenden Abgang gefunden zu haben.

M.

Erst als sie sich neben mich setzte, begriff ich, daß sie zurückgekommen war. Sie hatte die Wagentür aufgerissen und mich leise angefleht, sie so rasch wie möglich von hier wegzubringen, egal wohin.

Mir war nicht klar, ob sie flüsterte, weil sie Angst hatte oder weil etwas mit ihrer Stimme geschehen war. Jedenfalls startete ich durch, sobald sie saß.

Ich war gerade durch eine Hölle der Ohnmacht gegangen, von der ich um nichts in der Welt wollte, daß sie sich wiederholte. Im Klartext, ich würde sie nie mehr gehen lassen. Nie mehr. Jetzt, wo sie freiwillig zu mir zurückgekommen war.

Sie saß in sich zusammengekauert da, mit angezogenen Beinen, das Gesicht auf den umklammerten Knien, sagte nur von Zeit zu Zeit, daß es ihr nicht möglich gewesen wäre, einfach nicht möglich gewesen wäre. Ich versuchte, nicht nur so schnell, sondern auch so umsichtig wie möglich zu fahren. Sie hatte sich nicht angeschnallt, ich mußte also jede scharfe Bremsung vermeiden.

Sie schien überhaupt nicht wahrzunehmen, wohin ich mit ihr fuhr. Wohin hätte ich sonst mit ihr fahren sollen als zurück zur

Ruine? Es hatte mich unsägliche Willensanstrengung gekostet, sie in die Nähe ihres Hauses zu bringen, zuzugeben, daß sie mich ihrer Kinder wegen verließ. Gerade nachdem wir uns zum ersten Mal geliebt hatten.

Der Kampf in ihrem Inneren stand ihr ins Gesicht geschrieben. Ich hatte bis zuletzt, bis sie bereits ausgestiegen war, gehofft, daß dieser Kampf sich zu meinen Gunsten entscheiden würde. Doch ohne sich noch einmal umzudrehen, verschwand sie in der Dunkelheit. Diese Stärke, diese Härte hätte ich ihr nicht zugetraut.

Ich war einfach im Wagen sitzen geblieben, allein mit der Frage, ob ich sie mit Gewalt hätte zurückhalten sollen. Vielleicht hatte sie das von mir erwartet. Einen Augenblick lang dachte ich, daß ich sie, wenn ich ihr nachlief, noch einholen, vielleicht sogar dazu überreden konnte, bei mir zu bleiben. Vielleicht hätte ihr das die Entscheidung erleichtert, wenn ich es nicht einfach ihr überlassen hätte, einen Entschluß zu fassen.

Aber ich hatte es nicht getan, war bloß, wie gelähmt, im Wagen sitzen geblieben, damit beschäftigt, das Würgen im Hals hinunterzuschlucken. Da hatte ich dann gar nicht gleich begriffen, daß sie zurückgekommen war.

Wie immer, wenn ich in der *Ruine* über Nacht bleiben wollte, ohne es alle Welt wissen zu lassen, fuhr ich den Wagen in den Schuppen.

Sie hielt noch immer ihre Beine umklammert, wippte wie ein autistisches Kind, ohne das Gesicht von ihren Knien zu nehmen.

Nachdem ich ausgestiegen war, öffnete ich die Tür an ihrer Seite, berührte ihren Arm. Sie schaute kurz auf, da sah ich, wie ihr Blick nach und nach zu mir zurückkehrte.

Ich hob sie aus dem Wagen, trug sie anschließend den ganzen Weg bis zum Haus, trug sie auch noch über die Schwelle. Dann stellte ich sie auf die Beine, sie treppabwärts zu tragen, war mir zu riskant. Sie schwankte ein wenig, ich faßte sie also erneut unter den Armen, so stiegen wir gemeinsam hinab. Unten legte ich sie aufs Sofa.

Ich brachte ihr erst einmal ein Glas Wasser. Sie trank es in einem Zug leer. Ihr Gesicht begann sich wieder zu beleben, sie lächelte sogar. Dann bat sie mich um Verzeihung. Sie sei nicht dazu imstande gewesen, ganz einfach nicht dazu imstande gewesen.

Ich hätte ihr gerne gesagt, wie sehr ich mir gewünscht hatte, daß sie sich für mich entschied. Aber es war noch zu früh. Ich mußte ihr Zeit lassen, immerhin hatte sie eine Entscheidung getroffen, die ihr Leben von Grund auf ändern würde. Ihr Einsatz war höher als meiner.

Plötzlich griff sie nach meinem Arm, legte ihn sich um den Hals. Ich solle sie umarmen. Sie müsse spüren, daß sie jetzt bei mir sei.

Ich hatte kaum zu hoffen gewagt, daß sie schon wieder bereit sein würde, aber sie küßte mich zuerst. Wir liebten uns auf dem Sofa, ein wenig zu heftig und ein wenig zu schnell, so als besiegelten wir unser Zusammensein aufs neue.

Später zeigte ich ihr das Badezimmer, mein Bett, gab ihr einen meiner Pyjamas. Als sie hineinschlüpfte, war sie mir wieder ein kleines Stück näher gekommen. Danach öffnete ich eine Flasche Wein, fragte, ob sie Lust auf Rühreier habe, die könne ich innerhalb von ein paar Minuten zubereiten.

Während sie duschte, sah ich in der Küche nach, was außer Eiern noch da wäre. Aber es gab nur noch etwas Käse im Kühlschrank.

Ich hatte das Gefühl, mich durch einen Traum zu bewegen, der wirklicher war als die Wirklichkeit, dennoch in keiner Weise glaubwürdig. Allein daran zu denken, daß ich heute morgen nichtsahnend in den Zug gestiegen war, während ich mich nun mit der Frau, der ich nie mehr erlauben würde, sich von mir zu trennen, in der von mir genauso nichtsahnend für diesen Fall ausgebauten *Ruine* befand, war verstörend genug. Diese Frau, von der ich annehmen mußte, daß sie noch immer unter Schock stand, verhielt sich noch dazu ganz natürlich, ließ zu, daß ich sie liebte, empfand wohl auch etwas dabei, kam nun, frisch geduscht, voller Neugier in die kleine Küche, die sie bei ihrem ersten Besuch, am späten Nachmittag, kaum wahrgenommen haben dürfte, sah sich in dem Nest um, das ich, erst recht nichtsahnend, seit zwei Jahren für sie eingerichtet hatte.

Sie faßte sogleich mit an, deckte den Tisch, füllte die Gläser, begann ungezwungen zu essen, als kennten wir uns seit der Kindheit. Ich konnte den Blick einfach nicht von ihr wenden. Sie forderte mich auf zuzugreifen, nicht alles kalt werden zu lassen.

Erst jetzt, wo sie offensichtlich ganz darauf vergessen hatte, einen Schal zu tragen, bemerkte ich die kleine Narbe an ihrem Hals. Ich tastete sie mit den Fingern ab, küßte sie. Es sei nichts, meinte sie. Es wäre von ihr ausgegangen, sie hätte provoziert.

In diesem Augenblick bemerkte ich den frischen Striemen an ihrer Schläfe, der sich langsam zu verfärben begann. Ich küßte auch den Striemen. Er schien zu schmerzen, denn sie zuckte kurz unter meinen Lippen.

Ja, sagte sie, ihr Mann habe sie geschlagen. Er hätte nicht anders gekonnt, als sie zu schlagen. Er hatte sie nur anzusehen brauchen, um zu wissen, was geschehen war. Sie habe nichts zu ihrer Verteidigung vorbringen können. Was sie getan habe, sei unentschuldbar. Sie sei sogar froh, daß er nicht anders gekonnt hätte, als die Hand zu heben, damit habe er ihr das Weglaufen erleichtert.

Ich war sehr beeindruckt von der ruhigen Art, in der sie darüber sprechen konnte. Beinahe so, als wäre es nicht ihr widerfahren, sondern einer ihrer Freundinnen.

Ihre Haut fühlte sich nach dem Duschen kühl an. Ich griff

immer wieder zu ihr hinüber, während wir aßen. Sie duftete nach *meiner* Duschlotion.

»Möchtest du Musik hören?« Sie zeigte sich erstaunt, wie perfekt ich alles eingerichtet hatte, entschied sich für eine Aufnahme von Piazzola, die sie aus dem Radio kannte, aber nie zur Gänze hatte hören können.

Nach dem Essen stellten wir das Geschirr gemeinsam in den kleinen Geschirrspüler, den ich seit zwei Wochen besaß, versuchten dann sogar Tango zu tanzen. Zumindest taten wir so, als tanzten wir Tango, so wie wir uns eben Tango vorstellten, mit leicht verzerrten, weit ausgreifenden Bewegungen, die uns immer näher ans Bett führten.

Nachts wachte ich mehrmals auf. Es war Vollmond. Obwohl das Fenster des Wohn- und Schlafraums wie ein Kellerfenster nur von oben Licht bekam, war es hell genug, um sie zu sehen. Sie lag abgedeckt da, das rechte Bein angewinkelt, die Hände in Kopfhöhe leicht geballt wie bei einem Säugling. Es mußte der Schlaf der Erschöpfung sein, denn obwohl sie zum ersten Mal in diesem Bett schlief, bewegte sie sich weder, als ich sie küßte, noch, als ich sie zudeckte, dabei mehrmals an ihr Bein stieß.

Ich versuchte, mir darüber klarzuwerden, was geschehen war, was unser zukünftiges gemeinsames Leben für mein Leben bedeutete. Sie hatte den Mut aufgebracht, vor ihrem Mann, den sie wohl bereits vor dem Haus getroffen hatte, davonzulaufen. Vielleicht hatte er ihr schon in der Einfahrt aufgelauert. Nach einer Auseinandersetzung, bei der er die Hand gegen sie erhob. Das bedeutete, sie hatte reflexartig gehandelt. Wie würde sie es morgen sehen? Sie hatte nichts bei sich, als was sie auf dem Leib trug sowie den Inhalt ihrer Handtasche. Sie würde entweder demnächst ihre Sachen holen, sich dabei ihrem Mann und den Kindern stellen müssen, oder es war an mir, für Ersatz zu sorgen.

Ich hatte mir geschworen, sie nie mehr gehen zu lassen, jetzt, wo sie endlich bei mir war. Daraus folgte, daß ich die Voraussetzungen schaffen mußte, die es ihr ermöglichten, bei mir zu bleiben.

Gedanken begannen sich in mir zu entzünden, die alle der Organisation unseres gemeinsamen Lebens galten, sich aber noch zu keinem erkennbaren Plan bündelten.

Ich lag da wie im Fieber, meine Phantasien beschäftigten sich mit den merkwürdigsten Details wie ihre Strumpf-, ihre Wäschegröße. Das würde das erste sein, Strümpfe und Wäsche, was ich zu besorgen hätte, falls sie erst einmal zur Ruhe kommen wollte.

Durch all diese Gedanken blinkte unübersehbar die Angst, sie würde mir morgen früh erklären, daß sie – bei Tageslicht besehen – eben doch nicht anders könne, als zu ihrer Familie zurückzukehren, die sie brauche, ohne die sie nicht leben könne.

Ich stand auf, kontrollierte die Tür, die ins Treppenhaus führte, trank einen Schluck Wein und ein großes Glas Wasser, legte mich wieder zu ihr, drängte mich nur ganz leicht an ihre Hüften, um sie nicht durch eine unachtsame Bewegung zu wecken.

Ich mußte ziemlich lange geschlafen haben. Mein Kopf fühlte sich dumpf an. Die Helligkeit, die durch die Oberlichte drang, zeigte mir, daß es etwa neun war.

Erst auf den zweiten Blick fiel mir alles wieder ein. Ich geriet sogleich in Panik, denn der Platz neben mir war leer. Ich sprang viel zu rasch aus dem Bett, so daß mein Herz zu rasen begann, ich mich gleich wieder hinsetzen mußte. Ich zog mich also notdürftig an, stellte fest, daß auch ihre Kleider fehlten. Der Pyjama lag zusammengefaltet auf dem Hocker neben dem Bett.

Mein Herz raste nicht nur, es schmerzte. Wie konnte sie mir das antun? Gestern so, heute so – aus der Traum.

Ich schleppte mich in die Küche, stellte Kaffeewasser auf. Kaffee war jetzt nötig, um mit meinen Gedanken klarzukommen. Plötzlich waren Schritte auf der Treppe zu hören.

Ehe ich noch meinen Augen traute, umarmte sie mich mit nassen Gliedern. Sie habe sich meinen Garten angesehen, sei dann ein paar Tempi im Fluß geschwommen, nackt, doch keiner habe sie sehen können.

Alles sei hier so menschenleer.

Das Glück, sie wiederzusehen, sprengte mir beinah den Kopf, gleichzeitig ballten sich meine ausgestandenen Ängste in einer einzigen Bewegung, die mich ihre Arme umklammern und so fest zusammendrücken ließ, daß sie aufschrie. Ich tue ihr weh, flüsterte sie, dabei hob sich ihr Blick strahlend in den meinen.

»Du hast mir zuerst weh getan«, hörte ich mich sagen. »Tu das nie wieder.« Ich lockerte meinen Griff, und ihr Kopf ruhte auf meiner Schulter. Sie wollte wissen, was sie denn angestellt habe.

»Du hast mich allein gelassen. Als ich auch deine Kleider nicht mehr sah, dachte ich, du seist fortgelaufen.«

Das sei unmöglich, sagte sie ganz nahe an meinem Ohr. Sie könne nicht mehr zurück, selbst wenn sie es wollte.

Ich spürte ihren kühlen, feuchten Körper, ihre Haarspitzen näßten mein Hemd. Das Strahlen ihres Blicks blieb mir bei dieser Haltung verborgen, aber ich wußte, daß es noch immer da war. Beinah unheimlich.

Ich hatte mit allem gerechnet, mit schwerer Niedergeschlagenheit, einer Art Kater, der sie nach ihrer gestrigen Entscheidung befallen haben könnte; eine gewisse Überempfindlichkeit, ja sogar Weinerlichkeit hätte ich gut verstehen können. Nichts von alledem. Da saß eine wunderschöne Frau neben mir, die sich stark genug fühlte, mir in der Früh einen gehörigen Schrecken einzujagen, im Fluß zu schwimmen, sich von mir Schmerz zufügen zu lassen, ohne daß dieses geradezu übersinnliche Strahlen aus ihren Augen gewichen wäre. Rätsel über Rätsel. Ich liebte sie nur noch mehr.

Das Kaffeewasser kochte. Ich konnte es kaum glauben, wie synchron unsere Bewegungen waren, als wir die Sachen für das Frühstück herrichteten. Sie wußte bereits über sämtliche Laden und Fächer Bescheid.

Das Küchenfenster befand sich an der Seite des Hauses, an der das Fundament weitgehend freilag, daher drang mehr Licht hier herunter. Ihre Finger, die noch vom morgendlichen Fluß klamm waren, schlossen sich um die Kaffeetasse, sie blies mit geschürzten Lippen in den ockerfarbenen Milchschaum.

Sie habe noch nie einen so *ausgeklügelten* Garten gesehen. Jeder Stein liege an der für ihn einzig richtigen Stelle, auch sei das Flußufer hier so schön, daß sich einem das Herz zusammenkrampfe.

»Nimm es als Geschenk, vor allem das Flußufer.«

Wieder entfachte sich das Strahlen in ihrem Blick, ich schloß kurz und wie geblendet die Augen.

Sie nehme mein Geschenk an, erwiderte sie mit einer Feierlichkeit, bei der ich mir nicht ganz sicher war, ob sie ironisch oder ernst gemeint war, und teile ihre Freude mit mir. Sie nahm meine Hand, drückte sie an ihre Wange.

Ich bat sie, mir zu versprechen, daß sie bei mir bleiben würde. Die Angst heute morgen, als ich weder sie noch ihr Kleid gesehen hatte, hätte mich beinahe umgebracht.

Sie sei doch nur im Fluß gewesen.

»Woher hätte ich das wissen sollen?«

Sie würde mir von nun an jedes Mal ein Zeichen machen. Wenn ihr Schal um die Türklinke gebunden wäre, hieße das, sie sei im Garten oder am Fluß. Ich mußte über ihren Einfall lachen, streichelte gleichzeitig die Narbe an ihrem Hals.

Immer wieder fing ich damit an, daß ich mir sicher sein müsse, sie bei mir zu haben.

Sie könne nicht zurück, selbst wenn sie das wolle, wiederholte sie ein ums andere Mal.

Ich fragte sie, was sie damit meinte. Sie scheute sich offensichtlich, es zu erklären. Aber ich ließ nicht locker, konnte gar nicht lockerlassen. Schließlich ging es darum, wie wir von diesem Tag an zusammen leben würden. Um das herauszufinden, mußte klar sein, daß wir tatsächlich zusammenbleiben würden.

Ich solle ihr einen Tag geben, einen einzigen unschuldigen Tag, an dem sie nichts erklären, sich nicht rechtfertigen und sich um die Zukunft keine Gedanken machen müsse.

Sie hatte recht, ich durfte sie nicht so bedrängen. Sie war bei mir, sie hatte sich mir anheimgegeben, sie beklagte nichts, wir liebten uns. Das war so viel mehr, als ich mir noch gestern für mein Leben zu erträumen gewagt hätte, daß ich gut daran tat, mich zurückzunehmen.

Es war wieder einer jener diesigen Tage, an denen der Himmel bedeckt blieb, obgleich die Sonne an den Stellen, an denen die Bewölkung zu zerschleißen drohte, immer wieder durchzukommen versuchte. Aber der Himmel riß nicht auf, es blieb hell und schwül, ohne daß es richtig heiß wurde. Die Bäume hatten genügend Laub ausgetrieben, um die vielen verschiedenen Grünschattierungen von Lind- über Gold- bis hin zu Grau- und Schwarzgrün zur alles beherrschenden Farbe zu machen. Das Blattwerk war noch dichter in diesem Jahr – kein Wunder –, hatte ich doch keinen der Büsche oder Bäume beschnitten. So war die *Ruine* von der Straße her nicht einzusehen, selbst am Flußufer verstellten Sträucher den Blick.

Die meiste Zeit lagen wir umarmt hinter den Weidenbüschen und versuchten unsere bisher gelebten Leben in die Form einer langen Erzählung zu bringen, verloren uns in den Tiefen der Zeit, ließen unsere jeweilige Kindheit wiedererstehen. Sie redete davon, daß sie ihren Vater nicht gekannt, auch kaum je etwas über ihn erfahren hätte. Lange hatte sie ihren Großvater für ihren Vater gehalten, von den beiden Müttern, die sie großgezogen hatten, war keine ihre leibliche Mutter gewesen. Die lebte in Berlin ihr eigenes Leben und kümmerte sich erst um sie, als sie ebenfalls nach Berlin gegangen war, zum Studium. Sie habe ihre Mutter nie als Mutter gesehen, auch nicht in den zwei Jahren, während sie bei ihr lebte. Nicht einmal als ältere Schwester. Ihre Mutter war keine zwanzig gewesen, als sie ihr *passiert* war, als Malheur sozusagen, um das sich dann die Großmutter, die nicht einmal ihre wirkliche Großmutter war, und eine Tante gekümmert hatten. Aber auch diese Tante war nicht ihre leibliche Tante gewesen.

Das sei alles einigermaßen kompliziert, meinte sie, wandte mir dabei das Gesicht zu, als wolle sie wissen, ob ich das auch so sähe. Aber das spiele jetzt ohnehin keine Rolle mehr. Das einzige, was man all dem entnehmen könne, sei, daß nichts so wäre, wie es scheine. In ihrem früheren Leben habe es immer einen doppelten Boden gegeben, und wann immer sie sich an etwas hätte festhalten wollen, sei der eine Boden durchgebrochen, und sie wäre ziemlich hart auf dem anderen gelandet, dem darunterliegenden, den sie nicht habe sehen können, nur fühlen.«

Ich begann, ihr von Mo zu erzählen, die sich ebenfalls als Mißgeschick, das meiner Mutter *passiert* war, empfunden, daraus aber eine merkwürdige Konsequenz gezogen hätte, nämlich sich mit so vielen Hunden, Katzen und Vögeln zu umgeben, daß kein Mensch, schon gar kein Mann, mehr den Versuch unternommen hätte, ihr nahezukommen.

Sie wollte mehr über Mo hören, aber ich war mir nicht sicher, wie weit ich beim Erzählen gehen durfte. Ich versuchte vor allem die Tiere zu schildern, die Probleme, die sie machten. Da Mo sich hauptsächlich Streuner ins Haus holte, war klar, daß einige dieser Tiere von ihrer Freiheit nicht lassen konnten. Sie kamen zwar alle wieder, hatten inzwischen aber gelegentlich etwas angestellt. Mo war Gendarmerie-bekannt. Wann immer ein Hund in irgendeine Sache verwickelt war, wurde zuerst Mo angerufen, die dann mit ihrem Lieferwagen aufkreuzte, um den Missetäter mit nach Hause zu nehmen. So vermehrte sich die Anzahl der Hunde, denn sie nahm nicht nur diejenigen mit, die bereits zu ihren Schützlingen zählten, sondern auch die neuen, wenn sich kein Besitzer meldete.

Die Zeit hatte sich verdichtet. Sie verging nicht, sie war. Jetzt, ohne danach.

Auch über mich war die Ruhe des *unschuldigen* Tages gekommen, an dem uns nichts voneinander ablenkte. Selbst wenn jene Krähe, die ich schon kannte, ihre Stimme über unseren Köpfen erhob, wandten wir gleichzeitig den Blick nach ihr, sie spiegelte sich in unser beider Pupillen.

Während ich den Duft ihres Haares einatmete, leckte sie an meiner Halsgrube, bis ein kleiner Bluterguß die Stelle kennzeichnete, an der ich ihr am besten geschmeckt hatte.

Gegen Abend waren wir beide so hungrig, daß ich vorschlug, in eines der umliegenden Wirtshäuser zum Essen zu gehen. Mit einem Mal erfüllte Entsetzen ihren Blick. Entsetzen nicht so sehr über den Vorschlag, den ich gemacht hatte, als darüber, daß ich offensichtlich nichts begriffen hatte.

Sie sei tot, flüsterte sie, sie sei für die Welt draußen tot. Sie könne nirgendwohin gehen.

Ich versuchte, sie zu beruhigen. Wir würden natürlich hier essen, ich müsse nur noch rasch in den Supermarkt der nächsten kleinen Stadt, um die Vorräte aufzufüllen. »Worauf hast du Lust, sag es mir. Ich schreibe alles auf. Spätestens in einer halben Stunde bin ich wieder da.«

Als ich zurückkam, hatte sie aus den Dingen, die sie noch in der Küche gefunden hatte, eine Suppe und Beilagen gekocht, wir mußten nur noch die Steaks braten.

Bis auf die Zeit mit Lisa hatte ich immer alleine gegessen, zumindest wenn ich zu Hause war. Nun begann ich bereits, an diesen gemeinsamen Mahlzeiten Geschmack zu finden, war voller Bewunderung für die Selbstverständlichkeit, mit der sie etwas zubereitete, auf den Tisch brachte. Vielleicht lag es an unserer körperlichen Ähnlichkeit, daß wir auch beim Essen denselben Geschmack hatten.

Als wir darauf zu sprechen kamen, betete ich eine Reihe von Speisen her, wir sagten jeweils wie aus einem Munde dazu: delikat, genießbar oder undiskutabel. Dabei waren wir in neunzig Prozent der Fälle einer Meinung. Wir trieben das Spiel so lange, bis uns nichts Eßbares mehr einfiel.

Mittlerweile kannte ich ihren Körper besser, hatte herausgefunden, an welchen Stellen eine Berührung sie sogleich erregte, an welchen ich fester zugreifen durfte. Sie schien es zu mögen, wenn ich ihre Brüste fest anpackte, ja ich durfte sie sogar ein wenig beißen, ohne daß es ihr unerträglich war. Sie war lustempfänglich, wollte meinen Griff bis an die Schmerzgrenze spüren. Als mich kurz vor dem Höhepunkt die unbändige Lust überkam, sie mit Klapsen auf die Hinterbacken zu einem schärferen Ritt zu stimulieren, beschwor sie mich, damit weiterzumachen. Es war das erste Mal, daß wir gemeinsam kamen.

Ich konnte mich kaum erinnern, es je als so aufregend empfunden zu haben, mit einer Frau zu schlafen. Als das letzte Zucken sich gelegt hatte, begannen wir uns gegenseitig den Schweiß von der Haut zu lecken. Dabei bemerkte ich, daß ihr Hintern sich von meinen Schlägen gerötet hatte.

Es war dieses gegenseitige Sich-Abtasten auf der Suche nach der Lust des anderen, der Jubel bei jedem Gleichklang, der sich ohne Anstrengung herstellte, der mich an uns als an Instrumente denken ließ, deren Tonart bekannt war, die nur noch eingespielt werden mußten.

Als wir zum ersten Mal miteinander geschlafen hatten – ich konnte kaum glauben, daß das erst gestern gewesen war –, waren wir vor lauter gegenseitiger Rücksichtnahme aus dem Zittern über das, was wir gewagt hatten, nicht herausgekommen. Angesteckt von ihrer Verschüchterung, hatte auch ich mich zurückgenommen, es endete damit, daß wir uns immer wieder in die Arme fielen, dennoch insgesamt leer ausgingen.

Die Frau, die jetzt mit mir schlief, war eine andere. Es war die Frau, die ich in einem lebenslangen Traum für mich erschaffen hatte, die meine geheimsten Wünsche zu erraten schien. Es war nicht einmal so, daß sie sie mir erfüllte, eher erfüllte sich ihre Lust an meinen Wünschen. Die naive Schamlosigkeit, mit der sie Dinge tat, die kein Pornofilmer sich je hätte einfallen lassen, trieb mich immer wieder in eine sexuelle Hochstimmung, wie ich sie seit vielen Jahren, eigentlich seit der Pubertät, nicht mehr erlebt hatte.

Außer der Narbe am Hals hatte sie noch eine am Bauch, eine Kaiserschnittnarbe. Ich strich nur ein paar Mal darüber, fragte aber nicht nach, aus Angst, es könne sie zu deutlich an ihre Kinder erinnern. Sie hingegen nahm meinen Zeigefinger, führte ihn zuerst leicht, dann mit immer festerem Druck über die Narbe, so als verursache ihr das eine Art Juckreiz, den sie mit dem festeren Druck zu stillen trachtete.

Während sie vor dem Frühstück ihre paar Tempi im Fluß schwamm, hörte ich die Mailbox meines Handys ab. Es waren zwei Anrufe gekommen, einer von Emil, der wieder gesund geschrieben war und mir sogleich einen gemeinsamen Termin ankündigte, der andere von der Redaktionssekretärin, ich möge mich so rasch wie möglich melden. Ich ging davon aus, daß es sich um dieselbe Sache handelte.

Der Kaffee war schon fertig, die Semmeln aufgebacken, als sie außer Atem die Treppe heruntergestolpert kam. In ihrem Gesicht spiegelte sich noch immer der Schrecken, den ihr etwas eingejagt haben mußte. Es dauerte eine Weile, bis sie wieder so weit bei Atem war, daß sie sagen konnte, was geschehen war. Sie habe Anlaß zu der Vermutung, daß jemand sie beobachtet hätte, wie sie nackt aus dem Fluß gestiegen war.

Ich konnte nicht verhindern, daß mir ein Schmunzeln übers Gesicht lief, was sie geradezu mit einem Ausdruck des Entsetzens quittierte.

»Meine Liebe«, sagte ich begütigend, »auch wenn es dir unangenehm ist, aber du kannst dich bei Gott sehen lassen. Laß doch dem Armen die Freude, vielleicht hat er schon lange nichts so Schönes mehr gesehen ...«

Sie rang nach Atem. Niemand dürfe sie hier sehen. Überhaupt dürfe sie niemand außer mir sehen. Sie sei tot. Sie brach in ein trockenes Schluchzen aus. Ich nahm sie sogleich in die Arme, wiegte sie wie ein Kind, das untröstlich ist.

Als sie sich so weit beruhigt hatte, um sich zum Frühstück zu setzen, erzählte ich ihr von den Anrufen, daß ich deshalb nach Wien müsse. Würde ich nicht fahren, riskierte ich, daß man nach mir suchte.

Ich hatte tatsächlich Angst, daß Emil womöglich hier auftauchte. Sie schien es einigermaßen gefaßt aufzunehmen, sagte dann, sie würde sich eben hier einsperren, bis ich wieder zurückkäme.

Ich gab ihr zu bedenken, daß so ein Tag lang sein könne, vor allem aber langweilig. Noch dazu, wenn sie die ganze Zeit hier unten bleiben wolle. Sie schüttelte den Kopf. Sie würde lesen, sie habe neben meinem Bett eine Menge Bücher entdeckt. Endlich würde sie wieder Zeit zum Lesen finden.

Es war durchaus zu verstehen, daß sie sich erst einmal verkriechen wollte. Ihre Entscheidung, die sich von Tag zu Tag verfestigte, war so schwerwiegend, daß sie Kräfte sammeln mußte, um sich ihr auch nach außen hin stellen zu können. Dazu mußte ich ihr alle Zeit lassen, die sie dazu brauchte.

Was ich ihr denn mitbringen solle, Wäsche, Strümpfe ... irgendwie schien ich auf Wäsche und Strümpfe fixiert zu sein. Sie hörte kaum zu. Plötzlich fiel ihr etwas ein. Ja, doch, ein Haarfärbemittel.

»Ein Haarfärbemittel?« Ich verstand nicht sogleich. Sie hatte so prachtvolles blondes Haar, naturblondes Haar, wozu in aller Welt brauchte sie ein Haarfärbemittel?

Ich könne die Farbe aussuchen. Aber sie dürfe nicht blond bleiben. Sonst könne sie morgen nicht mehr im Fluß schwimmen.

Mir schien, daß sie maßlos übertrieb, versprach jedoch, mir zu überlegen, ob ich sie lieber als kühle Brünette oder als kapriziöse Rote sehen wollte. Insgeheim nahm ich Maß an ihr, an Brüsten, Hüften und Beinen. Lisa war seinerzeit oft überrascht gewesen, daß die Dinge, die ich für sie kaufte, immer paßten.

Die Verängstigung, die der morgendliche Spanner in ihr ausgelöst hatte, war noch nicht aus ihrem Gesicht gewichen. Ich hätte nie geglaubt, daß sie so heftig reagieren würde, obwohl auch mir daran gelegen war, mit ihr hier ungestört zu bleiben. Wahrscheinlich war ihr einer der Fischer ins Blickfeld geraten. Ich selbst hatte noch nie jemanden bemerkt, der sich in unmittelbarer Nähe herumgetrieben hätte. Aber auch wenn sie jemand gesehen hatte, er hätte sie für meine Freundin, meine Frau gehalten. Na und.

Noch bevor ich in die Redaktion ging, brachte ich den Film mit den Aufnahmen, die ich am Donauufer von ihr gemacht hatte, ins Labor. Plötzlich kam mir zu Bewußtsein, daß ich sie nicht mehr fotografiert hatte, seit sie bei mir in der *Ruine* war. Erstaunlicherweise hatte ich den ganzen *unschuldigen Tag* über die Kamera nicht in die Hand genommen.

Emils Recherchen waren abgeschlossen, wir konnten gleich los. Es ging um einen alten Haudegen der amerikanischen Literatur, der nach Wien gekommen war, um eine Ehrung entgegenzunehmen, deren Wert er offenbar nicht einzuschätzen wußte, sonst hätte er sie wahrscheinlich ausgeschlagen. Er äußerte sich auf Emils Fragen hin ziemlich abfällig über die Kriegsdrohungen seines Präsidenten, doch ging es ihm dabei wie den meisten Intellektuellen in so einem Fall: diejenigen, die seiner Meinung waren, applaudierten, wohingegen die anderen, denen er gerne seine Meinung gegeigt hätte, ihm gar nicht erst zuhörten.

Sein Faltengesicht gab etwas her, ich brauchte nicht lange, um den richtigen Blickwinkel zu finden. Während Emil noch versuchte, dem alten Fuchs ein paar Sprüche zu entlocken, die er exklusiv verwenden konnte – vergebliche Liebesmüh; wie sich herausstellte, war alles, was er zu sagen hatte, längst zu Protokoll gegeben –, packte ich schon die Kamera weg. Der Schriftsteller, der ein Gefühl für Professionalität hatte, zwinkerte mir zu, schnitt, kaum erkennbar, aber doch, eine kleine Grimasse in Richtung Emil, der sich noch immer über seine Notizen beugte, um die ultimative Frage zu stellen.

Emil schien es wieder gutzugehen, wir beschlossen, rasch noch ein Bier zu trinken, bei dem es auch blieb. Da das Interview bereits in der morgigen Ausgabe erscheinen sollte, klang es überzeugend, daß ich so bald wie möglich ins Labor mußte.

Emil fragte mich, ob ich schon an so etwas wie Sommerurlaub gedacht hätte. War schon dabei zu erwidern, daß ich natürlich nicht daran dächte, irgendwohin auf Urlaub zu fahren, wozu denn, besann mich aber rechtzeitig. Ich versuchte, ihn abzulenken, indem ich laut vor mich hin dachte, daß ich schon länger nicht mehr in der Türkei gewesen wäre. Erst recht nicht in der Toskana, fügte ich hinzu, um die Sache glaubhafter zu machen.

»Und dein Landsitz am Fluß?« Er hatte es nicht vergessen, nichts hatte er vergessen, wie das kleine hämische Lächeln in seinen Mundwinkeln verriet. »Hat sich deine Begeisterung etwa schon gelegt?«

Ich versuchte, in keine der Fußangeln hineinzutreten. Wenn

ich zu gleichgültig von der *Ruine* sprach, war zu befürchten, daß er mir den Vorschlag machte, ich solle sie ihm eine Weile überlassen.

»Nichts als Arbeit, du glaubst gar nicht, was man in so eine Ruine hineinstecken muß, um sie bewohnbar zu machen. Ich wollte, ich hätte neu gebaut, das wäre mich billiger gekommen. Auch hätte ich dann gleich alles so, wie ich es mir vorstelle.«

Wahrscheinlich sagte ihm sein Instinkt, daß er dranbleiben sollte. »Eigentlich wollte ich dich demnächst besuchen, zumindest auf ein kleines Besäufnis, ganz wie früher.« Ich war gewarnt, hatte mir die Antwort schon überlegt, bevor er die Frage gestellt hatte.

»Nur zu«, dabei hieb ich ihm freundschaftlich auf die Schulter, »aber vergiß nicht, Arbeitsanzug, Gummistiefel und Werkzeugkasten mitzubringen. Du könntest mir übrigens beim Ausmalen helfen. Demnächst fange ich mit dem Verputzen der Fassade an.« Als er nicht gleich antwortete, zog ich die Schraube noch ein wenig an: »Was ist? Deine handwerklichen Fähigkeiten sind gefragt.«

»Na ja, der Pinsel war nie meine Stärke. Ich warte besser, bis du soweit bist und mich als deinen Gast verwöhnen kannst.«

Geschafft, für die nächsten Wochen. Doch durfte ich Emils Absichten nicht aus den Augen verlieren. Daß er Absichten hatte, war unmißverständlich. Ich hatte mich durch seinen Spitalsaufenthalt dazu verleiten lassen, nicht mehr mit ihm zu rechnen. Jetzt wußte ich wieder, mit wem ich es zu tun hatte.

Ich fuhr noch einmal ins Labor, gab den neuen Film ab, nahm den entwickelten an mich, wobei ich die Bilder nur kurz überflog, mußte ich doch noch das Haarfärbemittel besorgen.

Sie war sogleich im Badezimmer verschwunden, während ich noch an den Fluß hinunterging. Ich hatte das Bedürfnis, ein paar Kiesel aus dem Wasser zu fischen, um eine neue Figur zu legen. Die Sonne hatte das diesseitige Ufer schon zum größeren Teil verlassen. Das Grün der Weidenblätter war zu einem stumpfen Schimmern eingeschwärzt, das wie lange nicht geputztes Silber wirkte.

Es war eine abstrakte Figur, so etwas wie ein Doppelrhombus, den ich ans Ende der Diagonale gelegt hatte, deren Mittel- beziehungsweise Kreuzungspunkt mit jener aus der anderen Richtung von der umgedrehten Baumfigur gebildet wurde. Mittlerweile hatte die Krähe sie als Sitzplatz angenommen.

Die Kamera war noch im Wagen, aber dieses Mal flog die Krähe nicht weg, während ich sie holte. Ich legte mich an einer unauffälligen Stelle ins Gras, bewegte mich nur sehr langsam. Hier kam die Sonne noch einmal durch, bevor sie zur Gänze hinter der Biegung des Flusses verschwand, ließ das Krähengefieder, dessen Schwarz in verschiedene Farben hinüberspielte, aufleuchten, während die Krähe selbst mit geschlossenen Augen in den letzten Sonnenstrahlen badete.

Die Krähe war gewiß größer als eine übliche Krähe, oder kam sie mir nur so groß vor, weil ich sie so nahe vor Augen hatte? Mit einem Mal wandte sie sich mir zu, als sei sie sich vollkommen bewußt, von welcher Seite sie am imposantesten wirke, senkte dann den Schnabel, damit auch noch etwas von den Augen zu sehen wäre.

Möglicherweise war es doch ein Rabe, so mächtig erschien mir nun der Schnabel im Vergleich zum gesamten Körper. Mein Herz schlug schneller beim Anblick dieses Vogels, dessen Vertrauen ich offenbar gewonnen hatte.

Als die Kamera zu klicken begann, verließ die Krähe der Mut. Sie flog auf, allerdings nicht weiter als in die nächste Erle, von wo aus sie mich im Auge behielt.

An diesem Abend würde sie wohl nicht mehr auf ihren Ansitz zurückkommen, auch war die Sonne nun endgültig aus diesem Teil des Gartens verschwunden. Jedenfalls würde sie auf dem Film zu sehen sein, mehrmals sogar, das war mehr, als ich zu hoffen gewagt hatte.

Die Verwandlung vollzog sich stufenweise. Sie war wieder aus dem Badezimmer gekommen, mit einem Turban auf dem Kopf, den sie sich aus einem alten, schon etwas zerschlissenen Handtuch gewickelt hatte. Ansonsten trug sie ein Hemd von mir, das ihr bis an die Mitte der Oberschenkel reichte.

Während ich zuerst von der Krähe, die wahrscheinlich ein Rabe war, dann von Emil, den sie ja von dem Interview her kannte, erzählte, bereiteten wir das Abendessen zu. Wieder waren unsere Handgriffe aufeinander abgestimmt, als hätten wir beide ein Modul eingesetzt, das die Synchronisierung vornahm.

Ich spielte Emils Bedeutung herunter, um sie nicht zu erschrecken. Wenn ihm in meiner Erzählung eine Rolle zukam, dann höchstens die des ein wenig neugierigen ehemaligen Freundes, der keinen Verdacht schöpfen sollte, damit er nicht eines Tages unangemeldet vor der Tür stand.

Später kam sie auf die Krähe zurück. Ihre Tochter hätte den Unterschied sogleich feststellen können. Es kostete sie einige Überwindung, ihr Kind wie nebenher zu erwähnen, so als wäre alles, wie es immer war. Sie fuhr jedoch tapfer fort, daß die Kleine gut in Zoologie sei, auch einmal Biologie studieren wolle. Obwohl das wie einer jener phantasiediktierten Jungmädchenträume klinge, so wie Kunstreiterin oder Ballettänzerin, traue sie ihr zu, daß sie diesen Weg nicht nur einschlagen, sondern auch zu Ende gehen werde. Ihre Tochter sei nämlich sehr ehrgeizig, viel ehrgeiziger als ihr Sohn, aber vielleicht würde das bei ihm noch kommen. Ihr Mädchen habe sogar bei einem Test in der Schule, bei dem die späteren Berufswünsche abgefragt wurden, in die dafür vorgeschriebene Rubrik *Zoo-Direktorin* geschrieben.

Wir lachten beide. Die Anstrengung, die sie diese Art von

Erinnerung – von dem Schmerz, den sie dabei wohl empfand, gar nicht zu reden – kostete, löste sich wieder auf.

Nach dem Essen holte ich noch die paar Tragtaschen aus dem Auto mit den Sachen, die ich für sie ausgesucht hatte. Schwarze Unterwäsche, die am besten zu ihrer Haut paßte, dazu eines jener knöchellangen Trikotkleider, bis zur Taille anliegend, dann etwas ausschwingend, das sie sehr schlank und höher gewachsen erscheinen lassen würde. Dazu eine Strickjacke aus Seidengarn, wenn es abends kühler wurde, ein Paar Pumps aus Handschuhleder. Nichts davon pompös oder zu aufwendig. Es war ein Wunsch, den ich mir erfüllte, sie endlich in Kleidern zu sehen, deren Eleganz ihres Körpers würdig war.

Sie schien beschämt, wenn auch froh, hatte sie doch, nachdem ihr Kleid gewaschen war, vergebens nach einem Bügeleisen gesucht. Da sie keines gefunden hatte, zog sie eins meiner alten Hemden an, das sie noch immer auf dem Leib trug.

Sie nahm die Tragtaschen an sich, nicht ohne mich zu warnen, daß es ein Weilchen dauern würde, bis sie mit allem fertig wäre. Gleich darauf verschwand sie wieder im Bad.

Ich goß mir einen *Whisky on the rocks* ein. Holte dann die Mappe mit den Fotos, die ich an der Donau geschossen hatte, um festzustellen, was ich wirklich gesehen hatte. Ich vertiefte mich sogleich mit der Lupe in die Kontakte, sie waren geradezu phänomenal.

Sie schaute mich an, in den Augen schon jene Bereitschaft, die auf das, was später geschehen sollte, hindeutete. Doch war da noch eine Reserviertheit, die einen vollkommenen Rückzug jederzeit möglich machen würde. Manchmal tauchte eine leise Verhärmtheit in ihrem Gesicht auf, wenn sie mich nicht unmittelbar ansah. Eine Spur von Resignation, so als sei sie eines lange währenden Kampfes immer müder geworden, als würde sie es sich selbst und jedem anderen schwermachen, sie aus dieser Art Niedergeschlagenheit wieder herauszuholen.

Dann aber war da mit einem Mal ein Abglanz von jenem Strahlen, das von Zeit zu Zeit in ihre Augen stieg, ihr jene engelhafte Dimension verlieh, beinah unheimlich.

Ich hielt die Augen geschlossen, um die verschiedenen Ausdrucksformen ihres Gesichts in mein Gedächtnis einzubrennen. Ihres Gesichts, wie es an jenem ersten gemeinsamen Tag gewirkt hatte, als noch alles offen, nur die gegenseitige Anziehung bereits besiegelt schien. Kein unschuldiges, ein unverdorbenes Gesicht, ging es mir durch den Kopf. Ein Gesicht, das, vielleicht auf bestimmte Weise müde, aber doch voller Leben war, mit Augen, die den Blick kaum halten konnten, so sehr spiegelten sich die Gefühle darin.

Ich fuhr von einem Geräusch hoch, das auf mich zukam. Licht flammte auf, während sich mein Blick nur mit Mühe an die momentane Helle gewöhnte, erfaßte er die Gestalt einer Frau, die sich weiter Schritt für Schritt auf mich zubewegte.

Wäre ich abergläubisch, hätte ich wohl ein Kreuz geschlagen. So aber starrte ich nur auf die Gestalt in dem fließenden, knöchellangen Kleid, die vor mir stehenblieb.

O nein, sie sah nicht wie Mo aus, deren braunes Haar viel kürzer geschnitten war und stumpfer wirkte als dieses glänzende Kastanienbraun mit dem Stich ins Rötliche. Ich hatte einen Augenblick befürchtet, die Farbe könne der von Mos Haar zu nahe kommen. Aber da war keine Spur von Ähnlichkeit.

Sie hatte das ihre auf verwegene Art hochgesteckt, was sie größer machte. Auch mußte in ihrer Handtasche einiges verborgen gewesen sein, das sie zuvor nur in geringem Maß verwendet, jetzt aber voll zum Einsatz gebracht hatte. Ihre Wimpern waren getuscht, ein bräunlicher Lidschatten war aufgetragen, mit Aufhellungen unter den Brauen, ihre Lippen waren in einem warmen Rot geschminkt, während ihre Wangenknochen unter einem zart getönten bräunlichen Rouge hervortraten. Keine Stylistin aus dem Troß der Models, die ich so oft fotografiert hatte, hätte bessere Arbeit leisten können. Sie schien mein Erstaunen zu genießen, drehte sich dann mehrmals um die eigene Achse, daß der Rocksaum sich ein wenig hob, dabei um ihre Knie schwang.

Die Frau, die vor mir stand, verwirrte mich. Eine großartige Erscheinung, die kaum an die Frau erinnerte, die sich wie verzweifelt in meine Arme gestürzt hatte. Wie sehr hatte sie ihre Schönheit bisher vernachlässigt. Dennoch suchte ich in ihr nach der anderen, mit der ich unter den Weidenbüschen gelegen war, die sich mir ausgeliefert, die mit ihrer Entscheidung zu kämpfen gehabt hatte. Lächerlich, ein bißchen Farbe und ein Kleid machen noch keinen anderen Menschen. Bei Tageslicht betrachtet, würden die beiden Erscheinungsformen wieder in eine zurückfallen.

»Phantastisch, es ist phantastisch!« Dann versuchte ich sogar einen kleinen Scherz, obwohl mir nicht so recht danach zumute war. »Wenn ich das geahnt hätte, hätte ich nie gewagt, dich anzusprechen.«

Plötzlich ging sie vor mir in die Knie, legte den Kopf in meinen Schoß. Sie könne nicht mehr die sein, die sie bisher gewesen war. Sie müsse jemand anderes werden, damit die, die sie gewesen war, in der Erinnerung der anderen weiterleben könne. Sie sei gestorben. Ich müsse ihr dabei helfen, als eine andere weiterzuleben. Ihre Stimme versagte, ihre Augen waren von einem so dunklen Grün, daß ich schon dachte, in ihrer Handtasche hätten sich auch noch verschiedenfarbige Kontaktlinsen befunden.

Sie macht sich die heftigsten Vorwürfe, sagte ich mir, sucht einen Weg, aus dem Dilemma herauszukommen. Dabei streichelte ich ihr neues, glänzend kastanienbraunes Haar, nahm sie an den Schultern, zog sie hoch, bis sie auf meinem Schoß zu sitzen kam.

»Natürlich helfe ich dir, wenn du mir sagst, wie.« Sie umarmte mich heftig, wir küßten uns lange. »Quäl dich nicht so«, versuchte ich, ihr Mut zu machen. »Du hast dich dazu entschlossen, von deinem Mann wegzugehen, das tun Millionen andere Frauen auch.« Zugegeben, das Bewußtsein, daß sie es meinetwegen getan hatte, erfüllte mich mit Stolz. »Aber du hast dich nicht gegen deine Kinder entschieden. Wenn nicht heute, so werden sie es irgendwann verstehen.«

Sie sah mich an, als zweifle sie an meinem Verstand. Niemals. Niemand, der sie gekannt hätte, würde es verstehen.

Ich schenkte die Weingläser, die noch vom Abendessen her auf dem Tisch standen, von neuem voll, gab ihr eines und sagte: »Dann laß uns auf die neue Person trinken, die du durch mich geworden bist.«

Es sollte aufmunternd klingen, doch sie schlug bloß die Augen nieder.

Es war bereits Nacht, eine frühsommerlich laue Nacht, die einen nach draußen lockte. Ich fragte, ob sie Lust auf einen Spaziergang habe. Das Gehen an der frischen Luft würde ihr guttun, schließlich hatte sie den ganzen Tag im Haus verbracht, sozusagen unter der Erde. Vielleicht würde ihr Gemüt sich wieder ein wenig aufhellen.

Ob ich sicher wäre, daß niemand sie erkennen könne?

»Wer sollte dich hier erkennen? Wir gehen nur spazieren, nicht aus. Selbst wenn wir jemandem begegnen sollten, der dich schon einmal gesehen hat, würde er jetzt keinesfalls merken, daß du es bist.«

Sie ging wieder ins Bad. Da sie die Türe offengelassen hatte, sah ich, wie sie sich eingehend im Spiegel betrachtete, wohl um sich zu vergewissern, daß es stimmte.

Wir gingen ein Stück die Landstraße entlang, die um diese Zeit nicht sehr befahren war, bogen dann in ein Sträßchen, das flußaufwärts in die Promenade mündete, die nah am Wasser entlangführte. Ein Weg, der vor allem von Liebespaaren aus den umliegenden Dörfern benutzt wurde, gab es doch in bestimmten Abständen Bänke, auf denen man sitzen und reden konnte, ohne befürchten zu müssen, daß andere es hörten. Das Rauschen des Wassers wirkte wie ein Schalldämpfer.

Wir gingen Arm in Arm, es tat mir fast leid, daß es so dunkel war, denn ich wäre gerne mit einer Frau wie ihr gesehen worden.

Wir mußten eine ganze Weile so am Wasser entlanggehen, bis wir eine freie Bank fanden, auf die wir uns rasch setzten, so als müßten wir tatsächlich fürchten, ein anderes Paar könnte uns zuvorkommen.

Sofort fühlte ich mich in eine frühere Zeit zurückversetzt, in der ich selbst noch solche Liebespaartreffs aufgesucht hatte, mit irgendeinem Mädchen, das ich dazu hatte überreden können, sich mit mir auf eine solche Bank zu setzen, um mich sogleich mit Lippen und Fingern über sie herzumachen.

Auch sie schien für das Schlüpfrige eines solchen Ortes empfänglich zu sein, denn es durchschauerte sie fühlbar, als ich mich mit der Zunge an ihrem Ohr zu schaffen machte.

Ich spürte, wie ihre Brustwarzen hart gegen meine Hände drängten. Als sie begann, mit ihren Fingern leise gegen meinen Hosenschlitz zu trommeln, war ich knapp daran, in meine Teenagerzeit zurückzufallen, in der ich mit Mädchen am liebsten im Freien geschlafen hatte, wollte aber nicht riskieren, daß sie sich beobachtet fühlte, wieder in Panik geriet wie heute morgen.

Während unser beider Erregung zunahm, bemerkte ich ein Stück flußaufwärts den Schein zweier Taschenlampen, der sich auf eine der Bänke richtete. Die Gendarmerie hatte wohl zu kontrollieren begonnen. Gelegentlich tat sie das, um schnupfende oder spritzende Teenager aufzustöbern.

Ich wollte ihr eine Konfrontation dieser Art ersparen, zog

sie also von der Bank hoch, sagte ganz ruhig: »Komm, ich glaube, wir verschwinden besser.«

Es war unklar, ob sie den Schein der Taschenlampen ebenfalls gesehen und ähnlich gedeutet hatte wie ich oder ob es die Bestimmtheit in meiner Stimme war, die sie sogleich in Fluchtbereitschaft versetzte, jedenfalls schlug sie ein Tempo an, das es mir schwermachte, mit ihr Schritt zu halten.

Einige der Pärchen hatten sich ebenfalls erhoben, während andere so sehr in ihre Liebesspiele vertieft waren, daß sie weder uns noch den Lichtschein flußaufwärts zur Kenntnis nahmen. Vereinzelt war Stöhnen zu hören, das sich von Zeit zu Zeit aus dem Rauschen des Wassers herauslöste.

Die meisten Paare hatten ihr Auto an jenem Straßenrand geparkt, an dem das Sträßchen wieder in die Landstraße mündete. Um nicht in den Lichtkegel der startenden Autos zu geraten, nahmen wir eine Abkürzung querfeldein, die in vollkommener Dunkelheit direkt zum Haus führte.

Plötzlich stolperte sie. Anstatt ihr aufzuhelfen, warf ich mich sogleich über sie, holte ihre Brüste aus dem Ausschnitt des neuen Kleides, während ich mit der anderen Hand ihren Rock hoch- und den Schritt ihres Höschens zur Seite schob. Es war nicht so, daß sie sich gewehrt hätte, im Gegenteil. Mein Druck erzeugte heftigen Gegendruck, der sich bald in meinen Rhythmus fügte.

Erst als sie zu wimmern begann, kam der Verdacht in mir auf, daß mit der Lust auch Schmerz mitklang, doch gerade in diesem Augenblick explodierte alles in mir, ich war für eine Weile ohne jede äußere Wahrnehmung.

Als ich wieder bei Sinnen war, konnte ich sie weiter wimmern hören. Da ich ihr Gesicht in der Dunkelheit nicht sah, tastete ich nach ihren Augen, sie waren tatsächlich naß.

Sofort richtete ich mich auf, zog die Hose hoch, fragte, was denn passiert sei. Gleichzeitig versuchte ich, sie aufzuheben.

Nichts, sie glaube, sie sei nur auf etwas zu liegen gekommen.

Ich griff unter ihren Rücken, konnte es kaum fassen. Sie war die ganze Zeit auf einem alten Kantholz gelegen. Ich zog sie hoch, versuchte sie zu schultern, um ihren Rücken zu schonen. Sie schob sich das Kleid über die Brüste, hielt sich an meinen Armen fest.

Sobald wir im Haus waren, begann ich, sie so vorsichtig wie möglich auszuziehen. Das Kleid war am Rücken aufgerissen, die schwarze Wäsche steckte voller Grashalme und Moosstückchen. Ihr Rücken sah völlig zerschunden aus. Feine Holzspähle waren in ihre Haut gedrungen, während die Kanten des Holzes sie trotz des dazwischenliegenden Stoffes zur Gänze aufgeschürft hatten. Ich schüttelte verwirrt den Kopf. Es war, als wäre ich mir selbst fremd geworden. Dies alles sollte mein Werk gewesen sein, der ich ohne die geringste Rücksicht über sie hergefallen war?

Ich suchte nach einer Pinzette, füllte Whisky zum Desinfizieren in ein Glas. Erst als ich die Spähle alle herausgezogen hatte, wagte ich zu fragen: »Warum hast du denn nicht geschrien?«

In ihre Augen war wieder dieses merkwürdige Strahlen hochgestiegen. Es sei gut, wenn es weh tue.

Ich durchwühlte den Verbandskasten im Schuppen, bis ich eine Salbe fand, die für Quetschungen und Blutergüsse gedacht war. Damit schmierte ich, so sanft es gehen mochte, ihren Rücken ein. Sie biß die Zähne zusammen. Obwohl der Schmerz in ihrem Gesicht stand, entfuhr ihr kein Laut.

»Du machst Sachen …«, murmelte ich zutiefst verunsichert. »Soll ich dir etwas gegen die Schmerzen geben? Irgendwo habe ich gewiß noch Aspirin.«

Ich solle sie lieber einen Schluck von dem Whisky nehmen lassen. Ich half ihr, sich aufzusetzen, packte ihr dann ein Kissen in den Rücken, das ihr einigen Halt geben sollte, ohne daß sie sich mit der wunden Stelle weiter oben anlehnen mußte. Sie griff nach dem Glas.

Es war noch nicht hell, aber die Dunkelheit begann bereits brüchig zu werden. Ich erwachte davon, daß sie sich wieder ins Bett legte – sie war wohl auf der Toilette gewesen –, aber nicht die rechte Lage fand, um wieder einschlafen zu können. Da sie sich nicht auf den Rücken legen konnte, es anscheinend auch nicht gewohnt war, auf dem Bauch zu schlafen, begann sie mit Armen und Beinen zu rudern, ohne Erfolg.

»Leg dich auf mich«, sagte ich nach einer Weile, zog sie gleichzeitig an mich. Allem Anschein nach bildete ich eine passable Unterlage. Nach einer Weile ging ihr Atem leiser, ihre Glieder wurden schlaff. Sie war eingeschlafen.

Langsam tropfte die erste Helle durch die Oberlichte. Ihr Haar, das sich über meine rechte Schulter bis in meine Achselhöhle hinein ausbreitete, ließ unsere beiden Leiber sehr weiß erscheinen. Ich zog die Decke über uns. Die Nächte wurden gegen Ende noch ziemlich kühl, selbst wenn sie lau begonnen hatten. Ihr Körper wärmte mich auf ungewohnte Weise, so daß ich behutsam versuchte, zumindest die Füße unter der Decke hervorzustrecken.

Ihr Geruch breitete sich in mir aus, ich spürte ihren Körper auf dem meinen schwer und schwerer werden. Nur jemand, der sich einem völlig ausgeliefert hat, kann in so einer Stellung schlafen. Ich hätte gerne meine Arme um sie gelegt, fürchtete jedoch, ihr wieder weh zu tun.

Ich konnte nicht anders, als an die Zeit denken, in der sie unter Menschen gehen würde, an *meiner* Seite. Sie würde die Scheidung einreichen oder zumindest mit ihrem Mann über die Umstände einer Trennung sprechen müssen. Sie hatte sich um das Sorgerecht für ihre Kinder, wenigstens um ein geregeltes Besuchsrecht zu kümmern, zu überlegen, ob sie einen Beruf ausüben oder einfach nur mit mir leben wollte. Mir war beides recht, solange sie nur bei mir blieb.

Ich konnte mich nicht erinnern, je eine Frau so begehrt zu haben. Nicht nur ihren Körper, sondern sie, mit Leib und

Seele oder wie man das nennen soll, was über den Körper hinausgeht. Ihr Wesen, wie sie sich bewegte, sprach, wie sie dachte. Was aber dachte sie? Was meinte sie, wenn sie sagte, sie sei tot? Sie müsse eine andere werden?

Was hatte sich tatsächlich zwischen ihr und ihrem Mann in dieser Viertelstunde ereignet, die ich im Auto sitzen geblieben war *wie gelähmt*? Warum sprach sie nicht darüber? Ich hätte sie natürlich danach fragen können, wollte aber, daß sie es mir von sich aus erzählte.

Was wäre gewesen, wenn ich nicht *wie gelähmt* im Auto sitzen geblieben, sondern auf der Stelle enttäuscht davongefahren wäre? Wäre sie mir gefolgt? Hätte sie überhaupt hierhergefunden, in der Nacht, zu Fuß? Hatte ich es nur dem Umstand, daß ich *wie gelähmt* sitzen geblieben war, zu verdanken, daß sie bei mir war? Daß sie ihre Familie verlassen hatte? Diesen gutaussehenden Türken, der ihr zwar materiell nicht viel zu bieten hatte, mit dem sie aber ganze fünfzehn Jahre gelebt hatte? Eine Frau wie sie, die auf Männer wirkte? Dennoch war sie fünfzehn Jahre bei dem Türken geblieben. Warum? Womit hatte er sie so in Bann geschlagen? War es der Liebhaber oder der Vater ihrer Kinder, bei dem sie so lange ausgeharrt hatte?

Der frühe Morgen war eine gefährliche Zeit für Gedanken dieser Art. Ich stellte fest, daß ich gerade einem Anfall von akuter Eifersucht erlegen war. Welch ein Unsinn!

Sie hatte ein Leben gehabt, bevor wir uns begegnet waren. Wie ich auch. Natürlich muß sie in den Türken verliebt gewesen sein, sonst hätte sie nicht ihr Studium abgebrochen, Berlin verlassen, um in dieses Kaff zurückzukommen, nur um letztendlich wieder im Gastgewerbe zu arbeiten.

Ich versuchte, mich an jedes Wort zu erinnern, das sie damals während des Interviews zu Emil gesagt hatte. Was war es nur gewesen, das sie studiert hatte? Etwas Ausgefallenes, das mit Sprachen zu tun hatte. Und ihr Mann? Hatte sie Emil nicht erklärt, daß er der warmherzigste Mensch sei, der ihr je begegnet war. Und daß er nachts lese und gelegentlich auch Gedichte schreibe?

Es lag jetzt an mir, ihr Interesse an der Welt wieder zu wecken. Natürlich wollte ich, daß sie mir nahe blieb, daß sie mit mir lebte, wie ich noch nie mit jemandem gelebt hatte, Herz an Herz, genau wie jetzt. Wieder ein Vergleich, der hinkte. So wie sie auf mir lag, konnte ich ihr Herz auf meiner rechten Seite schlagen spüren. Immerhin spürte ich es. Aber warum wollte sie sich der übrigen Welt so vollkommen verschließen?

Es war der dritte Tag, was waren drei Tage, verglichen mit dem Leben? Warum wollte ich so sehr, daß sie schon nach drei Tagen wieder vernüftig wäre? Warum wartete ich nicht ab, bis sie es hier unten nicht mehr aushielt, tagein, tagaus, bis sie von selber ans Licht wollte. Würde das dann aber nicht heißen, daß ich allein ihr nicht mehr genügte, wie ich ihr jetzt genügte? Daß ich nicht mehr der einzige Mensch sein würde, den sie um sich haben wollte, den sie begehrte?

Ich fuhr auf aus einem Traum, in dem ich verfolgt worden war, einen Wiesenweg hinunterrannte, immer weiter hinunter, bis es finster wurde und ich stolperte. Während ich stolperte, ermahnte ich mich, nicht zu hart zu fallen, sonst würde Mo mich auslachen.

Als sich die Bilder langsam klärten, nachdem ich die Augen mehrmals hintereinander aufgemacht hatte, bis ich mich endlich zwischen Traum und Wirklichkeit entscheiden konnte, sah ich ihren Schal an der Türklinke hängen. Sie hatte nicht vergessen. Mich wunderte nur, daß sie ihren Rücken so wenig schonte. Überhaupt schien sie ihren Körper abzustrafen, als hätte er, nicht sie sich schuldig gemacht, was ihm mit eiskaltem Wasser vergolten werden mußte. Mit Schmerz.

Lange ließ ich unter der Dusche warmes Wasser über mich

rinnen, bevor ich die Nachrichten auf dem Handy abhörte. Ich sollte erst wieder morgen in die Redaktion, was mir ganz recht war.

Sie fühlte sich dermaßen kalt an, als sie mich hinterrücks umarmte, daß mich trotz des Bademantels fröstelte. Sie sagte, daß es regne. Sie hätte sich nicht mehr daran erinnert, wie es sei, wenn Wasser von oben auf Wasser von unten treffe. Es gebe da beim Aufklatschen der Tropfen eine Verbreiterung, und das sehe so aus, als sauge der Fluß die Regentropfen in sich hinein. Dieses Bild beschäftigte sie so sehr, daß sie keinen Kommentar von mir zu erwarten schien. Gedankenverloren ging sie ins Bad. Nach einer Weile hörte ich, wie sie den Fön einschaltete.

Wir frühstückten lange, ich stellte immer von neuem Teewasser auf. Ich wollte wissen, ob sie sich während ihres Studiums auch mit Keilschrift beschäftigt hatte. Sie nickte, eine plötzliche Röte belebte ihr Gesicht. Wie ich gerade jetzt darauf käme, das sei doch so lange her. Sie habe viel zu viel vergessen, obwohl sie sich ernsthaft dafür interessiert hätte.

»Und warum unter allen ausgefallenen Dingen dieser Welt ausgerechnet für Keilschrift?«

Ein verlegenes Lächeln breitete sich in ihrem Gesicht aus. Wenn man dermaßen aus der Provinz kam wie sie, war man es sich schuldig, etwas zu tun, was sonst kaum jemand tat. In einer Nische überlebte es sich leichter und spannender.

»Dennoch, warum ausgerechnet Keilschrift?«

Ich würde lachen, sagte sie.

Ich schwor einen babylonischen Eid, bei dem viele Götter angerufen wurden.

Sie hätte durch Zufall in der Schule ein Reclam-Heftchen mit der Geschichte von Gilgamesch und Enkidu in die Hände bekommen.

»Daher die Keilschrift?« Ich war knapp daran, doch noch zu lachen.

Etwas habe sie darin besonders berührt, etwas, das einen anderen Blick auf die Dinge bedeutete.

»Was denn?« Ich konnte mir kaum vorstellen, was ein junges Mädchen an dieser Geschichte so besonders finden sollte.

Es sei die Geschichte der Hure gewesen.

»Der Hure?« Ich erinnerte mich an keine Hure.

Der Hure, die aus Enkidu, dem Tier, Enkidu, den Mann, gemacht habe. Ansonsten sei es in der Literatur immer umgekehrt gewesen. Kirke habe aus den Männern Tiere gemacht, und Eva habe auf die Schlange gehört und damit das Übel in die Welt gebracht.

Es sei diese sumerische Hure gewesen, die ihr Interesse an Keilschrift geweckt habe, vor allem sie. Ob ich es glaubte oder nicht.

Ich wollte es gerne glauben, doch je länger ich darüber nachdachte, desto weniger schien es mir – nachdem sie mir die ganze Geschichte von Anfang bis Ende erzählt hatte – einen Zusammenhang zwischen ihr und jener Hure Shamhat, die aus Enkidu, dem Tier, Enkidu, den Mann, gemacht hatte, zu geben, auch wenn das in ihrem Denken wohl noch immer eine Rolle spielte. Da sah ich schon eher eine Verbindung zwischen ihr und Siduri, der Schankwirtin, auf der anderen Seite des Himmels. Das Tuch mit dem sie sich verhüllte, deutete auf einen Ehemann hin. Siduri war es, die Gilgamesch auf die Fahrt über die Wasser des Todes schickte. Um das Kraut des Lebens zu gewinnen? Vergebens. Das ewige Leben war den Göttern vorbehalten, die Menschen mochten sich noch so darum bemühen, sie waren für dieses fortdauernde Leben nicht vorgesehen. Das wußte Siduri, die in einem Gasthaus Bier ausschenkte, mit Gilgamesch als ihrem einzigen Gast.

Es beunruhigte mich, wie sehr sie mich manchmal dazu brachte, ihr Schmerzen zuzufügen, noch mehr aber beunruhigte mich die Bereitwilligkeit, mit der ich auf dieses Angebot einging. Dabei war ich mir keineswegs sicher, ob diese Art von körperlicher Gewalt tatsächlich ihrer Lust entsprach oder ob sie für etwas anderes stand.

Da sie ihren Schal nur noch selten trug, waren dann über der kleinen Narbe am Hals auch die Male zu sehen, die ich ihr zugefügt hatte. Es hatte spielerisch begonnen. Sie nahm meine Hände, legte sie so um sich, daß meine Finger sich im Nacken verschränkten, während die Daumen auf ihrem Kehlkopf blieben. Gleichzeitig versuchte sie, unter mir wegzukriechen, so als wolle sie nur ihre Stellung verändern. Plötzlich traf mich ihr Knie so schmerzhaft, daß ich reflexartig zudrückte. Ich lockerte den Griff sofort wieder. Keine Ahnung, ob sie es absichtlich getan oder ob auch sie unbedacht auf den Druck meiner Hüftknochen reagiert hatte, die sich weiterhin auf sie senkten, sie unter sich festhalten wollten.

Bestürzt flehte ich um Vergebung, stellte jedoch fest, daß ein Funken von Befriedigung in ihren Augen, die nun tiefblau waren, aufleuchtete. Befriedigung, weil es sie stimulierte oder weil sie mich dazu gebracht hatte zuzudrücken?

An das glänzend kastanienbraune Haar hatte ich mich immer noch nicht gewöhnt. In mir war sie blond, das änderte sich auch in der zweiten, in der dritten Woche nicht. Ich wünschte die Zeit herbei, in der sie dieses Versteckspiel mit der Welt endlich aufgeben, wieder die Person sein würde, die ich an jenem verwunschenen Tag, an dem ich ausnahmsweise mit dem Zug gefahren war, für mich entdeckt hatte.

Emil machte mich darauf aufmerksam, daß eine seiner ehemaligen Interviewpartnerinnen verschwunden war. Er sei in einer Regionalzeitung auf die Meldung gestoßen, da eines der Fotos, die ich von ihr gemacht hatte, mit abgebildet war.

Ich tat erst, als hätte ich seine Bemerkung überhört, dann fragte ich wie beiläufig: »Haben Sie wenigstens das Copyright darunter gesetzt?«

»Ich glaube schon.« Er öffnete den oberen Hemdknopf, fuhr mit dem Finger an der Innenseite des Kragens entlang, als jucke ihn etwas. »Merkwürdig, daß so eine Frau einfach verschwindet. Es wird ihr doch nichts zugestoßen sein. Täte mir leid um das gutaussehende Ding. Hatte sie nicht auch Kinder?«

Ich winkte ab. »Wahrscheinlich ist sie abgehauen, um das Leben ein bißchen zu genießen.«

Erschrocken hielt ich inne. Daß solche Sätze aus meinem Mund kamen, mußte mit Emil zu tun haben. Mit meiner Meinung über ihn. Aber hatte Emil nicht anders als erwartet reagiert? Sogar eine gewisse, bei ihm sonst nicht übliche, Teilnahme gezeigt? Vielleicht war es das, was ich nicht ertrug, daß Emil sich Gedanken über sie machte, von ihr als einem *gutaussehenden Ding* sprach?

Immerhin war jetzt klar, daß nach ihr gesucht wurde. Was nur zu verständlich war. Es wunderte mich, daß das nicht sofort geschehen war. Oder war sie früher schon einmal verschwunden, am Ende sogar öfter? Vielleicht wartete ihre Familie nur darauf, daß sie nach einer bestimmten Zeit wieder zurückkam? Womöglich war diese Zeit nun abgelaufen, und die Familie hatte ernsthaft begonnen, sich Sorgen zu machen?

Einerseits wußte ich, daß Erwägungen dieser Art absurd waren, daß nur eine aufs äußerste gereizte Phantasie sie mir vorgaukelte, andererseits hatte sie mir so vieles nicht erzählt. Sie tat sich sichtlich schwer, von sich als der, die sie gewesen war, zu reden, so als brauche sie all ihre Kraft, um die andere, die sie werden wollte, entstehen zu lassen. Nur wenn ich sie dazu bringen konnte, mehr als die üblichen ein, zwei Glas Wein zum Essen zu trinken, ging sie ein wenig aus sich heraus.

Sie erfüllte mich in einem Ausmaß, in dem ich noch nie von einer Frau erfüllt gewesen war. Allein der Duft ihrer Haut wirkte wie ein Aphrodisiakum. Während ich mit Emil unterwegs war, Lebensmittel einkaufte oder Kleidungsstücke für sie aussuchte, dachte ich an sie wie an einen verborgenen Schatz, den ich zu hüten hatte, da er mir gehörte.

Besonderes Vergnügen bereitete es mir, Kleider für sie zu kaufen, dabei konnte ich meine Einbildungskraft auf die Probe stellen. Gelegentlich imaginierte ich sie so deutlich, daß ich die einzelnen Stücke plastisch an ihr sehen konnte. Es erregte mich, mir auszumalen, wie dieses oder jenes Material sich an ihrem Körper anfühlen, welche Naht sie drücken, welcher Schnitt sie einengen würde.

Um nicht aufzufallen, kaufte ich jedes Stück in einem anderen Laden, benahm mich dabei sachlich und sachkundig, so als sei ich seit Jahren daran gewöhnt, Dinge dieser Art für meine Frau, meine Lebensgefährtin, meine Geliebte zu besorgen.

Noch mehr erregte es mich, wenn sie die von mir ausgesuchten Sachen dann anzog, wenn ich, da ich schon nicht in ihr Wesen eingreifen konnte, wenigstens ihre Erscheinung mitbestimmte.

Meinen Beruf übte ich wie gewohnt aus, schon um keinen Verdacht zu erregen. So blieb sie tagsüber häufig allein, das nun schon seit Wochen, seit vielen Wochen. Natürlich konnte ich nie genau wissen, was sie den ganzen langen Tag über tat, stellte es mir aber immer haargenau vor.

Daß ihr die Kleidungsstücke, die ich brachte, gefielen, ließ sich an ihrer Miene ablesen, auch, daß *sie* sich darin gefiel. Jedoch das einzige, worum sie mich von sich aus bat, waren Bücher. Es war anzunehmen, daß sie die meiste Zeit mit Lesen verbrachte. Es war nicht bloß einmal geschehen, daß ich, nach Hause kommend, sie auf dem gemeinsamen Bett liegend vorfand, zusammen mit ihren Büchern, als läse sie sie alle synchron.

Was mich besonders scharf machte, war, daß sie manchmal die Beine bereits auseinandernahm, aber noch das Buch über ihr Gesicht hielt, so als sollte ihr Kopf von dem frei bleiben, was ich sogleich mit ihr anstellen würde.

Das waren Situationen, in denen etwas in mir aus dem Ruder lief. Eine Art Wut im Kampf um ihre Aufmerksamkeit stieg in mir hoch, um ihre ganze, ungeteilte, vollkommene

Aufmerksamkeit. Wenn sie das Buch dann noch immer nicht weglegte, riß ich es ihr aus den Händen. Es kam vor, daß ich sie mehrmals auf die Wangen schlug, um ihren Blick, der dem Buch gefolgt war, wieder einzufangen.

Sie hingegen biß mich in die Lippen oder trommelte mit aller Kraft gegen meine Hinterbacken, als trüge sie Sporen an den Fersen. Wenn uns dann endlich ein Orgasmus aus der gegenseitigen Gewalttätigkeit erlöste, fielen wir einander vollkommen erschöpft in die Arme. Meist endete es damit, daß wir erst eine Stunde schliefen, ehe wir das Abendessen zubereiteten.

Doch wann immer ich damit anfing, daß es nun langsam an der Zeit wäre, mit dem Versteckspiel aufzuhören, ja, gewisse Dinge zu regeln, geriet sie in Atemnot, begann zu stammeln. Es sei bei weitem noch nicht Zeit genug vergangen, die anderen glauben zu lassen, daß es sie nicht mehr gab, für sie alle nicht mehr gab. Sie würde die Begegnung mit den Kindern noch nicht ertragen, die zu Recht erhobenen Vorwürfe, ihre Blicke. Sie sollten sich erst an den Gedanken gewöhnen, daß sie tot sei.

Mittlerweile war richtig Sommer geworden, das Leben am Fluß war wesentlich angenehmer als in der Stadt. Also drängte ich sie nicht weiter, wir hatten Zeit, jede Zeit der Welt, solange uns die *Ruine* nicht einzuengen drohte. Dennoch hätte keine Freizügigkeit der Welt wettgemacht, was wir gerade in dieser räumlichen Beschränktheit, die keine Ablenkung bot, miteinander zu tun wußten.

Unser Leben hier würde ohnehin nicht in alle Ewigkeit fortdauern können. Spätestens bis zum Herbst mußte eine Lösung gefunden werden. Warum also auf etwas bestehen, wozu sie noch nicht bereit war? Auch schien die Suche nach ihr wieder in Vergessenheit geraten zu sein. Außer dieser einen Notiz war nichts weiter erfolgt, was sich auf ihr Verschwinden hätte beziehen können. Andernfalls hätte Emil mich gewiß darauf aufmerksam gemacht.

Prüfungen über Prüfungen – das Schuljahr näherte sich dem Ende, aber Inimini brauchte sich keine Sorgen zu machen. Im Gegensatz zu Nermin, die vieles nicht kapierte, selbst wenn Inimini es ihr noch so ausführlich erklärte. Bei Hülya war es anders, die versiebte hin und wieder etwas, weil sie zu aufgeregt war und dann herumstotterte, obwohl sie alles im Kopf hatte.

»Was regst du dich auf, wenn du es ohnehin weißt. Denk daran, wie gut du den letzten Test hingekriegt hast. Was soll dir da mündlich noch passieren?!«

Hülya begann jedes Mal zu nicken und nickte und nickte, als erwachse ihr aus dem Nicken die Fähigkeit, in zusammenhängenden Sätzen auf die Fragen der Lehrer zu antworten.

Iniminis Ruf als 1a-Schülerin war so gefestigt, daß sie sich schon gröbste Schnitzer hätte erlauben müssen, um noch in Gefahr zu geraten. Es genügte, wenn sie sich gelegentlich zu Wort meldete. *Nur nichts übertreiben in den paar Tagen, die noch zählen!*

An den Donnerstagen fuhren sie nach wie vor zum Hodscha, der ihnen von Mal zu Mal mehr zum Auswendiglernen aufgab, hauptsächlich Koransuren, die sie auf arabisch hersagen mußten. Oder sie besprachen etwas aus dem Religionsbuch: nach den *Tugenden*, den *moralischen Werten* die *schlechten Haltungen* und die *bösen Vermutungen*. Es sei im Islam eine verbotene Handlung, über andere eine *böse Vermutung* zu haben. Das, was man in seinen Gedanken verborgen halte, wisse nur Allah der Erhabene. Solange man nicht beweisen könne, daß jemand Schuld trage, müsse man nach islamischer Rechtsordnung akzeptieren, daß er unschuldig sei. Der Qur'an Karim dazu laute: »O ihr Gläubigen! Vermeidet viele Vermutungen, denn manche Vermutungen sind sündhaft. Und spioniert nichts aus …«

Inimini las zu Hause die Stelle, Sure 49, 12, nach, und die ging folgendermaßen weiter: »*... und führt nicht üble Nachrede übereinander. Möchte denn einer von euch das Fleisch seines Bruders, wenn er tot ist, essen? Es wäre euch doch zuwider.*«

Was in diesem Zusammenhang der tote Bruder sollte, war Inimini unverständlich. Auch Nermin und Hülya redeten darum herum. Offenbar hatten sie sich noch keine Gedanken darüber gemacht. Und warum sollte man keine *bösen Vermutungen* haben? Es war doch möglich, daß sie stimmten. Dann war man wenigstens auf der Hut.

Meist aber rezitierten sie bloß die Verse aus dem Koran, wippten dazu mit dem Oberkörper und achteten auf die korrekte Aussprache. Da sie kein Arabisch konnten, wußten sie immer nur ungefähr, worum es dabei ging. Inimini begriff, daß sie, wenn sie den Koran und mit ihm den Islam tatsächlich verstehen wollte, nicht darum herumkommen würde, Arabisch zu lernen.

»Wieso denn«, fragte Nermin, »in dem Religionsbuch steht doch alles drin. Mehr braucht man nicht zu wissen.«

»Du vielleicht nicht, aber ich möchte genau wissen, worauf ich mich einlasse. Wer sagt denn, daß das alles stimmt, was der Hodscha erzählt? Er ist auch nur ein Mann.«

Nermins Mund öffnete sich, ohne daß ein Ton herauskam. Sie mußte ein paar Mal nach Luft schnappen, bis sie es schaffte, ihrer Empörung freien Lauf zu lassen. »Aber er ist ein Hodscha, und wenn er ein Hodscha ist, heißt das, daß er alles weiß, was mit der Religion zu tun hat.« Sie fingerte an ihrem Kopftuch herum, so als suche sie nach ihren Haaren, um sich daran festzuhalten.

Irgendein Dschin mußte Inimini geritten haben. Sie konnte einfach nicht anders, als Nermin dawiderzureden. »Meines Wissens heißt Hodscha nichts anderes als Lehrer. Oder? Und hast du schon je einen Lehrer gesehen, der ein Übermensch gewesen ist? Wenn du es darauf anlegst, kannst du jeden Lehrer dazu bringen, zugeben zu müssen, daß er etwas nicht weiß.«

»Das schaffst du beim Hodscha nie«, schrie Nermin.

»Und warum nicht?« Inimini war nun ganz auf Widerspruch und, wenn es denn schon sein mußte, auf Streit aus.

»Weil er es gar nicht dazu kommen läßt. Glaubst du, der durchschaut deine blöden Fragen nicht? Der kriegt doch sofort spitz, was du vorhast. Und bevor du noch wirklich weißt, wie dir geschieht, hast du eine Strafe ausgefaßt.«

»Wieso Strafe, wenn ich noch nichts getan habe?«

»Damit du gar nicht erst auf Gedanken kommst ...«

Inimini war klar, was Nermin sagen wollte, aber sie konnte der Gelegenheit nicht widerstehen, etwas auszusprechen, was als Verdacht schon seit geraumer Zeit in ihr rumorte, genauer gesagt, seit der Geschichte mit dem Hund.

»Das heißt, ich soll also nicht denken, nur glauben, was mir so ein Hodscha erzählt? Ich dachte, gerade im Islam gibt es das Recht auf eine eigene Meinung.«

Hülya wurde stutzig. Sie spürte, daß der Streit zwischen Inimini und Nermin sich auf gefährlichem Grund bewegte. »Hört endlich auf, das führt zu nichts. Wenn ihr streiten wollt, streitet über das, was ihr anzieht, nicht über die Religion!«

»Und warum nicht?« Inimini konnte sich nicht zurückhalten.

»Weil man über Religion nicht streiten kann. Entweder man glaubt oder man glaubt nicht.«

»Und warum habe ich dann einen Kopf, der denken kann, wenn es nur darum geht, irgend etwas auswendig zu lernen?«

Hülya seufzte gequält. »Den Kopf hast du für die Welt und dafür, daß du die Dinge richtig machst. Die Religion aber glaubst du mit dem Herz. Den Kopf brauchst du höchstens dazu, um die Gebete, die Suren und die Hadithen auswendig zu lernen.«

Plötzlich hatte Inimini Lust, auch mit Hülya zu streiten. »Aber der Hodscha ist nicht Allah, sondern nur ein Mensch, ein Mensch mit Fehlern wie wir alle. Wer garantiert mir, daß alles stimmt, was er sagt?«

Nermin schlug die Hände über dem Kopf zusammen. »Du bist sturer als ein anatolischer Esel.«

Und Hülya meinte: »Hör zu, Inimini, du kannst nicht jedem am Zeug flicken, auch wenn du noch so gescheit bist. Vor dem Hodscha muß man Respekt haben. Selbst wenn er nur ein Mann ist, weiß er trotzdem viel, viel mehr als du.«

Inimini hatte längst erfaßt, daß in diesem Streit nichts zu gewinnen war, aber sie fand einfach nicht heraus. »Ich sage ja nicht, daß er nicht viel mehr weiß, ich bezweifle nur, daß er alles weiß. Und wenn er nicht alles weiß, können ihm Fehler unterlaufen, also kann man nicht einfach nur glauben, was er sagt. Man muß den Dingen auf den Grund gehen, und darum wird es uns nicht erspart bleiben, Arabisch zu lernen.«

»Dir vielleicht nicht«, Nermin bohrte ihr den Zeigefinger in die Magengrube, »uns schon, nicht wahr, Hülya? Wir müssen nicht Arabisch lernen, um gute Muslimas zu sein. Wir tun einfach, was der Hodscha sagt, denn er hat von Allah die Erlaubnis.«

Zum ersten Mal seit langem schienen sich die Schwestern einig. Hülya seufzte in der Hoffnung, die Sache sei damit ausgestanden, aber das war sie nicht.

»Ihr macht mir Spaß. Ihr meint wohl, ihr könnt euch alles ersparen, indem ihr andere Leute für euch entscheiden und womöglich auch noch denken laßt. Nur damit ihr euch nicht die Mühe machen müßt, Arabisch zu lernen.«

»Hör doch auf damit, immer recht haben zu wollen«, sagte

Hülya und nicht Nermin, was Inimini noch mehr erboste. Ausgerechnet Hülya, die sonst immer auf ihrer Seite war.

Nermins Gesicht erstrahlte in unverstellter Häme. »Was willst du, sie hat ja sonst nichts, also muß sie wenigstens recht haben.«

Hülya war bei den Worten ihrer Schwester zusammengezuckt und wollte etwas erwidern, wandte sich aber dann geradewegs an Inimini. »Dieses Herumgestreite bringt doch nichts. Du siehst ja, wohin es führt. Dabei wäre es viel gescheiter, wenn wir uns gegenseitig abhören würden. Es ist schon Mittwoch, und ich kann die Suren immer noch nicht auswendig.«

»Weil du sie nicht begreifst.« Inimini klang todernst und ohne die geringste Bereitschaft, klein beizugeben. »Was man nicht begreift, braucht man auch nicht auswendig herzusagen. Wenn Allah gewollt hätte, daß wir Automaten wären, die ständig etwas herunterleiern, hätte er uns zu Automaten gemacht. Ich jedenfalls bin kein Automat, ich möchte Wort für Wort verstehen, was ich sage.« Damit drehte sie sich um und ließ Hülya und Nermin vor der Schule stehen, bestärkt in der Überzeugung, daß sie tatsächlich recht hatte. *Wie die Hühner, die beiden führen sich auf wie die Hühner, die sich ducken, sobald der Hahn kräht.*

Das Problem war nur, daß Inimini überhaupt keine Lust verspürte, Arabisch zu lernen. Und selbst wenn, bei wem bitte? Sie zweifelte sogar daran, daß die Arabisch-Kenntnisse des türkischen Hodschas weiter reichten als bis zur notdürftigen, durch Kommentare gestützten Erklärung dessen, was er ihnen vorbetete. Reichte das? Ihr nicht. Aber je mehr sie sich in dieses Grundsätzliche hineinsteigerte, desto kleinlauter wurde sie. Hatte sie doch weder die Möglichkeit, noch den ernsthaften Willen, ja nicht einmal den Wunsch, sich so auf dieses Grundsätzliche einzulassen, wie sie es soeben lautstark von sich und ihren Freundinnen gefordert hatte.

Am nächsten Morgen war ihr schon beim Aufstehen ein wenig übel, und je näher der Nachmittag rückte, desto übler wurde ihr. Nermin und Hülya redeten zwar mit ihr, aber es war deutlich, daß sie nichts vergessen hatten, weder die lästerlichen Worte noch Iniminis Lust am Streit.

Als die Schule aus war, gingen sie wie immer nebeneinander her, aber Nermin schwieg vielsagend, und Hülya summte zwanghaft vor sich hin.

Kurz bevor Inimini am Haus der dicken Emmi abbiegen mußte, meinte Hülya wie beiläufig: »Kommst du rüber oder treffen wir uns beim Autobus?«

Inimini blieb stehen und schluckte ihre Spucke. »Mir ist schon den ganzen Tag schlecht. Vielleicht habe ich Fieber, jedenfalls komme ich heute nicht mit.«

Automatisch versuchte Hülya nach ihrer Stirn zu greifen, doch Inimini drehte sich weg. »Was weiß ich, was ich habe, ich glaube, ich muß kotzen.« Und sie fing zu laufen an.

Hinter den Himbeerbüschen steckte sie sich den Finger in den Mund, und tatsächlich kam ihr das Pausenbrot hoch. Hülya und Nermin konnten die Geräusche hören, die sie beim Erbrechen machte. Nach einer Weile setzten sie ihren Heimweg fort, wahrscheinlich noch immer im Zweifel, ob Inimini gekotzt hatte, weil sie nicht zum Hodscha gehen wollte, oder ob sie nicht zum Hodscha gehen wollte, weil ihr wirklich kotzübel war. Auch Inimini war sich nicht sicher, jedenfalls fühlte sie sich erleichtert, als sie anschließend äußerst gemächlich ins Haus schlenderte.

Irene war nicht da, was ihr nur recht sein konnte, ersparte es ihr doch jede Art von Fragerei, besser gesagt von fragenden Blicken. Irene war nicht der Typ, der einen sinnlos löcherte, aber ein wenig komisch hätte sie schon dreingeschaut, wenn sie mitgekriegt hätte, daß sie nicht zum Hodscha fuhr, obwohl Donnerstag war.

Auf dem Küchentisch lag ein Zettel *Bin mit Emmi unterwegs.*

Essen steht im Rohr. Ali baba hatte tagsüber Dienst, und Omo war auf Schullandwoche. Sie konnte also in aller Ruhe und ohne zu irgend jemandem irgend etwas sagen zu müssen, tun, wozu sie Lust hatte.

Es war ein heißer Junitag. Überhaupt war dieser Juni der heißeste, an den sie sich erinnern konnte. Selbst im Haus herinnen war es schwül, und so nahm sie nicht nur das Kopftuch ab, unter dem ihr Haar bereits zusammenklebte, sondern zog auch die langärmlige Bluse und den langen Rock aus. Da keiner da war, konnte sie sich ohne weiteres in Hemdchen und Höschen an den Tisch setzen und die bloßen Füße am Terrakottaboden kühlen.

Obwohl sie zuvor noch gekotzt hatte, schmeckten ihr sowohl Rindfleisch als auch Spinat, die Irene für sie gekocht hatte. Sie aß noch zwei Petersilkartoffeln dazu und nahm sich dann eine Portion Zitroneneis aus dem Gefrierfach, das sie in kleinen, quasi viertelsvollen Löffeln mehr oder weniger aufleckte, weil so der Geschmack am besten rauskam.

Plötzlich mußte sie an Kimsin denken, an Kimsin, den Hund, den sie umarmt hatte. Wenn er inzwischen wiedergekommen wäre auf der Suche nach ihr? Hatte nicht Hülya behauptet, daß er öfter in den Hof der *Zypresse* kam, um die Abfalltonnen zu durchstöbern? Hatte sie sich nicht merken wollen, durch welches Loch im Zaun er verschwunden war?

Obwohl sie früher immer darauf gewartet hatte, daß es endlich heiß wurde, schimpfte sie nun beim Anziehen halblaut vor sich hin wegen der Hitze. Es war ihr noch mehr als ungewohnt, ihren Körper auch bei sommerlichen Temperaturen zur Gänze zu bedecken.

Sie nahm den kleinen Weg, der von hinter dem Haus bis zum Hof der *Zypresse* führte. Ein Weg, den die Familienmitglieder früher benutzt hatten, wenn sie täglich mehrmals vom Haus ins Gasthaus hinübermußten. Nur Ali baba ging immer erst durch den Garten und dann auf der Straße zur *Zypresse*.

Irene hatte ihr den Weg gezeigt, der schon beinahe wieder zugewachsen war. Sie jedoch schlüpfte mit Leichtigkeit unter den Büschen durch. So konnte sie auch sicher sein, daß sie von den Haluks nicht bemerkt wurde, die diesmal nicht mitgefahren waren. Tante Emine mußte nicht jeden Donnerstag zum Arzt. Sie würde einen Jungen bekommen, hatte ihr der Doktor beim letzten Mal gesagt, und seitdem hatte sie ein Dauerlächeln im Gesicht, das wie aufgemalt wirkte. Mit dicker roter Farbe auf die Wangen gepinselt und nicht abwaschbar.

Inimini konnte bereits den Hinterhof der *Zypresse* überblicken, ohne Gefahr zu laufen, gesehen zu werden. Nichts. Da war kein Kimsin. Ob ihn die Fußtritte von Onkel Haluk doch für immer verscheucht hatten? Aber Kimsin war gewiß klug genug, sich sein Futter zu organisieren, ohne daß jemand von den Haluks es bemerkte.

In diesem Augenblick spürte Inimini, wie sich etwas gegen ihre Beine schmiegte, etwas Haariges, Hechelndes, Wedelndes. Sie hielt die Augen geschlossen, um die Enttäuschung hinauszuzögern, wenn es nicht Kimsin wäre, der ihr nun die Hände leckte.

Doch es war Kimsin, und allein die Tatsache, daß sie sich auf den Weg gemacht und ihn auch wirklich gefunden hatte, einfach so, kam ihr wie ein Zeichen vor, ein Zeichen, das nur ihr galt, das sie persönlich meinte, sie ganz allein. Sie wußte noch nicht, wofür dieses Zeichen stand, aber sie würde es herausfinden. Ganz gewiß würde sie es herausfinden.

»Hast du Hunger? Dann laß dich bloß nicht erwischen!« Inimini beugte sich zu Kimsin hinunter, um ihn zu umarmen und sich von seinem lockigen Fell die Wangen streicheln zu lassen. Kimsin machte keinerlei Anstalten, bis zu den Abfalltonnen vorzudringen. »Oder hast du schon gefressen?« Kimsin wedelte kurz und wandte sich dann in die andere Richtung.

»Zeigst du mir, wo du zu Hause bist?«

Kimsin japste ein wenig und fing an zu laufen. Er wandte sich immer wieder nach ihr um, als wolle er sichergehen, daß sie ihm auch folgte.

So überquerten sie mehrere kleine Straßen, bis sie an einen ehemaligen Feldweg kamen, der verbreitert und geschottert worden war, damit die Bauern mit ihren Autos und Landwirtschaftsmaschinen darauf fahren konnten.

Sie fühlte sich so unbeschwert wie schon lange nicht mehr, als sie nun hinter Kimsin herlief, der mit flatternden Ohren dahinwetzte. Sobald sich der Abstand zwischen ihnen zu sehr vergrößerte, kehrte er um, lief ihr entgegen, sprang neben und an ihr hoch und wendete sozusagen in der Luft. Sie hätte viel dafür gegeben, hätte sie ebenso hoch und schwerelos in die Luft springen können. Sie versuchte ebenfalls abzuheben, aber der lange Rock, der relativ eng geschnitten war, ließ sie nicht wirklich hochkommen, und so wurde nur eine Art Hopsen daraus. Immerhin, selbst dieses Hopsen war Ausdruck einer Fröhlichkeit, mit der Kimsin sie angesteckt hatte. Es störte sie auch nicht, daß der Weg sich weit über die Felder hinzog. In der Ferne ein Saum von Wäldern, neben dem Weg das Getreide, das der Hitze wegen schon ziemlich hoch stand, dazwischen schwefelgelber Raps und dottergelbe Sonnenblumen, die ihre Köpfe dem Licht zuwandten.

Wenn es nach Inimini gegangen wäre, hätte dieser Weg nie oder zumindest erst nach Stunden zu enden brauchen, so leicht wurde ihr ums Herz. Eine Brise war aufgekommen und kühlte ihr ein wenig das Gesicht. Sie schaute sich um, ob da auch niemand war, der sie sehen konnte, hob dann ihren Rock bis weit über die Knie herauf und schob sich den Saum in den Bund. So sprang es sich schon besser. Kimsin drängte sich immer wieder zwischen ihren Beinen durch, leckte ihr die Waden und schlug sogar dann und wann einen Purzelbaum, wenn sie über ihn zu stolpern drohte.

Als sie dann doch auf die Uhr schaute, waren sie schon mehr als zwei Stunden unterwegs. Sie konnte es kaum glauben.

Wieder waren sie zu einer Stelle gekommen, an der sich zwei Feldwege kreuzten. Waren sie bisher immer geradeaus weitergelaufen, bog Kimsin nun entschieden nach links ab. In der Ferne konnte sie die Häuser eines Nachbarstädtchens erblicken – erstaunt folgte sie Kimsin, der nun zu springen aufhörte und in gleichmäßigem Hundetrab, als wäre er mit einem Mal ernsthaft geworden, dahinschnürte.

Inimini hatte Mühe, Kimsin weiter zu folgen, und rief ein paarmal nach ihm, als sie immer mehr zurückzufallen drohte. Kimsin blieb einen Augenblick stehen, schaute sich nach ihr um, verfiel dann aber rasch wieder in das neue, schnellere Tempo.

Hatte Inimini unterwegs sogar manchmal gedacht, Kimsin könne, obwohl er ein Hund war, lachen, so komisch hatte sich sein Gesicht verzogen, schien es ihr nun, als lege er die Stirn in Falten. Als sorge er sich um etwas, das unmittelbar bevorstand und dem er nicht ausweichen konnte.

Sie kam geradezu ins Schwitzen bei dem Versuch, Kimsin nicht aus den Augen zu verlieren. Auch hatte sie ihren Rock wieder heruntergelassen und spürte, wie einzelne Schweißperlen sie in den Kniekehlen kitzelten.

Je weiter sie sich dem Städtchen näherten, desto mehr Menschen begegneten ihnen. Kimsin schien den Weg genau zu kennen. Er konnte es zwar nicht lassen, gelegentlich eine Spur, die ein anderer Hund gesetzt hatte, zu beschnüffeln und dann ein paar Tropfen von seinem eigenen Aroma darüberzulegen, aber selbst das geschah bloß, weil es eben geschehen mußte, und konnte ihn nicht von dem Ziel abbringen, auf das er sich mit aller Bestimmtheit zubewegte.

Sie war nicht nur neugierig, sie war richtiggehend gespannt, wohin Kimsin sie führen würde. Als sie einfach mit ihm losgelaufen war, hatte sie tatsächlich gedacht, er würde sie irgendwohin führen. Jetzt war sie sich dessen nicht mehr so sicher. Kimsin schaute sich so gut wie nicht mehr nach ihr um, und wenn sie nach ihm rief, wedelte er zwar kurz mit dem Schwanz – immerhin verleugnete er sie noch nicht –, lief dann aber unbeirrt weiter, so als sei ihm eingefallen, daß er eine dringende Verabredung habe, die es um alles in der Welt einzuhalten gelte.

Plötzlich blieb Kimsin vor einem unscheinbaren Einfamilienhaus stehen, hüpfte die drei gemauerten Stufen bis zur Haustüre empor, und nachdem sie ihm gefolgt war und nun ebenfalls vor der Haustüre stand, konnte er keine Sekunde ruhig sitzen bleiben, sprang an der Tür hoch – wie um die Klinke herunterzudrücken –, doch die Tür ging nicht auf. Kimsin winselte sogar ein wenig, und es war nicht zu übersehen, daß er nichts anderes wollte als durch diese Tür.

Kimsins Wunsch übertrug sich mit solchem Nachdruck auf Inimini, daß sie, bevor sie noch richtig darüber nachgedacht hatte, was sie hier eigentlich wollte, mit den Fingern nach dem Klingelknopf suchte und einfach anläutete.

Erst als sie tatsächlich Schritte hörte, die sich aus dem Inneren des Hauses der Tür näherten, stieg es ihr heiß auf, und sie suchte krampfhaft nach einer Erklärung, warum sie Kimsin bis hierher gefolgt war und auch noch für ihn geläutet hatte. Sie war sehr im Zweifel darüber, daß man ihr glauben würde, wenn sie sagte, er habe sie darum gebeten.

Die Tür ging auf, und da zeigte Kimsin so richtig, was in ihm steckte. Wie ein vor Freude wahnsinnig Gewordener sprang er an der Frau, die geöffnet hatte, hoch, kreischte dabei wie besinnungslos und umtanzte sie in einer Geschwindigkeit, die es Inimini kaum möglich machte, die Frau als Ganzes zu erfassen. Und auch die Frau, die sich dieser Freuden- und Liebesbezeugung kaum erwehren konnte, war sichtlich nicht in der Lage, Inimini entsprechend in Augenschein zu nehmen.

Die Frau begann nun in drohendem Ton, wie man ihn schlimmen Kindern gegenüber anschlägt, auf Kimsin einzureden. »Warte nur, du Ausreißer! Was hast du dieses Mal angestellt? Wenn du noch einmal so sang- und klanglos abhaust, kannst du sehen, wo du bleibst!«

Kimsin hielt in seinem Taumel der Wiedersehensfreude inne und ließ sich kleinlaut auf alle viere nieder. Dabei beobachtete er die Frau sehr genau, um herauszufinden, wie ernst es ihr eigentlich war.

»Da soll mir noch einmal einer erzählen, daß Tiere von Natur aus ehrlich wären. Wann immer er bei seiner Rückkehr so ein Theater macht, kann ich davon ausgehen, daß er etwas ausgefressen hat.«

Der neutrale Ton, der sich zwar auf ihn bezog, ihm aber nicht mehr unmittelbar drohte, veranlaßte Kimsin, sich wieder aufzurichten und zu versuchen, der Frau die Finger zu lecken. Sie ließ ihn kurz gewähren, fing dann aber von neuem an, auf ihn einzuschimpfen. »Wo hast du nur gesteckt, du Streuner?! Ich dachte schon, du wärst überfahren worden oder ein Hundefänger hätte dich geholt, um Rheumaschmalz aus dir zu machen.«

Kimsin wedelte heftig mit dem Schwanz und schlug dabei im Takt gegen den Schirmständer, daß die Metallspangen leise zu klirren begannen.

»Wie bist du überhaupt an die Hausglocke gekommen?« In diesem Augenblick fiel der Blick der Frau wieder auf Inimini und schien sie zum ersten Mal richtig wahrzunehmen. »Ich verstehe. Er hat dich gebeten, für ihn anzuläuten, dieser Ganove ...«

Inimini nickte, und die Frau fragte sie, ob ihr nicht heiß wäre. Wieder nickte Inimini. »Sprichst du überhaupt deutsch?« Inimini nickte ein weiteres Mal. Die Frau fragte nun, woher sie denn käme.

Da erhob Inimini zum ersten Mal die Stimme und nannte den Namen der Nachbarstadt.

»Eigentlich habe ich etwas anderes gemeint, aber egal. Seid ihr über die Felder gekommen?« Wiederum nickte Inimini, und ihr fiel ein, was sie die ganze Zeit über hatte wissen wollen. Sie deutete auf Kimsin: »Und wie heißt er bei Ihnen?«

Die Frau stutzte einen Augenblick und sagte dann: »Who-you. Ich habe ihn Who-you genannt, als man ihn brachte. Er war verletzt und, wie sich bald herausstellte, tatsächlich ein Streuner. Vielleicht ist er über die Grenze gekommen. Jedenfalls hat sich nie jemand gemeldet, dem er gehört hätte, obwohl ich sogar im Bezirksblatt annonciert habe.«

Inimini konnte sich das Lachen kaum verbeißen. »Ist was?« fragte die Frau.

»Nein. Nur daß ich ihn genauso nenne, bloß auf türkisch.«

»Warum stehen wir eigentlich noch immer hier draußen herum? Komm rein, du wirst sicher Durst haben nach dem langen Weg.«

Die Frau ging voraus in die Küche, füllte erst eine Schüssel mit Wasser für Kimsin, der sogleich zu schlabbern begann, und öffnete dann eine Flasche Saft, aus der sie zwei Gläser füllte.

»Hier, bitte«, sagte sie, »wenn du möchtest, mache ich dich dann auch mit den anderen bekannt.«

Inimini hob den Kopf. Erst jetzt wurde für sie deutlich, was sie die ganze Zeit über gehört, aber nicht mit der Frau in Verbindung gebracht hatte, nämlich das Kläffen mehrerer Hunde. Dazwischen ertönte lautes Zwitschern, das sich zu verschiedenen lang anhaltenden Einzeltönen steigerte.

Inimini war sich vom ersten Moment an sicher gewesen, daß die Frau allein in dem Haus wohnte und kein Mann da war, der ihr Haar sehen konnte, und entschloß sich, das Kopftuch abzunehmen und die langärmlige Bluse, die sie über einem T-Shirt trug, auszuziehen.

»Na also«, sagte die Frau ohne jeden hämischen Unterton.

Nachdem Inimini ihr Glas in einem Zug leergetrunken hatte, nahm es die Frau, um es wieder vollzuschenken. »Übrigens, ich heiße Mo. Und du?«

Inimini zögerte einen Augenblick. Die Frau war ungefähr im Alter von Anna anne, vielleicht zwei, drei Jahre älter, hatte hübsches braunes Haar, helle Augen und ein feines Gesicht ohne jede Schminke. Sie zupfte sich auch nicht die Brauen, und einer ihrer oberen Schneidezähne begann sich zu verfärben. Sie trug Shorts und ein lose fallendes, ärmelloses Top, das um ihren Busen ein wenig spannte.

»Eigentlich heiße ich Nilüfer«, und als Mo den Blick hob, fügte Inimini hinzu, »das bedeutet Seerose. Aber ...«

»Aber?«

»Aber weil das angeblich zu kompliziert ist, nennen mich alle bei meinem Kindernamen, Inimini.«

»Und wie soll ich dich nennen?«

Diesmal brauchte Inimini etwas länger. Dann sagte sie sehr bestimmt: »Klara. Ich bin draufgekommen, daß auf meinem Geburtsschein Nilüfer Klara steht. Meine Urgroßmutter hieß Klara.«

»Deine Mutter stammt wohl von hier?«

»Ja. Sie war größer und blond und sah ganz anders aus als ich.« Inimini wunderte sich selbst darüber, wie wenig es ihr ausmachte, mit dieser fremden Frau über Anna anne zu reden.

»Wieso war?«

Inimini zuckte ein wenig, als sei sie bei etwas ertappt worden. »Weil sie tot ist.« Und als sie es ausgesprochen hatte, entrang sich ihr sogar so etwas wie ein kleiner Seufzer.

»Das tut mir aufrichtig leid. War sie krank?«

Inimini schüttelte bloß den Kopf und schlug die Augen nieder.

Mo fragte nicht weiter, wofür Inimini ihr dankbar war.

Kimsin lag leise hechelnd zwischen ihnen auf dem Fliesenboden und kühlte seinen Bauch.

»Haben Sie noch viele Hunde?« Inimini hörte das Kläffen wieder ganz deutlich.

»Wenn du sie sehen willst, komm mit. Aber gib acht, sie sind ziemlich ungestüm.«

Während Inimini aufstand, sagte sie wie beiläufig: »Ich möchte Biologie studieren und dann in einem Zoo arbeiten.« Sie erwähnte absichtlich nicht, daß sie Direktorin werden wollte, da das überheblich klingen konnte.

»Da bist du ja bei mir richtig.« Kimsin hatte sich zusammen mit ihnen erhoben, schob sich nun zwischen Mo und Inimini und hatte wieder zu wedeln begonnen.

Sie gingen von der Küche ins Wohnzimmer, in dem mehrere Käfige an den Wänden hingen, die aber allesamt leer standen. Vom Wohnzimmer aus führte eine Tür in den Garten, und kaum hatte Mo sie geöffnet, als zwei Hunde kläffend auf sie zugestürzt kamen, die gleichzeitig an Inimini hochzuspringen versuchten, sich um Mo scharten und Kimsin begrüßten.

Damit nicht genug, kam ein weiterer Hund auf drei Beinen angehumpelt, der allerdings eine Hündin war, sowie einer mit einer Halskrause aus weißem Plastik, die seinen Kopf wie ein Lampenschirm umgab. Ininimi lehnte sich mit dem Rücken gegen die Hauswand und hielt so dem Ansturm stand, indem sie freundlich auf die Hunde einredete, sie mit den Namen ansprach, die Mo für sie verwendete, und hin und wieder *Sitz!* oder *Platz!* rief, wie auch Mo es tat, selbst wenn diese Befehle wenig Wirkung zeigten.

Nur einer der Hunde, ein schwarzweiß gefleckter mit dunklen Schlappohren, setzte sich vor Inimini und hob immer wieder die Pfote, bis sie sie endlich drückte und ihm sagte, was für ein *aufmerksamer* Hund er sei, was Kimsin gar nicht zu gefallen schien. Er stürzte sich sogleich auf den Schwarzweißen und versuchte, ihn durch angedeutete Bisse zu vertreiben. Der Schlappohrige ergriff jaulend die Flucht, stellte sich aber, als Kimsin ihn nochmals angriff, und schon war eine heftige Rauferei im Gange, die Mo mit einem Eimer kalten Wassers beendete und mit einer Schimpftirade, die Kimsin den Schwanz einziehen ließ. Aber anstatt sich zu verkriechen, legte er sich Inimini zu Füßen und forderte sie, indem er sich auf den Rücken drehte, auf, ihm den Bauch zu kraulen.

Mo schüttelte den Kopf. »Na warte, Who-you, dir mache ich noch einmal einen Knopf in den Schwanz!« Kimsin schlug mit eben diesem Schwanz die Erde, kümmerte sich aber nicht weiter um Mo und benahm sich überhaupt, als gebe es nur mehr ihn und Inimini auf dieser Welt.

»Dieser Kerl macht mich wahnsinnig!« Mo streichelte den gezwickten Schlappohrigen und suchte ihn nach Verletzungen ab, fand zum Glück nichts von Bedeutung und wurde gleichzeitig von den anderen Hunden umworben und angebettelt.

»Kommt und geht, wie es ihm beliebt, und bringt ständig die Rangordnung durcheinander. Ich weiß auch nicht, wie er es schafft, immer wieder auszubüchsen. Entweder springt er über den Zaun, oder er hat irgendwo ein Loch gegraben. Der Witz ist, daß ich es nicht finden kann.«

Mo erhob sich und griff nach der Schachtel mit den Hundekeksen, nahm für jeden Hund eines heraus und gab es ihm persönlich. Wer sich als erster anstellte, war natürlich Kimsin.

»Who-you, der Streuner«, sinnierte Mo weiter vor sich hin, während Kimsin nach dem Keks schnappte. »Und der noch größere Witz ist, daß keiner der anderen Hunde es ihm nachtut.«

Der Garten war ein schmaler, langgezogener Streifen Wiese mit einer Hecke und einem Drahtgitterzaun, mit ein paar alten Obstbäumen, in denen sich, wie Inimini erst jetzt bemerkte, Katzen räkelten, sich putzten und ab und zu gelangweilt gähnten, obgleich sie alles aufmerksam beobachteten.

An der Heckenwand befand sich eine geräumige Voliere mit etwa einem Dutzend Vögeln, die ständig von Zweig zu Zweig der darin aufgestellten Astgabeln hüpften und dabei in den verschiedensten Tonlagen sangen, krächzten oder zwitscherten.

Inimini ging näher heran. Soweit sie sie bestimmen konnte, waren es Kanarienvögel, Sittiche und Zwergpapageien, aber auch ein Pärchen von Prachtfinken, das sich allerdings ein wenig abseits hielt.

»In diesem Busch versuchen die Finken ein Nest zu bauen«, sagte Mo und deutete auf einen dicht belaubten Haselnußstrauch in der Voliere, »bin neugierig, ob was draus wird.«

Ein Windstoß fuhr Inimini durchs Haar – es war ein gutes Gefühl, sich den Wind wieder durch die Haare fahren zu lassen –, und eine Locke verfing sich im Drahtgitter der Voliere, an der Inimini lehnte, um die Vögel besser beobachten zu können. Sie hatte Mühe, sie wieder herauszuholen, wobei ein paar ihrer Haare hängenblieben. Und als sie ein wenig zurücktrat, näherte sich bereits einer der Finken, beäugte zuerst sie, dann ihr Haar, und ehe Inimini noch begriff, was er vorhatte, war der Vogel schon mit ihrem Haar davongeflogen. Mo lachte.

Eine der Katzen war vom äußersten Ende des Astes, auf dem sie kurz zuvor noch ihr Fell gesäubert hatte, auf die Voliere gesprungen, beugte sich nun über den Dachrand, um das Treiben aus der Nähe zu betrachten. Als einer der Vögel beinahe bis zu ihrer Höhe aufgeflogen war, hangelte sie mit der Pfote, die sie blitzschnell durch das Gitter gesteckt hatte, nach ihm, erwischte ihn aber nicht. Offenbar wußte der Vogel Bescheid.

»Du kriegst ihn nicht, Sir Percy, keine Chance, mein Lieber!« Mo redete zu dem Grauen hinauf, der wie eine Kartäuserkatze aussah. Inimini erkannte sie nach dem Katzenbuch, das sie bei der dicken Emmi entdeckt hatte. Die hätte sich früher gerne eine Katze in die Wohnung genommen, am liebsten einen dicken, fetten Perser, wie sie sagte, aber da Anna anne gegen Katzenhaare allergisch war, wurde nichts daraus. Nur das Buch stand noch immer im unteren Regal, und als Inimini es gefunden hatte, schenkte Emmi es ihr.

»Sie kriegen es nie über, dieses Spiel. Mittlerweile ist es ein Spiel geworden. Gerade Käfigvögel brauchen diese Art von Kick.« Mo stellte sich mit dem Rücken ans Gitter, und nachdem er sich noch ein wenig geräkelt und gestreckt hatte, sprang Sir Percy auf Mos Schulter und rieb seinen Kopf an ihrer Wange.

Inimini streckte die Hand aus, um ihn zu streicheln, aber er zierte sich, fing dann an mit dem Schwanz zu schlagen und wischte mit der Pfote kurz über ihren Handrücken, wobei er die Krallen andeutungsweise ausfuhr. Nicht zu stark, nur so, daß ihre Spur auf Iniminis Haut zurückblieb.

»Er scheint schlechter Laune zu sein.« Mo hob ihn von ihrem Rücken, was ihn zu einem einzelnen Protestschrei bewog. Schon kam einer der Hunde, besser gesagt, die Hündin auf drei Beinen, angehumpelt und versuchte ihm zärtlich den Kopf zu lecken, wie eine besorgte Mutter, die ihr Junges losheulen hört.

Inimini schloß die Augen in Befürchtung einer Auseinandersetzung zwischen Hund und Katze, aber nichts geschah. Sir Percy streckte der Hündin seinen Kopf entgegen und ließ sich von ihr auch noch den Buckel runterlecken.

»Sind die alle so gut miteinander?« Inimini traute ihren Augen noch immer nicht.

»Diese beiden mögen sich besonders, Lara und Sir Percy, aber auch die anderen halten sich im großen und ganzen an den Burgfrieden. Mit kleinen Ausnahmen, an denen, wie du gesehen hast, meist Who-you beteiligt ist. Aber auch er hat Probleme mit seinesgleichen. Streuner lassen gerne den Macho raushängen.« So als hätte er genau verstanden, wovon die Rede war, kam Kimsin lässig angetrottet und leckte nun seinerseits und geradezu gönnerhaft Laras Hinterteil, wobei auch Sir Percy gelegentlich einen Zungenwischer abbekam.

Wie immer, wenn Iniminis Herz vor großen Gefühlen zu zerspringen drohte – und sie hatte große Gefühle, keine Frage, so sehr überwältigte sie das friedliche Zusammenleben dieser Tiere –, schwieg sie oder stellte eine ihrer *logisch-wissenschaftlichen* Fragen.

»Betreuen Sie diese Tiere nur, oder gehören sie Ihnen?« Inimini beugte sich zu Kimsin, Lara und Sir Percy hinunter und wurde sogleich mitgepflegt, das heißt, abgeleckt und beknabbert.

»Tiere gehören einem nicht, aber sie leben mit mir, weil niemand anderer sie bei sich haben konnte oder wollte. Den ersten Hund habe ich seinerzeit als Welpen aus einer Mülltonne gerettet, und die erste Katze ist mir zugelaufen. Das ist schon lange her. Der Hund, der Herr Bozzo hieß, ist mittlerweile gestorben, und die Katze Siebenschön ist schon sehr alt und liegt drinnen auf einem der Sofas. Bei der Hitze zieht sie das Haus vor. Übrigens, kannst du ruhig *du* zu mir sagen.«

»Bedeutet es nicht viel Arbeit, sich um all die Tiere zu kümmern?« Inimini vermied es, Mo direkt anzusprechen. Sie mußte sich an das *du* erst gewöhnen.

»Du kannst mir ja dabei helfen, wenn du sonst nichts zu tun hast.« Es klang nicht so, als würde Mo tatsächlich daran denken, Inimini um Hilfe zu bitten, doch Inimini antwortete beinah schneller, als sie denken konnte.

»Kein Problem. Wenn Sie mir sagen«, sie korrigierte sich, »wenn du mir sagst, was zu tun ist. Füttern, Fellpflege, Käfige reinigen, Hunde auf die Gasse führen ...« Sie überlegte, was sie noch anführen sollte, um so kompetent wie möglich zu erscheinen.

»Nur langsam mit den jungen Pferden!« Mo lächelte. »Ich kann dich leider nicht anstellen, aber wenn du mir hin und wieder helfen könntest, vor allem jetzt im Sommer, wo ich beruflich voll im Einsatz bin, wäre das äußerst hilfreich. Heute ist einer meiner letzten freien Tage, dann muß ich eine Reihe von Kolleginnen vertreten, die Kinder haben und in die Ferien fahren, und wenn ich sie – sie umfaßte mit einer vagen Geste die gesamte Menagerie – den ganzen Tag und manchmal auch noch am Abend allein lassen muß, ist mir nicht wohl in meiner Haut. Natürlich sollst du es nicht ganz umsonst machen. Eine Art Taschengeld wäre schon drin.«

Das ging alles ziemlich rasch, aber Inimini begriff, daß es eine Chance war. Die Aussicht war einfach zu verlockend: die Hunde, Katzen und Vögel, die da miteinander in einem Garten lebten, und sie selber mittendrin. Wenn sie sie erst fütterte, würden auch die Katzen sie mehr an sich ranlassen. Und die Vögel? Sie sah sich bereits in der Voliere stehen und die Vogeltränken und -bäder reinigen, während die jüngeren, zutraulicheren Vögel auf ihren Schultern saßen, an ihren Ohrläppchen knabberten und ihr dabei ins Ohr wisperten.

Die größeren Hunde würde sie an der Leine ausführen wie eine richtige Hundesitterin. Sie hatte früher auf dem Weg in die Schule öfter eine junge Frau getroffen, die zwei semmelfarbene Pekinesen und zwei Schnauzer, einen schwarzen und einen grauen, an der Leine auf die Gasse führte und geduldig überall stehenblieb, wo die Hunde zu schnüffeln oder zu markieren hatten.

»Für sie ist das wie Zeitung lesen«, hatte sie zu Inimini gesagt, als sie einmal miteinander ins Gespräch gekommen waren. Inimini hatte sich des langen und breiten nach den Lebensgewohnheiten der Hunde erkundigt und was sie so an

Futter und Bewegung brauchten. Das war noch zu einer Zeit, als sie gehofft hatte, einen eigenen Hund oder eine Katze durchsetzen zu können.

Auch Inimini würde nun mit den Hunden an der Leine lange Spaziergänge unternehmen. Schließlich begannen demnächst die Ferien, und da hatte sie den ganzen Tag Zeit. Der Haushalt ging sie nichts mehr an, seit Irene mit ihnen lebte.

Sie würde mit den Hunden in der Sommerhitze natürlich nicht über die Felder spazieren, sondern sich Wege durch die Waldstreifen suchen. Ihr Haar konnte sie auch unter einer Schirmmütze verbergen. Wer sagte, daß es nur ein Tuch sein durfte? Und sie würde wieder Hosen tragen. Die bedeckten ihre Beine genausogut, und darum ging es ja eigentlich. Auch wenn Nermin noch so darauf herumritt, daß von Hosen im Koran nicht die Rede sei. Wie denn auch? Aber das war für Nermin nur deshalb ein Thema, weil sie pummelig war und in Hosen miserabel aussah.

»Meinst du das ernst?« Mo hatte begonnen, die herumstehenden Futterschüsseln einzusammeln und die Wassernäpfe zu leeren. Inimini nickte.

»Dann nimm«, sagte Mo und reichte ihr den Stapel. »Dort drüben ist der Brunnen. Spül sie aus und füll sie wieder. Sie gehören hierher.« Mo zeigte auf einen Platz im Schatten.

»Ich brauche tatsächlich jemanden, der mir hilft. Früher habe ich alles alleine gemacht, als meine Mutter noch im Haus war. Sie mochte die Tiere nicht besonders, aber sie rief wenigstens an, wenn etwas passierte. Auch waren es da noch weniger Tiere. Der Junge, der mir letztes Jahr zur Hand ging, hat endlich eine Lehrstelle gefunden. Und das Mädchen, das an seiner Stelle kommen sollte, hat es plötzlich mit der Angst zu tun bekommen. Sie hat es sich nicht zugetraut, allein mit den Hunden auf die Straße zu gehen. Und du? Glaubst du, du schaffst es?«

Inimini hatte keinen Zweifel daran, daß sie es schaffen würde, wollte sich aber nicht wichtig machen. »Ich habe mir immer schon gewünscht, mit Hunden spazierenzugehen.«

»Aber gemacht hast du es noch nie?«

Inimini schüttelte andeutungsweise den Kopf, so als sage das in Wirklichkeit gar nichts.

»Dann gehen wir jetzt gleich. Ich erkläre dir, worauf es ankommt.«

In dem Augenblick, in dem Mo die Leinen vom Haken im Vorzimmer nahm, tanzten die Hunde wie verrückt um sie herum, und Inimini hatte das Gefühl, daß sie sie nie würde anleinen können. Dann gab Mo das Kommando *Sitz! Alle Hunde sitz!* Es klang so bestimmt, daß die Hunde sich tatsächlich in Reih und Glied hinsetzten, sogar der mit der Halskrause, der ein Ekzem am Rücken hatte, an dem er nicht lecken durfte, und darauf warteten, bis sie einer nach dem anderen angeleint wurden.

Das war alles so rasch gegangen, daß Inimini gar keine Zeit gefunden hatte, an irgend etwas anderes zu denken als daran, ob und wie sie es hinkriegen würde, die Hunde anzuleinen und beisammenzuhalten.

Als sie dann auf der Straße standen, war Inimini klar, warum Mo sich so plötzlich entschieden hatte. Schon zogen fette grauschwarze Wolken auf, und wie es aussah, würde es in absehbarer Zeit ein Gewitter geben.

»Bis zum Bach hinunter schaffen wir es schon noch. Da zeige ich dir dann die verschiedenen Wege, die du mit den Hunden gehen kannst. Gib vor allem auf Who-you acht, er ist der einzige, der nur ungern an der Leine geht. Wahrscheinlich ist er sie zu wenig gewöhnt. Außerdem ist er Individualist und schätzt es gar nicht, bei den anderen bleiben zu müssen.«

In der Tat bemerkte Inimini, wie lustlos Kimsin neben Mo

her trottete und wie sehr er immer in eine andere Richtung zog als die übrigen Hunde. Auch Mo schien Kimsin ein wenig zu bedauern. »Ich will dir ja nicht zumuten, daß du mit ihm noch extra gehst …«

»Kann sein, daß ich das tue …« In diesem Augenblick ging ein Riß durch ihren Körper. Inimini war zu Bewußtsein gekommen, daß sie ohne ihr Kopftuch und ohne die Bluse aus dem Haus gegangen war. Zum Glück waren sie bereits in den Waldstreifen entlang des Baches eingebogen und dabei niemandem begegnet. Zurücklaufen und das Tuch holen ging jetzt wirklich nicht. Die Hunde hatten sich viel zu sehr auf den Spaziergang gefreut, als daß sie es verstehen könnten, wenn sie wieder zurück mußten. Auch wollte sie sich nicht von Anfang an unbeliebt bei ihnen machen.

»Jetzt nimm du sie!« Mo gab ihr die Leinen, zwei in die eine und zwei in die andere Hand. Die dreibeinige Hündin war zu Hause geblieben, hatte sich mit trauriger Miene verkrochen, als Mo die Leinen vom Haken geholt hatte.

»Gib acht, daß sie dich nicht hinziehen, wo sie wollen. Du darfst die Kontrolle nicht verlieren, hörst du?! Ich bringe dir jetzt die Kommandos bei. Laß nicht zu, daß sie sie mißachten!«

Im ersten Augenblick fühlte sich Inimini wie im Märchen, wenn die böse Stiefmutter an vier Pferde gebunden wird, die jedes in eine andere Richtung ziehen. Die Hunde, die den Wechsel für ein Spiel hielten, begannen unter- und übereinanderweg zu springen, und Inimini mußte alle Kraft zusammennehmen, um nicht umgerissen zu werden. Aber es dauerte nicht lange, und sie bekam ein Gefühl für die verschiedenen Leinen, begann sie als Verlängerungen ihrer Hände zu empfinden sowie die verschiedenen Hunde, die daran hingen, als einzelne wahrzunehmen, deren Bewegungen aufeinander abgestimmt werden mußten. Es war an ihr, korrigierend einzugreifen, mit Worten nachzuhelfen, damit der Pulk halbwegs beisammenblieb. Aber auch anzuhalten, wenn das Gros der Hunde anhalten wollte.

»Das funktioniert schon ganz gut, Klara«, sagte Mo anerkennend, und Inimini kam es in diesem Augenblick so vor, als wäre sie tatsächlich nicht mehr Inimini, die Winzige, sondern ein anderer Mensch und gleichzeitig erwachsen geworden.

Sie mußte sich dermaßen auf die Leinen konzentrieren, daß sie keinen Blick für den Himmel hatte, der sich zusehends verdüsterte.

»Und jetzt gib acht. Die Kreuzung da vorne verlangt eine Entscheidung. Meist wollen die rechts gehaltenen Hunde nach links und die links Gehaltenen nach rechts. Wenn du es vorher weißt, kannst du sie leichter in die Richtung bugsieren, in die du gehen möchtest. Aber ich fürchte, wir können es heute nicht mehr ausprobieren.« Sie deutete mit dem Kopf nach oben, wo die himmlischen Heerscharen sich bereits zum Kampf rüsteten. Ein dicker Tropfen landete auf Iniminis Stirn, die sich noch immer als Klara fühlte, und zwischen den Wolken flammte ein Blitz auf, der mit viel Getöse am Horizont verzischte.

Das Gewitter war doch rascher gekommen, als sie gedacht hatten. Mo nahm drei der Hunde wieder an sich und ließ nur Kimsin beziehungsweise Who-you in Iniminis respektive Klaras Händen.

Dann rannten sie gemeinsam los. Die Hunde, die das für ein weiteres Spiel hielten, tanzten kläffend um Mo herum, doch als es nicht nur blitzte, sondern auch gewaltig donnerte, zogen sie allesamt den Schwanz ein und liefen wie scheuende Pferde in Richtung Stall.

Kimsin schien weniger Angst zu haben, lief auch nicht so schnell wie die anderen und sah sich immer wieder nach ihr um. Als sie zu einer Weggabelung kamen, die einerseits zur Asphaltstraße und zu Mos Haus und andererseits zu einem

Weg in Richtung Park führte, versuchte Kimsin, Inimini dahin zu locken, wobei sein Gesicht, wie das des schlauen Füchsleins kumpanenhaft zu feixen schien. Sie aber ließ sich nicht verführen, sosehr sie Kimsin auch ins Herz geschlossen hatte.

Mittlerweile hatte es wie aus Schläuchen zu schütten begonnen, und die Blitze gingen in einer Dichte nieder, die an Sperrfeuer denken ließ.

Für gewöhnlich hatte Inimini keine Angst vor Gewittern, aber dieses war ihr ganz und gar nicht geheuer. Auch drohte der Regen nach der Hitze in Hagel überzugehen, und vor Hagel hatte sie heillosen Respekt. Schon Ali babas wegen, der dann um seine Tomaten und Zucchini, und was er sonst noch alles angebaut hatte, fürchten mußte.

Schließlich erreichten sie Mos Haus doch noch, bevor die ersten Schloßen niederprasselten. Blieb nur zu hoffen, daß sie nicht überall gleich heftig fielen und Ali babas Enttäuschung nicht allzu groß sein würde.

Inimini und Mo waren vollkommen durchnäßt, und auch die Hunde begannen, sich im Vorzimmer zu schütteln, als wären sie im Fluß geschwommen. Die Katzen hockten unter dem Dachvorsprung und wischten sogleich ins Haus, als Mo die Tür zum Garten öffnete. Zum Glück hatte die Voliere ein Dach, so daß es von oben nicht hereinhageln konnte. Dennoch kam von der Seite noch genug, so daß sich am Boden der Voliere kleine Häufchen aus Eiskugeln bildeten. Die Vögel blieben geschützt, wenn sie sich auf die hinteren Äste zurückzogen. Im Garten aber sah es bald aus wie im Winter.

»Komm mit nach oben, wir müssen uns trockene Sachen anziehen.« Mo ging voraus, die Treppe hoch, während die Hunde dicht gedrängt am Treppenabsatz stehenblieben, so als wäre da eine unsichtbare Barriere, die sie davon abhielt, ihnen zu folgen. Nur Kimsin gab sich einen Ruck – für Inimini war deutlich zu sehen, daß er sich einen Ruck geben mußte – und setzte eine Vorderpfote, und als nichts erfolgte, das heißt, als sie, die ihn im Blick hatte, nichts sagte, zog er blitzschnell die zweite Pfote nach. Da drehte Mo sich um und herrschte ihn an: »Du schon wieder, Who-you?! Meinst du, weil Klara hier ist, treten die Regeln außer Kraft?«

Kimsin hatte sich geduckt, jedoch die Pfote noch nicht von der Treppe genommen. Mo bemerkte es und stieg eine Stufe tiefer. »Zurück«, rief sie, »zurück und Platz! Oder es setzt was!«

Kimsin zog sich blitzschnell zurück, saß nun neben den anderen Hunden und wedelte verbindlich mit dem Schwanz, so als sei nicht er es gewesen, der das Treppenverbot mißachtet hatte.

Inimini wußte nicht, wo sie die Augen zuerst haben sollte. Die Wände des Treppenhauses hingen voller Bilder, großer, kleinerer und winziger, die insgesamt kaum ein Stück Wand frei ließen. Schon auf dem Treppenabsatz sah es aus wie in einem Trödelladen. Ein Regal, das mit Büchern und Krimskrams vollgestopft war, ein kleines rundes Tischchen mit mehreren Vasen und grotesk verzierten Aschenbechern, ein Fauteuil, über den eine alte, kunstvoll gewebte Decke gebreitet lag, deren Farben an manchen Stellen geschossen waren, und am Fenster eine Art Palme, die beinah das ganze Licht für sich in Anspruch nahm.

Mo war wie eine Pfadfinderin unterwegs, die sich erst einen Weg bahnen mußte, hier etwas aufhob, es auf einen Stuhl oder ein weiteres Tischchen türmte, dort etwas umstellte, um den Durchlaß zu vergrößern, gleichzeitig welke Blätter von den Pflanzen zupfte, die in alten Nachttöpfen oder ein wenig angeschlagenen kostbaren Keramik- und Porzellangeschirren hausten.

Viele der Gegenstände konnte Inimini gar nicht zuordnen. Eine Wasserpfeife mit Bernsteingriff erkannte sie jedoch sofort, auch einen aus Kupfer getriebenen Teller, dessen Inschrift sie sogar entziffern konnte, es war die *Bismillah*, der Eingangsvers jeder Koransure. Einen ähnlichen Teller gab es bei ihnen zu Hause im Wohnzimmer, einer der wenigen Gegenstände, die Ali baba aus seiner Heimat mitgebracht hatte.

Als sie in Mos Schlafzimmer angelangt waren, blieb Inimini einen Augenblick stehen, um das Bild, das sich ihr bot, als Ganzes zu erfassen, bevor sie sich in all die Besonderheiten verlor, die da wie eine Landschaft vor ihr ausgebreitet waren.

In der Mitte des Raumes befand sich ein Bett, das einer Kissenburg glich, davor lagen mehrere Teppiche, schöne alte Teppiche, Ali baba hätte seine Freude daran gehabt.

»Die hat alle mein Bruder mitgebracht. Der ist früher öfter im Orient gereist.« Mo hob einen auf und zeigte ihn Inimini. »Mein Lieblingsteppich, er stammt aus Bursa«, sagte sie, und Inimini nickte, als würde sie tatsächlich etwas von Teppichen verstehen.

Auch in diesem Raum gab es Fauteuils und kleine Tischchen, Schemel und einen Hocker aus marokkanischem Saffianleder. Überall lagen Kleidungsstücke, T-Shirts und Leggins, die Mo automatisch hochhob, auf ihre augenblickliche Brauchbarkeit hin ansah und dann auf einen anderen Stoß von Kleidern warf.

Da Mo auf den Stühlen nichts Passendes zu finden schien, öffnete sie die Tür eines riesigen Schranks, die allerdings erst nach mehrmaligem Rütteln nachgab. Als sie endlich offenstand, quoll der Inhalt des Schranks daraus hervor, so als hätte er nur darauf gewartet, sich ins Schlafzimmer zu ergießen.

Endlich schien Mo etwas Passendes gefunden zu haben. Unter ihnen beiden hatten sich bereits nasse Flecken gebildet, und Inimini konnte spüren, wie das Wasser aus ihren Haaren unter dem T-Shirt die Wirbelsäule entlangsickerte.

»Da. Diese Galabiya aus Ägypten müßte dir stehen. Ich habe sie nie getragen, obwohl mein Bruder meinte, sie wäre genau das richtige für mich. Aber ich habe ihm nie geglaubt, schon als Kind nicht. Sie wird dir vielleicht ein bißchen lang sein, aber wenn du diesen Gürtel nimmst, könnte es gehen.«

Mo deutete auf eine Tür, die Inimini noch gar nicht bemerkt hatte und die wohl ins Badezimmer führte. »Ich nehme an, du willst dich lieber alleine umziehen.«

Inimini nahm die Galabiya, die in einem satten Orange leuchtete, einer Farbe, die an Ringelblumen erinnerte und die sie immer gemocht hatte, sowie das Handtuch und verschwand im Badezimmer. Einem sehr alten Badezimmer, dessen Waschbecken an mehreren Stellen gesprungen war und dessen Etageren unter den vielen Tiegeln, Zahnbürsten, Tuben, Kämmen und Haarbürsten kaum auszunehmen waren.

Sie zog sich aus und rieb ihren ganzen Körper so lange mit dem ungebügelten Handtuch, bis er sich warm und trocken anfühlte. Ihre Haare waren durch das Regenwasser zu zahlreichen kleinen Löckchen zusammengeschlüpft, die sich auch nicht glätteten, als sie sie trockenrieb. Sie zu kämmen war nicht möglich, und auch die Bürste ließ sich nur mit viel Mühe durchziehen. Mit einem Mal fühlte Inimini sich so leicht und ungezwungen, nackt unter dem langen orangefarbenen Kleid, wie schon seit Ewigkeiten nicht mehr.

Als sie schließlich aus dem Badezimmer kam, steckte auch Mo in frischen Jeans und einem T-Shirt mit lauter aufgedruckten Fröschen und kramte noch immer in ihren tausenderlei Sachen, schichtete sie von einem Stapel auf den anderen und versuchte Platz zu schaffen, was nur schwer gelingen wollte, da aus jedem Fach und jeder Lade immer neue Dinge zum Vorschein kamen.

»Lauter Trödelkram«, schimpfte Mo in gespielter Verzweiflung vor sich hin, »aber so ist das, wenn einer nach dem anderen das Haus verläßt und die Dinge zurückbleiben. Erst mein Bruder, dann Mutter ... Ich habe einfach nicht das Herz, mich von dem Krempel zu trennen.« Sie hielt einen Stoß steif gebügelter Servietten im Arm und sah sich suchend nach einem geeigneten Platz dafür um. »Gehst du auch gerne auf Flohmärkte?«

Inimini mußte erst überlegen, wann sie je auf einem gewesen war. »Weiß nicht. Ich war nur auf dem von der Schule, der war nicht gerade aufregend.«

»Wenn man einmal auf den Geschmack gekommen ist, kann man nicht mehr aufhören und muß zu allen gehen.«

Erst jetzt drehte Mo sich zu Inimini um. »Donnerwetter!« Sie hielt eine Trachtenjacke in der Hand, deren echte Hirschhornknöpfe sie gerade begutachtet hatte, doch bei Iniminis Anblick, ließ sie die Jacke aufs Bett fallen. »Wo habe ich nur meine Augen gehabt?« Mo legte den Kopf schief wie einer ihrer Vögel und beäugte Inimini auf eine Weise, die sie verlegen machte. »Und was für schönes Haar du hast. Wenn du mich fragst, siehst du zum Anbeißen aus.«

Inimini schlug die Augen nieder. Sie, die immer einen Sager auf der Zunge hatte, kaute an ihren Lippen und suchte unauffällig nach einem Spiegel, der ihr zeigen würde, was Mo sah. Aber entweder war er von all den Kleiderständern und Paravents verstellt, oder es gab in diesem Schlafzimmer gar keinen Spiegel. Sie konnte aber nicht gut ins Badezimmer zurück, noch dazu hing dort der Spiegel über dem Waschbecken viel zu hoch, als daß sie sich wirklich und zur Gänze darin hätte sehen können.

Plötzlich erschien der Kopf von Kimsin in der Schlafzimmertüre, und als Inimini ihn entdeckte, mußte sie hellauf lachen, was auch Mo auf ihn aufmerksam machte. Sogleich blaffte sie ihn an: »Abmarsch, Who-you! Auf der Stelle!«

Sie konnten hören, wie er eilends die Treppe hinuntertappte und die anderen Hunde ihn unten japsend empfingen.

»Dieser Ganove weiß genau, daß er hier nicht herauf darf und daß es einen Grund hat, warum er hier nicht herauf darf.«

Mo griff seufzend nach einem Stapel von dem Zeug, das zu ihren Füßen lag, und stopfte es zurück in den Schrank, wobei sie die Knie zu Hilfe nehmen mußte. Inimini drückte mit dem Rücken dagegen, und so gelang es endlich, die Schranktür wieder zu schließen.

»Was für einen Grund?«

»Hast du noch nichts bemerkt? Ja, wie sollst du auch bei dieser Sauwirtschaft?!«

Ein leichtes Rumoren war Inimini zwar gleich zu Beginn aufgefallen, sie hatte aber nicht weiter darauf geachtet, doch jetzt, wo sie genau hinhörte, wurde daraus ein leise singender Ton, der nach der Berührung eines Metallgitters klang.

Mo näherte sich einem Paravent, auf dem sich Paradiesvögel als Muster hinzogen, was aber nur stellenweise sichtbar war, da ein dicker honigfarbener Bademantel und die nassen Kleidungsstücke, die Mo ausgezogen hatte, darüber hingen.

Mo rückte den Ständer ein wenig zur Seite, damit sie Inimini den Käfig, der sich dahinter befand, besser zeigen konnte. Es war ein ziemlich geräumiger Käfig mit mehreren Stockwerken und Gängen, die in kleine Häuschen führten.

Der Hagel war längst wieder in Regen übergegangen, und es drang ein wenig Licht durch die halb geschlossenen Vorhänge. Inimini konnte kein Tier sehen, so sehr sie auch danach Ausschau hielt.

»Sie sind nachtaktiv«, flüsterte Mo, obgleich sie zuvor ganz normal gesprochen hatte. Aber vielleicht bewirkte gerade ihr Flüstern, daß sich nun doch etwas in dem Käfig regte und jener Ton wieder erklang, wenn auch um eine Spur deutlicher.

Mit einem Mal streckte ein Tier mit langen Ohren und grauseidenem Fell den Kopf aus einem der häuschenartigen Verstecke. Inimini wußte gleich, daß es nicht stimmte, als sie fragte, ob es ein Hase sei.

»Kein Hase, ein Chinchilla, das ist eine Art Hasenmaus«,

erwiderte Mo mit vor Zärtlichkeit vibrierender Stimme. »Leider sind es nur mehr zwei, der dritte ist vor zwei Wochen gestorben.« Sie öffnete das Türchen des Käfigs und nahm den einen der verbliebenen Chinchillas auf den Arm, der offenbar wenig Freude damit hatte, denn er versuchte immer wieder zu entwischen. Mo aber streichelte ihn selbstvergessen. »Fühl nur, was für wunderbar weiches Fell er hat. Inimini fuhr mit der Hand über den Rücken des Tieres und mußte zugeben, daß sie noch nie so weiches Fell berührt hatte.

»Sie heißt *Ahnungslos*.« Mo sprach in geradezu verschwörerischem Ton und setzte das Felltierchen in den Käfig zurück.

»Sind die immer hier drin eingesperrt?« Inimini hatte noch nie im Leben Chinchillas gesehen, ja nicht einmal gewußt, daß es sie überhaupt gab.

»Eben nicht. Darum will ich die Hunde nicht herauflassen. Ich möchte nicht riskieren, daß doch einmal etwas passiert. Und die Katzen schon gar nicht. Sie sind unberechenbar, was kleinere Nager angeht. Natürlich bin ich übervorsichtig, denn warum sollten sie nicht miteinander auskommen, wenn sie im selben Haus wohnen. Aber die Chinchillas sind wehrlos. Bei Katzen und Hunden sind die Chancen annähernd gleich verteilt. Ich habe schon oft gesehen, wie Hunde im Kampf mit Katzen den kürzeren zogen, aber auch umgekehrt. An den Chinchillas hängt einfach mein Herz. Ich habe sie von meiner Freundin geerbt, die letztes Jahr gestorben ist. Von meiner allerbesten Freundin.«

Mo klopfte mit dem Finger ein wenig an das Drahtgitter, um auch den zweiten Chinchilla, *Herrn Möchtegern von Alleskann*, wie sie ihn nannte, zu wecken, aber der ließ sich nicht blicken.

»Sie können durch einen Tunnel auf die Veranda hinaus, die gehört ihnen ganz allein.« Inimini folgte Mo in den Anbau, der mit groß gewachsenen Zimmerpflanzen vollgestellt war und viele Möglichkeiten, sich zu verstecken, bot, aber auch Routen von Ast zu Ast.

»Tagsüber profitieren die Pflanzen vom Licht.« Mo nahm automatisch eine der herumstehenden handlichen Gießkannen und goß eine Zimmerlinde, die sich wohl nach dem Regen draußen verzehrte, aber zu empfindlich war, um im Garten zu bleiben. Auch würden die Katzen sie sogleich zum Krallenwetzen benützen, selbst wenn ihr Stamm dafür bei weitem nicht dick genug sei. Begreife nun einmal jemand die Gehirnwindungen von Katzen.

»Nachts tummeln sich dann die Chinchillas in der Veranda. Wie Kobolde huschen sie von Pflanzentopf zu Pflanzentopf, turnen über die beiden Stühle oder hüpfen auf das Tischchen, auf dem immer Futter für sie bereitsteht.«

Das Geblaffe von unten nahm zu, durchsetzt von gelegentlichem Winseln, und man konnte erneut die Schwänze der Hunde schlagen hören. Mo schaute auf die Uhr. »Fressenszeit, darauf vergessen sie nie.« Sie stellte den Paravent wieder an seinen alten Platz und stieg die Treppe hinunter. Inimini folgte ihr, und die Hunde empfingen sie mit einem Freudentanz.

Mo zeigte Inimini, wo das Futter aufbewahrt wurde und wieviel davon in jede Schüssel gehörte. »Hunde sind Schlinger. Stell ihnen die Schüsseln gleichzeitig hin, sonst macht sich einer über den Napf des anderen her, und die Schwächeren gehen leer aus. Lara, die Dreibeinige, bekommt ihr Fressen im Wohnzimmer, die Katzen im Schuppen. Sie neigen dazu, die Häppchen aus den Schüsseln zu holen und sie auf dem Boden zu fressen. Dabei kleckern sie alles voll. Später kannst du dann die Hunde im Schuppen alles blank lecken lassen. Aber gib den Katzen genügend Zeit, sie fressen langsam.«

Der Regen hatte nachgelassen, und so wurden auch noch die Volieren gereinigt und die Vögel gefüttert. Das Wasserbad mußte gründlich ausgewaschen werden, damit sich die Bakterien nicht vermehrten, und der Boden wurde gekehrt, da sich jede Menge Körnerschalen, aber auch Vogelmist angesammelt hatten. Während Mo im Käfig hin und her ging, flüchteten die Vögel von einer Ecke in die andere, was eher wie ein Spiel aussah, als daß sie sich tatsächlich geängstigt hätten.

Einige der Sittiche ließen sich kurzfristig auf Mos Schultern nieder und schimpften ihr lautstark ins Ohr, während Inimini die Tür zuhielt, damit keiner der Vögel entflog. Sie schaute Mo aufmerksam zu, damit ihr später kein Fehler unterlief, wenn sie die Vögel alleine betreuen würde.

Als Mo und Inimini ins Zimmer mit den leeren Winterkäfigen zurückkamen, hatte die Dreibeinige längst aufgefressen und lag, hingebreitet wie eine Odaliske, auf dem Sofa mit den vielen Kissen.

»Runter, Lara, aber schnell!« Lara wisse genau, daß es den Hunden nicht erlaubt sei, auf dem Sofa zu liegen. Nicht weil sie, Mo, persönlich etwas gegen Hunde auf dem Sofa habe, sondern weil dann alle auf das Sofa wollten und dann könne sie selbst nicht mehr darauf sitzen.

Mit den Katzen verhalte es sich anders, die würden samt und sonders auf dem Sofa liegen, am liebsten auf den Lehnen, obwohl jede von ihnen auch noch ihren eigenen Lieblingsplatz habe. Dagegen könne und wolle sie nichts tun, denn die Katzen würden sie im Winter dermaßen wärmen, eine im Nacken, jeweils zwei an den Seiten und eine auf ihrem Bauch, daß sie nur bei wirklich niedrigen Temperaturen zu heizen brauche, und das vor allem der Vögel wegen.

Lara hatte sich ganz langsam erhoben und war so ungeschickt auf ihren drei Beinen vom Sofa gehüpft, daß es nach einer Demonstration aussah.

»Mach schon!« Mo setzte sich demonstrativ auf den noch warmen Platz, und Lara schleckte noch einmal ihre Schüssel aus, die ohnehin blank war.

Irene war nahe daran gewesen, die Fassung zu verlieren, als Inimini am Abend in der orangefarbenen Galabiya vor ihr stand. Mo hatte Inimini im Auto heimgefahren, und da ihre Kleider noch nicht trocken waren, hatte sie die Galabiya anbehalten und nur das weiße Kopftuch wieder aufgesetzt.

Es dauerte eine Weile, bis Inimini sich herbeiließ anzudeuten, daß sie nicht wie üblich beim Hodscha gewesen war, sondern bei einer Frau, die ihr einen Ferialjob angeboten und sich dabei nicht im geringsten an ihrer Religion gestoßen habe.

»Was für einen Job?« fragte Irene entgeistert.

»Tierpflege. Vorbereitung auf meinen späteren Beruf. Wenn du willst, ein Praktikum.«

»In einem Zoo?« Irene schaltete relativ schnell.

»In einer Art Privatzoo. Gar nicht weit von hier. Ich kann mit dem Bus hinfahren.«

»Aber doch keine Exoten?« Irene wußte nicht, was sie davon halten sollte. »Ich hoffe, nichts, was dir gefährlich werden könnte?!«

»Keine Angst. Nur Hunde, Katzen, Vögel und«, fügte Inimini mit einem geheimnisvollen Lächeln hinzu, »Chinchillas.«

»Chinchillas?«

»Gib zu, du hast auch nicht gewußt, daß es die gibt.« Inimini nahm ihr Kopftuch ab und ihre noch immer ein wenig feuchten Locken umstanden ihren Kopf wie kleine Drahtspiralen.

»Doch.« Irene kramte in ihrer Erinnerung. »In meiner Jugend trug man gerne Mäntel, deren Krägen mit Chinchillafell besetzt waren.«

»Wie herzlos!«

Irene zuckte die Schultern. »Auch nicht herzloser als eine Lammfelljacke. Wenn ich mich recht erinnere, sind Chinchillas eine Art Hasen …«

»Hasenmäuse. Sie sind wirklich süß, haben ein weiches, seidiges Fell, lange Ohren und sind nachtaktiv.«

»Und du wirst sie hüten?« Irene nahm Käse und Oliven aus dem Kühlschrank.

»Unter anderem. Wie gesagt: Hunde, Katzen, Vögel und Chinchillas.«

»Was wird Ali baba dazu sagen?«

Für einen Augenblick legte Inimini ihre kleine Stirn in Falten. »Er wird genauso fragen wie du. Doch keine Exoten? Ist es nicht gefährlich? Und so Zeugs.«

Irene konnte sich noch immer nicht so recht mit dem Gedanken anfreunden. »Und wenn er dir verbietet, dorthin zu gehen?«

Jede einzelne von Iniminis Locken plusterte sich. »Er wird es nicht verbieten. Wir müssen es ihm nur auf die richtige Weise beibringen. Mit der Betonung auf Praktikum, verstehst du?!«

Irene war beeindruckt von der Bestimmtheit, mit der Inimini auch sie einbezog, wie damals, als sie diesen islamischen Mantel haben wollte, nur noch etwas bestimmter. »Verstehe!« Aber eigentlich war ihr immer noch nicht klar, was das in Wirklichkeit bedeutete.

»Ist doch viel besser, als wenn ich den ganzen Sommer über hier rumhänge und euch alle nerve.«

Dagegen war nun wirklich nichts zu sagen, und Irene sagte auch nichts, während Inimini sich geradezu mit Heißhunger über ihr Nachtmahl hermachte.

Irene

Es war, als hätte Irene begonnen, ihr Leben rückwärts zu leben. Sie war in das Haus ihrer Kindheit heimgekehrt, hatte einen Jugendfreund wiedergefunden, von dem sie sich gefühlsmäßig sehr weit entfernt hatte und zu dem sie nun Schritt für Schritt, ohne Eile, aber auch ohne Umwege zurückkam.

Sie war nicht nur dieses eine erste Mal alleine, ohne Emmi, ins *Zerbst* gegangen, mit dem unbestimmten Wunsch nach Geselligkeit, wie sie ihr entsprach, einer frei gewählten Geselligkeit, in der auch sie sich frei bewegen konnte und die nichts mit den Verpflichtungen der Familie oder einer lebenslangen Freundschaft gegenüber zu tun hatte.

Es hatte auch noch ein zweites und ein drittes Mal gegeben, ein frei gewähltes zweites und drittes Mal, die jeweils noch sehr darauf Bedacht nahmen, keinerlei Regelmäßigkeit erkennen zu lassen.

Es tat ihr gut, daß Thomas so offensichtlich um sie warb, ohne sie tatsächlich zu bedrängen. Wahrscheinlich hatte er genausowenig damit gerechnet wie sie, daß sie beide, die – wenn man es pathetisch ausdrücken wollte – ursprünglich füreinander bestimmt gewesen waren, sich noch einmal in diesem Leben als mögliches Paar gegenüberstehen würden.

Dennoch sahen sie ineinander mehr und mehr jenes *Gesicht des anderen*, das kometengleich am Himmel erschien und jene Verliebtheit auslöste, an der Irene sich ein Leben lang abgearbeitet hatte, und doch war alles anders. Nicht daß sie weniger verliebt gewesen wäre, sie war es nur weniger heftig. Sie hatte Herzklopfen, wenn sie sich ins *Zerbst* aufmachte, aber es schnürte ihr nicht die Kehle zu, wenn Thomas mit einem Glas Rotwein an ihren Tisch trat.

Sie kannten einer die Geschichte des anderen, zumindest in Umrissen, beide hatten sie bereits Enkelkinder und in ihren Familien Verschwinden und Tod zu betrauern. Und beide waren sie einem Alterungsprozeß ausgesetzt, der ihnen höchstens noch ein wenig Aufschub, aber keinerlei Verschonung gewähren würde.

Wenn sie an Anna dachte, fühlte sie sich als zu Unrecht beglückt, zu einer Zeit, in der sie nichts an Beglückung zu erwarten hatte. Doch selbst wenn sie sich dieser Beglückung entzog, würde das Anna nicht zurückbringen, dessen war sie sich gewiß.

Diese Langsamkeit des Anlaufens hatte nichts mit Sich-Zieren zu tun, eher mit einer bewußten Vermeidung von Heißhunger. Da das *Zerbst* am Montag geschlossen hatte, lag nichts näher, als daß Thomas sie irgendwann bat, diesen Tag mit ihm zu verbringen. Sie würden einen Ausflug machen, irgendwo gemeinsam essen, sich etwas ansehen, wenn sie das wollte, oder auch nur ins Kino gehen. Er wäre zu allem bereit, wenn sie ihm nur Gesellschaft leistete.

Warum hätte sie ablehnen sollen? Sie war niemandem Rechenschaft schuldig, also erzählte sie es auch niemandem. Nicht an diesem ersten Montag. Es würde ohnehin nicht zu verheimlichen sein, nicht auf die Dauer und nicht in dieser kleinen Stadt. Aber man mußte es nicht gleich an die große Glocke hängen.

Seit Wochen schon hielt das sommerliche Wetter an. Sie und Thomas beschlossen, in die Weinberge zu fahren und bei dieser Gelegenheit den Weinbauern zu besuchen, von dem Thomas die Weine für das *Zerbst* bezog. Auf dem Weg dorthin wollten sie sich auch ein über die Landesgrenzen hinaus bekanntes Barock-Stift anschauen, das sie, obwohl es gar nicht so weit entfernt lag, weder in ihrer Jugend noch später, wenn sie von Berlin zu Besuch kam, je besichtigt hatte.

Sie lachten viel, kamen sich verwegen vor, und während sie immer unbefangener miteinander flirteten, gewannen sie mehr und mehr von den Gefühlen ihrer Jugend zurück. So verging der Tag, Opfer jener Beschleunigung des Zeitempfindens, wie sie von allen Älter-Werdenden beklagt wird, dermaßen rasch, daß nur der Hunger sie darauf aufmerksam machte, daß es Zeit wäre, zu Abend zu essen.

Inzwischen waren sie, was ihre Stimmungslage anging, wieder bei der Schulzeit angelangt, wechselten kumpanenhafte Blicke, als sie bemerkten, daß ein wesentlich jüngeres Paar über sie den Kopf schüttelte, und freuten sich diebisch ihrer wieder erwachten Verliebtheit ineinander.

Wie angenehm, dachte Irene, als Thomas sie zuletzt bat, noch mit zu ihm zu kommen. Ihn zu sich einzuladen, hätte sie wegen Ali und den Kindern nicht über sich gebracht, noch nicht über sich gebracht. Ihr war klar, daß sie sich auch dieser Seite ihrer Verliebtheit würde stellen müssen, aber nicht gleich beim ersten Mal.

Wie angenehm also, nicht gewärtigen zu müssen, daß einem ausgerechnet im Augenblick des ersten körperlichen Zusammenseins die Regel einen Strich durch alle Vorspiele machte. Wie angenehm auch, daß sie voneinander nicht nur jenes Bild, das sie zur Zeit boten, sondern auch jenes der frühen Jahre zur Verfügung hatten, in denen sie jung, frisch und gutaussehend gewesen waren, zumindest im Vergleich zu jetzt.

Dennoch suchten sie einander nicht in der Tiefe der Jahre, so beruhigend jenes frühe Bild im Hintergrund auch wirken mochte, sondern jetzt, in ihrer gegenwärtigen, altersbedingten Anfälligkeit, der mit Sexualität ein Schnippchen zu schlagen die Freude, die sie aneinander hatten, nur noch steigerte. Sie fühlten sich wie Komplizen, als sie zum Abschied, bevor Thomas sie gegen Morgen heimbrachte, noch einen Cognac miteinander tranken, eine sogenannte Herzstärkung, wie sie kichernd und sich immer wieder küssend übereinkamen.

Wie vorauszusehen, war die Nachricht bald herum, und während die Stammgäste des *Zerbst* eher zustimmend reagierten, hatten sie Thomas doch schon längst gewünscht, daß er nicht so alleine bleiben möge, merkte Irene an Alis Reserviertheit, daß ihm die neue Situation nicht geheuer, das heißt, eher unangenehm war. Er hatte ihr, obgleich sie diesem Bild wissentlich nie Vorschub geleistet hatte, den Status einer alten Frau zugewiesen, die in ihrer Rolle als Schwiegermutter und Besitzerin des Hauses eine Respektsperson war, um deren *Ehre*, wie er es wohl insgeheim immer noch nannte, er sich jedoch keine Gedanken zu machen brauchte und die daher auch seiner *Ehre* als Mann des Hauses nichts anhaben konnte.

Da diese seine *Ehre* durch das Verschwinden von Anna und die Gerüchte, die darum entstanden waren, zumindest in den Augen seiner Landsleute entsprechend gelitten hatte, konnte ihm Irenes Verhältnis mit Thomas nur zu den düstersten Vermutungen Anlaß geben. Ob er daraus wohl auch noch Schlüsse zu Annas Verschwinden zog? Von ihm aus gesehen, zu Recht zog?

Zwei grundsätzliche Haltungen prallten da aufeinander, in denen das Recht auf Sexualität vollkommen gegensätzlich veranschlagt war. Selbst wenn Ali nicht mehr zur Gänze in dem strengen Kodex seiner Glaubensgemeinschaft verankert war und die Frauen seiner Zugehörigkeit wesentlich geachteter waren und auch mehr Rechte als die der orthodoxen Muslime hatten, wie Ali selbst Irene erklärt hatte, sexuelle Freizügigkeit schloß das keinesfalls mit ein.

Irgendwann würde sie mit Ali darüber reden müssen, was soviel hieß, wie daß sie ihm die Chance geben mußte, eine Entscheidung zu treffen. Er sollte das Gefühl haben, eine Entscheidung treffen zu können, auch wenn es nicht zu viele Optionen gab. Das Haus war ihr Haus, er hatte keines. Die Kinder waren seine, aber wohin sollte er mit ihnen gehen?

Omo schien blind und taub zu sein für alle im Umlauf befindlichen Gerüchte, aber auch für ihr häufiges Weggehen am Abend. Er schloß sich immer mehr seinem Vater an, fuhr mit Ali an dessen freien Tagen gelegentlich nach Wien, begann sogar die Langhalslaute spielen zu lernen und war, was die Schule anging, mit einer einmaligen und letzten großen Anstrengung gerade noch durchgekommen. Ali hatte ihm offenbar rechtzeitig verständlich machen können, wie sehr ihm an einem Sohn gelegen war, der das Schuljahr nicht zu wiederholen brauchte.

Merkwürdig, wie wenig Omo und Ali einander ähnelten und wie ähnlich sie einander dennoch waren. Wenn Irene sie zusammen aus dem Haus gehen sah, den mittelgroßen, dunkelhaarigen und dunkelhäutigen Ali und den sehr großen, hellhaarigen Onur, den nun auch sie schon meist Omo nannte, hätten sie unterschiedlicher nicht sein können. Und doch glichen sie sich vollkommen in der Art, wie sie Fuß vor Fuß setzten und dabei die Arme abwechselnd ein klein wenig hoch nahmen.

Am rätselhaftesten erschien ihr allerdings die Reaktion von Inimini. Von Inimini hatte sie am ehesten erwartet, daß sie die Haare aufstellen und die Puritanerin herauskehren würde. Aber Inimini sagte so gut wie gar nichts. Als sei es ihr vollkommen egal, mit wem ihre Großmutter ins Bett ging, ja, daß sie überhaupt noch mit jemandem ins Bett ging. Seit sie an jenem Abend in dem orangefarbenen langen Kleid nach Hause gekommen war und ihre nassen Sachen in den Wäschekorb geworfen hatte, mit einer Geste, als wolle sie sie ein für alle Male loswerden, schien sie wie ausgewechselt.

Inimini hatte es tatsächlich bei Ali durchsetzen können, daß sie während der Ferien mehrmals die Woche in diese Nachbarstadt fahren durfte, um irgendwelche Tiere zu versorgen, wofür sie angeblich sogar bezahlt bekam. Und sie widmete sich diesem *Ferialjob*, wie sie es großspurig nannte, mit derselben Hingabe, mit der sie zuvor einmal die Woche mit den Haluk-Mädchen zum Hodscha gefahren war und sich in Sachen Islam kundig gemacht hatte.

»Du weißt, daß das Kinderarbeit ist. Und Kinderarbeit ist hierzulande verboten.« Aber ihr Humor war bei Inimini noch nie angekommen. Inimini hatte nicht einmal zurückgeschnabelt, wie es ansonsten ihre Art war, sondern nur wie beiläufig fallenlassen, daß sie im fünfzehnten Lebensjahr stehe, in einem Alter also, in dem für viele sogenannte Kinder ein Lehrverhältnis beginne. Und als Lehrling müsse man bedeutend mehr arbeiten als sie in ihrem *Ferialjob*.

Inimini begann wieder lange Hosen zu tragen. In Anbetracht der herrschenden Temperaturen nicht gerade eine wesentliche Erleichterung, aber sie gewann dadurch Beinfreiheit. Auch mußten Blusen oder T-Shirts nicht mehr ganz bis zu den Handgelenken reichen. Es genügte, wenn sie bis zu den Ellbogen herunterhingen, was kein Problem darstellte, da sie Inimini ohnehin alle ein wenig zu weit und zu lang waren.

Sie bedeckte zwar nach wie vor außer Haus ihr Haar, aber nicht mehr mit dem *islamischen Kopftuch*, das auf den Schultern aufzuliegen hatte, sondern mit einer Schirmmütze, in die sie ihre Locken stopfte, oder gelegentlich sogar mit einem Turban, zu dem sie ihre Kopftücher mit großem Geschick drapierte. Auch dabei ließ sie sich nichts dreinreden und nahm sich weder den Einspruch der Haluk-Mädchen zu Herzen noch Omos Hänseleien oder Alis gelegentliches Kopfschütteln.

Die Haluks schienen insgesamt an Einfluß auf Inimini verloren zu haben, und als Irene sie einmal daraufhin ansprach, zeigte sie ihr eine Stelle in ihrem muslimischen Katechismus, an der es hieß: »Es gibt keinen Zwang in der Religion.«

Inimini traf sich von Zeit zu Zeit mit Hülya, ging aber nur noch selten mit zu den Haluks zum Essen. »Ich schaffe es einfach nicht, überall zugleich zu sein. Wenn man seinen Job gut machen will, erfordert das eine Menge Zeit. Und ich möchte meinen Job gut machen.« Inimini hatte ein Talent für großartige Sager, da nahm es auch nicht wunder, daß sie behauptete, die Haluk-Mädchen, vor allem Nermin, würden sich im Hinblick auf Allah viel zu wichtig nehmen und tatsächlich glauben, *Er, der Allmächtige*, kümmere sich Tag und Nacht um nichts anderes als um das, was sie auf dem Leib trügen.

Und da war natürlich Emmi, die gute alte Emmi, die zwar auf ihrem Wien-Ausflug kaum etwas über Anna hatte herausfinden können, dafür aber einen Schwächeanfall erlitt, noch dazu im Prater, wo Irene sie zuallerletzt vermutet hätte. Man hatte sie mit der Rettung in ein Krankenhaus bringen müssen, sie jedoch anderntags wieder entlassen.

»Machst du dir das neuerdings zur Gewohnheit, dich mit Blaulicht chauffieren zu lassen?« hatte sie Emmi gefragt, als sie sie aus dem Wiener Krankenhaus geholt hatte. Aber Emmi hatte bloß kleinlaut etwas von einem Rückfall in puncto *selbstauferlegter Ernährungsumstellung* gemurmelt, den sie sich nicht hätte erlauben dürfen. Ansonsten schwieg Emmi sich über ihre Wien-Erlebnisse hartnäckig aus.

Während sie, Irene, ihr sehr wohl von sich und Thomas erzählte. Schon um nicht Gefahr zu laufen, daß Emmi es von jemand anderem erfuhr. Emmis Reaktion in einem solchen Fall wollte sie sich lieber nicht ausmalen. So aber hatte Emmi nichts weiter dazu zu sagen, als: »Die Katze läßt das Mausen nicht«, was sie durchaus als beleidigend empfunden hätte, wenn ihr Emmis Art nicht quasi schon von Geburt an vertraut gewesen wäre.

Sie und Emmi setzten ihre kleinen gemeinsamen Ausflüge fort, als ob nichts gewesen wäre. Aber ihr kam es so vor, als sieche Emmi dahin. Sie hatte tatsächlich an Gewicht verloren, doch der Schwung, mit dem sie nach dem Schlaganfall im Leben wieder Fuß zu fassen versucht hatte, war erlahmt, und selbst ihre Bissigkeit ließ nach und nach zu wünschen übrig.

Sie hätte es viel lieber gesehen, wenn Emmi die Welt weiter mit sarkastischen Kommentaren bedacht hätte, egal auf wessen Kosten. Aber im Gegenteil, Emmi meinte irgendwann einmal sogar, sie habe Thomas immer für die bessere Wahl als diesen Mario gehalten, dem außer Anna nichts, aber auch schon gar nichts zugute zu halten wäre. Irene solle die Sache mit Thomas als spätes Geschenk nehmen.

Bei dem Wort *Geschenk* aus Emmis Mund war sie regelrecht zusammengezuckt. So hatte Emmi noch nie geklungen, und sie hätte nur zu gerne gewußt, was diesen Emmischen Umschwung bewirkt haben könnte. Aber Emmi verweigerte jede Auskunft, wenn sie sich mit geschickt gestellten Fragen weiterzutasten versuchte.

In solchen Augenblicken begann sie sich schuldig zu fühlen. Schuldig für ihre Verliebtheit und für ihr Naturell, das sogar mit dem Verschwinden ihrer Tochter, an dem Emmi so sehr litt, irgendwie zurechtgekommen war und sich einfach nahm, was in diesem Leben noch zu kriegen war. Wohingegen Emmi ihrer Liebe zu Anna in einem Maß verfallen blieb, das sie einfach nicht genesen ließ. Da half der ganze Sarkasmus nichts. Emmi verringerte sich, verringerte sich in fast jeder Beziehung, und es war herzzerreißend, es mit ansehen zu müssen.

Sie versuchte immer wieder, Emmi mit kleinen gezielten Gemeinheiten aufzubringen, damit sie wieder Fuß faßte. Aber es funktionierte nicht, so nicht und so nicht.

Seit jenem ersten Montag mit Thomas lebte sie den Montagen entgegen, als wären es Feste, auch wenn sie nur aus einer kleinen Landpartie und einem Abendessen zu zweit in irgendeinem entlegenen Gasthof bestanden. Thomas gab sich alle Mühe, sie zu unterhalten, das heißt, herauszufinden, was sie unterhalten könnte. Als Wirt verfügte er über eine breite Menschen- und Geschehniskenntnis, schließlich wurde nirgendwo mehr über die Dinge des Lebens geredet als in einem Lokal wie dem *Zerbst*.

Thomas hatte einen Sinn fürs Groteske des menschlichen Daseins, dennoch sprach er davon, als könne ihm all das, was er so zugespitzt auf den Punkt brachte, genausogut selbst passiert sein oder ihr oder einem Freund. Irene mochte seine Stimme, hatte sie schon immer gemocht, aber auch seine schlagfertige Zunge und wie er ihr eine Szene mit ein paar Worten vor Augen führen konnte.

Er war mit den Jahren stattlicher geworden, hatte weißes Haar nicht nur auf dem Kopf, sondern auch auf der Brust und eine Reihe von Zahnimplantaten, dennoch zeigten sich in seinem Gesicht noch immer gelegentlich die Züge seiner frühen Jahre, und seine Augen hatten sich nicht verändert.

Über das, was die Jahre in ihrem eigenen Gesicht angerichtet hatten, war Irene sich einigermaßen im klaren, aber sie entspannte sich bei dem Gedanken, daß auch Thomas ihr früheres Gesicht kannte und ihr jetziges ihn nicht zu stören schien. Sie war auf eine für sie nicht nachvollziehbare Art Bestandteil seines Lebens geblieben, wohingegen er ihr erst wieder eingefallen war, als sie ihm damals im *Zerbst* plötzlich gegenübergestanden war. Von da an hatte sie wieder mit ihm gerechnet, ernsthaft und mit einer Zuneigung, die nicht viele ihrer aufregenderen Beziehungen ausgezeichnet hatte.

Was ihr aber am erstaunlichsten erschien: Ihre Körper waren sich von den ersten Zärtlichkeiten an vertraut. Das rührte nicht, oder nur zu einem geringen Teil, aus der Liaison in ihrer Jugend. Damals hatten sie sich zwar des öfteren lange und heftig umarmt und geküßt, waren aber vor dem letzten Schritt zurückgescheut, bis zu jenem Abend, an dem sie Thomas in ihrem Zimmer erwartet hatte und Thomas, der noch nie auf den Nußbaum geklettert war, nach einem ungeschickten Schritt in das Salatbeet ihres Vaters stürzte, noch bevor er ihr Fenster erreicht hatte.

Als sie nun, über vierzig Jahre später, zum ersten Mal miteinander schliefen, schienen ihre Körper einander so gut zu kennen, als hätten sie ein gemeinsames Leben im verborgenen gehabt, eine Art Parallelexistenz, in der sie sich immer wieder erkundet hätten. Sie berührten einander in der richtigen Art und umarmten sich auf so lustvolle Weise, daß sie gemeinsam zum Höhepunkt kamen.

Noch erstaunlicher schien, daß sie, nachdem das geschehen war, beide weinten. So sehr konnten sie mit einem Mal lockerlassen, daß sie auch die Tränen nicht mehr zurückzuhalten brauchten. Während sie sie sich gegenseitig aus den Augen wischten, mußten sie derart herzlich lachen, weniger über die Tränen an sich als über deren Gleichzeitigkeit, daß es mit den Tränen, denen des Weinens und denen des Lachens, kein Ende zu nehmen schien. Sie belachten sich als die komischen Alten, die sie waren, den Jungen eine Peinlichkeit und ihresgleichen ein Gegenstand des Neides.

Aber es kümmerte sie nicht. Wer weiß, wofür das Leben sie mit diesen Momenten des Glücks entschädigte, ob für vergangene oder noch zu ertragende Leiden. Sie aber befanden sich im Jetzt. Und sie nahmen dieses Glück an, egal was danach kommen würde.

Sie bekam langsam das Gefühl, wirklich zurückgekommen zu sein, nicht eines Hauses wegen oder weil sie, ihr kaum bekannte, Enkel zu hüten versuchte, um in diesem Leben noch zu etwas nütze zu sein. Nicht einmal der alten Freundschaft mit Emmi wegen, die natürlich bestand und immer bestehen würde, solange sie beide lebten, sondern weil da jemand war, der sie begehrte, noch immer begehrte und mochte, mochte und vielleicht sogar liebte, jemand, dem sie sich ebenbürtig fühlte, auch in diesem Begehren. Und dieses Gefühl der Ebenbürtigkeit ließ sie großzügig werden.

Sie fragte sich nicht mehr, wer was von wem wollte oder wie hoch der Preis für jenes Miteinander sein würde. Sie lebte es, freute sich an jedem Tag, an dem sie einander sahen, und am meisten freute sie sich über die Montage.

Bald begann auch sie Vorschläge zu machen, was sie unternehmen könnten, wohin sie fahren oder was sie sich ansehen sollten. Sie dachte sich Überraschungen aus, tat geheimnisvoll, wenn sie ein Ziel nannte, und war glücklich, wenn Thomas, der Überraschte, Freude daran zeigte.

Wenn sie morgens in den Spiegel schaute, hatte sie den Eindruck, sich nachts einige Jahre weggeschlafen zu haben. Sogar Emmi fragte sie, was sie denn alles für ihre Gesundheit tue, weil sie ihr plötzlich so viel jünger vorkäme.

Weil Emmi sie wirklich dauerte, erwiderte sie bloß im üblichen etwas schnippischen Ton, daß sie sich an die uralten Mittel halte, von aufgelegten Gurkenscheiben bis zu Gymnastik im Bett. Voilà!

Als Thomas ihr dann eines Tages vorschlug, ihn zu heiraten, zögerte sie. Sie versuchte, ihm begreiflich zu machen, daß sie ihr ganzes Leben mehr oder weniger allein gelebt hatte, nicht ohne Beziehungen, das wußte er, aber nie lange mit einem Mann zusammen in einer Wohnung, und daß er wahrscheinlich viel Geduld mit ihr würde haben müssen. Auch seien da die Enkel, die sie zu versorgen hätte. Solange man nicht wisse, was mit Anna tatsächlich los sei, sehe sie nichts als Schwierigkeiten.

Thomas gab nicht so rasch auf, war sogleich mit Lösungsvorschlägen zur Hand. Die Kinder würden ständig größer, hätten einen Vater, der im erzieherischen Sinn für sie verantwortlich sei, und zum Essen könnten sie ja zu ihnen kommen.

Irene versprach, es sich zu überlegen, und überlegte tatsächlich, obgleich ihr die Vorstellung, nun doch noch zu heiraten, angst machte. Sie mußte vor allem mit Ali reden. Bei seinem Ehrbegriff konnte es ihm eigentlich nur recht sein, wenn seine Schwiegermutter ihr Verhältnis *ehrbar* zu machen gewillt war. Und die Kinder? Es fiel ihr nicht leicht, sich vorzustellen, den Kindern zu erklären, daß sie zu einem Mann ziehen würde. Vielleicht wollten sie sich dann gar nicht weiter von ihr versorgen lassen, wenn sie nicht mehr bei ihnen wohnte.

Sie wollte sich Zeit nehmen für ihre Entscheidung, und

wenn sie mit Thomas über dieses Sich-Zeit-Nehmen redete, argumentierte er unter anderem auch sachlich, nämlich daß er sie deswegen so früh gefragt habe, damit das Sich-Zeit-Nehmen nicht allzu weit ins nächste Jahr hineinreiche. Auch er müsse überlegen, ob er das *Zerbst* weiterführen würde oder nicht. Bisher habe er sich nicht davon trennen wollen, weil er dem Alleinsein, das dann über ihn hereinbrechen würde, nicht ins Auge habe blicken können. Mit ihr an seiner Seite wäre das etwas anderes. Wenn sie ihm auch nur den Schimmer einer Hoffnung ließe, daß sie zusammenbleiben und vielleicht auch zusammenziehen würden, könne er sich jetzt schon nach einem geeigneten Pächter oder Käufer umsehen.

Sie überlegte also tatsächlich, und an ihrem nächsten Montag-Ausflug, bei dem sie in einem Restaurant flußabwärts eingekehrt waren, schob sie ihre Knie zwischen die seinen, nahm seine Hand und erklärte, daß sie es sich mit ihm schon vorstellen könne, daß die Sache mit Ali und den Kindern jedoch erst auf eine für alle annehmbare Art geklärt werden müsse. Bis dahin solle er sie bitte, bitte nicht drängen. Immerhin habe der Gedanke, seine Frau zu werden – beinahe wäre sie dabei auch noch rot geworden –, in ihr eine gewisse Form angenommen.

Thomas küßte ihr die Hand, was er sonst nie tat, und versprach, so lange kein Wort mehr darüber zu verlieren, bis sie dazu bereit wäre.

Das Restaurant war nur spärlich besucht, und der Oberkellner hatte sich kurz zu den Gästen am Nebentisch gesetzt, offenbar Bekannte von ihm, die ihn nun darüber ausfragten, was denn mit der Frau sei, die gestern angeschwemmt worden wäre.

Der Oberkellner schien sich seiner Rolle als Übermittler wichtiger Nachrichten voll bewußt zu sein und redete laut genug, daß auch die anderen Gäste es hören konnten. Es sei eine

Frau um die dreißig gewesen, zumindest seiner Einschätzung nach, vielleicht auch etwas darüber. Sie hätte viel Blut verloren und sei nicht bei Bewußtsein gewesen, aber laut Notarzt, den sie sogleich verständigt hätten, sei noch Leben in ihr gewesen.

Es war Thomas, der genauer hinzuhören begann. Sie war erst durch seinen angespannten Gesichtsausdruck auf das Gespräch am Nebentisch aufmerksam geworden, so sehr waren ihre Gedanken mit den zukünftigen Veränderungen beschäftigt.

Möglicherweise eine Selbstmörderin, sinnierte der Oberkellner, denn ihr Körper sei voller Schnittwunden gewesen. Oder jemand hätte versucht, sie umzubringen, und sie dann in den Fluß gestoßen. Ein Wunder, daß sie nicht ertrunken war. Sie müsse einen starken Überlebenswillen gehabt haben, sonst wäre es ihr, geschwächt, wie sie wahrscheinlich war, nicht so lange gelungen, den Kopf zumindest so weit über Wasser zu halten, daß sie nicht abgesoffen sei. Dann fügte der Oberkellner noch hinzu, daß die Frau vollkommen nackt gewesen war, was ihr das Kopf-Hochhalten und Mit-dem-Strom-Schwimmen vielleicht sogar erleichtert hätte. Wahrscheinlich habe sie das Bewußtsein auch erst zur Gänze verloren, nachdem sie von der Strömung ans Ufer, das heißt, auf die Sandbank unterhalb des Restaurants, getrieben worden war.

Sie hielt die Augen geschlossen und sah für einen entsetzlichen, langen Augenblick eine leblose, zerschundene Anna am Ufer liegen und begann zu zittern.

Thomas räusperte sich und drehte sich dann nach dem Nebentisch um, entschuldigte sich dafür, daß er sich in das Gespräch einmische, aber er habe eine Frage, an deren Beantwortung ihm und seiner Frau, er sagte tatsächlich *meine Frau*, als er von ihr sprach, sehr viel gelegen wäre.

»Ja, bitte?« Der Oberkellner wandte sich Thomas mit wichtiger Miene zu, und auch die Blicke der übrigen Tischgesellschaft waren auf ihn gerichtet.

Thomas bat, ihm zu beschreiben, wie die Frau in etwa ausgesehen habe.

Es sei eine eher junge Frau mit dunklen Haaren gewesen. Er selbst habe sie nur von hinten gesehen, weil sie auf dem Bauch zu liegen gekommen wäre, nur die Verletzungen an ihrer linken, der Herzseite, wären deutlich zu sehen gewesen.

Der Chef habe sie gefunden und sogleich den Notarzt verständigt, als er bemerkt habe, daß sie nicht wirklich tot war. Er selbst habe inzwischen hier oben die Gäste beruhigt, die zum Sonntags-Brunch gekommen waren, und habe die Frau nur von hier oben gesehen. Er deutete auf das Fenster, aus dem er offenbar auf die Sandbank hinuntergeschaut hatte.

Als die Sanitäter sie dann zum Rettungswagen getragen hatten, war sie bereits zugedeckt.

Ob die Frau tatsächlich überlebt habe, wollte Thomas vom Oberkellner noch wissen.

Bis heute mittag schon, meinte der, da habe nämlich sein Chef in dem Krankenhaus, in das die Rettung sie gebracht hatte, angerufen, schon aus Neugier, schließlich habe er sie gefunden. Und daß er sofort den Notarzt gerufen hatte, hätte sicher zu ihrem Davonkommen beigetragen. Allerdings wäre sie in keinem sehr guten Zustand. Es werde wohl noch ein paar Tage dauern, bis es ihr wieder besser gehe.

Thomas hatte sich bedankt und sich wieder ihr zugewandt. Sie hatte die Augen die ganze Zeit über geschlossen gehalten, als könne sie so aus den Worten jede kleinste Nuance deutlicher herauslesen, als wenn sie auch noch die Gesichter dazu sah.

Als von den dunklen Haaren der Frau die Rede gewesen war, entspannte sie sich mit einem kleinen Seufzer. Dennoch stellte ihr dieses konkrete Geschehnis ein mögliches Ende von Annas Verschwinden wesentlich deutlicher vor Augen, als all die vagen Vermutungen es bisher vermocht hatten.

Plötzlich war Annas möglicher Tod in eine Nähe gerückt, die

sie schaudern ließ. In diesem Augenblick ging ihr alles ganz nahe, Annas Verschwinden und ihr mögliches tödliches Ende, sei es aus Verzweiflung oder weil jemand sie zu hassen begonnen hatte.

»Die arme Person!« Thomas griff nach Irenes Händen. »Was in so einem jungen Menschen nur vorgehen mag.« Er schüttelte den Kopf. »Manchmal ist der Druck einfach zu groß. Aber sie hat es überlebt und kann noch einmal von vorne anfangen, wer immer sie war und in Zukunft sein wird.«

Sie sah ihm in die Augen, die schon wieder lächelten, und Erleichterung breitete sich in ihr aus. Thomas schob ihr das Weinglas hin. »Nimm einen Schluck!«

Sie tastete nach dem Glas und setzte es an die Lippen. Sie war so froh, in einer Situation wie dieser jemanden wie Thomas gegenüber sitzen zu haben. Einen Thomas, der sofort begriffen hatte, was in ihr vorging, und die Geistesgegenwart gehabt hatte, auf der Stelle nachzufragen, so daß sie sicher sein konnte, daß es nicht Anna war, die der Fluß mehr tot als lebendig wieder an Land gespien hatte.

Es war noch hell, als sie mit dem Essen fertig waren. Thomas fragte sie, ob sie nicht Lust auf einen kleinen Spaziergang an der Flußpromenade habe, wo sie sich seinerzeit zum ersten Mal auf einer der Bänke geküßt hatten. Sie waren damals den ganzen langen Weg mit dem Fahrrad gekommen. Thomas war gefahren, und sie war vor ihm auf der Stange gesessen, unbequem, ja beinahe schmerzhaft, aber nach damaligem Dafürhalten eine aufregende Sache. Sie hatte seine Wange an der ihren gespürt, und ihr Haar war um seinen Kopf geflattert, so daß er manchmal Mühe hatte, zu sehen, wohin er fuhr. Da sagte sie ihm dann, *mehr rechts* oder *mehr links*, und sie hatten gelacht und geblödelt, daß sie beinahe vom Rad gefallen waren.

Als sie nun in der Dämmerung so dahinschritten, fragte Thomas, ob sie noch wisse, welche Bank das damals gewesen wäre. Sie nickte, war sich aber nicht hundertprozentig sicher.

Sie hoffte, es an seinem Schritt ablesen zu können. Zwar hatte sie eine undeutliche Erinnerung, aber die Bänke glichen einander, und selbst der Fluß hatte hier eine gleichbleibende Uferlandschaft, ohne markante Stellen, an die sie sich nach all der Zeit hätte erinnern können. Außerdem waren die Bäume inzwischen gewachsen oder gefällt worden, so unterlag alles, nicht nur ihr Gesicht, der Veränderung.

Gerade als Thomas den Schritt verlangsamte, kam ihnen ein junges Pärchen entgegen, das ihnen um ein paar Schritte in Richtung Bank voraus war und sich auch sogleich setzte. Irene verbiß sich das Lachen, als sie Thomas' enttäuschtes Gesicht sah. Dann müßten sie eben eine andere Bank zu ihrer Bank machen, meinte sie. Aber auch die nächste war besetzt, und als sie endlich eine freie Bank fanden und sich setzten, um sich in Erinnerung an jenes erste Küssen zu umarmen, fiel ihnen trotz der einbrechenden Dunkelheit ein hochgewachsener, dunkelblonder Mann auf, der, den Blick auf den Fluß gerichtet, wie in Trance an ihnen vorübertaumelte.

»Der sieht aus, als wäre ihm die Whiskyflasche in den Fluß gefallen«, meinte Thomas und legte den Arm um Irenes Schulter. Der Mond kam über die Weiden herauf und sah aus wie ein eingedepschter Fußball, den jemand aus Versehen viel zu hoch in die Luft geschossen hatte. Als Irene, während Thomas sie hingebungsvoll küßte, einmal kurz die Augen aufschlug, sah sie jenen Mann, der noch immer in den Fluß starrte, diesmal aus der anderen Richtung kommend, noch einmal vorüberirren.

Emmi

Irene und Thomas, daß ich nicht lache! Auf diese Idee muß man erst einmal kommen. Nach all den Jahren. Thomas, das Herz-As! Was hatte er damals für eine jämmerliche Figur gemacht, als Mario auf den Plan getreten war. *Mario, der Durchreisende!* Und erst recht, als Irene ihre Schwangerschaft nicht mehr verheimlichen konnte. Da hatte Thomas sie eine Schlampe hin und eine Hure her geheißen. Natürlich nur hinter Irenes Rücken. Vor ihrem Gesicht hatte er immer Angst gehabt, so als könne sie ihn mit Blicken bannen. Aber selbst wenn er es laut gesagt hätte, Irene war derart hin und weg von diesem Mario, daß sie es gar nicht gehört hätte.

Als Irene dann abgehauen war, hatte Thomas sich an sie gehalten, was heißt gehalten, geklammert. Obwohl ihr bewußt gewesen war, daß Thomas in ihr vor allem Irenes beste Freundin sah, hatte sie sich mit ihm ins Bett gelegt, immer wieder, denn auch sie hatte einen Verlust zu beklagen, eben den ihrer besten Freundin, und so war Irene immer mit ihnen.

Damals hatte die alte Bruckner noch großen Wert darauf gelegt, Anna nicht bei ihr über Nacht zu lassen. Gewiß wegen Thomas. Sie, Emmi, hatte bereits allein gelebt. Ihre Eltern waren beide bei einem Autounfall ums Leben gekommen, als sie siebzehn war. Es störte also keinen, wenn Thomas über Nacht blieb. Sie lagen im Ehebett der Eltern, schliefen miteinander bis zur Erschöpfung und redeten über Irene.

Sie zeigte ihm Irenes Briefe, ließ sie ihn jedoch nicht lesen, zitierte nur gelegentlich daraus, um ihn wissen zu lassen, daß Irene in der Welt draußen ganz gut ohne ihn zurechtkam. Was zugleich bedeutete, daß Irene auch ohne sie zurechtkam, ohne ihr Kind und bald auch ohne Mario.

Thomas und sie waren wie Hinterbliebene nach einem Trauerfall gewesen, die eine Zeitlang enger zusammenrückten, um sich gegenseitig zu trösten. Aber sie trösteten sich nicht gegenseitig. Sie versuchten bloß, den Verlust aneinander auszuleben. Es dauerte Monate, bis sie es annähernd begriffen hatten, und das war dann auch das Ende ihrer Beziehung gewesen.

Jetzt hatte Thomas Irene also doch noch herumgekriegt, *seine* Irene. Nicht mehr im alten Glanz, aber doch noch Irene. *Alle Achtung!* Wie manche Leute es anstellten, am Ende zu kriegen, was sie ein Leben lang nicht gekriegt hatten – sie konnte es kaum fassen. Es war unverdient, mit Verlaub gesagt, wohl auch geschmacklos. Thomas und Irene zogen ihr kleines, lächerliches Altersglück an Land wie die Beute eines Krieges, den andere geführt hatten, ungeachtet all des Unglücks, das sie umgab. Sie hatten keinen Genierer, rieben ihre alten Körper aneinander, leckten mit ihren alten Zungen an ihren alten Leibesöffnungen und glaubten, daß das Glück eine Veranstaltung einzig und allein zu ihren Gunsten war. Während alle anderen mit Blessuren der verschiedensten Art durch dieses Jammertal stapften, tanzten sie aus der Reihe, zwei Sonntagskinder, und selbst wenn sie heute oder morgen dabei zu Fall kämen, würden sie immer noch behaupten, es sei der Mühe wert gewesen.

Emmi, Emmi, das kann dir doch scheißegal sein! Es war ihr aber nicht scheißegal. Zugegeben, sie hatte sich wieder an Irene als beste Freundin gewöhnt, trotz all ihrer Unausstehlichkeiten und des verschrobenen Humors, gewöhnt an ein Provisorium, das anhielt, weil eine grundsätzliche Korrektur nicht mehr möglich war.

Irene kam jeden Tag vorbei, bis auf die Montage, an denen sie *ihre Seele sanierte*, wie sie es nannte. Kam vorbei und scheuchte sie aus dem Haus, rümpfte hier die Nase, versorgte sie dort mit unerbetenen Ratschlägen, ging mit ihr ins Stadtwäldchen oder zum Schwimmen, brachte sie zum Arzt, wenn es denn schon sein mußte, und es mußte immer öfter sein, zeigte sich als guter Mensch, der mit seiner Güte dem Glücksgott Münzen streute.

Aber es war nicht mehr wie früher. Allein der Glanz in Irenes Augen und die zunehmende gedankliche Abwesenheit waren überdeutliche Anzeichen einer Veränderung, die noch ganz andere Formen annehmen würde. Sie hätte sich längst von Irenes Hilfeleistungen emanzipieren müssen, aber ihr fehlte die Kraft. Seit Irene sie in dem Wiener Krankenhaus abgeholt hatte, lief Gewicht von ihr ab. Ohne ihr Zutun. Sie brauchte sich nicht einmal mehr zu kasteien. Zum ersten Mal in ihrem Leben hatte sie keinen Appetit. Sie aß, aber es war ihr egal, was sie aß. Ihre Hoffnung, Anna noch einmal wiederzusehen, war seit ihrem Wien-Ausflug auf dem Nullpunkt. Und Annas Schulkollegin, diese Haberla, die sie öfter besuchen kam, wahrscheinlich aus Langeweile, war beileibe kein Ersatz und würde nie einer werden.

Sie spürte, wie ihre Haut, unter der das Fett schmolz, die Konsistenz eines halbleeren Sackes annahm, und hätte sich am liebsten geschnürt, um dieses Schwabbeln hintanzuhalten. Sie, die immer üppig, jedoch fest im Fleisch gestanden war … Nix da mit *Will you still need me, will you still feed me, when I'm 64 …* Für sie würde es keine 64 geben, nicht in diesem Zustand. Da schon lieber aus dem fünften Stock springen, selbst wenn sie sich in jenes fünfstöckige Krankenhaus einschleichen mußte.

Sie hatte wieder damit begonnen, Dinge verschwinden zu lassen, indem sie sie auf den Dachboden schleppte. Aber sie sah sich immer seltener dazu imstande, Dinge wie die Truhe alleine hochzuzerren, und Ali kam, seit sie wieder aus dem Haus ging und ihre Einkäufe selbst erledigte, nur noch selten vorbei. Warum sollte er auch?! Je länger Anna verschwunden blieb und Irene das Regiment führte, desto lockerer wurde die Beziehung, deren Bindeglied einzig und allein Anna gewesen war.

Der einzige Mensch, der ihre grundsätzliche und anhaltende Verstimmung aufheitern konnte, war Inimini, die hin und wieder zu ihr heraufkam, um von ihrer *Ferialpraxis* zu erzählen, und das mit einem Enthusiasmus, den sie wohl gar nicht für sich allein behalten konnte.

Irene hatte sich gelegentlich über Iniminis Verschlossenheit beklagt, nie wisse man, wie man mit ihr dran sei. Sie wußte es. Und sie wußte auch, warum Inimini zu ihr heraufkam und ihr alles erzählte, haarklein, von den Namen der einzelnen Tiere, die sie zu betreuen hatte, bis zu deren Gewohnheiten, Eigenarten und biologischen Besonderheiten. Weil Inimini es Irene nämlich gar nicht erzählen wollte. Inimini beharrte genau wie sie auf Annas Rückkehr. Nur, daß Inimini es sich nicht eingestehen konnte und darum so tat, als gäbe es Anna nicht, hätte sie auch nie gegeben. Außerdem war sie vollauf damit beschäftigt, erwachsen zu werden, und mußte das Irene hin und wieder beweisen, indem sie sich unnahbar gab, was wohl ihrer Vorstellung von Selbständigkeit am ehesten entsprach.

Seit Inimini sich nicht mehr wie die Töchter von Haluk kleidete, wirkte ihr Aufzug manchmal ziemlich grotesk.

Doch ihr gefiel es, wenn Inimini im eigenhändig gewickelten Turban bei ihr aufkreuzte, den sie zwar abnahm, sobald sie bei ihr in der Wohnung war, den sie sich aber wieder wickelte, um die paar Schritte bis zu sich nach Hause zu gehen.

Sie, Emmi, glaubte vor allem an Montagen einige von Annas Tüchern zu erkennen, fragte aber nicht nach. Vielleicht war das Iniminis Weg, sich Anna wieder anzunähern. War es denn nicht normal, daß heranwachsende Töchter sich die Sachen ihrer Mütter liehen? Und daß sie ihren Großmüttern keine Rechenschaft darüber geben wollten?

Manchmal kam Inimini mit einem Hund, von dem sie behauptete, er habe sie sich als seinen Menschen ausgesucht, auch wenn er bei der Frau lebe, für die sie arbeitete. Er sei so klug, daß sie ihn sogar heimlich mit nach Hause und auf ihr Zimmer nehmen könne, ohne daß irgend jemand etwas bemerke, nicht einmal Omo. Der Hund habe nämlich begriffen, daß er im Haus nicht bellen dürfe, wenn er bei ihr übernachten wolle.

Selbst während sie das erzählte, schlug der Hund mit dem Schwanz auf den Boden, so als verstehe er Wort für Wort von dem, was Inimini über ihn erzählte.

Kimsin, Inimini deutete dabei auf ihren Begleiter, sei früher ein Streuner gewesen und habe sich wahrscheinlich schon oft in seinem Leben verstecken müssen, darum wisse er auch genau, wie das geht.

Wenn sie dem Kind, das längst kein Kind mehr war, so zuhörte, fühlte sie sich an ihre eigene Jugend erinnert, vor allem an die Zeit nach dem Tod ihrer Eltern, als ihr eine Freiheit in den Schoß gefallen war, mit der sie, ebenso wie mit dem Verlust, zurechtkommen mußte. O Gott, mit welch verrückten Aktionen sie das manchmal versucht hatte.

So hatte sie sich eines Tages dazu entschlossen, Fechtunterricht zu nehmen. Einerseits, weil sie Fechten für die eleganteste Sportart überhaupt hielt, und andererseits, weil es ihr half, die eine oder andere aggressive Anwandlung auszuleben, ohne daß sie es auf einen Streit mit Irene oder sonst jemandem hätte ankommen lassen müssen.

Auch sie hatte sich damals auf höchst auffällige Weise gekleidet und eigenwillig geschnittene Herrengilets getragen, die sie auf Flohmärkten erstand. Je älter, desto besser, aus gestreifter oder geblümter Seide, mit kleinen Schnallen, die dazu dienten, den Rückenteil in der Mitte etwas einzuhalten. Darunter trug sie kragenlose naturfarbene Hemden, die bis an die Oberschenkel reichten. Manchmal hatte auch sie dazu eine Schirmmütze aufgesetzt, wenn auch nicht verkehrt herum wie Inimini.

Es erinnerte sie an das Gefühl, etwas Besonderes zu sein, auch wenn es einem manchmal schwerfiel, selbst daran zu glauben. Irene hingegen hatte sich ganz in Schwarz gekleidet, sich mit selbst verfertigtem Schmuck behängt und war zum Gitarren-Kurs an die Volkshochschule gegangen, weil sie Chanson-Sängerin werden wollte. Sie hätte sich, wenn etwas daraus geworden wäre, *Rusty wind* genannt, da ihre Stimme damals schon tief und ein wenig rauchig geklungen hatte wie die von Juliette Gréco.

Von hinten hätte man sie und Irene damals für ein Paar halten können. Ihr Haar war kürzer geschnitten als das der meisten Männer, ähnlich dem von Jean Seberg. Nur ihr Hintern war wesentlich dicker.

Sie konnte sich plötzlich in Inimini sehen und überlegte gleichzeitig in erschrockenem Erstaunen, ob Inimini im Alter klapprig und runzlig, fett und rosig oder schwabbelig und verhärmt aussehen würde. Aber ihre Phantasie streikte, obgleich ihr klar war, daß die Zeit über Inimini genauso hinweggehen würde, wie sie über sie und Irene hinweggegangen war. Möglicherweise gehörte Inimini zum drahtigen Typ, zu den Frauen, die bald graues oder gar strahlend weißes Haar hatten und sich figurmäßig nicht sehr veränderten, zu den Frauen also, die nicht rasch alt, aber sehr rasch zeitlos aussehen würden.

Auch der Hund gefiel ihr. Er schien sich in ihrer Wohnung wohl zu fühlen, aber hatte Inimini nicht gesagt, daß er ein Streuner war? Einer, der sich vorübergehend überall wohl fühlte? Dennoch machte sie Inimini den Vorschlag, den Hund eventuell über Nacht bei sich zu behalten, falls *die drüben* herausfanden, daß sie einen unerwünschten Begleiter hatte, und ihn im Haus nicht dulden wollten.

Inimini freute sich sichtlich über ihr Angebot, winkte jedoch ab. Sie wollte dieses Abenteuer nicht so rasch aufgeben und meinte nur, daß Kimsin möglicherweise nicht bleiben, sondern wieder ausbüxen würde, was er aber nicht sollte, damit endlich ein Hund aus ihm würde, auf den man sich verlassen konnte. »Stimmt's Kimsin?« Inimini beugte sich dabei zu Kimsin hinunter, und er leckte ihr Kinn.

Sobald Inimini sich wieder aufgerichtet hatte, drehte sich der Hund nach ihr um. Und wenn ihr, Emmis, Eindruck nicht zu lächerlich gewesen wäre, hätte sie gesagt, er habe ihr zugezwinkert.

Lichtblick war der richtige Ausdruck für Iniminis Erscheinen in einer Welt, die sich für Emmi nur mehr in Abstufungen von Grau ereignete und die nun, da sie auch keinen Appetit mehr hatte, auch noch diese Abstufungen verlor.

Die Tage zogen sich. Früher wäre ihr sofort der Vergleich mit einem Strudelteig eingefallen, aber die Zeiten waren vorbei. Die Vergleiche hatten ihre Funktion verloren. Diese Welt und dieses Leben waren mit nichts mehr zu vergleichen, und das war nicht gut so. Gut war höchstens, daß die Tage dann irgendwie doch vergingen, am langsamsten die Wochenenden, die geradezu stillstanden. Der Sonntag selbst stellte sich als Ewigkeit dar, die neuerdings nur noch von den Montagen an Dauer übertroffen wurde, an denen nicht einmal mehr damit zu rechnen war, daß Irene plötzlich in der Tür stand.

M.

Daß es mein Geburtstag war, sagte ich ihr erst, als ich am Abend mit mehreren großen Tüten im Arm zu ihr zurückkehrte. Es war gar nicht einfach gewesen, mich loszumachen. Emil hatte sich erinnert, daß wir früher meinen Geburtstag meist gemeinsam gefeiert hatten, in unseren guten Zeiten. Er schlug mir ein Besäufnis in meinem Sommercamp vor, wie er die *Ruine* jetzt nannte. Ich mußte mich einigermaßen anstrengen, um ihm glaubhaft zu machen, daß ich bei Freunden in der Stadt eingeladen war, zuvor aber Mutter besuchen wollte, immerhin habe sie mich zur Welt gebracht.

Als ich seine ungläubige Miene sah, wußte ich, daß ich auf der Hut sein mußte. Es war mir mehr als lästig, daß er immer wieder meine Nähe suchte. Lief wohl nicht mehr so toll mit Lisa. Auch waren die Kinder gerade im anstrengendsten Alter.

Nachdem wir uns getrennt hatten, Emil wollte vorgeblich noch in die Redaktion, obwohl ich das untrügliche Gefühl hatte, daß er mir folgen würde, betrat ich einen Blumenladen, kaufte einen Strauß Freesien, die Lieblingsblumen von Mutter. Ich hatte sie früher immer an meinem Geburtstag besucht, mich jedoch vorher angemeldet. Letztes Jahr war mir etwas dazwischengekommen, ich konnte den Besuch erst Tage später nachholen. Doch diesmal, wo es mir eingefallen war, kam es mir sehr gelegen, schon um Emil irrezuführen.

Es war ein heißer Tag, der in einem Gewitter enden würde. Wolkentürme bewegten sich seit Mittag aufeinander zu, der Wind rüttelte an den Sichtschutzblenden des Altersheims, in dem die Fenster noch halbseitig offenstanden.

Mutter war nicht in ihrem Zimmer. Als ich in den Aufenthaltsraum ging, fand ich sie an einem der Tische in der hinteren Ecke. Mo war bei ihr. Sie hatte gerade eine Vase geholt, in die sie ihre Freesien steckte. Mutter freute sich auch über meine. Die beiden Sträuße sprengten beinahe die Vase.

Sie gratulierten mir beide auf die übliche Art, indem sie mich küßten, mir noch viele schöne Jahre wünschten. Dann war Pause.

»Wir hatten gerade von dir gesprochen ...«, versuchte Mutter, das Gepräch in Gang zu bringen. Sie hatte jene Art von *glücklichem Ausdruck* im Gesicht, der sich zeigte, wenn ich sie besuchte.

Mo hingegen war auf Provokation aus. »Mutter meinte, sie habe Schwierigkeiten, sich an deine Gesichtszüge zu erinnern, und ich sagte, daß ich ihr dabei keine große Hilfe wäre, da ich dich noch länger nicht gesehen hätte als sie.« Jetzt, wo mir Mo gegenübersaß, war klar, daß sie nicht die geringste Ähnlichkeit mit *ihr* hatte.

»Ich bin doch da, was soll das Gemecker?«

»Streitet nicht, Kinder«, sagte Mutter, wie sie es auch früher immer gesagt hatte, wenn Mo und ich aneinandergeraten waren. Mo hatte recht. Gerade deshalb ertrug ich ihren Ton nur schlecht, wandte mich daher Mutter zu, die mir die Geschichte meiner Geburt zu erzählen begann, die während eines heftigen Gewitters stattgefunden hatte, eingeleitet vom ersten grellen Blitz, vollendet unter dem fernen Grollen eines letzten Donners. Wie immer, wenn ich sie an meinem Geburtstag besuchen kam.

Plötzlich riß ein jäher Windstoß auch den anderen Flügel auf. Bevor Scheiben splitterten oder Sträuße von den Tischen gefegt wurden, erhob ich mich rasch und schloß das Fenster.

Von hier aus konnte ich den Parkplatz sehen, auf ihm auch noch Emil, der gerade ausgestiegen war und sichtlich nach meinem Wagen Ausschau hielt. Der Wind erfaßte seine Krawatte, schlug sie ihm übers Gesicht. Unwillkürlich nahm er den Kopf zurück, was seinen Blick nach oben lenkte. Da entdeckte er mich, der ich gerade bemüht war, das Fenster zu schließen. Ich war sicher, daß er mich erkannt hatte, winkte ihm mit einem hämischen Lächeln zu. Für heute würde ich wohl Ruhe vor ihm haben. Das trug enorm zur Verbesserung meiner Gemütslage bei.

Ich wurde sogar richtig locker, erkundigte mich ausführlich bei Mutter, wie es um ihre Gesundheit stehe, welche Medikamente sie einnehmen müsse, ob sie am Morgen wohl nicht vergesse, die Thrombosestrümpfe anzuziehen, wie ihr denn zur Zeit das Essen schmecke, einigermaßen erträglich oder so grauenhaft wie bei der früheren Köchin.

Es waren genau die Fragen, die Mutter gefragt werden wollte. Auch wenn sie an meinen Lebensumständen, immerhin denen ihres einzigen Sohnes, Interesse mimte, wurde rasch deutlich, wie sehr sie sich in der geschlossenen Welt dieses Heims eingerichtet hatte, wie wenig konkret ihr alles außerhalb erscheinen mochte.

Im Augenblick ärgerte sie sich gerade über ein Medikament, das nicht helfen wollte, dessentwegen sie auch Streit mit der Ärztin bekommen hatte, die sie beschwor, es weiter zu nehmen, während sie sich entschlossen hatte, darauf zu verzichten.

»Ich pfeife auf das Zeug. Ich weiß doch, daß sie sich nicht die Zeit für eine Spritze nimmt, darum läßt sie mir einfach diesen Schrott da.«

»Du mußt Geduld haben«, sagte Mo, »auch mit Spritzen geht nicht alles von heute auf morgen. Erinnere dich, was du selbst in solchen Fällen zu Patienten gesagt hast.«

Mutter ging nicht darauf ein. »Geduld«, murrte sie, »immer nur Geduld. Es gibt zwei Dinge, die man hier tagaus, tagein zu hören bekommt: *Sie müssen Geduld haben!* und: *Was wollen Sie in Ihrem Alter!* An allem sollen das Alter und die mangelnde Geduld schuld sein. Ich habe weder die Geduld noch das Alter, diese laschen Behandlungsmethoden hinzunehmen.«

Sobald Mutter sich über etwas aufregte, wich jener unbestimmt freundliche Gesichtsausdruck aus ihren Zügen, sie achtete wieder auf ihre Erinnerung, war bestrebt, treffend zu formulieren, ihr fiel vieles wieder ein, was mit Mo, was mit mir zu tun hatte.

Plötzlich fragte sie mich, ob ich heimlich geheiratet hätte. Etwas in meinem Gesicht sage ihr, daß ich mit einer Frau zusammenlebe. »Ich kann schon verstehen, daß sie nicht hierherkommen will, unter lauter alte Leute, aber erzähl mir wenigstens von ihr.«

Überfälle dieser Art hatten immer zu Mutters Repertoire gehört, ich hatte nur nicht mehr damit gerechnet. So konnte ich nicht rechtzeitig verhindern, daß mir kurz die Röte aufstieg. Genau das war es, was Mutter in Entzücken versetzte, daß es ihr gelungen war, mich mit einem ihrer ältesten Tricks in Verlegenheit zu bringen. Auch Mo schien es zu genießen.

Sie verschränkte die Finger ineinander, ließ sie dabei auch noch knacken.

Ich hatte mich rasch gefaßt, konterte ebenfalls, wie ich früher immer gekontert hatte: »Hast du am Ende vergessen, daß ich mit einem ganzen Harem lebe. Hildi, Trude, Fanny, Frieda und Amalia. Von welcher möchtest du zuerst hören?«

Mutter lächelte erfreut. In einem Augenblick der Rührung strich sie mir sogar übers Haar.

Mo war damit beschäftigt, die Haut an ihren Fingernägeln zurückzuschieben, also drehte ich den Spieß um. »Wäre es nicht interessanter, von Mos Liebhabern zu hören?« Mutter winkte ab. »Von ihr erwarte ich diesbezüglich nichts mehr. Kein Mann, keine Kinder, nur Schlappohren und Ringelschwänze, Reißzähne und Augen, die in der Dunkelheit leuchten. Die Vögel sind gewiß alle aufgefressen. Seit ich nicht mehr da bin, gibt es auch keine Vögel mehr. Ich war die Schutzengelin der Vögel, und jetzt sind sie alle tot, ich weiß es.«

Mutters Gesicht verfiel wieder. Sie war müde geworden, müde vom Reden, müde von der Erinnerung, müde von allem, was von draußen kam. Auch wir kamen von draußen, selbst wenn wir in ihrer inneren Welt noch eine Rolle spielten. Aber nur als die Kinder, die wir gewesen waren. So, wie wir hier saßen, gehörten wir nach draußen.

Mo gab mir ein Zeichen, daß wir sie in ihr Zimmer zurückbringen sollten. Wir hakten uns beide bei ihr unter, ich nahm noch die Vase mit den Freesien. Mutter stand mit unserer Hilfe auf, ließ sich, ohne aufzumucken, in ihr Zimmer zurückführen. Es schien, als hätte sie das Interesse an uns verloren. Nur einmal wurde sie noch auf uns aufmerksam, nämlich als wir sie zum Abschied küßten. »Ja, ja«, sagte sie, »tut nur so unschuldig. In Wirklichkeit habt ihr mich um meine Enkel betrogen, jawohl, betrogen!«

Ich begleitete Mo zu ihrem Wagen. Der Wind wehte so heftig, daß wir uns beide die Arme vors Gesicht hielten, um nicht den ganzen hochgewirbelten Staub in die Augen zu bekommen. Diesmal hatte sie nur einen Hund dabei, einen mittelgroßen mit dunklen Knickohren, halblangem, immer heller werdendem Fell, bräunlichen Backen- und Augenflecken. Er war sofort aus dem Auto gehüpft, dann ein paarmal an ihr hochgesprungen. Gleich darauf pinkelte er gegen die Radkappe des daneben parkenden Landcruisers.

»Hopp«, schrie Mo, stieg ein, setzte sich ans Volant. Der Hund sah zu ihr hin, als wolle er sich vergewissern, daß es ernst war, pinkelte noch einmal, sprang dann über ihren Schoß hinweg wieder auf den Beifahrersitz.

»Ich bin heute nur deshalb zu ihr gegangen, weil ich fürchtete, du hättest sie vergessen. So wie du mich vergessen hast.« Sie schloß die Tür, ließ den Motor an.

»Habe ich nicht«, rief ich, »habe ich ganz und gar nicht, wie du siehst.«

Unterwegs hatte ich an einem Supermarkt gehalten, Champagner gekauft, dazu Garnelen, etwas Lachs, verschiedene Sorten Eis, Mangos. Sie schien ein wenig gekränkt, weil ich nichts zu ihr gesagt, sie daher auch kein Geschenk für mich hatte. Aber genau deswegen hatte ich ihr meinen Geburtstag verschwiegen. Da sie nirgendwohin ging, hätte sie ohnehin kein Geschenk besorgen können, sie hätte sich nur unnütz Gedanken gemacht.

Die selbstauferlegte Haft hatte längst begonnen, ihr zu schaffen zu machen, obwohl sie es keinesfalls zugeben wollte. Immer öfter war eine gewisse Fahrigkeit in ihren Bewegungen zu bemerken, ein nervöses Wiegen des Oberkörpers, wie es autistischen Kindern eignet. Auch wurde sie rasch ungeduldig, wenn sie mir von ihrer weitläufigen Lektüre erzählte, meist ziemlich sprunghaft, erst recht, wenn ich nicht gleich begriff, wovon sie sprach oder was sie aus einem Buch herausgelesen hatte.

Bei solchen Gelegenheiten versuchte ich, sie zu beruhigen, indem ich sie zu langsamerem Sprechen anhielt, sie bat, mir das eine oder andere so zu erklären, wie sie es jemandem erklären würde, der noch nie von der Sache gehört hatte. Sie seufzte gereizt, setzte von neuem dazu an, verfiel aber rasch wieder in ihr altes Tempo.

Ich wurde den Verdacht nicht los, daß sie die Dinge erst einmal selber zu begreifen versuchte, dabei aber umso hektischer wurde, je weniger es ihr gelingen wollte.

An diesem Abend hatte sie mir tatsächlich etwas mitzuteilen. Es hatte nichts mit ihrer Lektüre zu tun. Es sei, sagte sie, jemand hier gewesen. Sie habe das Auto gehört, aber sogleich gewußt, daß nicht ich es sei, da sie das Geräusch meines Motors, das Knirschen der Räder auf dem Kies vor dem Schuppen mittlerweile nur zu gut kenne.

Dieses Auto sei nicht bis vor die Haustüre gefahren, aber doch nahe heran. Jemand sei ausgestiegen, von den Schritten her sicher ein Mann, habe sich an der Haustüre zu schaffen gemacht, auch geklopft, da es ja keine Klingel gebe. Zum Glück halte sie sie immer versperrt, wenn ich nicht daheim sei. Sie habe sich sofort in den toten Winkel des Wohnraums gestellt, um nicht gesehen zu werden, falls der Mann hartnäckig genug sein sollte, durch die Oberlichte hereinschauen zu wollen.

Zorn stieg in mir auf. Das konnte nur Emil gewesen sein. Ich würde es ihm irgendwann heimzahlen müssen. Ich wußte zwar noch nicht wie, aber irgend etwas würde mir schon einfallen. Glaubte er tatsächlich, mich durch diese Art von Aufdringlichkeit als Freund oder auch nur als Kumpel zurückgewinnen zu können?

»Ist er ums Haus herumgegangen?«

Sie nickte merkwürdig gefaßt. Sie habe ihn zwar genausowenig sehen können wie er sie, aber sie habe gehört, wie er zuerst ans Küchenfenster kam, dort eine Weile stehenblieb, dann ums Haus herumging, an die Oberlichte trat, wo er sich ebenfalls ein paar Minuten aufhielt. Sie habe kaum zu atmen gewagt. Dann sei er langsam zu seinem Wagen zurückgegangen, habe dort noch ein wenig gewartet, doch als der Wind immer heftiger wurde, sei er davongefahren.

»Kann nur einer von den Handwerkern gewesen sein«, sagte ich, als wäre das nicht weiter verwunderlich. »Vielleicht der Schwager von dem Fliesenleger. Der hat ihn mir seinerzeit geradezu überschwenglich empfohlen, falls ich einmal an das Instandsetzen der Fassade denken sollte.«

Sie erwiderte nichts, wir stießen mit dem Champagner an, den wir aus gewöhnlichen Gläsern tranken. Für Champagner waren wir im *Sommercamp* noch nicht ausgerüstet.

Ihr schien Champagner besser zu schmecken als Wein, die Schlucke, die sie bereits vor dem Essen machte, bezeugten es. Auch hatte ich die Sauce für die Garnelen mit Sherry abgelöscht. Zu meiner großen Freude wurde sie rasch gelöster, lachte öfter. Als ich ihr den Hund, der aus Mos Auto gesprungen war, beschrieb, gestand sie, daß sie immer gerne einen Hund gehabt hätte, schon für die Kinder, aber sie sei gegen Katzen- und Hundehaare allergisch, außerdem habe ihr Mann eine Aversion gegen Hunde. Er sei als Kind so heftig gebissen worden, daß man die Narbe an seinem Fuß immer noch sehen könne.

Plötzlich verstummte sie, als komme ihr erst jetzt zu Bewußtsein, daß sie von der geredet hatte, die sie gewesen war, nämlich die Frau jenes Türken.

Vielleicht hätte ich sogleich einhaken, sie weiter von ihrem Mann erzählen lassen sollen, damit sie wieder eine reellere Beziehung zu ihrer Vergangenheit herzustellen lernte, tat es aber nicht.

Immerhin hatte ich einen anstrengenden Tag hinter mir, es war mein Geburtstag, da wollte ich bloß noch geliebt werden. Kein Wunder, daß mir nur wenig an Erzählungen von einem

Mann lag, mit dem sie fünfzehn Jahre ihres Lebens verbracht hatte. Der womöglich noch immer darauf wartete, daß sie zu ihm zurückkehrte. Daß er ein Problem darstellte, das sie irgendwann würde lösen müssen, leuchtete ein, würde auch ihr demnächst einleuchten. Aber das mußte nicht unbedingt an diesem Abend sein.

Die Garnelen waren frisch, schienen ihr genauso zu schmecken wie mir. Die Ausläufer eines Gewitters, das anderswo niedergegangen war, zogen weiter herum. Ich erzählte ihr die Geschichte meiner Geburt, wie Mutter sie mir zu erzählen pflegte. Es amüsierte sie sichtlich.

Plötzlich hatte ich Lust darauf, sie betrunken zu machen. Bisher war mir das nie gelungen, hatte es auch noch nie wirklich darauf angelegt. Ich begann damit, ihr nachzuschenken, bevor sie ausgetrunken hatte. Arglos setzte sie das Glas immer wieder an die Lippen.

Sie trug das bereits nachgefärbte, glänzend kastanienbraune Haar zu einem Zopf geflochten, dessen Ende bei jeder Kopfbewegung über ihrer linken Brust tanzte. Ich versuchte mir vorzustellen, wie der Gummiring, der ihn zusammenhielt, dabei an ihrer Brustwarze scheuerte.

Wir hatten die Garnelen und den Lachs zur Gänze aufgegessen, sie schnitt die Mangos mit einem besonders scharfen Messer, damit sie sich vom Kern lösen ließen. Prompt verletzte sie sich dabei am linken Zeigefinger. Ich leckte das Blut ab, bis es von selbst versiegte, dann kühlte sie den Finger an dem Eis, auf das ich die Mangoscheiben gelegt hatte. Zu diesem Nachtisch öffnete ich eine weitere Flasche, sie züngelte gleich darauf wieder im Champagner wie eine Ringelnatter, die Milch leckt.

Es war ein drückend schwüler Tag gewesen. Ich schlug ihr daher vor, mit mir unter die Dusche zu kommen. Ansonsten würde ich mich einsam fühlen an meinem Geburtstag.

Ihre Schritte waren schon ein wenig unsicher. Ich mußte ziemlich an mich halten, daß ich nicht hellauf zu lachen begann. Sie entkleidete sich auf dem Weg ins Badezimmer, warf mit großer Geste das neue Seidentop von sich, das ich ihr vor ein paar Tagen mitgebracht hatte, streifte den langen, geschlitzten Rock von den Hüften, wobei sie sich verhaspelte, der Länge nach hinschlug, jedoch sogleich wieder aufstand, kerzengerade zu mir unter die Dusche trat.

»Seif mich ein«, bat ich. Sie nahm ein Stück Seife und einen Lappen, machte es gründlich. So gründlich, daß ich allein durch ihre Berührung mein Pulver verschoß. Als ich mich dafür entschuldigte, erklärte sie, dies sei ihr Geburtstagsgeschenk an mich gewesen.

Wir trockneten uns gegenseitig ab, gingen, in Badetücher gewickelt, in die Küche, wo wir die Gläser nochmals vollschenkten, sie dann mit ans Bett nahmen. Eine Weile lagen wir ganz ruhig da, nur unsere Zehen verhakten sich ineinander. Ich fürchtete schon, daß wir einschlafen könnten, mein Geburtstag dadurch ein ziemlich unspektakuläres Ende finden würde.

Da stand sie mit einem Mal auf, hielt, als sie zurückkam, etwas hinter ihrem Rücken versteckt. Sofort war die Schläfrigkeit weg, ich richtete mich ein wenig auf, um zu sehen, was es war.

Sie befahl mir, die Augen zu schließen, so als ginge es darum, Ostereier zu verstecken. Ich schloß daher gehorsam die Lider.

Es war eine Bürste, mit der sie nun meinen ganze Körper abzureiben begann. Einmal so sanft, als streife mich ein Vogelflügel, dann wieder so, als versuche sie, mich mit Stahlwolle blank zu polieren. Als sie es zu toll trieb, umklammerte ich ihren Arm, nahm sie in den Schraubstock. Ich mußte ein wenig Aufschub haben. Genau in diese kleine Pause hinein sagte sie etwas, das mir ein größerer Stachel im Fleisch war, als eine Bürste, selbst wenn sie mit Eisenstiften bestückt gewesen wäre, es je hätte sein können.

Sie glaube, sagte sie, daß der Mann von heute nachmittag ihr Mann gewesen sei. Zumindest hätten seine Schritte genau wie die von Ali geklungen.

Es vergingen ein paar Sekunden, bis ich begriff, was sie da gesagt hatte.

»Bist du sicher?« Ich setzte mich auf, aber sie drückte mich sofort wieder aufs Bett zurück. Gleichzeitig schüttelte sie den Kopf. Sie sei nicht hundertprozentig sicher, denn es sei nicht sein Auto gewesen. Nur die Schritte hätten ganz wie die seinen geklungen.

Was mich am meisten verwirrte, war die Ruhe, mit der sie darüber sprach. Beschwipst oder nicht beschwipst, es schien, als wäre sie wenig überrascht. Auch hätte ich erwartet, daß sie sich ängstigen oder gar die Nerven verlieren würde.

»Was bedeutet das? Daß er hinter dir her ist? Wenn er es tatsächlich war, der heute nachmittag ums Haus geschlichen ist, dann heißt das, daß er deine Spur gefunden hat.«

Sie nickte. Sie habe eigentlich schon viel früher damit gerechnet, denn ihr Mann sei dazu verpflichtet, sie zu suchen. Das sagte ausgerechnet sie, die sich seit beinah drei Monaten – außer zum frühmorgendlichen Schwimmen im Fluß – nicht vor die Tür gewagt hatte, mir immer wieder damit kam, die Ihren müßten sich erst an den Gedanken gewöhnen, daß sie tot sei, bevor sie als eine andere wieder auferstehen könne. Das war nicht zu verstehen.

»Soll das heißen, du hast die ganze Zeit über damit gerechnet, daß er dich hier findet?«

Sie antwortete nicht gleich, drückte nur meinen Körper mit ihren Armen und Beinen aufs Bett.

»Womöglich macht es dir gar nichts aus, daß er dich gefunden hat. Du hast wohl dieses ganze Versteckspiel nur inszeniert?« Weiß der Teufel, was mich da ansprang, ich spürte nur, wie es mich mit Bitterkeit erfüllte.

Ich könne das nicht verstehen.

»Dann erklär es mir!« Wider Willen war ich laut geworden. Ich versuchte, mit dem Ton wieder herunterzugehen. »Ich bitte dich, mir zu erklären, was ich nicht verstehen kann.«

Sie redete etwas von einem Pakt, den sie und ihr Mann geschlossen hätten. Freiwillig. Sie habe sich ganz und gar freiwillig dazu entschlossen, damals. Die Bedingungen hätten sich mit ihren Absichten gedeckt. Nur habe sich mit der Zeit einiges geändert. Die Zeit habe einiges geändert. Irgendwann sei sie es gewesen, die den Pakt gebrochen habe. Obwohl sie wußte, daß man ihn nicht brechen konnte. So wie man letztlich auch niemand anderes werden konnte.

Ich war nicht imstande, ihr in Ruhe zuzuhören, sagte daher viel zu laut: »Was redest du da von einem Pakt? Was für ein Pakt? Was soll das bedeuten, wenn ein Mann und eine Frau miteinander einen Pakt schließen? Was für einen Pakt um Himmels willen?«

Sie versuchte, mich zu beruhigen, indem sie sich auf mich legte, dabei *scht! scht!* machte wie zu einem weinenden Kind.

Aber ich wollte mich nicht beruhigen. »Erklär es mir!« flüsterte ich diesmal. »Bitte, erklär es mir!«

Es sei ein besonderer Pakt, einer, an den auch sie geglaubt hätte, lange geglaubt hätte, an den sie auch jetzt noch irgendwie glaube, obwohl sie ihn gebrochen hätte.

»Was für ein besonderer Pakt?« schrie ich.

Von seinem Inhalt her sei der Pakt gar nicht so besonders. Es gehe darum, unter allen Umständen füreinander einzustehen, auch unter Lebensgefahr, einander nie im Stich zu lassen.

»Bis daß der Tod euch scheidet?« brüllte ich. »Das kommt mir irgendwie bekannt vor.«

Sie zuckte die Achseln, meinte, ich hätte schon recht, daß das in sämtlichen Eheversprechen vorkäme, aber die Verbindlichkeit ihres Paktes sei eine wesentlich größere. Ich dürfe nicht vergessen, daß ihr Mann als Flüchtling ins Land gekommen sei, ohne jeden familiären oder sonstigen Rückhalt, daher sei ihre Verpflichtung größer. Auch stamme er aus einem religiösen und kulturellen Umfeld, in dem Trennungen von Eheleuten, erst recht wenn sie Kinder miteinander hätten, nicht vorgesehen wären. Es sei geradezu undenkbar, wieder auseinanderzugehen, wenn man gemeinsam die Liebe genossen und Kinder in die Welt gesetzt hatte. So habe auch sie es lange gesehen.

Sie richtete sich ein wenig auf, griff nach ihrem Glas, setzte es an die Lippen, als wolle sie es mit einem einzigen Schluck austrinken. Ich kam ihr jedoch zuvor, schlug ihr das halbvolle Glas aus der Hand, das neben dem Bett auf den Boden fiel, wo es klirrend zerbrach.

»Trink nicht, erklär mir lieber, warum du den Pakt gebrochen hast, wenn du ihn sogar jetzt noch für verbindlich hältst?!«

Ich hatte die unglaubliche, völlig verrückte Hoffnung, sie sagen zu hören, daß sie es meinetwegen getan hätte. Weil sie mich liebte. Weil ihr seit unserer gemeinsamen Zugfahrt klargeworden sei, daß *wir* es wären, die zusammengehörten. Daß sie ohne mich nicht leben könne, eben weil sie mich so sehr liebte. Am liebsten hätte ich sie angefleht, etwas in dieser Art zu mir zu sagen.

Sie schien nicht zu verstehen, was ich von ihr erwartete. Nur ihr Körper drückte sich wieder an mich. Doch wollte ich jetzt nicht ihren Körper, ich wollte ihre Seele, ihre Gefühle oder wie man das nennen soll. Ich wollte, daß sie endlich aussprach, was sie für mich empfand. Daß sie sich nicht an die Jahre vorher, die sie mit diesem Türken verbracht hatte, sondern an die Monate mit mir erinnerte. Ausschließlich mit mir. Bedingungslos mit mir.

Sie wiederholte noch einmal, daß ich es nicht verstehen würde. »Dann erklär es mir. Ich pflege zu verstehen, wenn man mir etwas erklärt.«

Sie begann meine Schultern zu küssen, küßte sich vor bis zu meinem Hals. Ich wollte jetzt aber nicht geküßt werden. »Erklär es mir!«

Ihre Stimme hatte plötzlich einen klagenden Ton, wie ich ihn noch nie zuvor gehört hatte. Sie könne es sich selbst nicht erklären, nicht wirklich. Es sei eher so gewesen, wie wenn man sich überfreut. Sie habe ihren Mann dermaßen geliebt, daß sie an dieser Liebe erstickt sei. In den letzten Jahren sei es so gewesen, als wäre ihr Körper fühllos, wären ihre Gefühle körperlos geworden. Da habe sie sich an den Pakt geklammert, aber es habe nichts geholfen, im Gegenteil. Bis ihr der Gedanke gekommen sei, daß sie den Pakt brechen mußte, um wieder fühlen zu können.

Ich spürte mit einem Mal ganz deutlich, wie sich alles in mir zusammenkrampfte. Wie ich klein wurde, so klein, daß es mich gar nicht mehr gab. Ein Nichts, ein paktloses Nichts, das in sich zusammenfuhr wie ein angeschnittener Luftballon. Während sie, die Frau meines Lebens, mich an einer Tragödie teilhaben ließ, in der ich nicht vorkam.

Ich stieß ihren Kopf zur Seite, damit ihr Mund mich nicht mehr erreichen konnte. Zu allem Überfluß bekam sie auch noch Schluckauf. Nicht daß das, was sie gesagt hatte, wie die Worte einer Betrunkenen geklungen hätte. Hätten sie das nur, dann wäre ich wütend geworden, aber ich hätte mich nicht so sterbenselend gefühlt. Daß sie jetzt auch noch Schluckauf hatte, erfüllte mich geradezu mit Haß. So als zöge sie dadurch die ganze Geschichte mit mir auch noch vollkommen ins Lächerliche.

Als ich den Mund aufmachte, versagte mir die Stimme. Ich mußte einen zweiten Anlauf nehmen. »Das heißt also, daß ich nur das Pakteis in deiner Liebesehe war.« Es kam tatsächlich als *Pakteis* heraus, anstatt als Packeis, keine Ahnung, warum ich mich ausgerechnet mit Packeis vergleichen wollte.

Sie hob beim Wort *Pakteis* wie elektrisiert den Kopf, begann zwischen zwei Schluckaufstößen zu lachen. Da schlug ich sie ins Gesicht, um ihr Lachen zu erschlagen. Der Schluckauf hörte genauso plötzlich auf, wie er eingesetzt hatte.

Langsam schien ihr klarzuwerden, daß ich begriffen hatte. Mehr begriffen hatte, als sie mir hatte begreiflich machen wollen. Wieder versuchte sie, sich an mich zu drängen, mich abzulecken, dabei winselte sie. Ja, es klang wie ein Winseln, daß ich nichts verstanden hätte, ganz und gar nichts hätte ich verstanden.

Ich ertrug dieses Winseln nicht. Warum triumphierte sie nicht? Über mich, den Idioten, der ihr dabei zur Hand gegangen war, einen Pakt zu brechen.

Sie schob sich über mich, versuchte, sich an mich zu klammern. Das konnte ich noch weniger ertragen. Ich versetzte ihr einen Schlag, der sie auf die Seite schleuderte. Dann trat ich auch noch nach ihr, trat sie aus dem Bett.

»Hau ab«, zischte ich. »Tu mir bitte den Gefallen, und hau endlich ab!«

Ich hörte sie aufschlagen, sie schrie dabei. Dann war es eine Weile still. Ich hatte mich zur Seite gedreht, um sie nicht mehr sehen zu müssen. Sie begann, sich stöhnend hochzurappeln, machte ein paar Schritte, blieb wieder stehen. Es klang, als würde sie etwas vom Boden aufheben, dabei stolperte sie. Dann hörte ich noch, wie sie sich Stufe für Stufe die Treppe hochzog, die Türe aufsperrte.

Da lag ich nun wie ein Klumpen *irgendwas*, mißbraucht, zunichte gemacht. Ein *Irgendwas*, das versucht hatte, in seinem Ebenbild sich selbst zu lieben, um endlich lieben zu können, das aber von seinem Spiegelbild genarrt worden war.

Ich bekam am ganzen Körper Gänsehaut, zog also die

Decke über mich. Während ich mich auf meine Schlafseite zurückdrehte, überfiel mich noch einmal ihr Geruch. Er war an dem Kissen haftengeblieben, unwillkürlich atmete ich tief ein. Betrug, nichts als allgegenwärtiger, schamloser Betrug. Ich nahm das Kissen, drehte es um, löschte das Licht. Nie mehr zu erwachen, das hätte ich mir gewünscht, wenn ich einen Wunsch frei gehabt hätte.

Es müssen Stunden vergangen sein, in denen ich so dalag, unfähig, einen Gedanken, der diesen Namen verdiente, zu fassen. Alles in mir schien abgestorben, ich war abgestorben. Ich dachte nichts, fühlte nichts, bewegte mich nicht.

Gegen Morgen, als sich die Oberlichte immer deutlicher in meinen Blick schoben, die Gegenstände im Raum sich erkennbar abzuzeichnen begannen, versuchte ich aufzustehen. Meine Glieder waren so starr, daß ich erst die Hände, dann die Füße bewegen mußte, bis alles wieder ineinandergriff. Ich mußte sogar ein wenig Schwung nehmen, um mich vom Bett abzurollen. Sobald ich mit den Füßen auf den Boden kam, durchzuckte mich ein heftiger Schmerz. Meine Fußsohlen brannten, es waren die Scherben ihres Glases, in die ich getreten war. Fluchend versuchte ich, die Splitter herauszuziehen, humpelte ins Bad, suchte nach einer Pinzette. Als ich ich eine gefunden hatte, fiel mir ein, daß es dieselbe war, mit der ich ihr damals die Spähle aus dem Rücken gezogen hatte. Sogleich betrachtete ich die Pinzette als feindlichen Gegenstand, dennoch benutzte ich sie, klebte Pflaster auf die wunden Stellen, schlüpfte in Sandalen, um mir nicht weitere Splitter einzutreten.

Als ich in die Küche kam, war es bereits hell, so daß ich die Flecken auf dem Fußboden als Blut erkennen konnte. Hatte ich denn so stark geblutet? Meiner Erinnerung nach war ich gar nicht erst in die Küche gegangen. Die Blutflecken führten durch die Küche hindurch, die Treppe empor, es mußte ihr Blut sein.

Ich warf den Bademantel über, stieg unter heftigen Schmerzen die Treppe hinauf. Wahrscheinlich hatte ich doch nicht alle Splitter erwischt.

Die Blutspur führte geradewegs zum Fluß. Ich folgte ihr, versuchte gleichzeitig, sie zu verwischen, indem ich mit dem äußeren Rand meines rechten Fußes, der weniger in Mitleidenschaft gezogen war, Kies darüber schob.

Hatte sie nicht, als sie aus dem Bett gefallen war, geschrien? Daß sie sich dabei so stark verletzt haben konnte, um eine solche Spur zu hinterlassen? Ich kam aus dem Kopfschütteln nicht heraus, überlegte die ganze Zeit, was ich zu ihr sagen würde, wenn ich demnächst auf sie stieß. Allzuweit würde sie wohl nicht gekommen sein. Schon konnte ich bis zu der Stelle sehen, an der sie allmorgendlich, bei jeder Temperatur, ihr Bad im Fluß nahm. Da war niemand.

Womöglich war der Türke wiedergekommen, hatte hier auf sie gewartet. Gewiß hatte er, der Schlauste von uns allen, auch das herausgefunden, nämlich daß sie täglich an dieser Stelle schwamm. Sie dann in Empfang genommen, in einem Zustand, der es ihm ersparte, sie für den Bruch ihres Paktes nach seinen Regeln zur Verantwortung zu ziehen.

Meine wild gewordenen Gedanken erschreckten mich, konnte aber nicht verhindern, daß ich an die kleine Narbe an ihrem Hals dachte. Hatte sie nicht gesagt, daß sie den Pakt irgendwann gebrochen hatte? Was bedeutete irgendwann? Daß sie so etwas wie mit mir schon einmal gemacht oder zumindest im Sinn gehabt hatte, sie aber der Mut verließ, als der Türke ihr das Messer ansetzte?

Ich folgte der Spur bis an den Fluß hinunter, wo sie ins Wasser führte. Das hieß, sie mußte eine Zeitlang am Ufer gestanden sein, denn die Blutflecken waren am Rande des Wassers intensiver als auf dem Weg dahin. Und dann? So verrückt konnte sie doch nicht sein, daß sie sich in diesem Zustand, nach all dem Blutverlust, ins Wasser wagte.

Ich bemerkte erst, daß ich zu keuchen begonnen hatte, als ich bereits am Ufer entlanglief, nach ihr suchte. Konnte sie aber nirgends entdecken, weder im Wasser noch an einem der Ufer.

Es war kein sehr breiter Fluß, aber insgesamt tief genug, um einen geschwächten menschlichen Körper mit sich zu reißen. Ich lief bis an die Stelle, an der der Fluß ein Knie machte und die Gärten und Häuser anfingen.

Nichts. Nichts, soweit mein Blick reichte. Ich kehrte wieder um. Wenn der Fluß sie tatsächlich mit sich genommen hatte, war ihr nicht mehr zu helfen. Außerdem war es Stunden her, seit sie aus der *Ruine* verschwunden war. Es würgte mich im Hals, ansonsten fühlte sich alles taub an. Beim Laufen vorhin hatte ich meine Füße nicht gespürt, nun, beim Gehen, brannten sie höllisch.

Erst jetzt, als ich wieder an der Stelle stand, an der auch sie noch eine Weile gestanden sein mußte, entdeckte ich so etwas wie ein Zeichen, mit blutenden Händen oder Füßen in den Sand gedrückt. Es sah aus wie ein M., der Anfangsbuchstabe meines Vornamens. Mit diesem M. pflege ich meine Fotos zu signieren.

Mich überkam der unaufschiebbare Wunsch, dieses letzte Zeichen, ihr letztes Zeichen, zu fotografieren. Ich ging zum Schuppen, wobei ich mich von neuem bemühte, die restlichen Blutflecken, die vom Haus her kamen, zu verwischen. Holte die Kamera aus dem Wagen, schleppte mich wieder zurück zum Fluß. Je langsamer ich ging, desto heftiger schmerzten meine Füße.

Nach den ersten Aufnahmen war klar, daß ich ins Wasser mußte. Nur vom Wasser aus ließ sich das Zeichen so fotografieren, daß das M. tatsächlich zu erkennen war.

Ich fotografierte, bis der Film zu Ende war. Wie im Rausch.

Dann setzte ich mich ans Ufer, wartete, daß meine Füße trockneten.

Es war eine Frage von Stunden, wenn es hochkam, von Tagen, daß man sie fand. Wenn man sie gefunden hatte, würde man ihren Mörder suchen. Denjenigen, der ihr die Verletzungen zugefügt hatte. Über kurz oder lang würde man auf mich stoßen. Irgendeine Spur würde schon zu mir führen. Ein Haar, das Seidentop, das ich in einem bestimmten Laden gekauft hatte, in dem man sich vielleicht an mich erinnerte, ihr morgendliches Schwimmen, das womöglich öfter beobachtet worden war.

Es hatte keinen Sinn, zu fliehen. Wohin auch? Und zu wem? Es gab kein *zu wem*. Flucht bedeutete nur überflüssigen Streß. Da war es schon besser, zu bleiben.

Die Sonne wärmte bereits. Ich zog den Bademantel aus, legte mich darauf. Meine Sohlen brannten noch immer, aber ich war dermaßen erschöpft, daß ich eindöste.

Als ich bald darauf wieder zu mir kam, war das Zeichen verschwunden. Wahrscheinlich hatten die Wellen, die der morgendliche Wind aufbrachte, das M. weggeleckt.

Während ich zum Haus zurückging, kontrollierte ich noch einmal, ob irgendwelche Blutspuren zu sehen wären.

Meine Zunge klebte am Gaumen. Ich trank ein Glas Orangensaft, stellte Kaffeewasser auf, machte Frühstück. Dabei ertappte ich mich, daß ich wie in den vergangenen Monaten für zwei antrug. Als ich es bemerkte, wollte ich die Hälfte des Wassers wegschütten, ließ es dann aber. Ich wischte das Blut von der Treppe, von den Böden. Was zumindest auf der Treppe schwieriger war als im Freien, wo ich nur Sand und Kies darüberschieben mußte.

Die restlichen Scherben des zerbrochenen Weinglases sammelte ich in einer Plastiktüte. Es war besser, sie irgendwo aufzubewahren, vielleicht dienten sie noch einmal zu meiner

Entlastung. Für die Blutflecken auf der Treppe würde ich ein Fleckenmittel besorgen. Es gab da etwas, das man in der Waschmaschine benützte. Warum sollte es nicht – mit Wasser verdünnt – auch auf der Treppe funktionieren.

Während ich frühstückte, dachte ich, daß man nicht zwangsläufig auf mich kommen mußte. Wer weiß, wo man sie finden würde. Je weiter flußabwärts, desto weniger würde ich in Frage kommen. Vielleicht hatte sie nie jemand beim Schwimmen beobachtet, außer jenem einen Mal. Der Mann konnte es vergessen haben oder sie hatte sich das Ganze überhaupt eingebildet. Wenn man dennoch auf mich kam?

Ich hatte sie doch nicht umgebracht, warum sollte ich dafür ins Gefängnis gehen? Aber selbst wenn ihr Tod an mir hängenbliebe, jeder Richter würde mir Affekt zugestehen.

Ich erhob mich, um ihren ganzen Kram aus dem Badezimmer, auch was ich ihr zum Anziehen gebracht hatte, in Plastiktüten zu stecken. Für die Altkleidersammlung der Caritas. Dort würde man am wenigsten danach suchen.

Plötzlich hatte ich jenes Kleid in der Hand, das ich als erstes für sie gekauft hatte. Sie hatte versucht, es zu nähen, aber da war nicht mehr viel zu machen gewesen, so daß sie immer das gemusterte Schultertuch, um das sie mich gebeten hatte, darüber trug. Dieses Kleid war voller Leben, so als hätte sie es gerade erst ausgezogen, als wäre es noch warm von ihr.

Es würgte mich wieder, ich wickelte das Kleid um meinen Kopf, meine Schultern, wickelte mich vollkommen ein darin, ließ mich aufs Bett fallen.

Noch war ihr Geruch aus dem Bett und dem Kleid nicht verschwunden. Da ich nichts sah, konnte ich mir immer noch einbilden, sie sei irgendwo in der Nähe. Es dauerte Stunden, bis ich begriff, daß mein Elend noch gar nicht richtig angefangen hatte.

Dann aber war jener Montag gekommen, an dem sich alles änderte, was sich in Emmis Leben noch ändern konnte. Irene war wie immer in letzter Zeit mit Thomas unterwegs, Ali war mit Omo nach Wien gefahren – auch die *Zypresse* hatte am Montag Ruhetag –, und Inimini hütete die Menagerie dieser Frau in der Nachbarstadt.

Was lag also näher, als daß der Gendarmerie-Major, der weder telefonisch noch persönlich eines der Familienmitglieder hatte erreichen können, sich an sie wandte.

Sie hatte ihn beobachtet, wie er sich zum Haus hinüberbegeben, geläutet hatte und dann wieder zurückkam. Da hatte sie bereits das Fenster geöffnet und ihm zugerufen, daß alle unterwegs seien.

Ob er einen Sprung zu ihr heraufkommen dürfe? Was für eine Frage. Er war ihr in letzter Zeit ohnehin schon abgegangen.

Emmi hatte im ersten Moment tatsächlich noch an einen seiner Routine-Besuche geglaubt, obgleich ... Im nachhinein war es natürlich leicht, sich einzureden, sie habe sofort Verdacht geschöpft.

Der Gendarmerie-Major war ein grobknochiger Mann, der immer ein wenig umständlich wirkte, auch wenn er meist rasch zur Sache kam.

Sie erwartete ihn an der Tür und bot ihm eine Tasse Kaffee an. Sie hätte gerade frischen gekocht, und auf seine Andeutung eines Nickens hin, goß sie ihm sogleich welchen ein. Gleichzeitig bat sie ihn, ihr zu erzählen, was und ob es etwas Neues gebe.

Er meinte, mit der Tasse in der Hand, es wäre gut, wenn sie sich setzten, und als sie in Richtung Wohnzimmer deutete, ging er voraus. Sie roch, wie er schwitzte, und erinnerte sich zum x-ten Mal daran, daß Anna schon damals, als sie mit ihm ins Kino gegangen war, behauptet hatte, der Kurt schweißle.

»Und«, fragte Emmi noch einmal, »gibt es irgendwelche Neuigkeiten?«

Der Gendarmerie-Major blies in die Kaffeetasse, machte einen Schluck und sagte dann, daß man Anna gefunden habe.

Allein der Ausdruck, *daß man sie gefunden habe*, brachte ihr eine reglose, leblose Anna vor Augen, mit der das Schlimmste geschehen war, was hatte geschehen können. Doch bevor sie noch wirklich begriff, was das bedeutete, wurde dem Gendarmerie-Major seine Ungeschicklichkeit bewußt, und er sagte sofort, in welches Krankenhaus man Anna eingeliefert hatte und daß es ihr den Umständen entsprechend gutgehe.

Das Wort Krankenhaus, mit dem sie für sich immer das Ärgste verbunden hatte, war nun eines, an das sich ihre ganze Hoffnung klammerte. Krankenhaus bedeutete erst einmal, am Leben zu sein.

Der Gendarmerie-Major schien den Gefühlssturm, der ihr die Atemluft in den Mund zurückdrückte, von ihrem Gesicht abzulesen und versuchte nun, sie zu beruhigen, nahm sie sogar an den Schultern und erklärte ihr, daß Anna verletzt und von dem Treiben im Fluß ein wenig unterkühlt wäre, aber nicht mehr in Lebensgefahr. Sie liege zwar noch in der Intensiv-Station, sei aber mittlerweile so weit ansprechbar, daß sie ihren Namen habe angeben können.

»Fluß?« war das einzige, was sie herausbrachte. Schon stiegen die alten, immer wiederkehrenden Traumbilder in ihr auf, in denen sie Anna wie tot am Flußufer hatte liegen sehen.

Ja, sie sei am Ufer gefunden worden. »Sie ist nicht mehr in Lebensgefahr«, sagte er mehrmals hintereinander, wie um sicherzugehen, daß sie es wirklich verstanden hatte.

Es begreifen und aufstehen war eins. Klar, daß sie sofort in dieses Krankenhaus mußte. Ihr Kopf begann fieberhaft zu arbeiten. So als habe sie viel zuviel Kaffee getrunken, fühlte sie sich überwach, dachte sogar daran, etwas Geld und den Wohnungsschlüssel einzustecken, und sagte dennoch die ganze

Fahrt über kein Wort. Sie war davon ausgegangen, daß dieser Kurt sie auf schnellstem Weg hinbringen würde, aber mit ihm auch noch zu reden wäre ihr in dieser Situation als unpassend erschienen. Da waren ganz andere Dinge in ihrem Kopf, auf die sie sich konzentrieren mußte.

So war es gekommen, daß sie die erste an Annas Bett war, die erste, die Annas Hand hielt, und auch die erste, auf die nach einer langen Schlafphase Annas Blick fiel. Ein Blick, der von anfänglicher Orientierungslosigkeit bis zum Erkennen und einer deutlich sichtbaren Freude, ja sogar Rührung über dieses Erkennen, alles widerspiegelte, ein Blick, der ihr, Emmi, höchstpersönlich galt und den sie nie mehr vergessen würde, in diesem, aber auch in keinem anderen Leben. Dieser Blick entschädigte sie für die Folter der Ungewißheit und der Angst, des Verlassenseins und des Sterbenwollens.

Solange Anna im Krankenhaus lag, wich sie nicht von ihrer Seite. Nur nachts schickte man sie heim, aber schon am nächsten Morgen kam sie gleich wieder mit dem Taxi vorgefahren.

Anna schien es recht zu sein, daß sie da war und ihr den Rücken stärkte, wortlos den Rücken stärkte, als Irene halb schuldbewußt, halb vorwurfsvoll ankam und sich plötzlich daran erinnerte, daß sie eine Tochter hatte. Oder als Ali erschienen war und stocksteif in einiger Entfernung stehenblieb, während Omo die Tränen nicht zurückhalten konnte und Inimini wieder in ihrer üblichen islamischen Kleidung auftrat, um ihrer Mutter zu demonstrieren, wie weit sie sich inzwischen von ihr entfernt hatte.

Als dann auch noch der Gendarmerie-Major Kurt kam, um ein Protokoll aufzunehmen, fiel es Anna leichter, jede konkrete Antwort zu verweigern, weil sie, Emmi, ihr gesagt hatte, daß sie nicht antworten müsse. Kein Mensch auf dieser Welt könne sie dazu zwingen, zu sagen, wo sie sich aufgehalten habe und mit wem und wie es zu den Verletzungen gekommen sei. Von denen sich übrigens herausgestellt hatte, daß sie nicht von einem Messer, sondern von Glasscherben stammten. Anna brauche nichts dazu zu sagen, wenn sie nicht wolle. Auch sie würde das respektieren, selbst wenn sie sich noch immer große Sorgen mache.

Anna sagte tatsächlich drei Tage lang nichts und dann auch nur, daß sie sich schuldig gemacht habe und nicht bereuen könne. Als es ihr langsam besserging, wollte sie vor allem von den Kindern hören, und Emmi konnte ihr gar nicht detailreich genug erzählen, was Omo und Inimini inzwischen getrieben hatten. Auch brauchte Anna eine Zeitlang, um zu begreifen, daß Irene nicht nur zu Besuch war, sondern beschlossen hatte, für immer hierzubleiben.

Kurz vor Annas Entlassung aus dem Krankenhaus mußten ein paar praktische Entscheidungen getroffen werden. Anna beharrte darauf, sich schuldig gemacht zu haben und nicht ins Haus und zu Ali zurückkehren zu können. Aber wohin dann?

Emmi hatte nicht einmal zu hoffen gewagt, daß Anna zu ihr ziehen könnte, aber Anna nahm ihr Angebot, zumindest vorübergehend, an. Bis sich geklärt habe, wie ihrer aller Leben weitergehen sollte.

Anna mußte aber auch zur Kenntnis nehmen, daß Ali und die Kinder gelernt hatten, ohne sie auszukommen, was ihren Alltag anlangte. Und ansonsten?

Irene wirkte insgesamt eher hilflos. So als hätte sie es aufgegeben, in diesem Zusammenhang je wirklich eine Rolle spielen zu wollen, außer der der freundlichen Helferin.

Eine Aussprache zwischen Anna und Ali war und blieb unvermeidlich. Anna drang sogar darauf, obgleich ihr anzusehen war, welche Überwindung es sie kostete und wie sehr sie sich vor dem Treffen ängstigte.

Irene, die am ehesten als neutrale Vermittlerin angesehen werden konnte, holte Anna am zweiten Tag nach ihrer Ankunft bei Emmi – den ersten hatte sie noch im Bett verbracht – ins Haus hinüber, zu einer Zeit, in der die Kinder unterwegs waren. Irene blieb in der Küche sitzen, während Anna in Alis Zimmer hinaufstieg, wo sie ungestört bleiben würden und sie auch niemand hören konnte.

Emmi begann sich immer mehr zu sorgen, je länger Anna im Haus drüben blieb, und als sie es nach einer Stunde nicht mehr aushielt, ging sie hinüber. Es war ihr ausgesprochen peinlich, Irene ihre Angst und ihre Ungeduld so deutlich zu zeigen, aber das war ihr nun auch schon egal.

Irene schien froh zu sein, daß sie nicht mehr alleine in der Küche sitzen und sich Gedanken machen mußte, bis Anna wieder herunterkommen würde.

Es dauerte eine weitere Stunde, bis es dann soweit war. Anna war so weiß im Gesicht wie der Verband an ihrem Ellbogen und schien so erschöpft, daß sie sich sogleich setzen mußte.

»Und?« fragten sie und Irene wie aus einem Mund. Aber Anna seufzte nur, seufzte in einer Weise, die nicht nur Kummer und Verzweiflung, sondern auch eine Spur Erleichterung enthielt. Irene holte die Unicum-Flasche, das Hausmittel für die Seele. Sie goß ihnen allen ein Gläschen ein, und Anna, die dieses grüne Zeug nie angerührt hatte, setzte es gehorsam an die Lippen und nippte daran.

Emmi war sofort klar, daß niemand, nicht einmal sie oder Irene, je erfahren würde, was Anna und Ali in diesen zwei Stunden wirklich miteinander geredet hatten.

Sie hörten, wie Ali das Haus verließ und zum Abenddienst in die *Zypresse* hinüberging.

»Und was wird mit ihm?« Irene hatte alles Recht, das zu fragen.

Ali würde hier bei den Kindern bleiben. Irene verstand nicht gleich, was das bedeuten sollte. Natürlich nur, wenn es ihr,

Irene, recht wäre, fügte Anna hinzu. Daraufhin beeilte Irene sich, zu betonen, daß es ihr keineswegs etwas ausmachen würde, wenn ihre Enkel zusammen mit ihrem Vater im Haus wohnen blieben.

Und dann überraschte, ja verblüffte Anna sie beide mit der Feststellung, sie würde nach Berlin gehen und ihr Studium wieder aufnehmen.

Da blieb es dann eine Zeitlang still. Als Irene sich wieder gefaßt hatte, schien sie dem Gedanken sogar etwas abgewinnen zu können. So gesehen sei es ein Glück, daß sie die Berliner Wohnung noch nicht verkauft habe.

Das sei wirklich ein Glück, meinte Anna, denn sie würde lieber heute als morgen ihre Sachen packen, um sich erst einmal einen Job zu suchen. Von irgend etwas müsse sie schließlich leben.

Für ihren Geschmack war Anna überraschend schnell auf Irenes Angebot eingegangen. Auch würde sie es sich nie verzeihen können, daß ausgerechnet sie und nicht Irene es gewesen war, die die Frage nach den Kindern stellte.

Dieses Mal war in Annas Reaktion nicht die Spur von Erleichterung. Im Gegenteil. Sie brauchte eine Weile, bis sie antworten konnte, so sehr mußte sie gegen ein Kratzen im Hals anhusten. Als sie sich dann so weit beruhigt hatte, daß sie imstande war, normal zu sprechen, erklärte sie, sie würde auf die Heimkehr der Kinder warten und es ihnen selber sagen. Vielleicht würden Omo oder Inimini zu ihr nach Berlin kommen wollen, wenigstens in den nächsten Ferien. Wenn sie die Sache nicht mehr ganz so kraß sehen würden. Sie verwendete tatsächlich das Wort *kraß*. Sie wünsche sich nichts sehnlicher. Im Augenblick seien sie wohl bei Ali besser aufgehoben.

Emmi ging, als sie hörte, wie Omo sein Fahrrad unter dem Küchenfenster abstellte. Bei diesem Treffen hatte sie nichts zu suchen.

Es war früher Abend und noch ungemein warm, so als nehme dieser Sommer, der so früh begonnen hatte, überhaupt kein Ende. Da sie es nicht ertragen würde, jetzt mit Blick auf das Haus drüben allein an ihrem Fenster zu sitzen und sich vor Sorge verrückt zu machen, beschloß sie, zum Bahnhof zu gehen und sich am Kiosk ein Eis zu kaufen. Sie brauchte jetzt eine innere Kühlung, wenn sie nicht verschmachten wollte.

Wie gut, daß sie ihr Geld zusammengehalten hatte, jetzt würde es endlich zu etwas nütze sein. Anna würde es nicht mehr zurückweisen können, durfte sie sich doch mit dem Studium nicht mehr allzu lange Zeit lassen. Und wenn Anna sich dennoch anstellte, würde sie es ihr als *Darlehen* geben und es ihr einfach testamentarisch vermachen.

Während Emmi das Papier von der Eistüte zog, hörte sie die Haberla rufen, aber sie winkte bloß und ging nicht zu ihr hinüber. Später einmal. Die Haberla würde schon noch früh genug alles erfahren.

Plötzlich hatte sie es wieder eilig. Womöglich kam Anna früher zurück, als sie dachte. Wer weiß, wie es zwischen ihr und den Kindern gelaufen war. Sie wollte sich keine Minute von der Zeit entgehen lassen, die Anna noch bei ihr wohnen blieb, bevor sie sich, dieses Mal in Richtung Berlin, davonmachte. Nicht eine einzige Minute.

M.

Wir sind noch einmal davongekommen. Sie mit dem Leben, ich mit der Freiheit. Aber was haben wir nicht alles dabei verloren.

Ich habe ihre Kleider verbrannt, alles, was ihr gehörte. Da wußte ich schon, daß sie am Leben war. Habe danach auch noch alles Geschirr entsorgt. Sie hat es zu oft in den Händen gehalten.

Seit in der Zeitung stand, daß sie überlebt hat, brauche ich mich nicht einmal zu verstecken. Bin dann nach Wien zurückgekehrt. Seither bringe ich es nicht mehr über mich, an den Fluß zu fahren. Vielleicht sollte ich Emil ein Angebot machen.

Hätte ich, hätte ich, hätte ich …! Aber ich habe nicht. Bin scheint's nicht geeignet für eine große Beziehung. Wenn man die Hand für sich nicht ins Feuer legen kann, soll man es lassen. Die bloße Vorstellung, ihr zusammen mit dem Türken zu begegnen, läßt mich an Mord denken. Im Grunde hat sie nicht ihn, sie hat mich betrogen.

Gestern abend war ich bei Mo. Ich wurde fast wahnsinnig, als Mo mir erzählte, daß die Tochter der *Verschwundenen*, eine kleine Muslima, ihre Tiere pflegt, wenn sie Ganztagsdienst hat. Klar, daß das *ihre* Tochter ist, die, die Zoodirektorin werden will. Ausgerechnet Mo hat sie sich ins Haus geholt.

Ich konnte nur mit Mühe wie nebenher nach der *Verschwundenen* fragen. Was die Kleine denn so erzähle. Ich hätte die Frau ja damals für die Reportage fotografiert. Mo stutzte trotzdem, als ahne sie etwas.

Ich schnappte mir eine der Katzen, um sie zu streicheln, aber die fauchte bloß, also setzte ich sie wieder auf den Boden.

Es gehe der *Verschwundenen* schon wieder ganz gut, erklärte Mo, gut genug, um nach Berlin zu übersiedeln.

»Nach Berlin?« Ich reagierte viel zu heftig, als daß es noch für harmlos durchgehen konnte.

»Nach Berlin!« Die Genugtuung in Mos Stimme war nicht zu überhören. »Sie will ihr Studium wieder aufnehmen, das sie der Kinder wegen abgebrochen hat.«

Ich hatte mich schon gerade so weit im Griff, daß ich leichthin sagen konnte: »Also im großen und ganzen eine Emanzipationstragödie!«

Mo beachtete meinen hilflosen Versuch nicht weiter. Sie schenkte mir eine Tasse Tee ein, fuhr dann fort: »Es war das einzige Mal, daß im Ton der Kleinen so etwas wie Stolz mitschwang. Sie hat, glaube ich, kein besonders gutes Verhältnis zu ihrer Mutter. Aber das mit dem Studium scheint ihr zu imponieren.«

Danach bin ich doch wieder zur *Ruine* gefahren. Als ich mich näherte, war mir, als lebte sie noch darin. Was mich erwartete, war Vandalismus pur. Jemand war dagewesen, hatte alles kurz und klein geschlagen. Der Türke? Emil? Ein Unbekannter, der die Whiskyflasche gefunden hat? Egal. Ohne sie hat das alles keine Bedeutung mehr.

Berlin. Sie ist also nach Berlin gegangen. Darauf wäre ich nie gekommen. Habe sie offenbar trotz allem unterschätzt. Was wohl der Türke dazu gesagt haben mag? Was ist nun mit dem Pakt?

Sollte ich am Ende nach Berlin fahren? Was für eine absurde Idee. Würde mich höchstens lächerlich machen, ganz und gar lächerlich. Vor ihr, die aussieht, als wäre sie meine Schwester, und ohne mich leben kann.

Allein der Gedanke, daß sie sich aus meinem Leben gestohlen hat, widerrechtlich aus meinem Leben gestohlen hat, treibt mich in den Wahnsinn. Wie konnte ich es nur zulassen?

Wenn sich nun herausstellt, daß ich tatsächlich ohne sie nicht existieren kann? Daß meine Schlaflosigkeit anhält, das Rasen meines Herzens? Muß ich mich dann nicht aufmachen, um nach ihr zu suchen? Gibt es nicht auch zwischen uns einen Pakt? Einen Pakt auf Leben und Tod?